विनोद कुमार शुक्ल

विनोद कुमार शुक्ल का जन्म 1 जनवरी, 1937 को राजनांदगाँव, छत्तीसगढ़ में हुआ। उन्होंने जबलपुर कृषि विश्वविद्यालय, जबलपुर से उच्च शिक्षा प्राप्त की। उनकी प्रकाशित कृतियाँ हैं—'लगभग जयहिन्द', 'वह आदमी नया गरम कोट पहिनकर चला गया विचार की तरह', 'सब कुछ होना बचा रहेगा', 'अतिरिक्त नहीं', 'कविता से लम्बी कविता', 'कभी के बाद अभी', 'प्रतिनिधि कविताएँ', 'आकाश धरती को खटखटाता है' (कविता-संग्रह); 'पेड़ पर कमरा' तथा 'महाविद्यालय' (कहानी-संग्रह); 'नौकर की क़मीज़', 'दीवार में एक खिड़की रहती थी', 'खिलेगा तो देखेंगे', 'हरी घास की छप्पर वाली झोपड़ी और बौना पहाड़' (उपन्यास)। मेरियोला आफ्रीदी द्वारा इतालवी में अनूदित एक कविता-पुस्तक का इटली में प्रकाशन, इतालवी में ही 'पेड़ पर कमरा' का भी अनुवाद। कई रचनाएँ मराठी, मलयालम, अंग्रेज़ी तथा जर्मन भाषाओं में अनूदित।

मणि कौल द्वारा 1999 में 'नौकर की क़मीज़' पर फ़िल्म का निर्माण। 'आदमी की औरत' और 'पेड़ पर कमरा' सहित कुछ कहानियों पर अमित दत्ता के निर्देशन में बनी फ़िल्म 'आदमी की औरत' को वेनिस फ़िल्म फ़ेस्टिवल के 66वें समारोह (2009) में स्पेशल इवेंट पुरस्कार।

1994 से 1996 तक निराला सृजनपीठ में अतिथि साहित्यकार रहे।

उन्हें 'गजानन माधव मुक्तिबोध फ़ेलोशिप', 'राष्ट्रीय मैथिलीशरण गुप्त सम्मान', 'शिखर सम्मान' (म.प्र. शासन), 'हिन्दी गौरव सम्मान' (उत्तर प्रदेश हिन्दी संस्थान), 'रज़ा पुरस्कार', 'दयावती मोदी कवि शेखर सम्मान', 'रघुवीर सहाय स्मृति पुरस्कार', 'दीवार में एक खिड़की रहती थी' के लिए 'साहित्य अकादेमी पुरस्कार' अन्तर्राष्ट्रीय साहित्य में उपलब्धि के लिए 2023 के 'पेन अमेरिका नाबोकोव अवॉर्ड' तथा 2024 के 'ज्ञानपीठ सम्मान' से सम्मानित किया गया है।

वे इन्दिरा गांधी कृषि विश्वविद्यालय से कृषि-विस्तार के सह-प्राध्यापक पद से 1996 में सेवानिवृत्त हुए। अब स्वतंत्र लेखन।

सम्पर्क : सी-217, शैलेन्द्र नगर, रायपुर (छत्तीसगढ़)।

विनोद कुमार शुक्ल

खिलेगा तो देखेंगे

राजकमल पेपरबैक्स

पहला संस्करण 1996 में आधार प्रकाशन से प्रकाशित

राजकमल पेपरबैक्स में
पहला संस्करण : 2023
तीसरा संस्करण : 2025

राजकमल पेपरबैक्स : उत्कृष्ट साहित्य के जनसुलभ संस्करण

राजकमल प्रकाशन प्रा.लि.
1-बी, नेताजी सुभाष मार्ग, दरियागंज
नई दिल्ली-110 002
द्वारा प्रकाशित

शाखाएँ : अशोक राजपथ, साइंस कॉलेज के सामने, पटना-800 006
पहली मंजिल, दरबारी बिल्डिंग, महात्मा गांधी मार्ग, प्रयागराज-211 001
1, अनमोल सोराबजी सन्तुक लेन, धोबी तलाव, मरीन लाइंस, मुम्बई-400 002

वेबसाइट : www.rajkamalprakashan.com
ई-मेल : info@rajkamalprakashan.com

विकास कम्प्यूटर एंड प्रिंटर्स
ट्रॉनिका सिटी-201 102
द्वारा मुद्रित

मूल्य : ₹399

KHILEGA TO DEKHENGE
Novel by Vinod Kumar Shukla

ISBN : 978-81-19028-56-6

अशोक वाजपेयी के लिए

थाना! बरगद इतना बड़ा था
कि जमीन के अन्दर उसकी
जड़ों का फैलाव दूर-दूर और
थाने के कारण गुप्त लगता था।

गाँव में केवल दो पक्के मकान थे एक ग्रामसेवक का क्वार्टर और दूसरा पुलिस थाना। झोंपड़ियों की तुलना में दोनों भव्य लगते।

पुलिस थाना करीब डेढ़-दो साल से खाली पड़ा था। और उजाड़ था। आसपास के गाँव को ध्यान में रखकर काफी पहले इस जगह को बीच मानकर यहाँ थाना रखा गया था। अब यह थाना पास के बड़गाँव में चला गया था।

बड़गाँव की आबादी अच्छी थी। एक राइस मील हो गई थी, लकड़ी का बड़ा टाल था, आरा मशीन थी और आटा चक्की थी। एक माध्यमिक स्कूल भी था इन सब कारणों से एक थाने की वहाँ बहुत जरूरत थी। इस छोटे गाँव में थाना चार भले गरीब आदमियों के बीच उनकी सुरक्षा और भले के लिए एक ऐसा चौकीदार लगता था जिसकी बड़ी-बड़ी मूँछ थी।

थाना इतने दिनों से खाली था तब भी गाँव वालों की उस तरफ जाने की हिम्मत नहीं होती थी। बकरियाँ तक भूले-भटके उस तरफ नहीं जाती थीं। जबकि गाँव की प्राथमिक पाठशाला में गुरुजी पढ़ाते रहते और बकरियाँ कूदकर बरामदे

में चढ़ जातीं। कभी गाय, गाय होने का सामाजिक लाभ उठाकर बिना किसी डर के थाना की तरफ चली जाया करती। चरवाहा अपने डर से गाय को रोकने की कोशिश करता। गाय को कुछ नहीं होता था। गाय निरीह तो होती पर परम्परागत कारणों से उसे अपनी जान का उतना खतरा नहीं था। पाठशाला में गुरुजी जोर से चिल्लाकर पढ़ाते थे सब लड़के मिलकर उसको जोर से दोहराते थे। इससे इतना हल्ला होता था जितना जंगल में हाँका लगाने के लिए जरूरत होती कि शेर डरकर बाहर निकलता और शिकार हो जाता। इस हल्ले में पाठशाला के बरामदे में बकरियाँ कूदती-दौड़ती दिखतीं।

थाने के अहाते के अन्दर मीठे पानी का एक कुआँ था। केवल यही कुआँ होता और थाना नहीं होता तो कुएँ के इर्द-गिर्द गाँव और बस गया होता। थाने के इर्द-गिर्द गाँव के बसने का कोई तुक नहीं था। गाँव हमेशा थाने के पीछे रहा आया और थाने इतने दिनों तक खाली रहने के बाद भी उसकी तरफ एक झोंपड़ी नहीं बढ़ा।

गाँव का बूढ़ा कोटवार थाने के खाली होने के दिन से नियम से थाने में झाड़ू लगाता और घड़े में कुएँ से पानी भरकर रखता। घड़ा फूट जाता तो कुम्हार से थाने के नाम पर मुफ्त में नया घड़ा माँगकर ले आता। उसे उम्मीद रहती कि सरकारी आदमी दौरे पर आएँगे तो थाने जैसी ठीक जगह पर ठहरेंगे। गाँव की बैठक लेंगे। झाड़ू लगाने के लिए कोटवार से किसी ने नहीं कहा था पर उसे लगा था कि यह उसी की जिम्मेदारी है। जिवराखन की दुकान के सामने गाँव की बैठक ली जाती थी। अधिकारी दुकान के बरामदे में देहाती कुर्सी टेबिल पर कागजात लेकर बैठते थे। और गाँव वालों का दुकान के सामने खाली जगह पर उखरू बैठना अदब से बैठना होता कि एकदम आराम से नहीं बैठ गए थोड़ा उठे हुए भी हैं। बरसात के समय पानी आ जाता तो बैठे-बैठे सब भीग जाते थे। दो मिनट में बरसते पानी से आदमी भीग जाता था। और अधिकारी को "बैठक बाद में होगी" कहने पर कागजात समेटते हुए कम-से-कम दो मिनट लग जाते थे। कभी-कभी चार-पाँच मिनट भी लग जाते थे। टिप-टिप पानी गिरता रहता तो बैठक चलती रहती।

दुकान के सामने आगे पीपल का एक बड़ा पेड़ था। बरसात के दिनों में बरसात न हो जाए इसलिए लोग बैठक के लिए आते तो पेड़ की छाया में बैठना शुरू करते। गाँव की आबादी बहुत थोड़ी थी। अधिकारी के कुर्सी टेबिल पर बैठते ही गाँव वाले देखते कि दुकान और उनके बीच बहुत खाली जगह है तो सब एक साथ स्वयं के विवेक से उठकर आगे बढ़कर बैठ जाते। और पीपल के पेड़ की

छाया आखिरी वाले आदमी से भी दूर छूट जाती। गरमी के दिनों में भी यही होता सब धूप में होते और पेड़ की छाया पेड़ के आसपास होती। पेड़ की छाया पत्ती की तरह झरकर पेड़ के नीचे इकट्ठी होती तो पेड़ इतना बड़ा था कि सब थोड़ी-थोड़ी छाया बटोरकर अपने सिर पर रख लेते। अगर सौ साल इसी तरह जिवराखन की दुकान में बैठक होती रहे तो शायद पेड़ इतना और ऊँचा हो जाए कि उसकी छाया दुकान के एकदम पास तक पहुँच जाए। पेड़ का बढ़ना स्वाभाविक बात है। पेड़ अपनी अक्ल से नहीं बढ़ता सुविधा से बढ़ता, बल्कि स्वाभाविकता से बढ़ता। अगर अपनी अक्ल से बढ़ता होता तो उसे दुकान के पास हो जाना चाहिए था। जिवराखन की दुकान को खुले सात-आठ वर्ष हुए थे। वह चाहता तो पीपल के नजदीक भी अच्छी दुकान खोल सकता था। जिवराखन की आसपास के गाँवों में बहुत जमीन थी। वह गौंठिया था। पीपल के पेड़ के नीचे गाँव के चार-पाँच बूढ़े हर हमेशा फुरसत से बैठे दिखते। इन बूढ़े लोगों के कारण पीपल का हरा-भरा विशाल पेड़ विशाल होने के कारण पुराना लगता। उजाड़ धूल भरे भाटा इलाके में एकदम अकेला बूढ़ा। हवा चलती तो उसके पत्ते बजते। गाँव का इलाका जमाने से कोई होता हुआ दयनीय कार्यक्रम था। दु:ख और तकलीफ के कार्यक्रम भी यदि अच्छी तरह से प्रस्तुत होते तो तालियाँ तड़-तड़ बजतीं।

कोटवार का पहला नाती मर गया था इसलिए अपने दूसरे नाती को कोटवार उसके भी मर जाने के डर और दहशत से फिक्र से प्यार करता था। जब भी कोटवार झाड़ू लगाने थाने जाता तो उसका यह नाती साथ जाने की जिद्द करता था। थाने के चिकने ठंडे फर्श में खेलना उसे अच्छा लगता था। गाँव के सभी बच्चे नंगे रहते थे। वह भी नंगा थाने के बरामदे में दौड़ता रहता। उसकी कमर में एक काला धागा बँधा रहता, उसमें एक जंग खाई चाबी गुँथी बँधी होती। यह चाबी कोटवार को थाने के अहाते में मिली थी। यदि गाँव के सभी बच्चे नंगे नहीं रहते होते तो अकेला यह नंगा उजाड़ थाने के बरामदे में दौड़ता किसी जानवर की तरह लगता। इसके बाप का नाम घासीराम था।

पाँच-छह साल पहले की बात थी। बूढ़े कोटवार के लड़के घासीराम ने शराब पीकर जिवराखन दाऊ के साथ गाली गलौच की। जिवराखन ने थाने से एक सिपाही बुलवा लिया। जब घासीराम की धर-पकड़ हो रही थी तब कुछ सोचकर उसने पास खड़ी अपनी औरत की गोद से बच्चा छीन लिया। पहला बच्चा था, तीन-चार महीने का। बच्चे को लिये-लिये वह थाने गया। घासीराम की पत्नी को

कोटवार ने थाने आने से मना कर दिया था। नशे से घासीराम की हालत खराब थी। वह लड़खड़ाते हुए चल रहा था। जिवराखन की दुकान से जितना दूर वह होता, हिसाब से उतनी जोर से वह गालियाँ देता।

चलते-चलते रुककर घासीराम जब बच्चे को प्यार करने लगता तो उसके साथ-साथ सिपाही, कोटवार, दो-चार गाँव वाले, गाँव के कुछ बच्चे सभी लोग रुक जाते। तब कोटवार उसे बच्चा लौटा देने की खुशामद करता। घासीराम बच्चा देने से इनकार कर देता। रास्ते में घासीराम के कारण खड़े-खड़े देर होने लगती तो सिपाही उसे ढकेलकर चलाना शुरू कर देता। लड़खड़ाता हुआ वह जोर से चिल्लाता तो गोद में उसका बच्चा खिलखिलाकर हँसने लगता।

थानेदार को लग रहा था कि लॉकअप में बन्द करने से पहले उसकी गोद से बच्चे को लेना बहुत जरूरी है। बच्चे सहित उसे लॉकअप में बन्द करना ठीक नहीं है। थानेदार ने सिपाही से कहा कि वह घासीराम से बच्चा ले ले और घासीराम को लॉकअप में बन्द कर दे। घासीराम थानेदार को गालियाँ देने लगा। बच्चे को चोट न लगे इस बात का ध्यान रखकर उस सिपाही ने घासीराम के सिर पर जोर का घूँसा मारा बच्चे की वजह से सिपाही को सिर पर घूँसा मारना ठीक लगा होगा। घासीराम जमीन पर बच्चे को गोद में लिये गिरने की तरह बैठ गया। बच्चा चीखकर रोने लगा।

घासीराम को लग रहा था कि शायद बच्चे के कारण वह अपनी सुरक्षा कर लेगा। बच्चे के कारण उसे भी छोड़ दिया जाएगा। या उसकी गोद में होने के कारण उसे मारा-पीटा नहीं जाएगा। यह भी हो सकता था कि बिना किसी कारण के उसने बच्चे को रखा हो। सिपाही घूँसा तानकर उसे डराता हुआ उसकी तरफ जब फिर बढ़ने लगा तो बच्चे को ढाल की तरह आगे बढ़ाये हुए वह बहुत डरा हुआ बचाव की मुद्रा में पीछे हटने लगा कि मारना मत बच्चे को चोट लग जाएगी। बूढ़ा कोटवार रोता हुआ बहुत दयनीय लग रहा था। कोटवार के रोने से सिपाही चिढ़ रहा था। सिपाही कोटवार को अपने सामने से हटाकर पीछे कर देता। कोटवार फर्श पर सिर रखे "माफी दे दो दरोगा जी, मत मारो साहब जी" कह रहा था।

घासीराम बच्चे को छाती से चिपटाये सिपाही की तरफ पीठ करके खड़ा हो गया पर चोट के कारण या नशे के कारण वह ठीक से खड़ा नहीं हो पा रहा था। सिपाही ने ताककर घासीराम की कमर में घूँसा मारा, तड़पकर घासीराम घूमा। सबने देखा था कि बच्चे की नाक से टप-टप खून गिरने लगा है। सिपाही को भी

समझ में नहीं आया कि बच्चे की नाक से खून क्यों बहा? बच्चा चुप हो गया और टुकुर-टुकुर देख रहा था। घासीराम अचानक बहुत दुःख से रोने लगा और रोते-रोते निराशा से उसने अपना बच्चा कोटवार के हाथों में दे दिया।

बच्चे को लेकर कोटवार थाने से निकला। अहाते के बाहर कुछ सूखा-सा गोबर पड़ा था। गोबर उठाकर उसने बच्चे की नाक में सुँघाया। खून धीरे-धीरे गिर रहा था पर बन्द नहीं हो रहा था। गोबर फेंककर वह तेजी से घर की तरफ बढ़ा। घर पहुँचने के पहले ही उसका बच्चा मर गया। घर पर घासीराम की औरत नहीं थी। जिवराखन की दुकान में नमक लेने गई थी। लेकिन घासीराम के कारण जिवराखन सामान देने से मना कर रहा था। उसे चुपके से खबर लगी कि घासीराम का लड़का मर गया। उस समय भी घासीराम की पत्नी नमक के लिए खुशामद करती खड़ी थी। इस खबर के बाद जिवराखन ने नमक दे दिया पर उसे बच्चे के मरने की खबर नहीं बताई। उसे दुकान पर तमाशा का डर था। दूसरे दिन सुबह घासीराम को छोड़ दिया गया।

थानेदार थाने से लगे जिन दो कमरों में रहता था वह एकदम टूट-फूट गया था। उसी का मलबा थाने को उजाड़ बनाता था। मलबे में भटकटैया ढेर उगती और धतूरा भी फूलता। ये दोनों कमरे थाना बनने के बहुत बाद बने, तब भी गिर गए थे। थाने के चारों तरफ की दीवाल का घेरा भी जगह-जगह टूट-फूट गया था। इस घेरे के अन्दर कई पेड़ थे। घेरे के किनारे-किनारे कहीं-कहीं मेहँदी की झाड़ी थी। एक बरगद का पेड़ था। बरगद की शाखाओं से हवाई जड़ें नीचे तक लटकी थीं। बरगद इतना बड़ा था कि जमीन के अन्दर उसकी जड़ों का फैलाव दूर-दूर और थाने के कारण गुप्त लगता था।

थाने में दो कमरे थे, एक बड़ा लॉकअप, दूसरा छोटा लॉकअप। मुंशी जी बरामदे में टेबिल डालकर बैठते होंगे। थानेदार छोटे लॉकअप में बैठते होंगे। बड़े लॉकअप से पेशाब-टट्टी की निकासी जो छोटे लॉकअप से होते हुए बाहर निकलती थी, उसे थानेदार ने बन्द करवा दिया था। निकासी बड़े लॉकअप से ही बाहर की तरफ कर दी गई थी। बड़े लॉकअप में बहुत ऊपर एक छोटा रोशनदान था, जिसमें लोहे की मोटी-मोटी चार सलाखें थीं। रोशनदान ऐसा था कि उसमें केवल बिल्ली या बिल्ली के आकार-प्रकार की हवा या उजाला घुस सकता था।

दिन में बराबर ऐसा शक होता था कि हवा और उजाला साथ-साथ अन्दर नहीं घुसते होंगे, कोई न कोई आगे-पीछे जरूर रहता होगा। मोटे-मोटे सीखचों वाले

दरवाजे से खूब उजाला और हवा जाती थी। लेकिन लगता था कि अन्दर गया हुआ उजाला और गई हुई हवा लॉकअप में से अब नहीं निकल सकती। कम-से-कम पूरे दिन भर तो दिन का उजाला लॉकअप में बन्द होता। घुटन होती थी।

यदि थाने के रोशनदान से एक चिड़िया अन्दर घुसती होगी तो उसके पीछे एक बिल्ली जरूर घुसती होगी। चिड़िया दरवाजे के सीखचे से बाहर निकल जाती तो बिल्ली भी उसके पीछे-पीछे सीखचे से बाहर निकल जाती थी। चिड़िया जितनी स्वतंत्र और उन्मुक्त होती बिल्ली भी उतनी स्वतंत्र और उन्मुक्त होती। बिल्ली हमेशा दबोचने वाली ताकत होती।

छोटे लॉकअप का रोशनदान थानेदार ने बड़ा करवा दिया था। इस लॉकअप को उसने अपना दफ्तर बना लिया था। जिसकी खिड़की थी वही हवा और उजाले का उपयोग कर सकता था। खुले मैदान में भी हवा और उजाले का उपयोग नहीं होता क्योंकि मैदान में खिड़की रोशनदान इत्यादि नहीं होते। अँधेरा आने के लिए खिड़की-दरवाजे की जरूरत नहीं होती, नहीं तो रात में आते हुए अँधेरे को खिड़की-दरवाजा बन्द कर रोक देते। कमरे में इकट्ठे हो गए अँधेरे को बुहार देते।

रात में गाँव के बाहर खुले मैदान की स्वतंत्रता में जितना अँधेरा होता उतना ही अँधेरा अन्दर के लॉकअप में भी हो जाता था, यह आश्चर्य की बात लगती थी। लगता था कि आवश्यक न्याय के लिए लॉकअप के अन्दर के अँधेरे और बाहर मैदान के अँधेरे में थोड़ा फर्क जरूर होना चाहिए।

गाँव के रात और दिन के सन्नाटे में भी केवल उन्नीस-बीस का फर्क था। रात में जिवराखन की दुकान का जलता पेट्रोमेक्स शहर की तरह उजाला देता। पर गाँव के पूरे अँधेरे से गैसबत्ती के उजाले को घटा दिया जाए तब भी नीचे अँधेरे की एक विशाल पूरी दुनिया बची होती। दुनिया जान बचाई हुई सी बची थी। कभी लगता एक आदमी की तरह डरकर बची हुई जान थी।

रात के सन्नाटे में भी जिवराखन की दुकान के रेडियो की आवाज जितनी दूर जाती करीब-करीब दिन के सन्नाटे में भी उतनी दूर जाती। अगर फर्क होगा तो बीस-पच्चीस फुट से अधिक नहीं होगा। पाठशाला के समय जब ट्रांजिस्टर कुछ जोर से बजने लगता तब गुरुजी किसी लड़के की पट्टी लेते, उसमें लिखते, "कृपा कर रेडियो धीरे बजाइए। द. गुरुजी।" फिर पट्टी वाले लड़के से कहते, "जाओ इसको जिवराखन दुकानदार को दिखा लाओ।"

रेडियो की आवाज धीमी हो जाती तो वे समझ जाते थे कि उनकी खबर पहुँच गई और वे खुश हो जाते। लड़का लौटकर गुरुजी को अपनी पट्टी दिखाता, उसमें लिखा होता—"गुरुजी गलती हो गई रही। आपकी आज्ञा से आवाज कम कर दिये हैं। द. जिवराखन दाऊ।" दुकानदार के अक्षर सुडौल थे पर उसके अक्षरों का दुकानदारी अन्दाज था। गुरुजी के अक्षर भी सुन्दर-सुडौल थे पर उनके अक्षरों का मास्टरी अन्दाज था।

पाठशाला से कोई लड़का पट्टी लिये गाँव की तरफ जाता तो गाँव वाले समझ जाते थे कि गुरुजी का सन्देश है। जिवराखन इसे गुरुजी का टेलीफोन कहता था। जिवराखन सन्देश ले जाने वाले लड़के को देख लेता तो हाँका लगाता "गुरुजी का टेलीफोन आ गया।" लड़के को जिवराखन अपने पास बुलाता। लड़का घबराया हुआ जिवराखन के पास पहुँचता। जिवराखन उससे पट्टी लेता। फिर पट्टी में लिखा हुआ जोर से पढ़ता, "आज शाम को मेरी चड्डी सिलकर दे देना। द. गुरुजी।" दीना दर्जी का टेलीफोन है? जिवराखन जोर से पूछता। "हौ" लड़का जवाब देता। "जा बता दे।" जब लड़का वापस लौटता तब जिवराखन फिर उसे हाँक मार के अपने पास बुलाता और उससे पट्टी लेकर दीना दर्जी का जवाब पढ़ता "हौ गुरुजी। द. दीना दर्जी।" दीना दर्जी दसवीं पास था वह चाहता तो अंग्रेजी में भी अपने दस्तखत कर सकता था। पट्टी में गुरुजी के दस्तखत को देखकर जवाब में लोग दस्तखत करना जरूरी समझते थे। जिवराखन की दुकान में दो-तीन लोग हमेशा दिखाई देते।

पाठशाला के बरामदे में खाना बनाती उनकी पत्नी बोलती नमक खतम हो गया। सुनते ही सभी लड़के पढ़ना बन्द कर देते। "मैं लाता हूँ गुरुजी" चार-पाँच लड़के बोलते। कई लड़के अपनी टूटी-फूटी पट्टियाँ गुरुजी की तरफ उठा देते। गुरुजी किसी एक की पट्टी लेकर लिखते, "एक किलो नमक चाहिए। द. गुरुजी।" गुरुजी का सन्देश पाकर जिवराखन जवाब देता, "अब दो रुपया चार आने उधारी हो गई है गुरुजी। द. जिवराखन।"

एक दिन जोर की आँधी आई तो पाठशाला का बचा-खुचा छप्पर उलट गया। खपरों के गिरने से किसी को चोट नहीं आई। मुन्नी के पैर के पास चार-छह खपरे एक साथ गिरे। मुन्ना के पास एक बल्ली टूटकर ठहर गई। गुरुजी की आँख में धूल चली गई। उनकी पत्नी बरामदे से सूपा के उड़ जाने को देख रही थी। उलटते-पलटते सूपा नहर के ऊपर तक चढ़ गया। फिर नहर में गिरकर बह गया।

पढ़ाई का समय नहीं था नहीं तो पाठशाला के बच्चे खपरों के गिरने से चोट खा जाते। गाँव में बहुतों की झोंपड़ी उजड़ गई थी, जिवराखन की दुकान का भी छप्पर आधे से अधिक उलट गया था। फिर पानी गिरने लगा। जिवराखन की दुकान का नमक, गुड़, चावल इत्यादि पानी से खराब हो गया।

अभी शाम नहीं हुई थी। गाँव के खुलेपन में शाम की उम्र बहुत होती। फिर एकदम से रात होती। रात होते ही गहरा जाती थी। पानी पन्द्रह-दस मिनट तक गिरकर बन्द हो गया था। पाठशाला की छत बिलकुल नंगी हो गई थी। सभी कक्षाओं से आकाश दिखाई देता था। चौथी कक्षा के अन्दर गुरुजी खड़े थे। दीवाल के ऊपर एक कौआ बैठा था। कौआ भीग गया था। उसकी चोंच में मेढक था। गुरुजी के पीछे जैसे ही कोटवार अन्दर आया तो कौआ उड़ गया। उसकी चोंच से छूटकर मेढक गुरुजी के पास गिरा और टूटे-फूटे खपरों के बीच कहीं छुप गया। कच्ची ईंटों से बनी पाठशाला थी। मिट्टी की जुड़ाई थी इसी का मलबा था।

"क्या गिरा कोटवार?" गुरुजी ने पूछा।

"मेढक है गुरुजी।" कोटवार ने खपरों को हटाकर कहा। मेढक चित पड़ा था। मरा हुआ।

उनकी पत्नी बरामदे में एक तरफ गृहस्थी का सामान बटोरकर रख रही थी। मुन्नी अपनी माँ की सहायता कर रही थी। मलबे में दबा-छुपा हुआ कोई सामान छूट न जाए इस तरह की खोज मुन्नी कर रही थी।

पुलिस थाना के बरामदे में आज की रात पनाह लेने की बात गुरुजी के दिमाग में थी। वे कोटवार से सलाह करना चाहते थे। गाँव में जिनकी झोंपड़ी उजड़ गई थी उनके साथ-साथ वे थाने में जाकर रात भर ठहरना चाहते थे। वे भी पाठशाला के आसपास इकट्ठे थे। पाठशाला में खड़ी दीवालों के बीच सीधी हवा से बचत हो सकती थी पर पानी गिरने पर मुश्किल हो जाती।

"कोटवार दो-चार गाँव वालों के साथ मैं थाने में ठहरने जा रहा हूँ।"

"आप ठहर जाओ गुरुजी गाँव वालों को मत ले जाओ।"

"किसलिए?" गुरुजी ने पूछा!

"आप सरकारी आदमी हो थाना भी सरकारी है गुरुजी।"

"पाठशाला भी तो सरकारी है कोटवार।"

"पाठशाला दूसरी बात है गुरुजी।" कोटवार बोला।

"ठीक कहते हो कोटवार! अपने साथ गाँव वालों को खतरे में नहीं डालना चाहिए। मैं भी नहीं जाता।"

"आप तो चले जाओ।"

"मेरे को फँसा रहे हो कोटवार?"

"अरे नहीं गुरुजी।"

"चले जाओ गुरुजी" एक गाँव वाले ने कहा। यह आदमी कोटवार इतना बूढ़ा नहीं था। एकदम उघारा था। घुटने से ऊपर मोटी धोती, मैली और बहुत फटी थी। उसके काले पैर में पिंडली के पास चमकती हुई फूली-फूली ऐंठी नसें थीं। उसका रंग काला चमकीला था। वह लालपुर गाँव के ठेकेदार के यहाँ मकान मिस्त्री का काम करता था। शहर में उसने कई आलीशान कीमती मकान बनाए थे।

"कुछ नहीं होता गुरुजी। साल-डेढ़ साल हो गए जबसे थाना खाली हुआ कोई उधर नहीं आया। चलो सामान उठाओ रे।" वहाँ खड़े गाँव वालों से कोटवार ने कहा।

"रुक जाओ!" परेशानी से गुरुजी ने कहा।

"अब क्या सोचना?" कोटवार ने बढ़ावा दिया।

"हौ-हौ!" एक-दो गाँव वालों ने हामी भरी।

"थाना गाँव से अलग है कोटवार। रात को जरूरत पड़ सकती है।"

"जोर से हाँका पार देना" जोश से बूढ़े कोटवार ने कहा। कोटवार के सिर पर एक पुराना फटा कपड़ा बँधा था उसमें आज चोंगा खुँसा हुआ नहीं था।

"पहले थानेदार से पूछ लें?"

"आज रात रह जाओ गुरुजी! कल सब लोग बड़गाँव जाकर थानेदार से पूछ लेंगे।"

"चलो सामान उठाओ रे!" बहुत खुशी से अचानक गुरुजी चिल्लाए।

गुरुजी का सारा सामान एक साथ उठ गया। थोड़ा-थोड़ा सबके पास सामान था। दो बोरे जिनमें अनाज के पीपे इत्यादि थे वे काँवर में उठा लिये गए।

मुन्ना-मुन्नी कोटवार के साथ आगे-आगे थे। काँवर वाले के पीछे गुरुजी की पत्नी थी। गुरुजी सबके रवाना होने के बाद भी कुछ सोचते हुए पाठशाला में रुके रहे। कक्षा तीसरी के अन्दर वे गए। ब्लैक बोर्ड के पास एक पूरी सहगी चाक पड़ी थी। गुरुजी ने उसे उठाया पर चाक गीली हो गई थी। उन्होंने उसे फेंक दिया। खपरों के ढेर में चाक घुस गई। जिस खपरे में चाक जाकर लगी थी उसमें एक सफेद निशान पड़ गया था। उस निशान के आधार पर चाक को वे फिर ढूँढ़ सकते थे।

मुन्नी कोटवार के साथ थाने की सफाई में लग गई। आँधी के कारण बहुत धूल जमा हो गई थी, नहीं तो कोटवार थाने की सफाई करता ही था। थाने के सामने एक नीम का पेड़ जमीन की तरफ झुकता हुआ फिर ऊपर उठा था। मुन्ना बरामदे से कूदा, दौड़ता हुआ आया और उसी नीम के पेड़ के ऊपर, दौड़ता हुआ चढ़ गया।

गुरुजी कुछ देर बाद थाने आए। थाने में सब लोगों को सफाई और सामान जमाने में लगा देख कोटवार के साथ गाँव की तरफ फिर लौट गए। बाद में गुरुजी से कोटवार अलग हो गया। गुरुजी अकेले ग्रामसेवक के क्वार्टर की तरफ गए। वहाँ ताला बन्द देखकर उन्हें बहुत निराशा हुई।

ग्रामसेवक ने शादी नहीं की थी। वह दौरे में रहता था। थोड़ी देर के लिए कई दिनों बाद कभी क्वार्टर में आता। गुरुजी जितनी बार ग्रामसेवक के क्वार्टर की तरफ उससे मिलने गए उन्हें ताला बन्द दिखा। पन्द्रह-पन्द्रह दिन लगातार वह दौरे में रहता था। ग्रामसेवक यदि उन्हें मिल जाता तो वे बहुत खुश हो जाते।

अँधेरा होने में अभी समय था। वे थाने के इर्द-गिर्द घूमने लगे जैसे थाने की पहरेदारी कर रहे हों। खतरा यदि थाने की तरफ बढ़ेगा, तो वे बहुत पहले जान जाएँगे और दौड़ते-दौड़ते थाने जाकर सबको सावधान कर देंगे। इस तरह वे चक्कर लगाते-लगाते थक गए। थकने के बाद उन्हें लगा कि घर लौटकर थोड़ी देर खटिया में लेटना चाहिए। बादल बदली के कारण शाम बहुत लगने लगी थी। पुलिस थाना उनका घर हो गया यह सोचकर उन्हें अजीब लगा। गलती हो गई। आज भर रह लेते हैं कोई कुछ कहेगा तो सामान उठाकर पाठशाला वापस आ जाएँगे। मान लो थाने में ही रहने लगे तो क्या होगा? कम-से-कम चोर-उचक्के गुंडे उस तरफ आने में डरेंगे। कभी दौरे में भटककर कोई नया सर्किल इन्सपेक्टर इधर से गुजरा तो वह थाने को दूर से पहचान जाएगा। लेकिन सर्किल इन्सपेक्टर को भी वे यहीं बाहर ही रोक लेंगे। फिर मैं हिम्मत और सच्चाई से उनसे कहूँगा कि यह थाना खाली है और आप बड़गाँव चले जाइए। लेकिन वे समझेंगे कि थाने के सब लोग दौरे में किसी मौका वारदात में चले गए। शायद वे मुझे थानेदार का पिता समझ लें। "बड़गाँव नहीं जाऊँगा दूसरे काम हैं अपने लड़के से कह दीजिएगा कि नए सर्किल साहब आए थे।" वे कहेंगे। "जी कह दूँगा।" मुन्ना, मुन्नी के साथ बड़गाँव के स्कूल से जब लौटकर आएगा तो उसे बुलाकर मैं कहूँगा, "बेटा पुलिस के सर्किल साहब आए थे तुमसे मिलना चाहते थे।" मुन्ना बोलेगा, "पिताजी! पुलिस के सर्किल साहब मुझसे क्यों मिलना चाहते थे?"

"वे तुमको इस थाने का थानेदार समझ रहे थे।"

"मैं तो पढ़ने गया था।"

"तो क्या हुआ तुम पढ़कर थानेदार नहीं बनोगे! और क्या मैं तुम्हारा पिता नहीं हूँ?"

"मैं थानेदार नहीं बनूँगा।"

"सर्किल साहब बन जाना।" पर वह उलटकर यह जवाब न दे दे, "मैं मास्टर बनूँगा।"

अभी जमाने में इतना संयोग तो था कि पाठशाला के उजाड़ होने के बाद गाँव में एक खाली थाना था, जहाँ रुका जा सका। भविष्य निश्चित नहीं होता है इसलिए उसके बारे में कुछ भी सोच सकने की बहुत छूट होती पर इस स्वतंत्रता का उपयोग नहीं होता। भविष्य के बारे में बुरा सोच सकने की कोई रोक-टोक अपना विवेक नहीं करता पर अच्छा सोचने की स्वतंत्रता में बहुत रुकावट होती। जिन्दगी को जीना स्थगित मौत को जीना होता पर बहुत दिनों तक स्थगित मौत को भी नहीं जिया जा सकता। आत्महत्या करते हुए मौत की प्रतीक्षा होती। ज्यादातर लोगों के जीने का तरीका आत्महत्या का तरीका होता।

उन्होंने सोचा कल कोई और तरह की जिन्दगी होगी जैसे कल सुबह पाठशाला जाने के लिए वे लॉकअप का दरवाजा खोलकर बाहर निकलेंगे।

रात को ठीक से नींद नहीं आएगी तो देर से नींद खुलेगी। पाठशाला में लड़के ऊधम कर रहे होंगे इसलिए उनकी चाल में भागने जैसी तेजी आ जाएगी। और यह एक पक्की बात है कि एक एस.पी. लॉकअप से निकलते भागते देख लेगा। वे धोती के कारण बहुत तेज दौड़ नहीं पाएँगे। एस.पी. सोचेगा लॉकअप से कोई बदमाश-चोर भाग रहा है। वे ऐसा थोड़ी सोचेंगे कि जिन्दगी का मारा मुंशीजी के पास रिपोर्ट लिखाने आ सकता है और रिपोर्ट लिखवाकर वापस जा रहा है। एस.पी. के साथ चार-पाँच बन्दूकधारी पुलिस के जवान होंगे। एस.पी. बोलेगा, "पकड़ो भागने न पाए।" सारे सिपाही बन्दूक ताने उनकी तरफ दौड़ेंगे।

"रुको नहीं तो गोली मार दी जाएगी।" वे क्यों रुकेंगे? कोई चोरी नहीं की। बल्कि यह दिखलाने के लिए कि एक ईमानदार आदमी को गोली का क्या डर? वे धोती समेटकर तेज भागेंगे। धाँय गोली चलेगी। यह गोली उन्हें नहीं लगेगी।

पहली गोली से अपने को बचा ले जाने की उनमें फुर्ती होगी। वे पाठशाला की तरफ नीम के पेड़ की आड़ में पहुँचने की लालच में और तेज भागेंगे।

धाँय दूसरी गोली चलेगी। उनके बाएँ पैर में भयानक पीड़ा होगी।

बाएँ पैर के तलुवे में दो दिन पहले बबूल का काँटा घुस गया था। काँटे को निकालकर उन्होंने फेंक दिया था। पर काँटे की नोक टूटकर अन्दर रह गई थी। लगता था कि पक गया है। थोड़ा लँगड़ाकर चलते थे। इसी लँगड़ाहट के कारण उन्होंने सोचा कि गोली बाएँ पैर में लगी।

लँगड़ाते-लँगड़ाते कहाँ भाग पाएँगे। खून भल-भल पैर से निकलने लगेगा। लेकिन उन्हें पाठशाला में जाकर ही मरना होगा। धाँय एक गोली और चलेगी और वे धड़ाम से नीचे गिर जाएँगे। उनकी पीठ को छेदते हुए गोली आर-पार निकल जाएगी। पुलिस के जवान वहीं जीप के पास खड़े-खड़े अपनी गोली का परिणाम देखते रहेंगे। एस.पी. तो उनके गिरते ही सिगरेट सुलगाने लगेगा।

उठकर घिसटते किसी तरह वे पाठशाला पहुँच जाएँगे तब लड़के पहाड़ा रट रहे होंगे। लड़के इतनी जोर से चिल्लाकर पढ़ते हैं कि उनकी गोलियों की आवाज सुनाई नहीं दी होगी। अचानक लड़कों के सामने खून से लथपथ वे गिर जाएँगे। पर छोटे-छोटे लड़के उनको बचाने की फिक्र में बड़ों की तरह करने लगेंगे। लड़के अपनी फटी कमीजों को निकालकर उनके लिए तकिया बना देंगे। फटी कमीज को और फाड़कर घाव में पट्टी बाँध देंगे। कुछ लड़के जरूर रोने लगेंगे। अन्दर कक्षा चौथी में चित लेटे वे खुले छप्पर से आकाश देखते रहेंगे। आकाश को देखते हुए मरना अच्छा है। बन्द कमरे या लॉकअप में जान उनके शरीर से निकलकर दरवाजा खोलकर बाहर निकलेगी। इस तरह जान का निकलना उनकी आत्मा को कष्ट देगा।

एक स्लेट पट्टी लेकर वे अपनी पत्नी को सन्देश लिखेंगे सुनो मुझे गोली लग गई। मैं मर रहा हूँ। मेरे मरने का दुःख मत करना और मुन्नी की तुम्हारी जिम्मेदारी है। तुमको हमेशा दुःख मिला। किसी ग्रामसेवक से शादी हो जाती तो सुखी रहती। पत्नी को लिखने के बाद भी यदि उनमें लिखने की ताकत बची रही तो उस समय का उपयोग कर एक स्लेट पट्टी में मुन्ना को लिखेंगे मुन्ना तुम थानेदार मत बनना। घर की जिम्मेदारी तुम्हारे ऊपर है। अपनी माँ को दुःख मत देना, अपनी बहन से लड़ना मत। लायक बनकर मुन्नी का ब्याह कर देना।

जान निकलने में इसके बाद भी देर होती रही तो एक स्लेट पट्टी लेकर मुन्नी को भी जरूर सन्देश लिख देंगे। बेटी तुम्हारे बाप को गोली लग गई। अम्मा को सँभालना। जब तक सधे पढ़ते रहना। फिर नौकरी कर लेना। गोली लगने के बाद आधा-पौन घंटा तो आदमी जिन्दा रहता होगा। अच्छा होता यदि वे कोटवार और जिवराखन को भी लिख देते। जिवराखन चीज-सामान से सहायता करता। उधारी में ढील करता। न लिखने से शायद वह बुरा मान जाए। कोटवार को लिख देते कि तुम्हारे कहने से हम लोग थाने में रहने गए। मुझे आखिर गोली मार दी गई। पर जिम्मेदारी मेरी थी। तुम दु:ख मत करना। मुन्ना को बोल देना जब तक दूसरे गुरुजी नहीं आते, मुन्ना-मुन्नी दोनों मिलकर बच्चों को पढ़ा देंगे। उनकी पढ़ाई का क्या होगा? किसी तरह अपनी पढ़ाई भी कर लेंगे।

वे थाने की तरफ लौटने लगे घूमते-घूमते वे थक गए थे। खटिया में लेटने का उनका मन हो रहा था। बरामदे के सामने मुन्नी को रस्सी कूदते देखकर उन्हें अच्छा लगा। मुन्ना बरगद की हवाई जड़ों में टारजन की तरह झूलने की कोशिश कर रहा था। थाने के बरामदे के किनारे-किनारे इक्का-दुक्का फूले हुए सदा सुहागन के पौधों को देखकर वे बहुत खुश हो गए। जमीन से चार सीढ़ियाँ ऊँचा बरामदा था। उनकी पत्नी उन्हें दूर से आता देखकर बरामदे में खड़ी उनका रास्ता देखने लगी थी। उनके बरामदे तक आ जाने के बाद भी वह रास्ता देखने जैसा खड़ी रही। सदा सुहागन के एक पौधे के पास एक ईंट का टुकड़ा उन्होंने हटाया और एक किनारे फेंक दिया। बरामदे से उनकी पत्नी ने कहा, "तुलसी भी है" फिर वह भी नीचे उतर गई। गुरुजी कुछ भी नहीं बोले। इधर है उनकी पत्नी ने साथ आने का इशारा किया। वे उनके पीछे-पीछे चलने लगे। पीछे दूर कोने में हरी झाड़ियों के बीच चिरई के रंग-बिरंगे फूल खिले थे। इसका डंठल इतना पनियल होता था कि लड़के पट्टी साफ करने के लिए डंठल का टुकड़ा अपने साथ लेकर आते थे। पट्टी में एक-दो बार रगड़ देने से इतना गीलापन हो जाता था कि पूरी पट्टी साफ हो जाती थी।

काफी पीछे की तरफ एक छोटा सा तुलसी का चौरा बना था। तुलसी हरी-भरी थी। तुलसी चौरे के आसपास नीचे जमीन में ढेर से तुलसी के पौधे झाड़ियों की तरह थे। उन झाड़ियों में घुसते ही तुलसी की गंध उठी और फैल गई। थोड़ा और पीछे जाकर छोटा सा एक तालाब था। थाने के हिस्से की तरफ को छोड़कर तालाब के चारों तरफ लम्बी-लम्बी हरी घास और भरूं का घनापन था। उस तरफ साँप

का डर था। उन्होंने सोचा गाँव में जब इतनी अच्छी भरू है तो लड़कों को अक्षर सुधारने के लिए भरू से लिखना चाहिए। छूही मिट्‌टी चुकिया में घोलकर लड़के पाठशाला आया करें। छूही मिट्‌टी की खदान गाँव के पास ही थी। छूही मिट्‌टी के गोले बैलगाड़ियों में आसपास के गाँवों और शहर की तरफ बिकते। खदान से कोई भी छूही मिट्‌टी खोदकर ला सकता था। घर की लीपा-पोती उसी से होती। कलम जिवराखन की दुकान में पाँच पैसे की एक मिलती थी।

इस तरफ आकर यहाँ इतना एकान्त और अच्छा लगा कि पत्नी का हाथ पकड़ने का उनका मन हो आया।

अँधेरा होने के पहले की स्थिति थी बल्कि उसके भी पहले की स्थिति, इसलिए उजाला था। जब उन्होंने पत्नी का हाथ पकड़ा तो बहुत हल्के से उसने हाथ छुड़ाने की कोशिश की। गुरुजी ने तब भी हाथ नहीं छोड़ा तो पत्नी ने कहा, "सीताफल के पेड़ हैं।" बाएँ स्वतंत्र हाथ से पत्नी ने सीताफल के पेड़ की तरफ इशारा किया देखो। गुरुजी ने हाथ फिर भी नहीं छोड़ा तब पत्नी ने कहा, "लौट चलो! मुन्ना-मुन्नी की आवाज भी नहीं सुनाई दे रही है।" गुरुजी ने हाथ छोड़ दिया।

गुरुजी के पास से एक बड़ा मेढक झाड़ियों में कूद गया। उनकी पत्नी नंगे पैर थी। वे टायर के चप्पल पहने थे। और लँगड़ा रहे थे। जहाँ काँटा गड़ा था वहाँ दर्द हो रहा था। "पैर में क्या हो गया?" उनको लँगड़ाते देखकर पत्नी ने पूछा।

"गोली लग गई।" गुरुजी ने कहा।

"काहे की गोली लगी?" एकबारगी पत्नी के मुँह से निकला।

"बन्दूक की गोली लग गई है।" गुरुजी ने कहा। पत्नी ने कुछ जवाब नहीं दिया तो उन्होंने खुद कहा, "तुम पूछी नहीं किसने गोली मारी?"

"सच बताओ!" उनकी पत्नी ने कहा। गुरुजी ने सोचा अगर सच बताऊँगा तो पाठशाला में गोली खाकर मर जाने की सोची बात भी बतलानी होगी। गुरुजी चाहते तो मरते-मरते बच जाने की सोची बात भी बता सकते थे। आखिर वे जिन्दा अपनी पत्नी के सामने खड़े थे। अभी मर जाने की बात शायद उतनी सच कल्पनाशीलता नहीं होती जितनी बड़ी सच्चाई जिन्दा बचे रहने की थी। "गोली नहीं लगी काँटा गड़ गया था। पक गया।" गुरुजी ने कहा। दुर्घटना तकलीफदेह है। बहुत बड़ी दुर्घटना होते-होते कुछ भी नहीं होता तो उतना मजा नहीं आता जितना मजा बहुत बड़ी दुर्घटना होते-होते थोड़ा सा कुछ हो जाने में रहता। काँटा गड़ना ऐसा थोड़ा

भी कुछ नहीं था। बात करते-करते दोनों रुके। "चलो" उनकी पत्नी ने कहा।

"तुम बुरा मान गई?" उन्होंने पूछा।

"नहीं।"

"सच बोलो।"

"बोल तो रही हूँ सच और कैसे बोलूँ?"

कुछ न बोलने से भी सच बोलना हो जाता।

"मुझको छूकर बोलो गुस्सा नहीं हो।"

"मैं नहीं छूती।"

"तो मैं तुमको छू रहा हूँ।" कहकर गुरुजी ने अपनी एक उँगली पत्नी की बाँह में छुआ दी। ब्लाउज के कपड़े के ऊपर से नहीं कपड़े के नीचे बाँह में उँगली से शरीर का हल्का स्पर्श, जोड़ने के लिए स्पर्श की छोटी गठान।

"अब बोलो!" उँगली से छूते हुए उन्होंने फिर कहा।

ठंडी साँस लेकर पत्नी ने कहा, "मैं गुस्सा नहीं हूँ।"

"सच बोल रही हो?"

"तुमको छूकर तो बोल दी?" उनकी पत्नी ने कहा।

थाने के बरामदे में दूसरे पैर के घुटने के ऊपर काँटा गड़ा पैर रखकर वे बैठे थे। पत्नी सुई लेकर आई। पर अब उजाला इतना नहीं था।

"मुन्नी निकाल देगी।" उनकी पत्नी ने कहा, "मुझे समझ में नहीं आता।"

"रहने दो कल सुबह निकाल देना।" गुरुजी ने कहा।

"कोशिश करती हूँ।"

धोती गुरुजी की इस तरह हो गई थी कि वे नंगे लग रहे थे।

"धोती ठीक करके बैठो नंगे दिख रहे हो।" पत्नी ने कहा।

"रहने दो कल दिन में निकाल देना।" गुरुजी ने कहा।

पत्नी के जाने के बाद उन्होंने सोचा कि उनको नीम के पेड़ की आड़ में पहुँचकर वहीं छुपे रहते हुए पुलिस की गोली से अपने को बचा लेना चाहिए था।

पुलिस थाना का बरामदा इतना बड़ा था कि चार खटिया आसानी से बिछ जाती। लॉकअप के दरवाजे भारी थे। छोटा लॉकअप गुरुजी का कमरा बन गया था। "बापजी का कमरा अलग रहेगा।" मुन्नी बोल रही थी। "सब लोग बड़े वाले

कमरे में रहेंगे।" अम्मा बोल रही थी। "मैं तो अलग कमरे में सो सकता हूँ।" मुन्ना कह रहा था। छोटे लॉकअप के दरवाजे के पास दीवाल की आड़ में खाना बनाने के लिए ईंटों के ऊपर मिट्टी का चूल्हा रख दिया गया था। खाना मुन्नी बना रही थी। गंजी में भात खद-बद चुर रहा था। छोटे लॉकअप में सीमेंट की तखत की तरह चबूतरा जगह थी। दीवाल से सटी हुई। करीब तीन फुट चौड़ी और छह फुट लम्बी। बड़े लॉकअप में इसी तरह बड़ा तखत था। उसमें चार-पाँच आदमी आराम से सो सकते थे। चारों खटिया अन्दर बड़े लॉकअप में दीवाल से सटी खड़ी रखी थीं। गुरुजी पहले छोटे लॉकअप के तखत में बिस्तरा डालकर पौढ़ गए। यह तखत उन्हें आरामदेह लगा। पत्नी ने उनके सिरहाने के पास कंदील लाकर रख दिया। कंदील के आते ही उजाले से चीजें जिस तरह स्पष्ट हो गई थीं, उनकी काली परछाइयाँ भी उभरकर स्पष्ट हो गई थीं।

"खाना अभी खाओगे," कंदील रखने के बाद वहीं खड़े-खड़े पत्नी ने पूछा।

"भूख नहीं है," उन्होंने जवाब दिया।

बिस्तर से ढूँढ़कर उन्होंने पन्द्रह-बीस दिन पुराना एक अखबार निकाला। तीन दिन से इस अखबार को वो दस-पन्द्रह मिनट नियम से देखते थे कि पढ़ने से कोई चीज छूट तो नहीं गई। जिवराखन की दुकान भी जाते तो उसकी रद्दी की ढेरी से दो साल पुराना अखबार भी निकालकर मन से पढ़ते थे।

मुन्ना-मुन्नी ने अम्मा को बरामदे में बैठे देखा तो वे भी बरामदे में आकर बैठ गए। मुन्नी अम्मा से सटकर बैठ गई थी। सबकी आवाजें सुनकर गुरुजी भी बरामदे में आ गए। वे अपनी कंदील लेकर आए। कंदील एक तरफ रखकर वे बरामदे में टहलने लगे। टहलते-टहलते वे अपनी छाया पर इस तरह ध्यान देने लगे कि उनका अँधेरा है। वे अलग जाकर खड़े हो गए। कंदील उनके सामने थी। उनकी छाया उनके और दीवाल के बीच थी। बड़ी क्रूरता से उन्होंने अपनी छाया को दीवाल से दबाना शुरू किया। वे ताकत लगा रहे थे।

"क्या कर रहे हैं बापजी?" आश्चर्य से मुन्नी ने पूछा।

"पीठ खजुआ रहा हूँ।" हँफनी भरी उनकी साँस निकली।

"मैं खजुआ देती हूँ।" उनकी पत्नी बोली।

मुन्नी कंघा लेकर आ गई। पीठ की तरफ से कुरता गले तक खींचकर गुरुजी पीठ खजुआने के लिए बैठ गए। उनकी पत्नी कंघे से पीठ खजुआने लगी। मुन्नी फिर माँ से सटकर बैठ गई थी। उसके कारण पीठ खजुआने में उनको अड़चन

हो रही थी। जब मुन्नी का भार अम्मा के ऊपर लदने जैसा होने लगा तो अम्मा ने उसे झिड़ककर अलग बैठने के लिए कहा। पीठ पर अपना हाथ मोड़कर किसी तरह उन्होंने इशारा किया जहाँ उनका मन हो रहा था।

"पिताजी यहाँ?" मुन्नी ने उनके हाथ के पास नाखून से खुजलाकर पूछा। "हाँ ठीक है।" गुरुजी ने संतोष से कहा फिर पत्नी मुन्नी का हाथ हटाकर खुद नाखून से गुरुजी की पीठ खजुआने लगी। कंदील की बत्ती मिट्टी का तेल कम होने से धीमी होने लगी थी। मुन्नी दूसरी कंदील लेकर बरामदे में आ गई।

बरामदे में खम्बे के पास एक बल्ली में लोहे का मोटा तार लटका था। इसमें घंटा टाँगा जाता था। मुन्ना इस तार को निकालने की कोशिश कर रहा था।

"मत निकालो," अम्मा ने कहा।

"पिताजी अभी कितना बजा होगा?" मुन्ना ने पूछा।

"सात-आठ बजे होंगे।"

"आठ बजे बड़गाँव के थाने का घंटा सुनाई देगा" मुन्ना, मुन्नी से बोला। पर घंटा सुनाई नहीं देता था। या तो आठ बजना याद नहीं रहता। या किसी को आवाज सुनने की याद नहीं रहती। या घंटा बजाने वाला भूल जाता था।

थाने के सामने का मैदान अँधेरा घुप्प फैलाव था। पानी से भरे धान के खेत थोड़ी देर बाद शुरू होते थे। यहाँ से खेत की तरफ देखो तो लगता था अँधेरे के मैदान के बाद अँधेरे के खेत भी हैं।

बरसात के बाद मुरमी जमीन होने के बाद भी अँधेरा, दलदली लगता था। जैसे मैदान की तरफ गए तो अँधेरे से कीचड़ की तरह लथपथ हो जाएँगे। जहाँ जमीन का धोखा होता था, जमीन उससे दो-चार इंच नीचे होती थी। इसलिए कदम जिस हिसाब से पड़ने चाहिए, नहीं पड़ते थे, और आदमी लड़खड़ा जाता था।

गाँव थाने के पीछे की तरफ था नहीं तो गाँव में जलती कोई ढिबरी दिखलाई देती। ग्रामसेवक का क्वार्टर भी दिखलाई नहीं देता था। "पाठशाला के सामने से दुकान की गैस बत्ती जलते दिखती थी" बापजी बोले।

"पाठशाला में ब्लैक बोर्ड था।" मुन्ना बोला।

"मेरे को डर लगता है।" धीरे से मुन्नी अम्मा से बोली।

अँधेरा भाँय-भाँय कर रहा था। कैसी-कैसी सन्नाटे की आवाज आ रही थी। लगता था अँधेरा बनाने का कारखाना पास में कहीं था जिसके चलने की आवाज सन्नाटे की आवाज थी। चारों तरफ के अलावा, मन के खालीपन में भी यह उत्पादन जमा हो रहा था। "बापजी कोई आ रहा है।" मुन्ना बोला। दूर उन लोगों में एक के पास टॉर्च थी और एक के पास कंदील। अम्मा उठकर खड़ी हो गई और मुन्नी का हाथ पकड़कर बड़े लॉकअप के अन्दर चली गई। एक कंदील तो बुझ गई थी दूसरी कंदील का हल्का उजाला बरामदे से अन्दर आ रहा था। अन्दर से दरवाजा बन्द करने की कोई व्यवस्था नहीं थी। अम्मा अपने दोनों हाथों को बाहर निकालकर बाहर से कुन्दा लगाने की कोशिश करने लगी। उनकी कलाई की चूड़ियाँ लोहे की मोटी-मोटी सलाखों से टकरातीं तो ऐसी आवाज काँच के लिए लोहे का व्यंग भी नहीं थी। अम्मा ने अन्दर से बाहर का कुन्दा बन्द कर लिया था।

मुन्नी सीखचे पकड़ी, आते हुए आदमियों को देख रही थी। अम्मा ने मुन्नी का हाथ पकड़ा और उसे एक कोने में ले जाकर बैठा दिया ताकि बाहर से उन पर नजर न पड़े। छुपी-छुपी वह भी दरवाजे में खड़ी थी।

मुन्ना में डर नहीं था उत्सुकता थी। गुरुजी बरामदे में स्थिर खड़े उनको देख रहे थे। वे लोग आपस में बात करते आ रहे थे। बातचीत समझ में नहीं आ रही थी। एक के कन्धे पर उन्हें लगा कि बन्दूक है।

"मुन्ना तू भी अन्दर चला जा।" गुरुजी ने कहा।

"मुझे डर नहीं लगता।" मुन्ना ने कहा। बन्दूक है या नहीं, यह मुन्ना से निश्चित कराने की वे सोच रहे थे।

टॉर्च वाला बरगद के पेड़ के पास रुककर टॉर्च का उजाला ऊपर पेड़ पर इधर-उधर फेंक रहा था, जिससे हवाई जड़ें बरगद की, लटकी हुई जादुई शाखा की झलक देतीं।

"कौन है?" मुन्ना ने कड़ककर पूछा। गुरुजी ने सुना कि उनकी पत्नी अन्दर लॉकअप में बड़बड़ा रही है। सीखचे के पास जाकर फुसफुसाते हुए गुस्से से उन्होंने कहा, "चुप रहो" मुन्नी धीरे-धीरे दबी आवाज में रोने लगी थी। टॉर्च का प्रकाश जब आसपास ऊपर-नीचे कहीं भी होने लगा तो गुरुजी को लगा कि टॉर्च वाला आदमी अवश्य जिवराखन होगा। यह जिवराखन की आदत थी कि टॉर्च के उजाले को निशाने की तरह वह अँधेरे में फेंकता था। जो चीज या जगह टॉर्च के निशाने में दिखती वही निशाना होता। गुरुजी भी उससे टॉर्च लेकर एक बार रात को आकाश में चन्द्रमा ढूँढ़ चुके थे। जिवराखन और वे पाठशाला के मैदान में थे। अचानक तब जिवराखन ने कहा था, "चन्द्रमा कहाँ चला गया गुरुजी?"

जलते टॉर्च को वह आकाश की तरफ फेंककर चन्द्रमा को ढूँढ़ रहा था।

"नहीं मिला क्या?" गुरुजी ने थोड़ी देर बाद पूछा।

"मैं भी चन्द्रमा को ढूँढूँगा।" गुरुजी ने कहा।

"अभी रुक जाओ गुरुजी।" जिवराखन ने कहा।

"कल तो बहुत बड़ा दिखा था। जिवराखन मेरे को टॉर्च दो।"

"बादल नहीं हैं।" ऊपर आकाश में टॉर्च के उजाले में देखते हुए जिवराखन ने कहा।

"टॉर्च दे दो जिवराखन!" टॉर्च छीनते हुए गुरुजी बोले। आकाश की तरफ देखने के बाद गुरुजी ने टॉर्च का उजाला ग्रामसेवक के क्वार्टर की तरफ फेंका और कहा, "आज चन्द्रमा नहीं दिखेगा। चलो ग्रामसेवक को देख आएँ उसके घर में ताला बन्द है कि नहीं।" दोनों ग्रामसेवक के दरवाजे पर गए। गुरुजी दरवाजे के ताले को टॉर्च के उजाले में इस तरह देखते रहे कि क्षण भर बाद में बन्द ताला शायद खुला दिखने लगेगा। या टॉर्च के उजाले से खुल जाएगा। टॉर्च के उजाले को वे तलवार की तरह चलाते। उजाले के तेज के कारण अँधेरा तो कट रहा था।

"कौन सा ताला है?" गुरुजी ने पूछा।

"अलीगढ़ी है गुरुजी।" जिवराखन बोला।

बैटरी सेल बिलकुल नया था। गुरुजी ने चन्द्रमा देखने के लिए ऊपर की तरफ उजाला फिर फेंका।

"मुझको तो दिख गया लगता है गुरुजी।" जिवराखन ने कहा।

"बिना टॉर्च के कैसे दिखेगा जिवराखन! टॉर्च तो मेरे पास है।" गुरुजी ने कहा। गुरुजी ने टॉर्च जिवराखन को दे दिया। पीपल के पेड़ से छिपा हुआ चाँद निकल आया था। जैसे जिवराखन की टॉर्च से दिख गया था। जिवराखन ने जलती टॉर्च को चन्द्रमा की तरफ कुछ देर तक स्थिर रखा। आकाशी दीवाल पर टॉर्च का गोल फोकस की तरह चन्द्रमा था फिर जिवराखन ने टॉर्च को बुझा दिया। लेकिन चन्द्रमा टॉर्च से छूटे हुए फोकस की तरह वहीं रह गया था।

"कौन है भाई!" गुरुजी ने चिल्लाकर पूछा। "हमीं लोग तो हैं!", जिवराखन की आवाज थी। गुरुजी जिसे बन्दूक समझ रहे थे वह कोटवार का भाला था। कोटवार का लड़का घासीराम भी साथ था। घासीराम के हाथ में एक कंदील थी। मुन्ना ने जिवराखन की आवाज सुनी तो तुरन्त अम्मा को जाकर बताया कि जिवराखन और कोटवार आ रहे हैं, साथ में घासीराम भी है।

"आओ भाई आओ, तुम लोग आए तो अच्छा लगा। मुझको थाने में धँधवाकर सोच रहे होगे कि गुरुजी से छुटकारा मिल गया।"

"नहीं नहीं! कैसा कहते हो गुरुजी!" जिवराखन बोला।

"क्या गुरुजी!" कोटवार बोला।

मुन्नी अपनी अम्मा के साथ बाहर आ गई। लॉकअप का कुन्दा खुद मुन्नी ने खोला था। मुन्नी बहुत खुश थी। कोटवार की कंदील आ जाने से बरामदे में और उजाला हो गया था। पर कोटवार ने अपनी कंदील का मिट्टी का तेल बचाने के लिए कंदील को बुझा दिया।

"हालचाल लेने आए हैं।" जिवराखन बोला।

"यह भले आदमी की जगह नहीं है।" गुरुजी बोले।

"जगह की क्या खराबी है!" कोटवार बोला।

"डर तो नहीं लगता गुरुजी?" बहुत अपनेपन से जिवराखन बोला।

"मैंने कोई चोरी नहीं की है। कोई डाका नहीं डाला है!" गुरुजी ने कहा।

"आप रहने लगे तो जगह अच्छी हो गई। बुरा आदमी जहाँ रहेगा, वह जगह खराब हो जाएगी।" जिवराखन बोला।

"नाती की तबीयत ठीक नहीं है। सर्दी ने पकड़ लिया है जमके। चाय पत्ती और गुड़ माँगने आया हूँ गुरुजी।" कोटवार बोला। गुरुजी का मन हुआ कि पूछे, जिवराखन से चाय पत्ती और गुड़ ले लेते उसकी तो दुकान है।

घासीराम चुपचाप उखरू बैठा घुटने में हाथ बाँधे हुए था। बात करते-करते उसकी तरफ कोई देखता तो वह उखरू बैठे-बैठे घबराहट या संकोच से सिर हिलाकर रह जाता था। शराब के नशे में वह केवल जिवराखन को गाली देता था। नशा उतरने के बाद यदि जिवराखन उसे फाँसी के फन्दे तक ले जाता तो वह चुपचाप चला जाता।

"तुम्हारे लड़के को क्या हुआ?" गुरुजी की पत्नी ने घासीराम से पूछा। घासीराम ने कुछ नहीं कहा। उखरू बैठे-बैठे इधर-उधर सरक गया।

"आगी है क्या गुरुजी, चोंगाबीड़ी पीने का मन है।" कोटवार बोला।

"कोटवार! चूल्हा की आगी नहीं है चूल्हा बुता गया।"

"माचिस दे दो" गुरुजी मुन्नी से बोले। जिवराखन ने सबको बीड़ी दी। जिवराखन ने कहा, "कंदील से बीड़ी जला ले।" पर मुन्नी माचिस लेकर आ गई थी। कोटवार ने सबकी बीड़ी सुलगाई। कोटवार ने सिर पर बाँधे कपड़े में खुँसा चोंगा नहीं निकाला।

वह भी बीड़ी पीने लगा। घासीराम एक तरफ कोने में जाकर दोनों हाथों से बीड़ी दबाए बीड़ी पी रहा था। कोटवार बीड़ी पीकर खाँसता था।

"मेरा बहुत नुकसान हो गया गुरुजी।" जिवराखन बोला। जिवराखन ने इतने दुःख के साथ कहा था कि कोटवार खाँसना भूलकर बैठे-बैठे जिवराखन की तरफ थोड़ा खिसक आया और इतना सरकते ही जैसे वह भी जिवराखन के दुःख में शामिल हो गया। गुरुजी ने जिवराखन के कन्धे में हाथ रखा "नफा-नुकसान तो होता है जिवराखन।" घासीराम का किसी बात की तरफ ध्यान नहीं था।

"फसल तो इस साल अच्छी होगी।" गुरुजी बोले। गाँव में नहर के किनारे जिवराखन की पच्चीस एकड़ जमीन थी। पानी के ठीक से न गिरने के कारण जिवराखन की फसल कभी खराब नहीं हुई। उसके इतने बड़े मुनाफे की दुनिया में आटे की बोरी या नमक का भीग जाना कोई खास नुकसान नहीं था। जिवराखन गिरवी रखने का धन्धा भी करता था।

गुरुजी ने सोचा ऐसे वक्त में जिवराखन की उधारी पटा देनी चाहिए। बंडी की जेब से उन्होंने एक मुड़ा दो रुपये का नोट निकाला। "जिवराखन इसको रख लो।"

"अच्छा हुआ दे दिया गुरुजी।" कोटवार बोला।

"अट्ठारह रुपये बचे हैं न जिवराखन?"

"हौ गुरुजी।" जिवराखन ने नोट मनीबेग में रख लिया। बोरे के टुकड़े को सिलकर बनाया हुआ मनीबेग था। "नाराज मत होना गुरुजी" जाते-जाते जिवराखन ने कहा।

गुरुजी ने कोटवार से पूछा, "चाय पत्ती और गुड़ रख लिये?"

"हौ। सबेरे फिर आऊँगा।" कोटवार ने कहा।

"देखो।" गुरुजी ने कहा।

भात खाकर सब सोने की तैयारी करने लगे। बड़े लॉकअप में, गुरुजी, मुन्ना, मुन्नी, अम्मा सब सीमेंट के तखत पर सो रहे थे। मुन्नी और अम्मा इस बात का ध्यान करके सो रहे थे कि बाहर बरामदे की आड़ में रहें। पर कमरे में ऐसा कोई हिस्सा नहीं था, जहाँ पूरी आड़ हो जाती हो। कंदील की बत्ती को धीमा कर दिया गया था।

गुरुजी को नींद आ रही थी। उनके पास एक लोहाटी ताला था। जिसकी पेचदार चाबी थी। हाथ बाहर निकालकर उन्होंने ताला बन्द किया। ताला बन्द हो जाने से उनमें सुरक्षा की निश्चिन्तता आई। उनकी पत्नी को नींद नहीं आई थी। पर नींद का बहाना किये वह लेटी थी। वह मुन्नी के पहरे के कारण जाग रही थी। गुरुजी को ताला बन्द करते देख उसे भी लगा कि अब सो जाना चाहिए। गुरुजी जल्दी खर्राटे भरने लगे। ऐसी स्थिति में आसपास के सन्नाटे में एक संगीत सुनाई देता था। खुशी के गाने की धुन सुनाई देती थी।

कमरे के एक कोने में जहाँ पेशाब-टट्टी की निकासी के लिए जगह बनी थी वहाँ पेशाब बहाने के लिए पानी भरी एक बाल्टी रख दी गई थी। गुरुजी रात को पेशाब करने के लिए उठे। पेशाब करके जब खड़े होने लगे तब पेचदार चाबी ढीली धोती की टेंट से सरककर नीचे गिर गई। गुरुजी का दिल धक से रह गया। पर चाबी नाली से बाहर नहीं गई थी, नाली से निकलते-निकलते रह गई थी।

सावधानी से बाएँ हाथ से उन्होंने चाबी निकाली। दाहिने हाथ से पानी डालकर उन्होंने चाबी को धोया। धोती कसकर टेंट में अच्छी तरह से चाबी खोंसी फिर सो गए। खर्राटे भरने लगे।

ऐसी स्थिति में अब खुशी का गीत भी सुनाई देना चाहिए था। गीत का एक-एक शब्द स्पष्ट सुनाई देना था।

एकदम सबेरे मुन्नी उठी। फिर उसने मुन्ना को उठा दिया। दोनों सीखचें पकड़कर बाहर की तरफ देखने लगे। मुन्ना ने हाथ बाहर निकालकर कुन्दे को टटोला तो उसमें ताला बन्द था। ताला स्पर्श में भी उसका पहचाना हुआ था। "ताला बन्द है।" मुन्ना ने कहा। मुन्ना ने बिना आहट किये चाबी ढूँढ़ने की कोशिश की। उसे चाबी नहीं दिखी। फिर वे दोनों चुपचाप दरवाजे से सटकर बैठ गए। मुन्नी ने एक सलाखे से गाल सटाया तो ठंडा लगा। दुबारा उसी जगह छुआने से उतना ठंडा नहीं लगा। वह उठकर खड़ी हो गई और सलाखों में जगह-जगह गाल छुआने का खेल खेलने लगी। मुन्ना को, दाहिने हाथ की तरफ एक पेड़ की डाल पर गिलहरी दिखी। दूसरी डाल पर वह कूदी तो भी मुन्ना को दिख रही थी। फिर वह ओझल हो गई। दरवाजे के किनारे से आँख सटाकर अधिक से अधिक बाहर देखने की कोशिश में वह गिलहरी को फिर देखना चाहता था। एक चिड़िया डाल पर बैठी उसे दिखी पर उसने उस चिड़िया की उपेक्षा कर दी। तितली एक ऊँचे पेड़ की फुनगी तक उठकर उस पार चली गई। तितली अपने कोमल पंखों से चिड़िया इतनी ऊँचा उड़ सकती है?

अम्मा और पिताजी दोनों रात को ठीक से सो नहीं पाए थे इसलिए अभी तक गहरी नींद में सो रहे थे। अन्दर की तरफ कुन्दे होते तो अन्दर का कुन्दा लगाकर कोई कैदी स्वतंत्र हो जाता कि उसकी मर्जी के बिना उसे बाहर नहीं निकाला जा सकेगा। और उसका कैदपन कम हो जाता।

थाने के सामने जो मैदान था उस तरफ पूर्व दिशा थी। खेत की तरफ किसान दिखाई देने लगे थे। मुन्ना और मुन्नी दोनों फिर लेट गए। मुन्ना ने मुन्नी से कहना शुरू किया "एक गन्दा आदमी पिताजी को हमेशा तंग करता था। एक दिन, मैं उनके साथ जा रहा था। रात हो गई थी। सियार बिलकुल पास आकर बोल रहे थे। रास्ते में वही गन्दा आदमी मिल गया। पिताजी को गन्दी-गन्दी गाली बकने लगा। पिताजी को मारने के लिए उसने हाथ उठाया तो दौड़कर मैंने उसके पेट में सिर से इतनी जोर से धक्का दिया कि वह जमीन पर गिर पड़ा। मालूम, छटपटाकर वह वहीं पर मर गया। पुलिस ने हम दोनों को इसीलिए पकड़ लिया और थाने में बन्द कर दिया।"

"मुझको क्यों पकड़ा गया?" बहिन ने पूछा, "तुम मेरी बहिन हो और अम्मा भी पकड़ी गई।"

उन्होंने देखा दूधवाला साइकिल खड़खड़ाता हुआ आ रहा है। 'दूध' बोलकर वह बरामदे के पास रुक गया। उसकी साइकिल में कैरियर की तरफ बड़े-बड़े दूध के डिब्बे लटके थे। हैंडिल की तरफ छोटे-छोटे डिब्बे लटके थे। एक छोटा डिब्बा निकालकर वह बरामदे में चढ़ गया। मुन्नी एक गिलास उठा लाई और सीखचे से बाहर निकालकर गिलास रख दिया। दूध वाले ने एक पाव नापकर दूध डाल दिया। सीखचे से हाथ निकालकर सावधानी से मुन्नी ने दूध भरा गिलास अन्दर कर लिया। साइकिल खड़खड़ाता दूधवाला चला गया। उसने बाहर लगे ताले की तरफ ध्यान ही नहीं दिया। उसे चंडी गाँव में दूध पहुँचाने की जल्दी थी। गाँव में सबको मालूम था कि पाठशाला से गुरुजी थाने में रहने चले गए।

थाने के अहाते के बाहर उन दोनों ने बकरियों का एक झुंड देखा। बकरियों के मिमियाने की आवाज उन तक आ रही थी। उत्सुकता से वे देख रहे थे कि बकरी थाने के अहाते के अन्दर जाती है या नहीं।

यह स्वतंत्र होने का प्रदर्शन है
चिड़िया जितनी स्वतंत्र होती
बिल्ली भी उतनी स्वतंत्र और
उन्मुक्त होती बिल्ली हमेशा
दबोचने वाली ताकत होती।

एक दरवाजे को बन्द कर हमने पूरे बाहर को बन्द कर दिया है। एक छोटे से कमरे में अलग होकर स्वतंत्र हैं। अपने कमरे का दरवाजा बन्द कर हमने सारी दुनिया को बाहर बन्द कर दिया। सारी दुनिया हमारी कैद में है। अपने दरवाजे को खोलकर हम दुनिया के कमरे में जाते हैं। जितनी बड़ी दुनिया है उतना बड़ा उसका कमरा है। सूरज उस कमरे में बहुत ऊपर चढ़ आया था।

गुरुजी बिलकुल सिमटे, मुँहफाड़े गहरी नींद में सो रहे थे। पत्नी ने उनको उठाया। बड़ी मुश्किल से गुरुजी उठे। "चाबी दो" पत्नी ने कहा।

टेंट से गुरुजी ने चाबी निकाली। खुद ताला खोलने के लिए मुन्ना ने उनसे चाबी ले ली। मुन्ना ने ताला खोला। इतना भारी दरवाजा, पर बन्द होने में और खुलने में कितना हल्का।

मुन्ना और मुन्नी खुले दरवाजे से इतने धीरे-धीरे बाहर आए जैसे बाहर कोई मोटी दीवाल है, क्षितिज तक मोटी दीवाल जिसके अन्दर घुसा जा सकता है। ठीक दरवाजे से लगी हुई दीवाल। नदी, तालाब, समुद्र में पानी की मोटाई उसकी गहराई होती है, अपनी अन्दरूनी हलचल के साथ। ज्यादा गहरे में डूबकर मरने का डर रहता है। इस बाहरी हलचल भरी गहराई में कितनी दूर तक जा सकेंगे, जिसमें मरें नहीं। बरामदे तक! कुएँ तक!! अगर दीवाल न मानें तो भी यह उनकी दुनिया नहीं है। यह किसी दूसरे की चीज है। आकाश की तरफ देखने का भी मन नहीं हो रहा होगा। बरगद की लटकती जड़ों से वे नहीं लटके। चिड़ियों की चहल-पहल सुन रहे हैं या नहीं? ये चीजें उनकी नहीं हैं। मुन्नी अपनी पीतल की अँगूठी को देख रही थी। यह उसकी चीज थी। वे दोनों उदास थे।

गुरुजी दतौन तोड़ने के लिए उस तरफ चले गए जिस तरफ पेड़ थे। पत्नी खाली बाल्टी में मुन्ना-मुन्नी के गंदे कपड़े लेकर कुएँ की तरफ चली गई। मुन्नी से रस्सी वाली बाल्टी लाने के लिए उन्होंने कहा था।

सुबह के उजाले में बड़ी ताकत होती है। इस वक्त आने वाले समय की पूरी तैयारी के लिए आदमी तरोताजा रहता है। तैयारी यानी जिरह बख्तर। रात इतनी दूर होती है कि पूर्व की दिशा की तरफ भागते रहें और होने वाली सुबह के साथ ही साथ रहें।

"तुम न उठाती तो बड़ी देर हो जाती।" गुरुजी ने पत्नी से कहा।

"मैं भी सोती रही।"

"रात को ठीक से नींद नहीं आई।" गुरुजी ने कहा।

"नई जगह थी।"

"मुझको लग रहा था कि बिलकुल नींद नहीं आएगी, पर पता नहीं कब आ गई।" नींद आने पर यह मालूम हो जाना चाहिए कि इतने बजे सोये, जैसे उठने पर मालूम हो जाता है।

"तुम बेहोश सो रहे थे, कितना उठाने पर उठे!"

"हुआ यह होगा, जब नींद नहीं आती तो ऐसा समय आता है जब आदमी बेहोश हो जाता है। मैं उठा थोड़ी होऊँगा, होश में आया होऊँगा।"

"मैं भी बहुत देर तक सोती रही। फिर तुमको उठाई।"

"तुम पहले होश में आ गई थी।"

"मैं बेहोश नहीं सोती। सजग सोती हूँ। थोड़ा भी खटका होता है तो नींद खुल जाती है।"

"तुम सजग मरोगी और मैं मरने के पहले बेहोश हो जाऊँगा, मुझे पता नहीं चलेगा कि मैं मर गया। तुमको शायद पता भी चल जाए कि तुम मर गई। मरने के बाद भी अगर घर में झाड़ू लगाना रह गया होगा तो तुम झाड़ू लगा दोगी। हम लोग सब सोते रहेंगे।"

"मुन्नी!" गुरुजी की पत्नी चिल्लाई।

"मुन्ना भी नहीं दिख रहा है। मुन्ना! मुन्नी!!" गुरुजी चिल्लाए।

गाँव तक आवाज गई होगी। दोनों कितनी दूर चले गए होंगे। दुनिया के सारे मुन्ना और मुन्नी ने सुना होगा। उनके मुन्ना और मुन्नी ने जाना होगा कि यह उनके लिए है। दुनिया के आखिरी छोर से वे वापस हो रहे थे।

"कहाँ चली गई थी?" गुस्से से अम्मा ने मुन्नी से पूछा।

"कहीं नहीं।" मुन्नी ने कहा।

"हम लोग तो यहीं बरामदे में बैठे थे।"

"बेकार चिल्लाए।" गुरुजी ने कहा।

दतौन कुल्ला करके गुरुजी ने कहा, "चलो, चाय बनाओ।"

"बस तुम्हारी धोती और धो लूँ।" पत्नी ने कहा।

"तू चाय बना!" गुरुजी ने मुन्नी से कहा।

गुरुजी हर हालत में आज बड़गाँव जाना चाहते थे। थानेदार को वे बता देना चाहते थे कि किन परिस्थितियों में यहाँ हैं। एक-दो दिन और रहने की अनुमति लेना चाहते थे। उन्होंने पत्नी से कहा, "बड़गाँव जाना होगा! यहाँ रहने की अनुमति ले लेंगे नहीं तो बात बिगड़ जाएगी।"

"क्या बात बिगड़ जाएगी!"

"वो लोग समझेंगे हमने इस थाने पर कब्जा कर लिया है। अचानक रात को गारद लेकर घेर लेंगे। इतनी आसानी से हमारे कब्जे में थोड़ी रहने देंगे। या फिर यहाँ रहना कोई कानूनी अपराध होगा तो सचमुच जेल चले जाएँगे। जेल अपने को अजीब नहीं लगेगा। जेल जाना हुआ तो कह देंगे इसी जेल में रहने दो।"

"किसी पेड़ के नीचे रह लेते।"

"नीचे रहने लायक गाँव में बहुत पेड़ हैं। एक तो यहीं थाने का बरगद का पेड़ और गाँव के बीचोबीच, जिवराखन साहू की दुकान के सामने का पीपल का पेड़। पीपल का पेड़ ऐसा है कि गाँव के कुछ बूढ़ों का वहाँ पहले से कब्जा है। कुछ परदा नहीं होगा। थाने के पेड़ के नीचे रहने का कोई मतलब नहीं।"

"बस मुन्नी के कारण थोड़ी हिचक होती है नहीं तो पीपल का पेड़ ठीक है।"

"मुन्नी को चादर ओढ़कर सोने के लिए कहा करो।"

"सोते में चादर फेंक देती है। बेढंगा सोती है।"

"तुम फालतू बात सोचती हो। गाँव वालों के बीच और सुरक्षित रहेंगे।"

"पर तुम पेड़ के नीचे ताला कैसे लगाओगे।"

"पाठशाला के बरामदे में तो ताला नहीं लगाते थे। वहाँ भी ताला लगाने की जरूरत नहीं पड़ेगी। अगर अनुमति नहीं मिली तो वहीं चले जाएँगे फिर किसी आसपास के गाँव में ठहरने की व्यवस्था करेंगे। समझी।"

कुएँ से पानी खींचने का काम गुरुजी कर रहे थे। रस्सीवाली बाल्टी को भी भरकर थाने तक ले जाने के लिए आखिरी बार वे उसे खींच रहे थे पर नारियल बूच की खुरदरी रस्सी खींचते समय इस तरह पीछे फिंकाई कि पत्नी की आँख में लगी।

"अम्मा!" पत्नी के मुँह से निकला।

"क्या हुआ!" भरी बाल्टी नीचे रखते हुए गुरुजी ने पूछा।

"रस्सी आँख में लग गई।" पत्नी ने कहा।

"जोर से लगी?"

"नहीं। बच गई।"

थाना लौटते समय गुरुजी ने देखा पत्नी रो रही थी। गुरुजी के दोनों हाथों में भरी बाल्टियाँ थीं। पत्नी के कन्धे में धुले-निचोड़े कपड़े थे। हाथ में साबुन और नील की डिब्बी थी। दोनों बाल्टियों को नीचे रख गुरुजी ने पूछा, "सच बताओ क्यों रोई।"

"आँख में लग गई थी। अब ठीक है।"

"झूठ बोलती हो। तुमको रोने का बहाना चाहिए था। मुझको छूकर बोलोगी।"

गुरुजी ने पत्नी की तरफ उँगली बढ़ा दी। छिटककर दूर होते हुए पत्नी ने कहा, "छी: रोने भी नहीं देते।" रस्सी वाली बाल्टी उठाकर पत्नी आगे बढ़ गई गुरुजी वहीं खड़े रह गए। पत्नी को जाता हुआ वे देखते रहे। शायद उन्हें लग रहा होगा कि पत्नी बहुत दूर चली गई होगी। दौड़कर उसको वे पकड़ नहीं सकते थे।

परन्तु पत्नी आगे खड़ी थी। "क्या हुआ। रुके काहे थे।" पत्नी ने आश्चर्य से पूछा। पत्नी दूर नहीं गई थी। रुककर उसने गुरुजी का इन्तजार किया था। पत्नी का दूर निकल जाना, फिर रुककर उनका इन्तजार करना यह सब बस बीस-तीस फुट की दूरी पर हुआ होगा।

"बाल्टी भूल गए।"

गुरुजी ने पीछे मुड़कर देखा। भरी बाल्टी रखी थी। वे उसे छोड़ आए थे। "तुम रुको। मैं ले आती हूँ।" यह कहकर वह बाल्टी लेने चली गई।

यहाँ कुछ ऐसा सुनाई देता था कि चारों तरफ खुशी है। पर ज्यादा कुछ सुनाई नहीं दे रहा था। मुन्ना-मुन्नी की हँसी की आवाज या खेलने की आवाज भी नहीं सुनाई दे रही थी। उनकी पत्नी कभी गुनगुनाती नहीं। वे बड़े लॉकअप में सीमेंट के तखत पर बैठ गए। रोशनदान की तरफ उन्होंने देखा कि वहाँ कोई चिड़िया बैठी हो।

छोटे लॉकअप में मुन्नी चाय बना रही थी। चाय की खुशबू आने लगी थी। मुन्ना और उनकी अम्मा भी वहीं होंगी। वे उठे। उनको अकेले बड़े लॉकअप में रहना अच्छा नहीं लग रहा था। जब वे पहुँचे तो मुन्नी लोटे में चाय छानने की तैयारी में थी। चाय में उबाल आने वाला था।

"शक्कर डाल दी हो?" चूल्हे के पास बैठते हुए उन्होंने मुन्नी से पूछा।

"हौ!" मुन्नी ने हामी भरी।

चूल्हे के दोनों तरफ हथेली फैलाकर वे आँच तापने की मुद्रा में आ गए।

मुन्ना दूर कोने में चाय के इन्तजार में बैठा था। लगता था उसे भूख लग रही है।

"मुन्ना को कुछ खाने को दो।" उन्होंने पत्नी से कहा।

"रात को भात बना था। बचा नहीं। अभी चाय हो जाती है।" पत्नी ने कहा।

मुन्नी ने लोटे को कपड़े से पकड़कर करीब बराबर-बराबर चाय सभी गिलासों में डाल दी थी। पर जिसमें कुछ ज्यादा चाय लग रही थी उसे उसने मुन्ना के लिए सोच लिया। वही गिलास उठाकर उसने मुन्ना से कहा, "चाय ले ले" पर मुन्ना चाय के लिए उठा नहीं। जब मुन्नी ने उससे चाय के लिए पूछा था तो उसने अपना सिर झुका लिया था।

"उसको जाकर दे दो।" गुरुजी ने कहा।

मुन्ना कहीं खेलने चला गया था। मुन्नी भी शायद उसी के साथ थी। पाठशाला का एक चक्कर लगाकर गुरुजी आ गए थे। पढ़ने वाले बच्चे नहीं थे सब इधर-उधर खेल रहे थे। गुरुजी नहर के पास पेशाब करने गए तो उन्हें दो लड़के बीड़ी पीते हुए दिखे। एक लड़का थोड़ी दूर पर टट्टी कर रहा था। उन्होंने वहाँ पेशाब नहीं किया। लड़कों ने उन्हें नहीं देखा था। उन्होंने भी लड़कों को अनदेखा कर दिया। पाठशाला में लड़कों के न होने के कारण चारों तरफ और भी सन्नाटा हो गया था। पत्नी कुआँपार में बर्तन धो रही थी। जिवराखन और कोटवार का पता नहीं था। गुरुजी दोनों के साथ बड़गाँव थानेदार के पास जाना चाहते थे। देर हो जाने के कारण बड़गाँव जाने का उनका उत्साह खतम हो गया था। वे फिर थाने से कहीं हट जाना चाहते थे। पीपल के पेड़ के नीचे जाकर रहने की बात सोचने का उनका मन हो रहा था। वहाँ ताला किस तरह लगेगा? बेशरम की डंडियों से एक घेरा बनाया जा सकता था। उसी का एक छोटा दरवाजा। उस दरवाजे को रस्सी से अटकाया जा सकता था। पानी गिर गया तो। बड़गाँव के थानेदार ने थाना खाली करने के लिए कहा तो, बड़गाँव में ही किराए की कोई जगह ढूँढ़ लेंगे।

गुरुजी बड़े लॉकअप में आकर पौढ़ गए। उन्हें नींद आ रही थी। वे कुछ देर सो लेना चाहते थे। रात को ठीक से सोये भी नहीं थे। दरवाजा खुला था। उन्होंने उसमें ताला लगाया और आँख मूँदकर लेट गए। चादर उन्होंने सिर तक ओढ़ लिया था। थोड़ी देर के लिए उनकी आँख लगी होगी। कुछ आहट मिलने से वे

उठ गए उन्हें लगा कि कोटवार आया होगा। उन्होंने देखा बाहर जमीन पर एक साइकिल पड़ी है। साइकिल में स्टैंड नहीं था। शाला निरीक्षक की साइकिल में भी स्टैंड नहीं था। शाला निरीक्षक किसी पेड़ या दीवाल से अपनी साइकिल टिकाकर नहीं रखते थे। वे उसे धीरे से जमीन पर गिराकर रख देते थे।

वे दरवाजे के पास आ गए। दाहिने तरफ काला बदरंग कोट पहिने शाला निरीक्षक छुपे हुए से खड़े थे। गुरुजी को देखकर वे सामने आ गए। शाला निरीक्षक पसीने से तरबतर थे। अधगंजे सिर पर पसीना चुहचुहा आया था। अधगंजे सिर के बाद उनके काफी घने बाल थे। घने बाल होने के कारण वे उतने गंजे नहीं लगते थे। लगता था उनका माथा काफी बड़ा है। साइकिल गिराकर रखने की आदत, साँवला रंग और मोटी नाक के कारण जो रौब पड़ना चाहिए वह रौब नहीं पड़ता था। उनका व्यक्तित्व देखकर लगता था, उनकी अन्तरात्मा मास्टर है।

"नमस्ते!" गुरुजी ने कहा।

शाला निरीक्षक परेशान था। उन्होंने नमस्ते का जवाब नहीं दिया।

"नमस्ते!" गुरुजी ने फिर कहा।

जवाब में सिर हिलाकर उन्होंने पूछा, "आप यहाँ हैं?"

जिस तरह उन्होंने सिर हिलाया था उससे लगता है पसीने की दो-चार बूँदें उनके माथे से नीचे टपक पड़ी होंगी।

"आपको कैसे पता चला?" गुरुजी ने पूछा।

"दूधवाले ने बताया था।"

"सुबह वही दूध दे गया था। आपको चंडी गाँव में मिला होगा।"

"हाँ! वहीं से आ रहा हूँ।"

"पोस्टमैन मेरे नाम की कोई चिट्ठी लाएगा तो यहीं लाएगा। आपने पाठशाला देखी है?"

"नहीं! पर मुझे मालूम था इसीलिए मैं आया। उसी दूधवाले ने बताया था। किसी को चोट तो नहीं आई। अब बच्चे कैसे पढ़ेंगे। आपने क्या किया है।"

"मैंने कुछ नहीं किया है। आपने पाठशाला नहीं देखी। जर्जर हालत तो शुरू से थी। आँधी से छप्पर उड़ गया। किसी बच्चे के हाथ मैं खबर भेजने वाला था, अच्छा हुआ दूधवाले ने आपको बता दिया।"

गुरुजी अगर किसी बच्चे के हाथ शाला निरीक्षक को खबर भिजवाते तो स्लेटपट्टी में लिखकर भिजवाते।

दरवाजे के पास बाहर शाला निरीक्षक के पास मुन्ना-मुन्नी और उनकी अम्मा आकर खड़ी हो गई थीं। अकेले गुरुजी ताले में बड़े लॉकअप में थे। यह दृश्य मजेदार था।

शाला निरीक्षक झोले के अन्दर कुछ कागज ढूँढ़ रहे थे। इसी बीच पत्नी ने उनकी तरफ सलाखों के बीच से दो बड़े-बड़े हरे भटों को बढ़ाया। गुरुजी ने उन भटों को बिछे हुए बोरे के ऊपर रख दिया। वे फिर सलाखों के दरवाजे के पास आकर खड़े हो गए।

शाला निरीक्षक ने एक रजिस्टर सलाखों से अन्दर गुरुजी की तरफ बढ़ाया। वह कोई नियमित काम था। गुरुजी ने उसमें अपने हस्ताक्षर कर दिये।

"मैं क्या करूँ?" अन्तत: शाला निरीक्षक ने गुरुजी से पूछा।

"चाय पिएँगे?" गुरुजी ने पूछा।

"नहीं।" शाला निरीक्षक ने कहा।

"अच्छा सच-सच बताइए, आप समझते हैं कि मैं कैदी हूँ।" गुरुजी शायद मुस्कुरा रहे थे। "मैंने चोरी की होगी। या रूल से किसी बच्चे का सिर तोड़ दिया होगा। मैंने खुद पलीता लगाकर स्कूल की छत को उड़ा दिया होगा। मैं किसी विद्यार्थी को तमाचा भी नहीं मारता। शाला का आप निरीक्षण करें। शाला के बरामदे में मेरी गृहस्थी थी। आश्रय लेने के लिए इस उजाड़ थाने में आना पड़ा। मैं तो नहीं आ रहा था, कोटवार और जिवराखन साहू ने जोर दिया। आखिर कहाँ जाता। आपके घर आ जाता? किसी के घर कैसे जाता। यह ताला मैंने खुद लगाया है।" ताले को गुरुजी ने झनझनाया।

"मैं ताले को खोल सकता हूँ। चाबी मेरे पास है।" उन्होंने चाबी टेंट से निकाली। वे ताला खोलने जा रहे थे। बाहर खड़ी उनकी पत्नी ने कहा, "मैं खोल दूँ?"

"नहीं" गुरुजी ने कहा। इत्मीनान से उन्होंने ताला खोला। ताला खुलते ही शाला निरीक्षक एक तरफ हट गए कि गुरुजी अब बाहर आएँगे। पत्नी और बच्चे दूसरी तरफ हट गए थे।

दरवाज़े से एक कदम बाहर रखकर उन्होंने कहा, "आपको विश्वास हुआ? नहीं अभी नहीं हुआ होगा। निन्यानवे प्रतिशत तो मैं अन्दर हूँ।" वे निन्यानवे प्रतिशत समेत बाहर आ गए। फिर बरामदे से उतरे। "अब आप बताइए मैं कहाँ तक

जाऊँ" उन्होंने शाला निरीक्षक से पूछा। शाला निरीक्षक ने कोई जवाब नहीं दिया। गुरुजी चिढ़ गए। वे थाने के घेरे के बाहर जाने के लिए बढ़ गए थे। थाने का घेरा तो जगह-जगह टूटा था। अधिकांश जगह इतना टूटा था कि जमीन की सतह से समतल था। पता नहीं क्यों गुरुजी ने उस समतल घेरे की जगह को कूदकर पार किया जबकि उसे चलते हुए पार किया जा सकता था। शायद वे बताना चाहते हों कि वे थाने के घेरे से भी बाहर निकल गए हैं। एक बार भी गुरुजी ने पीछे मुड़कर नहीं देखा था। बरामदे पर खड़े सब उन्हें देख रहे थे कि यह उनके स्वतंत्र होने का प्रदर्शन है।

शाला निरीक्षक चिल्लाए "लौट आइए।" शाला निरीक्षक को शायद लगा हो कि यदि उन्हें लौटने के लिए नहीं कहा जाएगा तो वे चलते चले जाएँगे। शाला निरीक्षक को जल्दी जाना भी था।

शाला निरीक्षक की आवाज उन तक जरूर पहुँची होगी। या न भी पहुँची हो। वे काफी दूर निकल गए थे। आगे दुबली-पतली मरियल गायों, बछड़ों के झुंड में वे शामिल हो गए। हिलते-डुलते जानवरों के बीच में वे कहाँ हैं यह समझ में नहीं आ रहा था।

उन्होंने गुरुजी की पत्नी से पूछा, "कितनी देर में लौटेंगे?" शाला निरीक्षक परेशान थे। "मालूम नहीं" उनकी पत्नी बिलकुल चिंतित नहीं लग रही थी। बल्कि शायद खुश हो। उसे लग रहा हो कि अच्छा हुआ गुरुजी बचकर निकल गए। मौका निकालकर हमें भी बचा ले जाएँगे। पत्नी बड़े लॉकअप में जाकर गृहस्थी के उठाने धरने का काम करने लगी। मुन्नी को उसने बुला लिया था, शायद शाला निरीक्षक के लिए चाय बनाने के लिए कहा हो। मुन्नी शाला निरीक्षक के लिए एक बोरा बरामदे में बिछा गई। शाला निरीक्षक बोरे पर, बरामदे से नीचे पैर लटकाकर बैठ गए।

काफी दूर तक जाने के बाद गुरुजी को लगा कि अब लौट आना चाहिए। एक शीशम के पेड़ के नीचे उन्हें स्कूल के दो बच्चे बैठे दिखे। वे उसी तरफ बढ़े। दोनों ऊपर से उघारे थे। दोनों की चड्डी इतनी मटमैली और एक-सी फटी थी कि गाँव की पाठशाला का यूनिफॉर्म जैसा था। गुरुजी को आता देखकर दोनों भागे। एक गिर गया। गुरुजी ने गिरे हुए बच्चे को उठाया। और उसके सिर पर हाथ फिराया। हाथ की उसकी टूटी स्लेट और टूट गई थी। फटी किताब और फट गई थी। बच्चा उठकर पट्टी के टुकड़ों को बीनने लगा। उन टुकड़ों

को बीनने में कोई मतलब नहीं था। गुरुजी ने कहा, "रहने दो अब वो क्या काम आएगी।"

"जाऊँ गुरुजी?" बच्चे ने पूछा।

"जाओ।" लड़का भाग गया।

लौटते समय वह तेजी नहीं थी जो जाते समय थी। बाहर कहाँ तक निकलते। बाहर का क्या कोई अन्त है। गाय-गोरू चराते हुए दो विद्यार्थी थे। दोनों तीसरी कक्षा के विद्यार्थी थे। नहीं, एक और विद्यार्थी भी था, टोकनी में गोबर इकट्ठा कर रहा था। दूर जगह-जगह चार-पाँच लड़के और दिखाई दे रहे थे। शायद वे लोग सूखा गोबर बीन रहे हों, वे भी विद्यार्थी ही होंगे।

शाला निरीक्षक को गुरुजी लौटते हुए दिखे तो बरामदे से लटके अपने पैरों को हिलाना बन्द कर उन्होंने गुरुजी को जल्दी आने का इशारा किया।

गुरुजी जैसे ही आए शाला निरीक्षक ने वहीं बैठे-बैठे गुरुजी से हाथ मिलाया। हाथ मिलाने में गुरुजी को संकोच हुआ। उन्हें मालूम नहीं था कि शाला निरीक्षक हाथ मिलाएँगे। हाथ मिलाने का कोई कारण भी नहीं था। गुरुजी हाँफ से रहे थे।

"चाय बन गई।" मुन्नी ने बापजी से कहा।

"आइए!" गुरुजी ने शाला निरीक्षक को बड़े लॉकअप में आने का आग्रह किया।

"यहीं ठीक है।" बैठे-बैठे शाला निरीक्षक ने कहा।

"मैं जाऊँगा जल्दी लौटना है।" शाला निरीक्षक ने कहा। मुन्नी गिलास में चाय लेकर आ गई थी।

"चाय आ गई।" गुरुजी ने कहा। शाला निरीक्षक फिर बैठ गए। इस थाने के बरामदे में उन्हें बैठना अच्छा लग रहा हो। लॉकअप के अन्दर जाने की उनकी इच्छा नहीं थी। बरामदे में भी ज्यादा देर बैठने की उनकी इच्छा नहीं थी। बरामदे में खड़े-खड़े ही एक-दो बार उत्सुकता से उन्होंने बड़े लॉकअप के अन्दर की तरफ झाँका था।

"आप इसी में सोते हैं?" बड़े लॉकअप की तरफ उन्होंने इशारा किया।

"हाँ! आइए तो।" गुरुजी ने उन्हें अन्दर चलने के लिए कहा।

"मैं जाऊँगा।" कहकर हड़बड़ी में वे बरामदे से उतरे। झोला उनके हाथ में था। पर गिरी-रखी साइकिल की तरफ उनका ध्यान नहीं था। वे तेजी से बढ़े। थाने में समतल अहाते को उन्होंने थोड़ा कूदकर पार किया। समतल जमीन को कूदकर पार करने का कोई मतलब नहीं था। पर गुरुजी ने भी यही किया था।

"साइकिल ले जाइए।" गुरुजी ने चिल्लाकर कहा।

अहाते के चिह्न के उसी पार से शाला निरीक्षक ने कहा, "आप पहुँचा दें, मैं अब अन्दर नहीं आऊँगा।"

"अच्छा।" गुरुजी ने जवाब दिया।

साइकिल लेकर पैदल वे शाला निरीक्षक तक गए। अहाते के चिह्न के पास इसी तरफ रुककर उन्होंने शाला निरीक्षक से पूछा, "साइकिल उठाकर लाऊँ?"

"साइकिल उठाकर क्यों लाएँगे! साइकिल तो ऐसे ही आ जाएगी।" शाला निरीक्षक ने कहा। फिर भी साइकिल के पीछे के चक्के को उठाकर साइकिल पकड़ाई।

"अब मैं क्या करूँ?" गुरुजी ने कहा।

"मैं नहीं जानता। जाता हूँ।" साइकिल पर चढ़कर शाला निरीक्षक चंडी गाँव की तरफ चल दिये। जितनी ताकत वे लगा रहे थे साइकिल उतनी तेज नहीं थी। हवा उल्टी दिशा में थी। उनका काला बदरंग कोट, जिसके बटन खुले थे पीछे की तरफ हवा से फूल गया था। जोर से साइकिल चलाने के कारण उनको झुकना पड़ रहा था और कोट के फूले होने के कारण लग रहा था, कूबड़ है।

तालाब के ऊपर के अँधेरे और पानी
के अन्दर के अँधेरे में कोई खास फर्क
नहीं लगता होगा। इसलिए मछली को
ऊपर का अँधेरा भी पानी लगता होगा।
पानी के अँधेरे में पानी था। जमीन के
अँधेरे में पानी नहीं था।

फूल का एक पौधा रोपकर घर के सब लोग उसके सामने सारे काम छोड़कर बैठते नहीं थे कि फूल खिलेगा तो देखेंगे। यह तो महीने-दो महीने के भविष्य में पता चलता। बरसों का भविष्य ऐसा था कि आम के पेड़ लगाकर लोग बहुत दिन

तक जिन्दा रहकर मर जाते थे। मरने के आखिरी वर्षों में लगता था कि इस साल अपने लगाए आम खाने को मिलेंगे। आखिर बिना आम खाए मर जाते। तालाब के किनारे-किनारे आम के बड़े-बड़े पेड़ थे। डबरों के आसपास चरौटा था।

राउत लोग जानवरों को ढीलकर मातादेवाला के तालाब के दूसरे पार के मैदानों में ले आते थे। राउत लोगों की बंडी छींटदार होती, या गहरे रंगों की। भैंस चराने के डंडे में एक छोर पर लाल-हरे रंग के फुँदने का गुच्छा बँधा होता। कन्धे पर गाय के पूँछ के बालों को बँटकर बनाई हुई मोटी रस्सी होती। मारने वाली गाय के पिछले पैरों को इसी रस्सी से बाँधकर दुहते। बहुत कम गाय-भैंसों के गले में पीतल-काँसा या कठवा की घंटी होती। पीतल-काँसा महँगा हो गया था। सूने गले से रँभाने की आवाज निकलती तब ध्यान जाता कि गाय उस तरफ है। गली में पीछे से गाय या भैंस धक्का देकर निकल जाती थी। उसके आने का पता नहीं चलता था। जंगलों या घने पेड़ों की ओट में जानवरों के गुम हो जाने का डर रहता था, इसलिए गले में घंटी बँधी होती। मैदानों में इसकी जरूरत नहीं थी। एक पेड़ की आड़ में एक बछिया छुप नहीं पाती थी। बल्कि मरियल-मरियल गाय-बछियों की संख्या इतनी बढ़ गई थी कि लगता था दूध के लिए इनको नहीं पाला जाता था। चमड़े और हड्डियों के उद्योग के लिए पाला गया था।

तीन किलोमीटर दूर एक हड्डी गोदाम था। जब इस तरफ को हवा होती तो उसकी बदबू आती थी। जब-तब एक-दो लोग बाहर ही बाहर साइकिल के कैरियर में जानवरों की हड्डियों का टूटा ढाँचा गोदाम की तरफ ले जाते दिखाई देते थे।

घर से मातादेवाला दूर नहीं था। पैदल दस मिनट का रास्ता था। शाम को मुन्ना मातादेवाला के अखाड़े में कसरत करने जाता था। चूँकि घर से मातादेवाला दूर नहीं था, इसलिए घर में किसी को उससे परेशानी नहीं थी। मुन्ना को भूख लगते ही कमजोरी लगती थी। पेट भर खाना खाने के दो-तीन घंटे बाद उसे फिर पेट भर खाने की इच्छा होती थी। भूख लगने पर वह असहाय हो जाता था और यह सबको मालूम था। भूख लगने पर हाँफता हुआ नीचे बैठ जाता, खड़े रहना भी उसके लिए मुश्किल होता। घर में उसे हाँफते हुए कोई देखता तो पहले दौड़कर चौके से दो रोटी ले आता। उसके लिए एक छोटी-सी टोकनी में रोटियाँ रखी जातीं। वह रोटी वाली टोकनी कहलाती थी। रोटियाँ कम होतीं तो मुन्ना

के हिस्से की रोटी कोई नहीं छूता था। मुन्नी तो कटोरी भर फलाहारी से दिनभर उपास रह लेती थी। मुन्ना के कारण भात कम बनने लगा था। पर भात खाना सबको अच्छा लगता था।

खाना खाकर मुन्ना पानी पीने लगा। काँच का गिलास था। मुन्ना ने काँच के गिलास को पूरी ताकत से पकड़ा था। "काँच का गिलास बाहर मत निकाला करो" गुरुजी ने पत्नी से कहा। "दूसरे गिलास जूठे थे" पत्नी ने कहा। "एक गिलास माँजने में कौन-सा टाइम लगता है!" गुरुजी ने कहा। गुरुजी आँख बन्द कर लेट गए।

आँख बन्द कर फुलझड़ी की आवाज सुनना बेमतलब था। फटाके का मतलब उसकी तेज आवाज का था। कान बन्द कर उसे देखो तो वह फुलझड़ी से भी बेकार लगता है। फुलझड़ी में आवाज नहीं होती, उसे यदि कान बन्द करके भी देखें तो भी अच्छी लगती थी, फटाके को देखने के लिए कान का बन्द करना ठीक नहीं था। बम के धमाकों का अन्दाज नहीं था। अखबार में बम का फूटना पढ़ने में नहीं चौंकते थे। फटाके की आवाज से चौंक जाते थे।

घर के अन्दर यदि साँप घुस जाए तो दो-तीन दिन तक डर रहता है। चारपाई से पैर लटकाकर नहीं बैठते फिर साँप के न दिखने से उसे भूल जाते। डरना भी फिर याद नहीं रहता। गृहस्थी में टूटे-फूटे सामान के साथ डर भी इकट्ठे होते रहते थे। सामने मरते हुए आदमी को देखकर अपनी मौत याद नहीं आती थी। अपने बचे रहने का एहसास जिन्दगी भर रहता था। जीवन इसी तरह के मापदंड का होता।

घर में आग लगने के डर से जिस तरह की सुरक्षा गुरुजी ने पानी भरी एक बाल्टी अपने संतोष के लिए बना ली थी, मुन्ना के लिए उसी तरह की सुरक्षा मुन्ना को पचास पैसे का एक सिक्का देकर वे निश्चिन्त थे। मुन्ना का दायरा दूर-दूर का नहीं था। भूख लगने के पहले ही वह घर लौट आने की कोशिश करता था। घर पहुँचने में देर होती तो भूख लगने के पहले पचास पैसे की भजिया खा लेने का विकल्प था।

एक बार, घर पहुँचने के पहले एक अर्जुन के पेड़ के नीचे वह कमजोरी से बैठा रह गया। चाहता तो थोड़ी देर पहले भजिया खाकर घर तक पहुँच सकता था। पर उसे उम्मीद थी कि वह पचास पैसे बचा लेगा और घर पहुँच जाएगा। किसी बच्चे ने घर पर खबर दी तब मुन्नी झोले में रोटी और एक लोटा पानी लेकर गई।

रोटी खिलाकर अपने साथ लिवा लाई। छी:! छी:! खाना कोई रस्सी नहीं था कि खिलाया गले में रस्सी बाँधी। फिर रस्सी पकड़े-पकड़े घर ले आए। हिरन जंगल में स्वतंत्र रहता है इस बात को ध्यान में रखें तो हिरन बाँधने वाली रस्सी को कुछ लम्बी रखने का मन होता है, कि ज्यादा दूर तक घूम-फिर सकेगा। स्वतंत्रता पूरी तरह से कहाँ खत्म होती थी। बँधे रहने पर हाथ-पैर हिलाने की स्वतंत्रता न हो तो चिल्लाने की स्वतंत्रता होती थी। जबान काट दी जाए तो भी ठीक-ठीक तरीके से सोचना बन्द कहाँ होता था। चीखने और सोचने की स्वतंत्रता का ठीक से उपयोग नहीं हो पाता था।

मुन्ना के बाल बिखरे-बिखरे रहते थे। बाल गीले कर ताकत से कंघी करने पर भी खड़े रहते थे। वह निश्छल लगता था। उसकी ताकत और तनाव की झलक उसके भिंचे होंठ के कारण थी। भूखे होने पर भी असहाय वह भिंचे होंठ के कारण ही लगता था। वह घुमक्कड़ी स्वभाव का था। घर पर रहना उसे अच्छा नहीं लगता था। पचास पैसे के सिक्के के कारण वह छोटी रस्सी से बँधे हिरन के समान था। पाँच रुपये यदि उसकी जेब में होते तो उसकी रस्सी बहुत लम्बी होती। घर से बाहर निकलते समय, वह अम्मा को बताकर जाता, "जा रहा हूँ।"

"अठन्नी भूल तो नहीं गया?" अम्मा जोर से पूछती।

"है अम्मा," वह जोर से बोलता।

सिक्के का उपयोग तो आबादी में होता है। चाहे दो-चार लोगों की आबादी, जो बदले में दो रोटी दे सकें। निर्जन में भूख की तकलीफ से बचने के लिए किसी की हत्या भी नहीं की जा सकती। भूख बर्दाश्त नहीं कर सकते तो रोटी छीनी क्यों नहीं जा सकती? रोटी छीनने का मौका आए इसके पहले लोग भीख माँग लेना पसन्द करते थे। भीख न मिलने पर मर जाते थे। भीख माँगने वालों में जातीय सहूलियत होती। मुसलमानों की गलियों में फकीर दिखता था। खरीद-फरोख्त में जातीय सहूलियत नहीं होती थी। लोग सस्ती चीजें किसी से भी खरीदने के लिए तैयार होते थे। चोरी के माल की खपत इसीलिए ज्यादा थी कि माल सस्ता और अच्छा होता था।

गाँव से बाहर देवार जाति का डेरा था। पहले ये लोग पास के देहाती स्टेशन के अन्दर महीनों डेरा जमाये रहे। इनके डेरे से एक दिन जो दाढ़ी वाला फकीर माँगने निकलता था, दूसरे दिन वही साधु बनकर भीख माँगने आता था। तीसरे दिन वह बन्दर नचाते दिखता। चौथे दिन चिकारा बजाकर शहर की तरफ से

लौटता दिखता। पाँचवें दिन उसकी साइकिल की कैरियर में चीखता हुआ सूअर बँधा होता। छठवें दिन कुदाली लिये मजदूरी करता। सातवें दिन दिखाई नहीं देता। आठवें दिन भी दिखाई न दे।

प्रेम से कोई दो शब्द बात कर ले तो पूरी पृथ्वी में कोई दुश्मन नहीं ऐसा लगता था। खुशी जो चारों तरफ दिखती उसके परोक्ष में अक्षांश-देशांश के तारों की झंकार होती। थोड़ी देर में जलवायु सुखद हो जाती। इस तरफ बहुत कम नदियाँ गहरी थीं। जो नदी गहरी थी वह अपने बहाव की ताकत से अपने को अन्दर से काटती थी। आजू-बाजू के काटने से चौड़ी। मुन्ना, मुन्नी के लिए भूगोल सच्चाई में दहशत भरा था। आदमी अपने अन्दर को काटकर खोखला हो जाता था। और आजू-बाजू के कटने से सिकुड़ जाता था। दरअसल काल्पनिक अजगर अक्षांश-देशांश की तरह पृथ्वी से लिपटे थे। उनके काल्पनिक होने का सन्देह था। पानी गिरता था तो लगता था घर ढह जाएगा, बाढ़ आ जाएगी। नहीं गिर रहा है तो पीने का पानी भी मुश्किल था। न मालूम कितनी दूर के कुएँ से पानी लाना पड़ेगा। अकाल पड़ जाने का शक सच की तरह लगता। जलवायु की गरीबों पर मार पड़ती थी। मजदूरी करने वाले पेट पालने की मेहनत के साथ हवा में साँस लेने की भी मेहनत करते थे। हाँफते उनका दिन गुजरता था।

मुन्ना, मुन्नी बात करते होंगे कि पृथ्वी में जिस जगह से कर्क रेखा गुजरती होगी उसे वहाँ खोदें तो एक जिन्दा लकीर दिखाई देगी। धोखे से उसे कुदाली लग गई तो खून निकल आएगा। बावजूद बहुत डरने के दोनों का मन उस लकीर को छूने का जरूर होगा। अचानक उसे छूकर दोनों कूदते-फाँदते घर के अन्दर घुस जाएँगे। कर्क रेखा बिजली के तार की तरह गुजरती तो उनकी पतंग उसमें फँस जाती। दो-तीन दिनों तक भूगोल की किताब खोलने में उनको डर लगेगा। आग बुझाने के नाम पर रखी पानी से भरी बाल्टी से उछलकर सागर बाहर फैल जाता।

चन्द्रमा, सूरज, तारे, आकाश, घर की चीजों की तरह थे। चन्द्रमा-सूरज शाश्वत होने के बाद भी इधर-उधर होते थे। उनके कभी-कभी न दिखने से किसी को फर्क नहीं पड़ता था। गुरुजी के परिवार को इनसे कोई खास नुकसान नहीं था। गौरैया चिड़िया इतनी सारी और एक-सी होती थीं कि उनका साथ कभी नहीं छूटता था। मरते समय पास में घर का या कोई नजदीकी न हो तो मरने वाला थोड़ी-सी कोशिश में गौरैया की झलक पा लेगा या उसकी चहचहाहट सुन लेगा। आज की गौरैया बचपन की देखी गौरैया ही होती। थाने के सीखचों के अन्दर आ जाती थी।

उसकी हद थी! पाखाने में भी बैठो तो रोशनदान से चहचह करके अन्दर आ जाती थी। बीते हुए से गुरुजी का मुश्किल से छुटकारा होता था। बड़गाँव इत्यादि यहाँ से ज्यादा दूर नहीं थे। वह सब लौटकर केवल देखने जाना ऐसा ही था कि साँप वाले गड्ढे से निकलकर उस गड्ढे को देखने के लिए फिर से गड्ढे में उतरना।

आकाश आत्मीय हो गया था। घर वालों की तस्वीर में हमेशा उपस्थित रहने वाला। पर जो बीच में होता वही मुख्य होता। आकाश इसी तरह का मुख्य था। वैसे पूरी प्रकृति से वे सन्तुष्ट थे। लुप्त होती मित्रता की नियति में दुश्मन होना बदा है तो बुरे लोगों के दुश्मन क्यों न बनें। गुरुजी घर लौटकर आए। पत्नी चिन्ता में उनका इन्तजार कर रही थी। "मुन्ना जब से गया है, अभी तक नहीं आया।" पत्नी ने कहा।

"कितनी देर हो गई?"

"दो घंटे हो गए।" मुन्नी ने कहा। वह रुआँसी हो गई थी।

"सिक्का उसके पास था?" उन्होंने पत्नी से पूछा।

"हाँ! जाते समय मैंने उससे पूछा था।" पत्नी ने कहा।

"लाओ। जल्दी उसकी रोटी दो।" गुरुजी ने कहा।

"इसमें है।" पोटली देते हुए उनकी पत्नी ने कहा। पोटली पहले से तैयार थी।

किधर जाएँ? उसे कहाँ ढूँढ़ा जा सकता है? मातादेवाला कसरत करने जाता था पर यह समय नहीं था। फिर भी वे मातादेवाला की तरफ बढ़े। यह वह समय था जिसमें घर के बड़े-बूढ़े घरों से निकलकर घर के सामने बैठ गए थे। सभी मकान मिट्टी और खपरों के थे। मिट्टी की दीवालें मुरमी मिट्टी से ही पुती थीं। छूही मिट्टी से भी दीवालें पुती थीं। मुरम वाली दीवालों का रंग गेरुआ था। छूही मिट्टी पीली और सफेद होती थी। बूढ़ी और जवान औरतें भी घर के सामने छोटे-छोटे बच्चों के साथ गोबर से लिपी-पुती जमीन पर बैठी थीं। चूँकि कई घरों में तोते के पिंजड़े टँगे थे या फिर औरतों के पास जमीन पर रखे हुए थे कि लगता था सभी घरों में तोते का पिंजड़ा है। दो-तीन घरों में छप्पर पर खाली पिंजड़ा टूटा जंग खाया पड़ा था। कबूतर पालने का रिवाज एक-दो घरों में था। तीतर भी एक-दो घरों में पाला गया था।

एक राऊत के पास पालतू नेवला था इस नेवले के कारण राऊत का कोंदा के साथ झगड़ा हुआ था। कोंदा के कबूतर कम हो जाते थे। बाद में आसपास कहीं छितराए मरे मिलते। कोंदा गूँगा था, पर ताकतवर था। कोंदा कबूतर के बीट से

पतंग का मंजा तैयार करता है, लोग कहते थे। राऊत कहता था कि कोंभा कबूतर के खून से भी मंजा तैयार करता है और मंजे के लिए कबूतरों को मारता है। नेवले के गले में एक घुँघरू काले धागे से बाँध दिया गया था कि घुँघरू की आवाज सुनकर नेवले के झपटने के पहले कबूतर मुरगे उड़ जाएँगे। इसके बाद कबूतरों का मरना कुछ कम हुआ फिर भी कबूतर मरते थे। कोंदा के घर के सामने मंजे, चकरी, पतंग, प्रायः टँगे रहते थे। बाहर एक बड़े पत्थर के ऊपर थोड़ा-सा काँच का बुरादा था। एक जंग खाए पीपे में काँच के टुकड़े भरे रखे थे।

मातादेवाला के दो तरफ तालाब था। शीतला देवी का मंदिर पुराना था। आजू-बाजू बाहर छोटे-छोटे चार-आठ पत्थरों की आड़ में जगह-जगह देवी-देवताओं की टूटी-फूटी मूर्तियाँ थीं। टूटी-फूटी तीन-चार समाधियाँ भी थीं। समाधियों से थोड़ा आगे एक अखाड़ा था। अखाड़े में लड़के कसरत कर रहे थे। तालाब के किनारे मंदिर के पास दो-एक आदमी अपने कपड़े धो रहे थे। गुरुजी सावधानी से देख रहे थे। दूर निर्जन तालाब की सीढ़ी के पास उन्हें मुन्ना जैसा कोई दिखा। मुन्ना ही था। सिकुड़ा, घुटनों से हाथ बाँधे हाँफने-हाँफने से थका। घबराकर गुरुजी ने हड़बड़ी में पोटली खोली तो दो रोटी पोटली से नीचे गिर गई। उन्होंने रोटी उठा ली। मुन्ना सोया सा लग रहा था। उसे मालूम नहीं था कि बापजी रोटी लेकर आ गए हैं।

"मुन्ना!" "मुन्नू!" "बेटा!" गुरुजी ने मुन्ना को जगाया। मुन्ना के सिर में एक-दो बार उन्होंने हाथ फेरा। वे चौंकाना नहीं चाहते थे। "भूख लगी है?" उन्होंने पूछा।

"हौ।" मुन्ना ने कहा।

"खा ले।" गुरुजी ने कहा।

हवा में पानी की गंध के साथ-साथ टट्टी की बदबू थी। क्या पता आसपास ही कोई हगा हो।

शाम होने लगी थी। समाधि के पास जगह-जगह अगरबत्ती खुँसी थीं। हवा थोड़ी भी जोर से चलती तो इनकी चिनगारी-सा उजाला दिखा-सा लगता। मंदिर के घंटे की आवाज जब-तब आ जाती थी। दूर से दृश्य में तालाब के किनारे मुन्ना और गुरुजी धुँधले से थे। तब भी बाप-बेटे की तरह पहचान में आते थे। ज्यों-ज्यों सन्नाटा बढ़ता झींगुर और मेढक की आवाज पर ध्यान जाने लगता। ज्यादा सन्नाटा बढ़ने पर कभी-कभी आने वाली हल्की-हल्की छपाक की आवाज पर भी ध्यान जाने लगता। तालाब में शायद एक मगर था। बड़े-बड़े कछुए भी थे जो डूबी सीढ़ी के पास तक आ जाते थे। सन्नाटा इस तरह बढ़ने लगा था कि मगर के तैरने की

आवाज का शक होता था। मुन्ना और गुरुजी जब उठकर खड़े हुए तो छपाक की आवाज आई। सीढ़ी से उछलकर पास ही कोई पानी में कूदा हो, मगर तो नहीं होगा। कोई बड़ी मछली पानी से उछली होगी। तालाब के ऊपर का अँधेरा और पानी के अन्दर के अँधेरे में कोई खास फर्क नहीं लगता होगा। इसलिए मछली को ऊपर का अँधेरा भी पानी लगता होगा। चन्द्रमा तारों की पानी में पड़ती परछाईं मछलियों को परिचित लगती होगी। पानी के ही जीव लगते होंगे। यदि अँधेरे के कारण आकाश तक भरा हुआ पानी लगता होगा तो ऊपर के चन्द्रमा, तारे उसमें भी परछाईं की तरह लगते होंगे। मातादेवाला के रास्ते की तरफ बाजे की आवाज आ रही थी। देहाती बैंड था। कोई बहुत पुराना फिल्मी गाना था। बिगुल बेसुरा था। उसकी फटी-फटी आवाज थी। नई फिल्मों के गाने भी बजते पर वे और भी बेसुरे होते। उनके बेसुरेपन पर ज्यादा ध्यान नहीं जाता था। नए गाने होने के कारण परिचित नहीं होते थे।

जिन थोड़े घरों में बल्ब थे, वे जलने लगे थे। घर में एक बल्ब जलता था। यदि बाहर का बल्ब जलता तो अन्दर का बुझ जाता था। अन्दर का जलता तो बाहर का बुझ जाता था। बल्ब हमेशा धुआएँ-धुआएँ धुँधले होते। शाम को छप्परों से ऊपर निकलता हुआ धुआँ दिखने लगता था। लकड़ी से कम धुआँ निकलता था। रेलवे स्टेशन हो जाने के कारण पत्थर का कोयला बहुत सस्ते में बिकने लगा था। ज्यादातर टपारा होटल वाले इस कोयले को खरीदते थे।

बैंट मातादेवाला जा रहा था, औरतें गा रही थीं। दूल्हा था। एक गैसबत्ती थी। औरतें कुआँ पूजने आई थीं। बैंड के बन्द होते ही एकदम सन्नाटा हो गया। एक रौताइन सर में गैसबत्ती बोहे थी। गैसबत्ती उतारकर उसने कुएँ की जगत पर रख दिया। बैंड वाले बातचीत करते थोड़ी दूर अँधेरे में तालाब की तरफ चले गए। शायद पेशाब करने गए हों। वहीं खड़े-खड़े उन लोगों ने बीड़ी सुलगाई जो सुलगी हुई अँधेरे में दिखती थी। सात औरतें कुआँ पूजने लगी थीं। दूल्हे की माँ बूढ़ी थी। एक औरत का सहारा लेकर कुएँ की जगत पर एक पैर अन्दर की तरफ लटकाकर वह बैठ गई थी। दूल्हे की माँ ने कहा—"बेटा मैं कुएँ में कूद जाऊँगी" औरतें हँसी-ठिठोली कर रही थीं। दूल्हे ने कहा—"माँ! मैं तुम्हारी सेवा के लिए दुल्हन ला रहा हूँ। कुएँ में मत कूदो।" दूल्हा शरमा रहा था। उनतीस-तीस साल का लगता था। चश्मा लगा था।

"सच बोल रहा है?" एक औरत ने पूछा।

"तेरी माँ जान दे देगी।" दूसरी औरत ने कहा।

"बोल ना?" किसी औरत ने जोर से कहा।

"हो गया? अब मैं उतर जाऊँ?" दूल्हे की माँ ने पूछा। जो औरत दूल्हे की माँ को सहारा देते हुए खड़ी थी। वह बहुत हँस रही थी। उसे बहुत मजा आ रहा था। उसने दूल्हे की माँ को उतरने नहीं दिया।

"ठहर जा ना! ठीक से कहलवा लें।" उसने कहा।

"कहीं सचमुच गिर गई तो!" एक ने कहा।

"मैं उतर जाती हूँ।" दूल्हे की माँ ने फिर कहा।

"एक बार और बोल!" तीन-चार औरतों ने दूल्हे से कहा।

"अम्मा कुएँ में मत कूदो, सेवा करने बहू लाने जा रहा हूँ।" दूल्हे ने कहा।

"सास के हाथ-पैर दबाएगी?" एक औरत ने पूछा।

"हौ!" दूल्हे ने कहा।

"घर से बाहर निकालेगी तो नहीं?"

"नहीं।"

"खाना दो बख्त देगी?"

"हौ!" दूल्हे ने कहा।

"कभी-कभी कंघी-चोटी कर देगी?" इस बार बहुत सी औरतें हँसने लगी थीं।

"हौ।"

"कपड़ा-लत्ता, दवाई-दरमत का दुःख देगी?"

"नहीं।"

"शादी के बाद भी तू अपनी माँ का कहना मानेगा?"

"मानूँगा।"

"बहू से चुगली सुनेगा?"

"नहीं सुनूँगा।"

"चूल्हा फुँकवाएगा?"

"नहीं फुँकवाऊँगा।"

"तीरथ-बरत कराएगा?" एक ने कहा। तभी एक औरत ने बैंड वाले को इशारा कर दिया था। रिरियाता हुआ बिगुल बजने लगा। थोड़ा रुका, फिर चार आदमियों का बड़गाँव से आया एकमात्र बैंड धम-धम बजने लगा। औरतें गाने लगी थीं। दूल्हे की माँ को, गाती हुई दो औरतों ने सहारा दिया। नीचे उतरते ही

दूल्हे की माँ भी गाने लगी। दूल्हा अभी लौटकर घर नहीं जाएगा। वह लड़की वालों के घर बारातियों के साथ जाएगा। ब्याह के बाद दुल्हन के साथ लौटेगा।

गुरुजी मुन्नी के ब्याह के विचार को सोचने से बच रहे थे। लड़की माँ-बाप के घर में गैरहाजिर जैसी होती थी। उसे उसी तरह पाला-पोसा जाता था कि कोई भटकी हुई आ गई है। भले कोख से आ गई है। एकाध दिन उसे खाना खिला दो कल चली जाएगी। लड़की का रोज-रोज, बस एकाध दिन जैसा होता था। फिर ब्याह दी जाती जैसे निकल जाती हो। गुरुजी ने ध्यान से दूल्हे को देखा। दूल्हा तो ठीक है। साँवला है तो क्या हुआ। चश्मा तो आजकल सभी लगाते हैं। दुबला है। गाती हुई औरतों के पीछे-पीछे चलना ठीक नहीं लग रहा था। पर गैसबत्ती के उजाले के कारण सहूलियत थी। गली में औरतों-बच्चों की तमाशा देखने की भीड़ हो गई थी। गली की छोटी-छोटी लड़कियाँ भी औरतों के साथ गाती हुई शामिल हो गई थीं।

अक्ती के दिन घर-घर गुड्डे-गुड्डियों का ब्याह होता था। कुछ दिन पहले से मिट्टी के गुड्डा-गुड़िया बिकने लगते थे। कोष्टा, देवांगन के घर की औरतें गुड्डा-गुड़िया बनाती थीं। ये लोग कपड़ा बुनने का धंधा करते थे। गाँव में यही लोग दर्जी होते थे। इनके यहाँ नए कपड़ों के टुकड़े बचते थे। छींटदार कपड़े की गुड़िया की साड़ी होती। रंगीन कपड़ों के गुड्डे की कमीज-धोती होती। चमकीले सनपने कागज की आँखें, नाक, और गहने बनते। मुन्ना-मुन्नी दीना दर्जी के घर से दस-दस पैसे के गुड्डे-गुड़ियाँ ले आया करते थे। लड़कियाँ बड़ी होकर भी गुड़िया खेलती थीं। लड़के बड़े होते तो गुड़िया का खेल उनको अच्छा नहीं लगता था।

दीना दर्जी का रंग काला था। चालीस-पैंतालीस की उम्र थी। ऊँचाई कम थी। घुँघराले बालों के बीच में उसकी माँग होती। वह कपड़े अच्छे सिलता था। पर बहुत दिन लगाता था। लड़के जब सड़क पर उसे देखते तो दूर से चिल्लाते थे—

"दीना दीना
कपड़े लीना
कभी न सीना
नंगा कीना
नंगा दीना
कपड़े ले के भागा दीना!"

दीना का खयाल था कि यह लखन साव का बनाया गाना था। वह भजन मंडली में हारमोनियम बजाता था। दीना दर्जी के चश्मे की एक डंडी टूटी थी। उसकी जगह धागा बँधा था। उसके घर के दरवाजे के उपर का कब्जा चौखट से उखड़ गया था। चौखट में दीमक लगी थी। उसके चश्मे की डंडी की जगह धागा बँधा होने का ध्यान आता तो लगता था कि दरवाजे के कब्जे को भी चौखट से सिलकर वह दरवाजे को ठीक कर लेगा। दुनिया की सारी मरम्मत वह सुई-धागे से कर सकता था। छोटे लड़के आपस में बात करते थे कि जिस आदमी की उँगली कट जाती थी दीना सीकर ठीक कर देता था। छोटी-छोटी लड़कियाँ आपस में बात करती थीं—जिस औरत का पेट बच्चा होते समय फट जाता था दीना उसे सीकर ठीक कर दिया करता था। खेल-खेल की जिन्दगी और सचमुच की जिन्दगी का जो अनुभव होता उसमें आदमी के बचपने से कोई सहायता नहीं मिलती थी। लेकिन बुढ़ापे तक बचपन के खेल याद आते थे।

गुरुजी बचपन में पतंग उड़ा नहीं पाए। मुन्ना के लिए कभी-कभी अपने मन से कोंदा के पास से पतंग ले आया करते थे। मुन्ना पतंग उड़ा लिया करता था। कोंदा कबूतर के खून से मंजा बनाता है इसे किसी ने देखा नहीं था। यदि कबूतर के खून से मंजा मजबूत बनता होगा तो पिता के खून से भी मजबूत बनता होगा। कोंदा से वे कहते—मेरे सामने मंजे की लुगदी बनाओ। केवल मुन्ना के डोर के लायक लुगदी। कोंदा किसी काम से हटता तो वे ब्लेड से जल्दी अपनी किसी उँगली में जैसे चीरा लगाते और टप-टप मंजे की लुगदी में खून टपकाते। कोंदा के आने के पहले किसी तरह लुगदी और खून को सान देते। कोंदा उसी लुगदी से मंजा को साँटता और वे खुश हो जाते। वे मुन्ना को प्यार करते थे। थोड़ा-बहुत खून तो ठीक है। अगर ज्यादा खून चला गया तो?

घर आते-आते साढ़े सात-आठ बजने लगे थे। कंदील लिये उनकी पत्नी और मुन्नी सामने दरवाजे के चौखट के पास बैठी थी। पड़ोस की एक-दो औरतें भी थीं। गुरुजी को आता देख वे चली गईं।

"कहाँ था?" अन्दर जाकर उनकी पत्नी ने पूछा। "मातादेवाला में, वहाँ तालाब की सीढ़ी पर अकेले, बैठा पड़ा था। वो तो पता नहीं कैसे मेरा अन्दाजा ठीक निकला—नहीं तो ढूँढ़ नहीं पाते, रात भर वहीं पड़ा रहता।"

"वहाँ के तालाब में मगर है।" मुन्नी, मुन्ना का हाथ पकड़े हुए थी।

"किसी ने देखा नहीं है।" गुरुजी ने कहा।

"तालाब में मगर तुमको खा लेता तो।" मुन्नी ने कहा।

"दो रोटी मेरे पास होती तो खाकर मैं मगर से लड़ लेता।" मुन्ना ने कहा।

"सिक्का के बदले तू रोटी ले जाया कर।" मुन्नी बोली।

"ठीक तो है।" अम्मा मुन्नी से बोली।

"मैं रोटी लेकर नहीं जाऊँगा।" मुन्ना ने कहा।

"क्यों?" गुरुजी बोले।

"अच्छा नहीं लगता।"

"सिक्का रहने से भी किसी ने भजिया नहीं दिया तब क्या करेगा?"

"मैं भजिया लेकर भाग जाऊँगा।"

"छीनकर भागना कोई अच्छी बात है? भागने की ताकत भी रहेगी?"

"ताकत खतम होने के पहले भजिया लेकर भाग जाऊँगा। भजिया खा लूँगा तो और ताकत आ जाएगी।"

"झगड़ा करेगा तो पिटेगा।"

"भजिया खा लेने के बाद कम पिटूँगा, और ज्यादा पीटूँगा।"

"गुंडा बनेगा? सिक्का वापस कर।" गुरुजी ने गुस्से से कहा।

"नहीं देता।" कहकर मुन्ना भाग गया। थोड़ी देर बाद वह फिर लौटा।

"मुन्ना ला बेटा सिक्का मुझको दे दे।" उसकी माँ ने कहा।

"नहीं।"

"अम्मा! मुन्ना के पास सिक्का जमा रहने दो। फालतू खर्चा तो करता नहीं। दो रोटी साथ में और रख लेगा।"

"हाँ! यहाँ ठीक है। मुन्ना के पास सिक्का भी रहेगा, रोटी भी रहेगी। डबल सुरक्षा रहेगी।" खुश होकर गुरुजी बोले।

"कभी सिक्का भूल जाएगा, तो पास में रोटी तो रहेगी।" मुन्नी बोली।

"रोटी रखना अच्छा नहीं लगता।" मुन्ना ने कहा।

"पराठा रख लेना।" अम्मा ने कहा।

"पराठा क्यों रख लो!" गुरुजी अचानक चिल्लाए "लड्डू रख लो, पेड़ा-बर्फी रख लो।" गुरुजी गुस्से से बोले।

"क्या हुआ! रोटी रख लिया करना!" मुन्नी, मुन्ना से बहुत धीरे बोली।

"नहीं रखता।" मुन्ना जोर से बोला। उसने मुन्नी को तब ढकेला था। मुन्नी तो गिरते-गिरते बची थी।

"मत रख।" गुरुजी चिल्लाए।

"घास क्यों नहीं खा लेता। साँड़ में घास खाने से ताकत आती है। भजिया खाने से नहीं। भजिया अच्छी लगती है, ऐसा क्यों नहीं बोलता नाटक करता है। भजिये की दुकान में बैठना, नाश्ता करना अच्छा लगता है। जितना हम लोग मिलकर रोटी नहीं तोड़ते, उतना तू अकेला खा लेता है। दस आदमियों के बराबर खाता है।" गुरुजी चीख रहे थे।

तब मुन्ना धीरे से, दीवाल से टिक गया। दरअसल दीवाल होने की वजह से टिक गया था। फिर वह हाँफने लगा। वह एकटक बापजी की तरफ देख रहा था। दीवाल से सटे-सटे नीचे खिसकते वहीं जमीन पर बैठ गया। उसका सिर दीवाल से टकराया था। पैर सामने फैल गए। जाँघ में दोनों हाथ फैले बँधे थे। भिंचे होंठ, दाँतों से दबे थे। मुन्नी दौड़कर रोटी ले आई। गुरुजी ने देखा, उनकी पत्नी रो रही थी। पत्नी को रोता देखकर वे और ऊब से भर गए।

"रहने दो।" उन्होंने मुन्नी को डाँटा। "थोड़ी देर पहले चार रोटी खाकर आया है। मर नहीं जाएगा।"

"देखें! कितनी देर तक भूखा जिन्दा रहता है।" उन्होंने धीरे से कहा। वे भी हाँफने लगे थे। दीवाल से थोड़ी देर टिके रहे, फिर मुन्ना के पास मुन्ना की तरह वे भी बैठ गए। उनके भी दोनों पैर फैले थे। समेटी हुई धोती दोनों हाथों से जाँघों में दबी थी। जैसे थक गए हों। जैसे भूख से वे भी असहाय हो गए हों।

"जाओ बिस्तर में लेट जाओ" पत्नी ने फिर कहा। लकड़ी के खोखे पर कंदील रखी थी। उसकी बत्ती कम कर दी गई थी। इसलिए उजाला कम था। अगर अँधेरा बहुत हो तो कम उजाला कम नहीं होता। "मैं यहीं मुन्ना के पास रहूँगा। मेरे जाते ही तुम लोग खिला दोगी" गुरुजी ने कहा। "कोई नहीं खिलाएगा" धीरे से उनकी पत्नी ने कहा। उन्हें लगता था कि मुन्ना सुन रहा है। "मैं तुम पर विश्वास नहीं करता।" मुन्नी उठी और रोटी चौके में रख आई। आकर मुन्ना के पास दीवाल से टिककर वह भी बैठ गई। मुन्ना बीच में था। एक तरफ गुरुजी थे दूसरी तरफ मुन्नी थी। खाली यही दीवाल थी। जो अब खाली नहीं थी। दूसरी तरफ की दीवाल से सटी खटिया खड़ी थी। इधर-उधर सामान था। पत्थर की चक्की एक कोने में थी "मेरे जाते ही तुम लोग रोटी ले आओगी।" मुन्नी की

तरफ देखते हुए गुरुजी ने कहा। "तुमको छूकर बोल दूँ।" क्षण भर चुप रहने के बाद पत्नी ने कहा, "हाँ छूकर बोल दो।" वे खड़े हो गए। पर पत्नी जहाँ की तहाँ खड़ी रही। वे दो कदम पत्नी की तरफ बढ़ गए फिर भी वे पत्नी से एक हाथ की दूरी पर थे।

"छूती क्यों नहीं?" गुरुजी बोले।

"मैं नहीं छुऊँगी, कसम खाना जरूरी है?" पत्नी ने कहा।

"ठीक है।" गुरुजी ने हाथ बढ़ाकर पत्नी का हाथ जोर से पकड़ लिया। पत्नी ने हाथ छुड़ाने की थोड़ी कोशिश की। हाथों में दो-दो चूड़ियाँ थीं, उस हाथ की दोनों चूड़ियाँ टूट गईं। गुरुजी ने जब हाथ छोड़ा तो चूड़ी के बचे टुकड़े नीचे गिर पड़े। उन्होंने कई बार पत्नी से कहा था कि बड़गाँव के बाजार से चूड़ी पहन लो। बालों के क्लिप लेने का मुन्नी का भी मन था। मुन्नी खेल-खेल में चूड़ी गिनने लगती थी तो वह गुस्सा हो जाती थी। मुन्ना-मुन्नी जब छोटे थे तब हाथों में बहुत चूड़ियाँ थीं। ज्यादा चूड़ियों से हाथ अच्छा लगता था। अगर हाथ में ज्यादा चूड़ियाँ हों तो राह चलता आदमी या औरत गिनती नहीं लगा सकती थी। दो चूड़ियाँ होने से देखते ही पता चल जाता था कि दो चूड़ियाँ हैं। चूड़ियों की गिनती लगाना अशुभ होता था। हाथ की चूड़ियों की तरफ कोई ध्यान देता था तो औरतें आँचल से हाथ को ढाँप लेती थीं।

"इतनी सारी रोटी का क्या होगा?" पत्नी ने पूछा।

"तुम लोग खा लो।" गुरुजी ने कहा।

"मैं तो दो रोटी खाती हूँ। दस के बराबर नहीं खाती।" पत्नी ने दुखी होकर कहा।

"गाय को खिला दो।"

"रात को दस बजे गाय को कहाँ ढूँढूँगी। तुम जाके खिला दो। घर में रोटी नहीं रहेगी तो कोई खाने को बोलेगा भी नहीं।" पत्नी भी वहीं लेटी हुई थी। मुन्ना जमीन में पसरकर सो गया था। कंदील का नहीं के बराबर उजाला था। गुरुजी ने उठकर कंदील की बत्ती को थोड़ा-सा बढ़ा दिया।

गुरुजी ने मुन्नी से कहा, "जा तू सो जा।"

"मुझे नींद नहीं आ रही है?" मुन्नी ने कहा।

"नहीं जा रही है तो जबर्दस्ती क्यों भेज रहे हो?" पत्नी ने कहा। वह भी जमीन पर पसरी सोने को थी।

"जा जाकर देख ले दरवाजा बन्द है कि नहीं।" अम्मा ने कहा।

"सब बन्द है अम्मा।" मुन्नी ने कहा।

"तू खाना खा ले।" मुन्नी से अम्मा ने कहा।

"मन नहीं है।"

"जब किसी को खाना नहीं है तो सो जाओ, कंदील बुझा दो।" गुरुजी बोले। थोड़ी देर बाद गुरुजी उठे, उन्हें नींद नहीं आ रही थी। सामने का दरवाजा खोलकर अँधेरे में उन्होंने गली में झाँका। दीना दर्जी के घर की तरफ से कपड़ा सीने की मशीन की आवाज आ रही थी कि जमाने भर पहले के कपड़े, वर्षों के कपड़े जिन्हें वह सिल नहीं पाया था, अब रात-रात सिलकर उन्हें पूरा कर रहा था। एक गाय दस कदम पर घर की मिट्टी की दीवाल से सटकर खड़ी थी।

पहले गाय की तरफ उनका ध्यान नहीं गया था। रात का समय ऐसा लग रहा था कि बहुत दूर, भीड़ की धीरे-धीरे आवाज आ रही है। "पकड़ो-पकड़ो, दीना-दीना, कपड़ा लीना, भागा दीना।" भीड़ नंगी होगी, औरतों, आदमियों, लड़कियों, लड़कों की नंगी भीड़ होगी। सिलाई मशीन की आवाज इस तरह थी कि जिन लोगों ने कपड़े नहीं दिये थे, जिन लोगों के पास देने के लिए कपड़े नहीं थे वे कपड़े भी सबके लिए दीना सिल रहा था। छोटे-छोटे बच्चे तो नंगे रहते थे। जवान-जवान लड़कियाँ अधनंगी रहती थीं। कोष्टा के चार-पाँच घर होंगे। शायद वे भी काम कर रहे हों। उनके घर के बाहर लम्बाई से साड़ियों के धागे ताने और बुने जा रहे हों। अँधेरा ही सब कुछ था जिसमें कुछ नहीं दिखता था। सब ढका रहता था। दीना अँधेरे की बंडी, अँधेरे की चड्डी, अँधेरे का ब्लाउज सिल रहा हो। जुलाहे अँधेरे की साड़ी बुन रहे थे। अँधेरे में एक, कपड़ा पहने आदमी, एक नंगी जवान लड़की खड़ी हो तो कपड़े और नंगेपन का पता कहाँ चलता था। अँधेरे के मैदान में अँधेरे का आकाश था जिसमें यह गाँव था। मिट्टी के घर थे कहीं-कहीं खेत थे। अँधेरे में अगर ऊपर से स्वर्ग उतरता हो तो स्वर्ग भी वैसा ही होता जैसे यह नरक था।

"क्या गाय देख रहे हो।" उनकी पत्नी भी उठकर आ गई थी।

"गाय कहाँ है?" वे देखी गाय को छुपा रहे थे।

"है कैसे नहीं! वो तो खड़ी है।" पत्नी ने कहा।

"फिर मैं क्या करूँ?" गुरुजी ने दुःख से पूछा।

"जब हम लोगों को, किसी को नहीं खाना है, तो गाय को रोटी देकर छुट्टी पा लें तो तुमको नींद आ जाएगी।" दुखी होकर पत्नी ने कहा। दोनों को गली में

देख, गली के छोर पर कुछ दूर खड़ा एक कुत्ता जोर-जोर से भूँकने लगा। कुत्तों के लगातार भौंकते रहने से दोनों को अजीब लगा।

"क्यों भूँक रहा है।" पत्नी ने पूछा।

"अन्दर चलो।" गुरुजी ने कहा।

अन्दर आकर उन्होंने साँकल लगाकर दरवाजा बन्द कर दिया। उन्होंने देखा मुन्नी सो गई थी। मुन्ना बहुत गहरी नींद में था उसका मुँह खुला हुआ था। मुन्ना की यह आदत थी। अगर यह आदत न होती तो लगता कि वह रोटी खाने का सपना देख रहा है। कंदील बुझने वाली थी। उन्होंने देखा रोटी वाली टोकनी चौके से कमरे में आ गई थी, मुन्नी लाई थी। गुरुजी जानते थे कि मुन्नी ने मुन्ना को नहीं खिलाया होगा। खुद मुन्नी ने नहीं खाया होगा। रोटी की टोकनी देखकर पत्नी ने उसे उठाया और चौके में रखने चली गई। पीछे की परछी में मुन्नी ने खटिया बिछा दी थी। तीन खटिया बिछी थीं। कमरे के अन्दर की खटिया कमरे में ही थी। शायद खटपट आवाज हो इसलिए मुन्नी ने इसे न बिछाया हो। मुन्नी ने सोचा होगा वह माँ के साथ सोएगी। मुन्ना और पिताजी रोज की तरह अलग-अलग सोएँगे।

जो गरीब मजदूर थे उनके लिए सिक्के को साथ में रखने का कोई मतलब नहीं था। रोजी मिलती और चावल-नमक खरीद लेते। कल का चावल उनके लिए कल की मजदूरी पर होता। अपने साथ अँगोछे में भात की बटकी बाँधकर रखते थे। सुबह से काम करते। दोपहर को भात खाते, फिर काम नहीं मिलता तो गुंडी, बटकी दाऊ के यहाँ गिरवी रख काम चलाते। हाड़ू की माँ ने दाऊ से पचास रुपया उधार लिया था। चूँकि उसके पास गिरवी रखने के लिए कुछ नहीं था इसलिए चार महीने दाऊ के यहाँ कमाकर उसने रुपया छुड़ाया था। इसके बाद कहाँ जाती। दाऊ के घर कमाने लगी। अच्छा काम करती थी।

हाड़ू करीब छह साल का था। दाऊ के लड़के भतीजे के साथ वह खेलता था। वह दुबला-पतला हाड़ भर था। दाऊ के घर बचा-खुचा खाकर थोड़ा-बहुत हाड़ू मांस का लगने लगा था। खेल में यदि ईंटों की जरूरत हो तो हाड़ू इधर-उधर से ढूँढ़कर ईंटें लाता था। मोटरसाइकिल का पुराना टायर डबरे में घुस जाता तो उसे हाड़ू निकालकर लाता था। गेंद झाड़ियों में छुप जाती तो गेंद के पीछे-पीछे हाड़ू दौड़ते हुए जाता। साँप-बिच्छू का उसे डर नहीं लगता था। जब तक गेंद नहीं मिलती, झाड़ियों में घुसा ढूँढ़ता रहता था। कई बार उन लोगों से पिटता, रो-धोकर खुशी के साथ खेलने लगता था।

दाऊ के घर से थोड़ी दूर मैदान में दो गड्ढे थे। झोंपड़ी बनाने के लिए कुछ लोग यहीं से मिट्टी ले जाते थे। ढेले के ढेले खुदी मिट्टी एक गड्ढे के पास थी। जरूरत खतम हो जाने के कारण पड़ी रह गई थी। दाऊ के बरामदे के नीचे सीढ़ी के कोने में दाऊ के कुत्ते ने पंजे से खोद-खोद कर छोटा-सा गड्ढा कर दिया था। दाऊ ने हाड़ू को इस गड्ढे को मिट्टी से भरने के लिए कहा। दाऊ के काम बताने से हाड़ू बहुत खुश हो गया। घमेला लेकर वह भागता चला गया। दो-दो ढेला, थोड़ी मिट्टी सिर पर बोहकर वह लाता और गड्ढे में डाल देता।

चार-छह बार में गड्ढा भर गया। आधी ईंट से ढेले को पीट-पीट कर उसने जगह को समतल करने की कोशिश की। दाऊ ने उसके काम पर ध्यान दिया हो या न दिया हो। दो-तीन दिन बाद महीने के आखिरी में बुधवार के दिन जब हाड़ू की माँ पैसे लेने गई तब हाड़ू भी उसके साथ था। हफ्तावार बँटवारा भी बुधवार को होता था इसलिए बुधवार को बड़गाँव के बाजार में भीड़ होती थी।

दाऊ ने हिसाब में पूरे चार दिन के पैसे काटे। हाड़ू की माँ के हिसाब से तीन दिन के पैसे कटते थे। वह उम्मीद करती थी कि एक दिन के भी पैसे नहीं कटेंगे। उसे मलेरिया का बुखार था। तीन दिन काम पर नहीं आई थी। हाड़ू की माँ ने खुशामद की कि वह सुबह से शाम तक मर-खट कर काम करती है पर दाऊ ने पूरे चार दिन के पैसे काटे। दाऊ जब पैसे देने लगा तो उसने साड़ी के आँचल को इस तरह फैलाया कि फटे वाले हिस्से से नोट चिल्लर न गिर जाएँ। "चल" महीना झोंकने के बाद उसने हाड़ू से कहा। हाड़ू चुपचाप बरामदे के दरवाजे से टिका दाऊ की तरफ देख रहा था। माँ का उसे ध्यान ही नहीं था। "चल न रे!" ढकेलते हुए हाड़ू की माँ ने कहा। "जाता क्यों नहीं" दाऊ ने हाड़ू से कहा। दाऊ आँख निकालकर हाड़ू को डराना चाहता था। पर गुस्से से उसने दाँत पीसा। हाड़ू की आँखों में चीपड़ था, आँख लाल थी। दाऊ को लगा होगा उसकी तरफ देखने से उसकी आँख भी आ जाएगी। दाऊ की बड़ी-बड़ी आँख से सबको डर लगता था।

"जाओ नहीं तो डंडे से मारूँगा।" दाऊ ने हाड़ू से कहा। हाड़ू की पैंट ढीली-ढाली थी। नीचे खिसकने के बाद कमर की हड्डियों में टिकी थी। उसकी कमीज ज्यादा फटी है कि पैंट इस तरह की बात सोची नहीं जा सकती थी अलबत्ता पैंट कमीज की तुलना में ज्यादा गन्दी थी। "मेरा पैसा दो।" हाड़ू ने

दाऊ से कहा। "तेरे काहे के पैसे रे!" दाऊ ने डाँटकर हाड़ू से कहा। सामने से लटकी पूरी आधी कमीज को उठाकर हाड़ू ने नाक पोंछी। "काम किया उसी का पैसा।" हाड़ू ने कहा। पैंट को ऊपर सरकाते हुए हाड़ू ने अपनी माँ से कहा, "गड्ढा पूरने का काम किया हूँ।" खिड़की से जो शाम की धूप आ रही थी, वह दाऊ के चेहरे पर थी। सिर के इधर-उधर होने पर भी दाऊ का चेहरा धूप के दायरे में रहता।

गद्दी से खिसककर दीवाल से वह टिककर बैठना चाहता था। पर इससे वह पूरी तरह धूप में आ जाता। आगे थोड़ा खिसकने पर वह धूप में नहीं होता। पर धूप से बचने की कोशिश में वह गद्दी से बाहर आ जाता। सिर झुक जाने से उसका चेहरा धूप में नहीं होता। पर सिर झुकाकर वह क्या बात करता।

"खिड़की बन्द कर दे।" हाड़ू से दाऊ ने कहा। हाड़ू खिड़की बन्द करने जाने लगा तो अचानक दाऊ ने कहा, "रहने दे! नहीं तो खिड़की बन्द करने के पैसे माँगेगा।" हाड़ू रुक गया उसने खिड़की बन्द नहीं की। बरामदे के दरवाजे के पास लौटकर वह फिर आ गया। तभी हाड़ू की माँ ने उसके बाल पकड़े "जा खिड़की बन्द कर" उसे खिड़की की तरफ ढकेला। ढकेले जाने से जितनी दूर तक गया बस वहीं सँभलकर वह खड़ा हो गया।

"खिड़की बन्द करके पैसे लेगा?" दाऊ ने पूछा।

"हौ लूँगा।" हाड़ू ने कहा।

हाड़ू का हाथ पकड़कर उसकी माँ ने उसे बरामदे में खींचा और धम-धम मारने लगी! दाऊ ने रोका। "एक दस्सी हूँ" दाऊ ने कहा। "चवन्नी लूँगा" हाड़ू ने कहा।

"निकल साले, अब यहाँ कभी सूरत न दिखाना।" गुस्से से दाऊ ने कहा। बंडी की जेब से चिल्लर निकालकर एक चवन्नी उसने हाड़ू की तरफ फेंकी। चवन्नी लेने के लिए हाड़ू बढ़ा पर चीखकर वह रुक गया। उसकी माँ ने उसे बाल पकड़कर रोक लिया था। फिर बाल पकड़े-पकड़े उसे लेकर बरामदे से उतर गई। उतरते ही हाड़ू के बाल उसने छोड़ दिये। छूटते ही हाड़ू पलटकर सीढ़ी लाँघता कमरे में घुसा। दाऊ अन्दर जाने के लिए उठा था। चवन्नी वह उठा लेना चाहता था। उठाने के लिए उठ ही रहा था कि हाड़ू झपट्टा मारकर चवन्नी उठा ले गया। बरामदे से कूदा। भागते हुए दाऊ के घर के घेरे से दूर चला गया।

गली में वह अपनी माँ का इन्तजार कर रहा था। आती हुई अपनी माँ के साथ वह मिल गया। माँ से उसने शिकायत की। गड्ढा पूरने का पैसा है। मुट्ठी खोलकर उसने चवन्नी माँ को दिखाई। चलते-चलते उसने हाड़ू को सटा लिया। आगे दाऊ का लड़का घर की तरफ लौटते दिखा। उसके हाथ में जलेबी की पुड़िया थी।

हाड़ू की तरफ देखकर वह हँसा। हाड़ू ने हँसते हुए अपनी माँ की तरफ देखा। इस तरह उसने अपनी माँ को बतलाना चाहा था कि दाऊ के लड़के ने हँसते हुए उसे देखा है।

हाड़ू होटल की तरफ दौड़ रहा था। थोड़ा आगे जाकर उसने माँ को जल्दी आने का इशारा किया। वह गली में मुड़ गया उसका भी मन हो आया था। चार आने में शायद दो छोटी-छोटी जलेबी या तीन-चार जलेबी के टुकड़े मिलते। वह दौड़ रहा था दौड़ते हुए उसके दाहिने हाथ की मुट्ठी में चवन्नी थी। बाएँ हाथ की मुट्ठी में खिसकती पैंट थी। ऐसी स्थिति में एक कटी पतंग हाड़ू को दिख जाती। मंजा, दौड़ते हुए हाड़ू के आगे-आगे होता। बस हाथ भर की दूरी पर। खिसकती हुई पैंट को छोड़कर तेज दौड़ते हुए बाएँ हाथ से वह मंजे को पकड़ लेता। हवा में डूबती नीचे गिरती पतंग उसके हाथ में आते ही तन जाती। ऐसी स्थिति में भी उसकी मुट्ठी से चवन्नी गिरकर नहीं खोती। ऊपर की हवा में पतंग की तरफ ध्यान रहने से भी वह किसी साइकिल से नहीं टकराता। आती हुई बैलगाड़ी के चक्के के नीचे नहीं दबता। उसे जलेबी मिल जाती। ऐसी स्थिति में हो सकता था कि हाड़ू उड़ने लगता। कोंदा के कबूतर आकाश में गोल-गोल चक्कर लगाते रहते। उड़ते हुए, हाड़ू उन कबूतरों के बीच पहुँच जाता, उसके चीथड़े-कपड़े फड़-फड़ करते रहते। उसके हाथ की मुट्ठी में चवन्नी रहती। हाड़ू को ढूँढ़ते हुए माँ की नजर ऊपर पड़ती तो हाड़ू के पीछे-पीछे वह भी उड़ने लगती।

कोई जानवर मर गया था। गाँव के बाहर उसकी खाल उतारी जा रही थी इसलिए ऊपर मँडराते गिद्ध नीचे नहीं उतर रहे थे। चारों तरफ बैठे कुत्ते भी खाल उतारने वालों के जाने का इन्तजार कर रहे थे। गिद्ध और चील के आकाश में आ जाने से कोंदा के कबूतर कोंदा के छप्पर पर एक-एक कर उतरने लगे। ऐसी स्थिति में हाड़ू को नहीं उड़ना था।

चीजों को उसी तरह के साथ उसके अलावा भी देखने का अभ्यास होना था। छूटे हुए लोगों के साथ दुनिया छूट गई। एक छूटी हुई पाठशाला एक छूटे हुए गाँव में होगी। छूटी हुई किराने की दुकान में छूटा हुआ चावल बिकता था।

एक कमरे के संसार से दूसरे कमरे के संसार में चले गए। यह जाना किसी भी संसार को पता नहीं चला। रास्ते में एक बाल्टी से टकराए थे।

मुन्नी पैदा हुई। उस समय गुरुजी की पत्नी लड़की थी। पच्चीस वर्ष की उम्र में गुरुजी पिता हो गए थे। अब उनकी एक बेटी थी। कोटवार को मालूम हो गया था। उसने मुन्नी के जन्म को दर्ज कर लिया था। मुन्नी संसार में आ गई और पत्नी गुरुजी को इस तरह देखती कि इनकी सृष्टि है। सृष्टि में गाँव और गाँव का आकाश आता था। दिल्ली, कलकत्ता उसमें जुड़ा नहीं होता। उँगली के इशारे से बताओ कि देखो! वह अरुंधती तारा है। उस इशारे में अनेक तारे होते, और समझ में नहीं आता कि कौन सा तारा अरुंधती है। किसी एक को मान लेते थे, अरुंधती है।

'मुन्नी' नाम गुरुजी ने रखा था। फिर भी यह किसे पता है कि मैना चिड़िया का नाम मैना रखने वाला कौन मनुष्य था। जामुन को सबसे पहले जामुन किसने कहा था? वह कोई स्त्री होगी। उसके दो बच्चे होंगे। या कोई पुरुष था। वह पुरुष बलिष्ठ होगा और जंगलों में घूमता होगा। उस समय विवाह होने का चलन हो या न हो, परन्तु जन्म था। यह कैसे हुआ होगा कि पक्षी को तोता नाम दिया गया और सबको मालूम हुआ कि तोता है। पहला तोता कौन था जो पिंजड़े में गया। तोते ने पढ़ाया हुआ कौन-सा पहला शब्द बोला होगा। पहला पिंजड़ा लोहे का नहीं होगा। बाँस की खपच्चियों से बनाया गया हो। कुछ दिन पिंजड़े में रहकर पिंजड़ा काटकर वह पहला स्वतंत्र हुआ तोता होगा।

गुरुजी जिस चिड़िया को खंजन समझते रहे वह खंजन नहीं थी। खंजन दूसरी चिड़िया थी। जिवराखन को जिवराखन समझते रहें और मालूम हो कि जिवराखन नहीं है। पत्नी मालूम हो पत्नी नहीं है। गाँव में बसे बीस बरस हो जाएँ फिर मालूम हो जिस गाँव में बसना था वह यह नहीं है।

शुरुआत में ही मध्य होता था। जो हो चुका था और जो होने वाला था दोनों इतने पथरीले और खुरदरे होते थे कि मध्य में फँसे बारीक हो जाते थे, पिसान।

कई बार सुख के कारण का पता नहीं चलता। और तान सुनाई देती है। मुन्नी के जन्म के समय एक चिड़िया की सीटी सुनाई दी थी। गुरुजी चिड़िया देखने की कोशिश करते। जिवराखन, कोटवार दूसरों ने भी प्रयत्न किया। वे चिड़िया देख नहीं पाए। चिड़िया देखकर उसका नाम रखना चाहते थे। मुन्नी नाम के पहले उन्होंने किसी का नाम नहीं रखा था। अब सभी बेनाम जीव-जगत् का नाम रखना चाहते थे। कितनी वनस्पतियाँ, पेड़, पक्षी, कीड़ों-मकोड़ों के नाम नहीं होंगे। रखे गए कितने नाम वर्षों पुकारे नहीं जाते। ओह, सभी मित्र और शत्रुओं के नाम जान लेने चाहिए। इसमें मुश्किल नहीं थी। सभी सैकड़ों नहीं थोड़े होते थे।

गुरुजी को चिड़िया की सीटी में बापजी, दादाजी, चाचाजी सुनाई देता था। वे कहते भतीजी चिड़िया बोली। बेटी चिड़िया बोल रही है।

बुलबुल, मैना, चिड़ियों के नाम से बेटी का नाम रखने का रिवाज था। बेटी के नाम से चिड़िया का नाम रखने का रिवाज नहीं था। अन्त में गुरुजी ने उस चिड़िया को मुन्नी कहा। बापजी बोलने वाली चिड़िया किसी दिन दिखाई नहीं दी। बेटी के नाम से वे चिड़िया को पुकारते। उन्हें लगा ऐसी चिड़िया को मुन्नी नाम देना ठीक नहीं है। गौरैया सीटी नहीं बजाती। पर चहचहाती थी। रोज दिखती थी। गौरैया को मुन्नी नाम दिया जा सकता था। उसके लिए चावल के दाने और कसोरे में पानी की जरूरत नहीं होती और दिख जाती थी।

पत्नी कहती, "मुन्नी नाम सीटी बजाने वाली चिड़िया को दे दो। दिखाई न दे, उसकी सीटी सुन लेंगे। जहाँ रहे सुखी रहे। सीटी बजाकर उड़ती फिरे।"

गुरुजी ने जिवराखन से पूछा, "क्या तुम सचमुच जिवराखन हो?"

"तो क्या झूठ-मूठ हूँ। विश्वास न हो तो पास-पड़ोस से पूछ लो।"

"कोटवार कह देगा तो मान लूँगा।"

"उसी से पूछ लो भाई!"

"पता नहीं कितनों की जान लिये हो जिवराखन। जीव को गिरवी रखने का धंधा है।" कोटवार ने कहा।

"गिरवी का धंधा बीच में मत लाओ कोटवार। दु:ख होता है। बाप-दादों से धंधा है। नहीं करता तो बहुत से नदी-तालाब में बूड़ के मर जाते। तुम भी मर जाते न गुरुजी।"

"हौ! मैं भी मर जाता।"

"मैं भी मर जाता जिवराखन।" कोटवार बोला।

"जान तो तुम्हारे पास फँसी है जिवराखन। जान छोड़ दो, हम और कोटवार अभी मर जाएँगे।"

"उधारी पटाकर तो मरोगे न गुरुजी।"

"वही कहता हूँ जिवराखन।"

"ठीक है, पटा देंगे। सबका गुन्हे की किताब में नाम दर्ज है।" कोटवार बोला।

थाने की गुन्हे की किताब में जिवराखन के बाप-दादों का नाम दर्ज था कि गिरवी का धंधा करता है।

"मेरा नाम।" गुरुजी ने पूछा।

"आपका नाम भी है।"

"क्यों?"

"पाठशाला के गुरुजी का नाम दर्ज होता है।"

"बहुत मुश्किल है। मुन्नी का नाम?"

"दर्ज हो गया। तुरन्त।" कोटवार ने कहा।

पानी से भरे तालाब को भरा देखने का अभ्यास होना जरूरी था। इस अभ्यास के लिए एक लड़का पूछेगा, "गुरुजी पाँच बजे सवेरे से तालाब को देखना शुरू कर दें?

दूसरा विद्यार्थी सोचेगा कि वह रात से तालाब को देखना शुरू कर दे। "गुरुजी! तालाब के पानी को छू सकते हैं।" वह कहेगा।

चीजों को उसी तरह के साथ उसके अलावा भी देखने का अभ्यास होता था। पत्नी को पत्नी के अलावा देखने के अभ्यास के लिए उससे और प्रेम कर

लेना था। लोग छोटे-छोटे संसार ढूँढ़ने की फिराक में रहते थे। यह काम सर्राफे के किनारे बहती गंदी नाली से सोने-चाँदी के कण ढूँढ़ने जैसा था। गुरुजी खोयी हुई दृष्टि से संसार ढूँढ़ते थे। कुछ देख रहे होते हैं और संसार को ढूँढ़ रहे होते हैं। कितने सारे ढूँढ़ चुके होंगे। फालतू टूटे-फूटे संसारों का कबाड़ भी इकट्ठा हो गया था। इस काम में अलग से पैसा नहीं लगता था। जीवनयापन के खर्च में यह भी हो जाता। यह न होता तो जीवनयापन भी मुश्किल था। परन्तु यह कुछ नहीं करने जैसा होता। जैसे नाली की पुलिया में जाकर बैठ जाना। या नहर के किनारे-किनारे कुछ दूर तक चलते रहना या जिवराखन की दुकान में बैठ जाना। पाठशाला में लड़कों को रटने-पढ़ने का काम देकर चिल्लाते हुए लड़कों के बीच चुपचाप बैठे रहना।

लगता था संसार घर की तरह हो। घर को संसार जैसा होने में खतरा था। यह वैसा ही होता कि चार गुंडे सोने के कमरे में घुस गए। कितना अच्छा होता एक संसार रसोईघर में दो वक्त का खाना बन जाता और दूसरे संसार सोने के कमरे में सो गए। घर-गृहस्थी में दो कमरे बहुत थे। एक में मुन्ना-मुन्नी के जन्म के पहले का संसार हो। दूसरे में उनके जन्म के बाद का। जब मन हो एक कमरे से दूसरे कमरे में आना-जाना करते रहें। एक कमरे में बीते हुए को ताला बन्द कर दिया। जो बीत रहा है उसको अलग कमरे में। जो काल अच्छा लगे उसे छाँटकर निकाल लेना चाहिए। और जो बुरा हो उसे दबा देना।

मुन्ना-मुन्नी के जन्म के पहले के कमरे में पत्नी छूही मिट्टी से चौका लीप रही होगी। पत्नी को जब गुरुजी के आने का रास्ता देखना होता तो काम करने लगती थी। खाली बैठे इन्तजार करने से उसे चक्कर आता था। वह एक छोटी लड़की की तरह थी। जिसके सामने खेल-खिलौने के समान गृहस्थी नहीं थी। सचमुच की गृहस्थी थी। सचमुच का सिल और लोढ़ा था। वह भारी पत्थर था। लोहे का वजनदार खलबत्ता था। एक काली कड़ाही थी और बोरे के फटे झोले में कोयला था। टिन के डिब्बे थे। रसोईघर था। बरसात के दिनों चौके में छछूँदर बहुत आती थी। छछूँदर की टट्टी से बदबू आती थी। उसे भगाना कठिन काम था। गुरुजी के पैर से जब-तब छछूँदर दबते-दबते रह गई थी। थाली में मेढक उचककर न आ जाए इसलिए मेढक के पास आते ही कटोरी से उसको ढाँक देते थे। बड़ा मेढक

होता तो थाली लेकर खड़े हो जाते। बड़े मेढक को गंजी से ढाँका जा सकता था। बड़ी गंजी में भात रखा रहता था। बड़े मेढक को ढाँकने के लिए बड़ी गंजी खरीदने के बदले कभी-कभी खाते-खाते खड़े हो जाना अच्छा था। मुन्ना-मुन्नी के जन्म के पहले के संसार के कमरे में पत्नी आटा गूँधकर बैठती। गुरुजी के आते ही कहती, "गरम रोटी खा लो। सेंकती हूँ।"

"मुझको भूख नहीं है।"

"क्यों?"

"उस संसार में तो मुझको बासी भात खिला चुकी हो।"

"उसको तो जुग बीत गया। भूख लग आई होगी दो रोटी खा लो। तवा गरम हो गया है।"

"मुझको भूख नहीं है। तुम अपने लिए रोटी सेंक लो।"

"अपने लिए सेंकने का मन नहीं है। चार तुम्हारे लिए सेंकती तो दो अपने लिए सेंकती।"

"खरी-खरी रोटी सेंकना। दो रोटी खा लूँगा।"

रोटी के सिंक जाने के बाद तवा का गरम हो जाना सार्थक हो जाता।

गरमी में कमरे के पत्थर पर लेटना अच्छा लगता था। तकिया लेकर दोनों पत्थर पर लेट जाते। एक लड़का गुरुजी, एक लड़की पत्नी को समेट लेता। वह कोशिश करता, कि उसका कोई वजन या भार न हो। पत्नी कोशिश करती कि भार सहेजा रहे।

"मैं तुम्हें पत्नी के अलावा और क्या समझूँ।"

"तुम जानो।"

"तुम्हारे दाहिने हाथ और मेरे बाएँ हाथ में हथकड़ी लगा दी गई है।"

"मुझसे तो घर के दरवाजे में भी ताला लगाते नहीं बनता। तुम हथकड़ी छुड़ा लो।"

"तुम क्या करोगी?"

"जहाँ छुड़ा दोगे वहाँ छूटी रहूँगी।"

"एक घंटे बाद लौटूँगा तो तुम वहाँ रहोगी।"

"मैं वहीं छूटी रहूँगी। बहुत दिन हो जाएँगे तो पता लगाऊँगी। छूटे हुए लोगों की कोई बस्ती होगी वहाँ चली जाऊँगी। बाहरी रास्ते से छूटे लोग उधर जाते दिख जाएँगे। उनके पीछे-पीछे चली जाऊँगी। आगे लम्बी कतार होगी।"

"सभी छूट जाएँ।"

"छूटी बस्ती में छूटा हुआ थानेदार होगा।"

"वह अपने थाने में रहेगा तुम अपनी पाठशाला में।"

छूटी हुई एक किराने की दुकान होगी। उसमें छूटा हुआ चावल, दाल, तेल बिकता होगा। पानी, हवा, जमीन छूटी हुई। जब यह बहुत होने लगेगा तो कोशिश होगी कि अपनी आवश्यकता के सामान के साथ छूट गए। पर किसी को क्या पता सोते-सोते आदमी छूट जाए। ध्यान बँटा नहीं और आदमी छूट जाए।

"जो नहीं छूटे उनसे कैसे सम्पर्क होगा?"

"नहीं होगा।"

"ब्याह के बाद माँ-बाप छूट गए, भैया छूट गया। वे वहाँ नहीं मिलेंगे?"

"शायद मिल जाएँ। हम लोग केवल छूटे हुए लोगों से सम्पर्क बना सकेंगे। साथ-साथ होंगे, पर वे अलग होंगे।"

"छूटी हुई पाठशाला में काम करने का वेतन मिलेगा।"

"कुछ तो मिलेगा नहीं तो खर्चा कैसे चलेगा।"

खजाने के साथ खजांची छूट जाए। ड्राइवर के साथ बस। बीमारों के साथ डॉक्टर। दवाई के साथ अस्पताल। थोड़े खेत, किसान, मजदूर, फैक्ट्री एकाध इनसे काम चल जाएगा। खतरनाक खूनी, गुंडा, बदमाश, छूट गया तो छूटे हुए थानेदार से क्या आशा होगी। आशा होती तो क्यों छूटते।

"यह बचना और छुपना होगा।" लड़की बोलेगी।

"बचते हुए लोगों के बीच छुपते हुए नहीं रहेंगे।" लड़की का पति बोलेगा।

"हाँ, ऐसे में दम घुट जाएगा, पर बचने के लिए छुप जाना हमेशा गलत नहीं है।"

सभी छुपते-छुपते रहेंगे। आना-जाना, काम करते रहेंगे। शुरू-शुरू में तो यह कठिन होगा। पेड़ की आड़ से, छत्ते की आड़ से किराने की दुकान तक जाना होगा। पचास पैसे की हल्दी दुकानदार देगा। उसका चेहरा नहीं दिखेगा, हाथ दिखेगा। हाथ, अखबार फाड़कर पुड़िया बनाएँगे। पैसा लेंगे। "पचास पैसे की बस इतनी हल्दी!"

"हाँ! इतनी ही हल्दी।" कहीं से आवाज आएगी। जो आवाज होगी वह भी छुपी

हुई, बदली हुई हो। एक बस आएगी, ड्राइवर अपने कैबिन में बिना दिखे होगा। पोस्टमैन रजिस्ट्री की आवाज देकर आड़ में छिप जाएगा। हर घर में आड़ बनी होगी, ताकि लोग छुप सकें। छुपने की कला और सभ्यता होगी। एक समाज होगा और छुपते-छुपाते लोगों का शासन। छुपना बचने का ही काम होगा। गुंडे-बदमाश खुलेआम होंगे। किसने सिर फोड़ा यह दिख जाएगा। किसका सिर फूटा यह पता नहीं चलेगा। खून का धब्बा पड़ा रहेगा। हजारों छुपते हुए लोग एक छुपते आदमी की तरह अकेला महसूस करेंगे। दो-चार लोग एक-एक को ढूँढ़ते रहेंगे। धीरे-धीरे छुपते हुए लोगों की सभ्यता समाप्त हो जाएगी। कुएँ, तालाब में रात को डूबकर मर जाना छुपने का अन्तिम तरीका होगा। शायद यह सभ्यता पूरी तरह समाप्त न हो, कहीं बचे हुए हों। आदिवासी सभ्यता जो नष्ट हुई ऐसा नहीं। हमेशा अच्छे लोग नष्ट हुए ऐसा भी नहीं परन्तु ऐसा ही है कि ठीक नहीं है।

बन्दूक और बारूद तो अभी भी सबके पास नहीं थी। गुप्ती, चाकू जनसंख्या के हिसाब से कम लोगों के पास थी। अधिकांश जनसंख्या निहत्था थी।

आकाश को दुःख की तरह भी देखा जाता था और सुख की तरह भी। सुख का आकाश अधिक नीला या फीका लाल नहीं दिखता होगा। और दुःख का पीला और काला। परन्तु आकाश सुख के आकाश की तरह दिखे, इसके लिए जूडो-कराटे की तरह अभ्यास होना जरूरी था। आत्मरक्षा के लिए यह जरूरी था। धूप से छाया में आ जाने का सुख था। ठंडी हवा अच्छी लगने का सुख हो रहा था।

निरन्तरता समय का गोत्र है
जैसे भरद्वाज गोत्र होता है।

घर में घड़ी नहीं थी। गाँव में दो-चार लोगों के पास होगी। इसमें से दो घड़ी जरूर खराब होंगी। पाठशाला की घड़ी कई दिनों से खराब थी। परन्तु मुन्ना-मुन्नी को कुछ दिनों से टिक-टिक की आवाज सुनाई दे रही थी।

"अम्मा मुझको घड़ी की टिक-टिक आवाज सुनाई देती है।"

"मुझको भी सुनाई देती है।"

अम्मा ने सुनने के लिए चलते-चलते रुककर सन्नाटा बनाया। गुरुजी लेटे थे, बैठकर वे भी सुनने लगे।

"अम्मा टिक-टिक सुनी?" मुन्नी बोली।

टिक-टिक की आवाज सुनाई दे रही थी। रात को कुछ जोर से सुनाई देती थी कि सिरहाने रखी हो। घर में चूहा मर जाए फिर गन्ध से उसे ढूँढ़ना हो। घड़ी ढूँढ़ने में बदबू नहीं थी।

"रहने दो कुछ नहीं है। भ्रम है।" गुरुजी ने कहा।

"कीड़े की आवाज होगी।" अम्मा ने कहा।

"कीड़ा रोज बोलता है।" मुन्नी बोली।

"मैं रोज सुनता हूँ।" मुन्ना बोला।

"मैं कभी-कभी सुनना भूल जाता हूँ।" गुरुजी ने कहा।

"अम्मा तुम नहीं सुनतीं?" मुन्नी पूछी।

"सबसे ज्यादा तो मैं सुनती हूँ।" अम्मा बोली।

"कीड़े हमेशा बोलते रहते हैं।" गुरुजी ने कहा।

पल के बीतने की आवाज जरूर होती होगी। कभी प्रियजन की आवाज पल बीतने की आवाज होती हो। कभी रेलगाड़ी की छुक-छुक या थाली का नीचे गिर जाना। झींगुर का बोलना, एक साधारण आदमी की आहट। मोटर बस की आवाज। बच्चे का रोज-रोज हँसना-रोना। जब कुछ होता नहीं है तब भी समय होता रहता है। सनसनाहट, साँय-साँय होती रहती है। हत्यारे के घर से निकलने की आहट! शुरू से अपनी आहट तो हत्यारा भी नहीं छुपाता। हत्या के पहले छुपा लेता होगा। पर मरने वाले की चुपचाप चीख निकलती होगी। वैसे समय को सुनने की कोशिश करो तो लगता है साइलेंसर लगा है। सुनाई नहीं पड़ता। हो सकता है गुरुजी के घर में समय बीतने के साइलेंसर में बारीक छिद्र हों, और उसी से टिक-टिक की आवाज आती हो।

समय आया कहने से उसके रुकने का भ्रम होता होगा कि अभी तो आया है। झरने से लगातार गिरते हुए पानी में निरन्तरता है। निरन्तरता समय का गोत्र है जैसे भरद्वाज गोत्र होता है। झरना वहीं रहा आता है। दो बरस पहले भी। हमारी स्थिरता में भी निरन्तरता थी। दस मिनट से बैठे हैं, एक मिनट से दस मिनट तक बैठे रहने की निरन्तरता थी। मृत्यु समय से बहिष्कृत होने से होती थी। समय से बहिष्कृत होने में सहयोग करो या असहयोग। कितना भी असहयोग करो मर जाते

थे। सहयोग करके मरने में कोई अकलमंदी नहीं थी। परन्तु मृत्यु के बाद बहुत दिनों तक उसका स्मरण समय से बहिष्कृत नहीं होता। कुछ स्मरण परम्परा होती थी। पूर्वजों माँ-बाप का स्मरण पितरों की तरह होता था। ऐसा लगता नहीं कि स्मरण की इस परम्परा का कोई राजनैतिक कारण था।

जब गुरुजी को टिक-टिक की आवाज आने लगी तो उनसे रहा नहीं गया। वे कोटवार के पास गए।

"कोटवार मेरे घर घड़ी नहीं है और घड़ी की टिक-टिक की आवाज आती है।"

"घड़ी तो मेरे घर भी नहीं है। अन्दाजी चल जाता है।"

"गाँव में कितने लोगों के पास होगी?'

"ठीक-ठाक घड़ी दो-चार लोगों के पास होगी। दो के पास अलार्म होगी तो दो के पास हाथ की घड़ी होगी। ऐसा ही होगा गुरुजी।" गिनती लगाते हुए कोटवार ने कहा।

"सरकार के लिए आँकड़ा इकट्ठा नहीं कर लेते। कितनों के पास है, उनका नाम और पता।"

"घड़ी होना खतरे की बात तो नहीं है गुरुजी।"

"थानेदार को रिपोर्ट लिखा दो कोटवार, घड़ी नहीं है और टिक-टिक की आवाज आती है।"

"यह जुर्म नहीं बनता। न तो चोरी हुई है न डाका पड़ा है। कोई गाली भी नहीं दे रहा। टिक-टिक में गाली तो नहीं है गुरुजी?"

"कह तो रहा हूँ दिन-रात टिक-टिक है बस।"

"फाँफा, टिड्डा जैसा कीड़ा होगा तो नुकसान हो जाएगा।"

"दीमक बोलता नहीं कुतरने की आवाज आती हो।"

"डौंडी पिटवा दूँ कि अपने घर में सुनो, टिक-टिक की आवाज आती हो तो कोटवार को रपट लिखा दो।" कोटवार ने कहा।

"पिटवा दो पर रपट लिखवा दें मत बोलना, कहना कोटवार को बोल दें।"

जिवराखन की दुकान बन्द थी। वह सीधे गुरुजी के घर टिक-टिक सुनने गया।

"मुन्नी, नोनी।"

"का है।" कहकर मुन्नी बाहर आई।

"गुरुजी कहाँ हैं मुन्नी।"

"घर में नहीं हैं।"

"अच्छा बता तो घर में घड़ी नहीं है।"

"नहीं है।"

"घड़ी की आवाज आती है?"

"आती है।"

"चल बता नोनी।" प्यार से जिवराखन ने कहा।

मुन्नी जिवराखन को घर के अन्दर ले आई। अम्मा खाना बनाने की तैयारी कर रही थी। जिवराखन उस जगह जाकर खड़ा हो गया। साफ-सुथरी जगह थी, लिपी-पुती। कोना दूर था। वहाँ कुछ रखा नहीं था। उसने सुना टिक-टिक की आवाज आ रही थी।

"आवाज तो आती है।" वह बाहर आ गया। जाते-जाते वह रुक गया।

गुरुजी लौट रहे थे। कोटवार नहीं था।

"मेरे घर की घड़ी सुने।" गुरुजी आते ही बोले।

"आवाज आती है। जाता हूँ।" वह परेशान लग रहा था।

"चलो एक बार और सुनते हैं, अब बन्द हो।"

"चलो।" जिवराखन बोला।

अन्दर जाकर वहाँ खड़े हो गए।

"आवाज बढ़ गई है।"

"अब।"

"कुछ पानी-वानी डाल दें।"

"डाल दो।"

"मुनिया, ऐ मुनिया।" जिवराखन ने आवाज दी। मुनिया आई।

"जा तो मुनिया उसमें एक लोटा पानी डाल दे।" वह बोला। मुनिया समझ गई। मुनिया ने अम्मा से पूछा। "अम्मा एक लोटा पानी डालने को कह रहे हैं।"

"नहीं।" अम्मा ने कहा।

"अम्मा पानी डालने को मना करती हैं।"

"पानी डालने में क्या नुकसान है।" जिवराखन ने समझाया।

"लिपा-पुता खराब हो जाएगा।" मुन्नी बोली।

"फिर लीप देना।" गुरुजी बोले।

मुनिया ने फिर पूछा, "अम्मा वहाँ एक लोटा पानी डाल दूँ?"

"अच्छा डाल दो।" निर्विकार भाव से अपना काम कर रही थी। अगर बम की टिक-टिक होती तो भी काम निपटाती। मुनिया ने वहाँ एक लोटा पानी डाला। पानी पड़ने से आवाज कम हो गई।

"अम्मा ठीक हो गया।" मुन्नी ने कहा।

"अच्छा।" उन्होंने कहा।

मुन्नी ने बाहर आकर बताया "पानी डालने से ठीक हो गया।"

दोनों आए, पर आवाज फिर आने लगी।

"अब क्या करें?" गुरुजी ने जिवराखन से पूछा।

"एक लोटा पानी और डाल दो।"

"कोई नहीं जान पाएगा, धीरे-धीरे एक बाल्टी पानी डाल दूँगा।"

"गुरुजी गड़बड़ न हो जाए।"

"नहीं होगी।"

गुरुजी एक बाल्टी पानी लेकर बैठ गए और एक-एक लोटा पानी डालने लगे। जिवराखन आड़ बनाकर बैठा था। मुनिया ने देखा बाल्टी भर पानी डालेंगे तो खाने और बैठने की जगह नहीं बचेगी। खराटा से बुहारेंगे तो छींटा चौके में जाएगा। अम्मा के पास जाकर उसने पिताजी की तरफ इशारा किया।

"क्या कर रहे हो।" देखकर अम्मा ने पूछा।

वे आधी बाल्टी पानी डाल चुके थे। उठकर बाहर आ गए। जिवराखन भी सिर झुकाए उनके पीछे बाहर आ गया। फिर मुनिया आई और जिवराखन से बोली, "आवाज आ रही है।" जिवराखन रुका नहीं वह चिन्तित लग रहा था।

रात में और दिनों की अपेक्षा टिमटिमाहट कम थी। गुरुजी गाँव की तरफ देखते हुए खड़े थे। मुन्ना उनके दाहिने तरफ आ गया था। मुन्नी बाईं तरफ। मुन्ना के पास बीच में जगह थी वहाँ गुरुजी से सटकर पत्नी आकर खड़ी हो गई।

"आवाज आ रही है।" मुन्ना ने मुन्नी से पूछा।

"हौ।" मुन्नी ने धीरे से कहा।

पूरी बस्ती से टिक-टिक की आवाज आ रही थी।

"चलो बस्ती की ओर चलें।" मुन्ना ने कहा।

"रहने दो।" अम्मा ने कहा।

"चलो।" गुरुजी ने कहा।

"मैं नहीं जाती।"

तीनों गाँव की तरफ चले। उन्हें लगा घर से जो आवाज आ रही है वह पीछे छूट रही है। गाँव की ओर से एक सामूहिक टिक-टिक थी। आसपास मेढक, झींगुर भी नहीं बोल रहे थे। गाँव में चूल्हा देर से जला होगा। बस्ती पास आ गई तब भी ऐसा सन्नाटा था जिसमें बड़े-बूढ़ों की आवाज नहीं थी। छोटे-छोटे बच्चों के रोने और बोलने की आवाज थी। कुत्ते बहुत भौंकते हैं ऐसा पता चलता था।

पत्नी घर में अकेली है उन्होंने सोचा। क्या कोई औरत चीखी थी। "मुन्नी।" किसी ने चीखा। वह पलटे। कंदील लेकर पत्नी दौड़ती-सी आ रही थी। हिलती-डुलती कंदील में जो दिख रहा था और जो नहीं दिख रहा था के साथ उलट-पुलट मिश्रण बन रहा था।

मुन्नी को कंदील पकड़ाते हुए गुरुजी से कहा, "कंदील भूल गए।"

"हौ! भूल गया तुम नहीं चलोगी?"

"घर खुला है। चौके में कुत्ता घुस जाएगा।"

"अँधेरे में लौटोगी।" यह सुनने के पहले वह पाँच कदम लौट चुकी थी। वे कुछ और पूछते तब तक वह दस कदम लौट चुकी थी। बस्ती में घरों के सामने एक-दो, एक-दो इकट्ठे बात कर रहे थे। एक औरत नीचे बैठी हुई अपने बच्चे को दूध पिला रही थी। चिमनी के उजाले में दिख रहा था कि उस बच्चे के कान में रुई खुँसी है। दूसरे बच्चों के कान में भी रुई खुँसी हो।

"आवाज आ रही है?" गुरुजी ने अँधेरे में किसी से पूछा।

"आ रही है।" उसने कहा।

"आ रही है।" दूसरे ने बिना पूछे बताया।

कोटवार के घर के सामने कोटवार के साथ जिवराखन भी था।

"मेरे घर आती है गुरुजी।" कोटवार ने कहा।

"यह तो बीमारी हो गई।" जिवराखन ने कहा।

"कल थाने में रिपोर्ट लिखा दूँगा।"

"देर न हो जाए।" गुरुजी बोले।

"तुम्हारी ड्यूटी है।" जिवराखन बोला।

"यहाँ नीचे जमीन से आवाज आ रही है।" मुन्नी ने कहा।

सब पीछे हट गए। जिवराखन बीच में बैठ गया।

"जोर से आ रही है।" मुन्ना ने कहा।

"हाँ, मुन्ना।" जिवराखन उखरू बैठा था। मुन्ना-मुन्नी जिवराखन के पास आ गए। जिवराखन ध्यान से सुन रहा था। "कैसे रे?" कोटवार ने पूछा। गुरुजी ने देखा जिवराखन लुढ़क रहा है। वे पकड़ते पर जिवराखन धीरे से लुढ़क गया। उसे चक्कर आ गया था। "ठीक हूँ" जिवराखन ने कहा। मुन्नी पता नहीं क्यों मुन्ना से झगड़ रही थी।

गाँवों में एक सुन्दर पक्षी दिखा क्या यह गुनाह की पुस्तक में दर्ज हो सकता था?

कोटवार नहा-धोकर एकदम सुबह गुरुजी के पास आया। मोटी पुरानी नीली कमीज और धोती पहने था। घुटने तक धोती थी। कमीज जहाँ कहीं फटी थी वहाँ धागे-फुचड़े भी निकले थे। चमड़े का चौड़ा बेल्ट था जिसमें बिल्ला लगा था जो कोने में चमक रहा था। लाठी कोटवार ने इस तरह टिकाई थी कि हल्के झटके से कोटवार के सिर पर गिरती।

"थाने रिपोर्ट लिखाने जा रहे हो, क्या रात भर नहीं सोये?"

"हौ! गुरुजी गाँव में किंजरता रहा, टिक-टिक सुनता था।"

"तुम्हारे साथ गाँव वाले जाग रहे होंगे?"

"कोई नहीं जागा। सब सो रहे थे। घंटा-दो घंटा मैं भी सोया।"

"जिवराखन?"

"जिवराखन! दोपहर से घर में ताला लगा दिया। घर वालों को दूसरे गाँव भेज दिया होगा। उसका पता नहीं है।"

पुलिस इस गाँव में गश्त नहीं लगाती। थाने में यह गाँव बेचिराग और वीरान दर्ज था। बेचिराग गाँव में पुलिस गश्त नहीं लगाती। झगड़ालू गाँव दर्ज़ होता तो महीने-दो महीने में गश्त लगाती। हाट-बाजार भी नहीं भरता जिससे हाट-बाजार में कभी पुलिस आ जाती। जहाँ गश्त लगाती वहाँ गश्त लगाने वाला सिपाही गाँव में साइकिल से इधर-उधर घूमता रहता। साइकिल के कैरियर में एक छोटा डंडा दबा हुआ होता। हैंडिल में एक झोला टँगा होता। गश्त लगाते हुए, बाड़ी में साग-सब्जी दिख जाती तो रखवा लेता इससे अधिक वह क्या करता। अधिक कुछ होता तो किसी चाय की दुकान में भजिया खाकर चाय पी लेता और पान के ठेले में पान खा लेता। पैसा देना वह भूल जाता। दुकानदार पैसा माँगना भूल जाता।

थाने में प्रत्येक गाँव की एक किताब होती। यह गुनाह की किताब कहलाती। अंग्रेजों के जमाने से होती थी। इसमें गाँव की आबादी, स्त्री-पुरुष-बच्चे, हाट-बाजार, मेला, लगान, मुखबिर, बदमाश, दाऊ, प्रभावशाली आदमी, डॉक्टर, मास्टर, बैगा, बैद सबका नाम दर्ज होता था। गुरुजी का नाम कोटवार ने लिखवाया था। गुरुजी थाने में रहने गए उसकी रपट भी कोटवार ने लिखाई होगी। गुरुजी को झंझट में डालने के लिए नहीं, उसका कर्तव्य था और ऐसा कानून था। गुरुजी थाने में बहुत दिन रहे। पर पुलिस, लॉकअप में चौबीस घंटे से अधिक किसी को नहीं रखती थी। जिसको रखना होता उसको सुबह लॉकअप से बाहर निकालती। पीछे खम्भे से बाँधकर रखती कि लॉकअप में नहीं रखा है। रात को फिर लॉकअप में डाल देती।

दीवाल से टिका हुआ कोटवार का डंडा गिर नहीं रहा था। उस पर गिर जाने का ध्यान जाता था। गुरुजी ने एक तिनका उठाया।

"कोटवार देखना डंडा सिर पर नहीं गिरे।"

तिनके से उन्होंने डंडे को ठेला। तिनके से कम जोर लग रहा होगा तो उन्होंने तिनके से ठेलते हुए फूँका। डंडा थोड़ा हिला और कोटवार के कन्धे पर गिरा।

"सिर बच गया।"

"हौ बच गया।" कोटवार ने कहा।

"जाता हूँ रिपोर्ट लिखा देता हूँ।"

"सबके मरने जीने का हिसाब पूरा है कोटवार।"

"पूरा है।"

चिड़िया पक्षी का नाम और हिसाब गुनाह की किताब में होता है? गुरुजी ने सोचा। 'मुन्नी' उन्होंने सीटी बजाने वाली चिड़िया को भी कहा था। उसकी सीटी उनकी पत्नी और मुन्ना-मुन्नी को सुनाई देती थी। उनको सुनाई नहीं दी। चिड़िया पक्षी का हिसाब गुनाह की किताब में नहीं होता होगा। बदमाशों के शौक दर्ज होते थे। यदि बादशाह तोता पालता है तो दर्ज होगा कि बदमाश तोता पालने का शौकीन है।

"जाऊँ गुरुजी।"

"जाओ।"

घड़ी नहीं थी। पर निरन्तरता का बोध था। आकाश का होना निरन्तर था। आकाश स्थिर पर उसका होना लगातार। स्थिर झरने में लगातार गिरते हुए पानी की निरन्तरता। समय के बीतने का अभ्यास ठीक-ठाक हो तो आदमी भागता जाएगा और लौटकर नहीं आएगा। जैसे छह महीने हो गए, नदी से जो पानी बहा था अभी तक नहीं लौटा। वह जल कहाँ गया होगा? वह जल क्या कर रहा होगा?

कोटवार थाने रिपोर्ट लिखाने जा रहा है। यह कोटवार को देखने से मालूम होता था। अतीत काल से अभी तक वह यह काम कर रहा था। थाने की तरफ जाते हुए वह रास्ते भर कानून के प्रति सजग होता। उसे चमड़ा उतारता हुआ घसिया दिखा। रास्ते में जानवर का चमड़ा उतारना जुर्म था। घसिया घास कम काटता था। जानवर के मर जाने में लाभ था। चमड़ा उतारने वालों को बहुत दिनों तक मरा जानवर नहीं मिलता तो वे जानवर को जहर खिला देते।

एक बैल बैठा हुआ था उसके पुट्ठे में तुतारी का गहरा घाव था। उसमें मक्खियाँ बैठी थीं। जानवर पर अधिक बोझ लादना, मारना-पीटना जुर्म था। कानून से जुर्म के हिसाब से गन्ध आती थी, जैसे दफा चौंतीस की गन्ध। कानून की किताबें सहज-सरल होतीं तो धार्मिक होतीं। दोहे-चौपाई में होतीं तो और अच्छा था। गन्ध छुपाने के लिए ऊदबत्ती तो जलती थी। पुलिस वाले न ऐसे साधु थे न वैसे। कानून की ठीक हिफाजत करें तो उनके पास घर लौटने का समय नहीं बचता। देर-सबेर घर लौट जाने से उनमें सामाजिकता थी। घर में पत्नी, रखैल, माँ, बाप, बच्चे हो सकते थे। पत्नी, बहन, बच्चे, माता-पिता का होना स्वाभाविक था और यह घर-घर होता था। माँ, बाप, भाई, बहिन की गालियाँ बहुत दी जाती थीं। पारिवारिक फिल्में बहुत बनती थीं। उनमें भीड़ होती थी। टूरिंग टाकीज गाँव में आई तो रात का उजाला बढ़ जाता था।

बड़गाँव आ गया था। गाँव में घुसने के पहले कि मौका मिले-न-मिले वह पेशाब करने लगा था। थाना जा रहा है यह भी कारण हो सकता था। पेशाब करते-करते उसने बेशरम की पत्ती तोड़ी, उसे कान में लगाया। शायद टिक-टिक की आवाज आ रही हो। सामने बबूल का पुराना पेड़ था। नीचे बड़े-बड़े काँटे बिखरे थे। इतना मोटा पेड़ काटा नहीं गया। बैलगाड़ी के चक्के बनाने में इसका उपयोग होता था। पेड़ के नीचे से मोटर पंप से छोड़ा गया पानी बह रहा था। ऐसा शीशा होता कि जड़ से पेड़ के अन्दर प्रवाहित होते जल की कल-कल ध्वनि सुनाई देती, अन्दर का दृश्य दिखाई देता। जो सुन नहीं पाते वे बम का धमाका सुन नहीं पाते होंगे। अणुबम का धमाका भी नहीं! धमाका न सुनाई दे कल-कल की ध्वनि सबको सुनाई देनी चाहिए, बहरे को इतना ही बहरा होना चाहिए।

थानेदार ने कोटवार की बात सुनी। घड़ी का टिक-टिक सुनाई देना पहले कम पर बाद में अधिक गम्भीर लगता था।

"गाँव में घड़ी की दुकान है।"

"नहीं है साहब।" सीधे खड़े कोटवार ने कहा।

"गाँव में किसके-किसके पास घड़ी है।"

"दो-एक के पास हैं साहब।"

"तुमको नहीं मालूम। गुन्हे की किताब में देखो। बन्द पुरानी घड़ी अचानक चलने लगती है और मालूम नहीं पड़ता।"

"गुन्हे की किताब में घड़ी वालों का नाम दर्ज नहीं रहता।" एक सिपाही ने कहा।

"कोटवार लोगों से बोलो घड़ी वालों का भी नाम दर्ज करें।"

"किसी-किसी गाँव में दस-दस लोगों के पास घड़ी होती है।"

"जिसके पास होगी चोरी की होगी। खून किया और घड़ी उतार ली।"

"सबकी घड़ी जब्त कर लें साहब।" कोने में पीछे खड़े सिपाही ने कहा।

"घड़ी कोई बन्दूक है।" थानेदार ने कहा।

"घड़ी का लाइसेंस होना चाहिए। पहले लाइसेंस बनवाओ फिर घड़ी खरीदो।"

बन्दूक का लाइसेंस आत्मरक्षा के लिए दिया जाता था। खेती की रक्षा के लिए भरमार बन्दूक का लाइसेंस दिया जाता था। जंगली जानवर-पक्षियों को डराने के लिए। भरमार बन्दूक से आदमी मर जाता था। परन्तु यह एक ऐसा क्षेत्र था जहाँ बन्दूक देखने का मौका पुलिस की बन्दूक देखकर मिलता। पुलिस के पास एक डंडा होता। डराने के लिए पुलिस का ड्रेस काफी था। जितना सिपाही से डरते थे दरोगा से डरने के लिए उससे अधिक डर उनके पास नहीं था।

पुलिस थाने में असली बन्दूक नहीं दिखती थी। बरामदे में सामने लकड़ी के स्टैंड में लकड़ी की बन्दूकें दिखती थीं। असली बन्दूक के अनुपात में इनकी बनावट हास्यास्पद थी। पर पहचान में आती थीं कि बन्दूक हैं। हर साल इनको रँगा जाता था। हरे और लाल रंग से। ये बन्दूकें अभ्यास की बन्दूकें थीं। परेड में काम आती थीं। इनसे निशाना लगाया जाता था। घोड़ा दबाने जैसा उँगली से करते और धीरे से 'धाँय' बोल देते थे। जो 'धाँय' नहीं बोलता उससे बाजू वाला पूछता, "धाँय क्यों नहीं बोले?"

"गोली नहीं निकलती।"

"अबकी बार बोलना।" उसके सिवाय सब लोगों ने 'धाँय' कहा।

"धाँय क्यों नहीं बोलता।" दो-चार सिपाहियों ने एक साथ पूछा।

"गोली नहीं निकलती।" उसने कहा।

"गोली नहीं निकलती, कैसे नहीं निकलती। दो लात लगाऊँ तो सब निकल जाएगी। मशीनगन हो जाएगी।" थानेदार ने कहा।

"बन्दूक ठीक नहीं है।"

"दिखा।" थानेदार ने कहा।

उसने अपनी बन्दूक दिखाई। उस बन्दूक में घोड़ा नहीं था। टूट गया था। गोली कहाँ से निकलती। उसे दूसरी बन्दूक दी गई। अबकी बार उसने भी सबके साथ 'धाँय" कहा।

"तेरा निशाना अच्छा था।" बाजू वाले सिपाही ने हँसते हुए कहा।

"नई बन्दूक है।" उसने कहा।

कोटवार थाने से निकलकर सामने टिपरिया होटल में चाय पीने घुस गया। इस होटल को थानेदार ने थाने की सहूलियत के लिए खुलवाया था। थाने में मुफ्त चाय दी जाती थी। बदले में होटल वाले को शराब बेचने की छूट थी। इस छूट में वह वसूली के लिए मारपीट कर लेता था। चाय पीकर कोटवार बाहर निकला। उसे गाँव लौटने की जल्दी थी।

गाँव आकर कोटवार बढ़ई के पास गया। बढ़ई बैलगाड़ी का चक्का, हल बक्खर सुधारने वाला बढ़ई था। "भोकवा बन्दूक देखे हस रे?"

"दो-एक बार देखा तो हूँ कोटवार।"

"एक बन्दूक मेरे लिए बना दे बढ़ई!"

"मुझसे बन्दूक नहीं बनेगा कोटवार।"

"कह रहा हूँ सरकारी काम है।"

"बन्दूक बनाना गैरकानूनी है।" भोकवा गुस्सा हो गया था।

"असली बन्दूक बनाना गैरकानूनी है। लकड़ी की बन्दूक कोई भी बना सकता है।"

"रात को लकड़ी की बन्दूक दिखाकर किसी को लूट लिये तो मैं भी मर जाऊँगा।"

कोटवार का उत्साह खतम हो गया। वह उठकर जाने लगा।

"ठहर तो कोटवार। मेरी मजूरी बुड़ाएगी तो नहीं।"

"बताया न सरकारी है, पर मेरे से आठ आना ले लेना।"

"और लकड़ी! बीजाखमार से बना दूँ?"

"खमार की लकड़ी बहुत हल्की होती है उसमें नाखून गड़ जाता है। जनदार लकड़ी से बन्दूक बनाओ। बीजा महँगी लकड़ी है, बबूल या नीम से बना देना।"

"लकड़ी की बन्दूक का क्या करोगे कोटवार?"

"रात को डराकर किसी को लूट लूँगा।"

"हँसी मत करो कोटवार। बन्दूक के बदले तलवार बना दूँ?"

"अरे नहीं बन्दूक बनाना है।"

"लकड़ी की बन्दूक का क्या करोगे कोटवार?" भोकवा ने फिर पूछा।

"रंग-रुंग के घर के सामने टाँग दूँगा।"

कोटवार ने डंडा रखा था। भाला रखना उसने छोड़ दिया था। अब घर में लकड़ी की बन्दूक रखेगा। आगे गाँव में जाते समय डंडे के बदले लकड़ी की बन्दूक रखने का मन हो सकता था।

मुन्ना सो रहा था। मुन्नी और पत्नी भी सो रही थी। गुरुजी को नींद नहीं आ रही थी। खटिया बहुत झुलुआ हो गई थी। थोड़ा-बहुत कसने का काम मुन्ना-मुन्नी के साथ पत्नी करती थी। लकड़ी से चिल्फी निकालते समय पत्नी के अँगूठे में फाँस लग गई थी। अँगूठा पक गया था। वे सेफ्टी पिन को माचिस की तीली से गरम कर फाँस निकालना चाहते थे। तब पत्नी ने मना कर दिया था। तुकमलंगा लगाकर उसने पट्टी बाँधी थी। अँगूठा पक गया था। उसे तकलीफ थी। मुश्किल से नींद आई होगी। मुन्नी के साथ सोने में अँगूठा दुख जाने का डर था। चौके का काम करते रहने से अँगूठे की पट्टी गीली थी। ऐसे में घाव हो जाए तो मुश्किल से ठीक हो।

गुरुजी का मन मुन्ना-मुन्नी के जन्म के पहले के कमरे के संसार में जाने का था। वहाँ इस समय का दुःख सुख में बदल जाता। कंदील के धुँधले उजाले में वे पत्नी को सोते हुए देर तक देखते रहे। नींद में पत्नी सुन्दर हो रही थी। पत्नी का पट्टी वाला हाथ चारपाई से बाहर फैला था। मेहँदी लगी होती तब भी हाथ बाहर निकालकर सोती। मुन्नी के साथ एक ही दिन मेहँदी नहीं लगाती थी। काम का हर्जा होता और रात को सोने में मेहँदी खराब हो जाती।

"कब उठ गए।" पत्नी की नींद खुल गई थी।

"नींद नहीं आ रही है।"

"सिर में तेल ठोंक दूँ।"

"नहीं।"

"पीठ खजुवा दूँ।"

"नहीं।" कुछ ऊबकर गुरुजी ने कहा।

"अच्छा सो जाओ।" कहकर वह पौढ़ गई।

"उठो तो।" गुरुजी ने कहा।

"क्या बात है!"

"चलो।"

"कहाँ?" वह क्षण भर सक्रिय हो गई कि तैयारी करनी होगी।

"कहीं दूर नहीं जाना है। तैयारी नहीं करनी है।"

"मुन्ना-मुन्नी?"

"उनको जगाना मत सोने दो।"

"मेरी चप्पल टूट गई है। इस गाँव में एक भी मोची नहीं है। कल मुन्ना को बड़गाँव भेजूँगी।"

"चप्पल रहने दो। नंगे पाँव जाएँगे।"

"कहाँ?" अब उसने पूछा नहीं, एक पूछने की तरह देखा।

"मुन्ना-मुन्नी के जन्म के पहले के संसार में।"

"बच्चे जाग न जाएँ।"

"नहीं जागेंगे।"

"जब पाए तब उस संसार में जाना ठीक नहीं। लौटने का मन नहीं हुआ, लौट नहीं पाए तो मुन्ना-मुन्नी का क्या होगा?"

"घंटे भर में लौट आएँगे।"

"अगर दो दिन लग गए तब?"

"दो-तीन दिन क्यों लगेंगे?"

"घंटे-दो घंटे के लिए नहीं जाऊँगी।"

"कितने घंटे के लिए जाओगी?"

"अब जाने का मन नहीं होता, बच्चे बड़े हो गए।"

"चलो वहाँ कमरे के पत्थर पर सोएँगे।"

"चलो।" अब उसका मन हल्का हो गया था।

"अम्मा कहाँ जा रही हो?" मुन्ना जाग गया।

"हम लोग आते हैं। टहलकर। सो जाओ।" गुरुजी ने मुन्ना के सिर पर हाथ फिराया। मुन्ना आधी नींद में पास के अँधेरे में उनको जाता देखता रहा। वह देख

रहा था कि उसके बिलकुल पास बहुत दूरी है। यदि मुन्नी पूछती, "अम्मा पिताजी कहाँ गए।"

"बहुत दूर गए।" वह बोलता।

"कहाँ?" मुन्नी पूछती।

"यहीं।" वह जवाब देता।

दोनों एक पल में चले गए। दूसरे पल मुन्ना सो गया। परन्तु अँधेरे में दिखता था कि एक लड़का और एक लड़की पति-पत्नी थे। वे दिन के उजाले में आ गए थे। लड़के को उसके साथ चलने में कठिनाई होती थी। चलते-चलते उसे दाएँ होना पड़ता था या बाएँ। कभी आगे जाना पड़ता था कभी पीछे। वह ऐसा नहीं करता तो गली में खड़ी हुई गाय या साइकिल से टकरा जाता। गोबर कीचड़ में पैर चला जाता। लड़का लड़की के लिए रास्ता बनाता था। लड़का पूछता प्यास लगी है? तब उसको प्यास लगती। पूछता भूख लगी है? तब उसको भूख लगती। लड़का लड़की के बिना अदृश्य रहता था। दृश्य में आने के लिए उसे लड़की के पास जाना पड़ता था, लड़की स्पर्श करती। साथी लोग कहते वह दिखता नहीं। वह कहता, "हाँ कम दिखता हूँ।"

"दिखा करो।" साथी कहता।

"दिखूँगा।" वह कहता।

घर जाकर वह लड़की पत्नी से कहता, "मेरा चेहरा नहीं दिखता।" लड़की पूरे चेहरे को स्पर्श करती फिर शरीर को।

वह देखता, "मैं पूरी तरह दिखता हूँ।" अँधेरे में भी वह पूरी तरह दिखता था। लड़के को बिना छुए वह बात नहीं कर सकती थी। लड़का बदल गया था। वह धुले हुए साफ कपड़े पहनता, रोज नहाता। पूरे गिने-चुने वेतन वह पत्नी को देता। लड़की पत्नी उसे दो-तीन बार गिनती। रुपये की थैलियों में जमा-खर्च का उसका अपना गोपनीय कार्यक्रम होता। अचानक किसी दिन वह कहती, "खर्च के लिए रुपये नहीं हैं।" फिर वे बिना खर्च के रहते।

लड़की के चेहरे की बनावट ऐसी थी कि थोड़ा सुख भी झलकता था और बहुत देर तक दु:ख का पता नहीं चलता था। कौन सा सुख छोटा होगा इसको समझना कठिन था। सुखी गृहस्थी का यह सुख छुटपन में उसने गुड्डे-गुड़ियों के विवाह से सीखा था। उसका एक गुड्डा दूल्हा था, वह गुड़िया दुल्हन थी। गृहस्थी

थी कि छोटी-छोटी चुकिया में चने और मुर्रे थे। एक चुकिया में गुड़ था। सबको खिलाकर आखिरी में बचे चार दानों से उसका पेट भर जाता था।

मुन्ना-मुन्नी के जन्म के पहले के संसार के कमरे में कोंछ के थोड़े से चावल और दो बताशे बचे थे। एक चुकिया में लाई थी। लड़की पत्नी ने थोड़ा बताशा तोड़कर लाई के साथ लड़के पति को खिलाया। फिर लड़के पति ने लड़की पत्नी को।

कोटवार को पता लगाना था कि घड़ी किनके पास है। दीना दर्जी के पास घड़ी होगी। घड़ी देखकर वह दुकान खोलता बन्द करता था। घड़ी देखकर ग्राहकों से कहता, "कल शाम को छह बजे आना और कपड़े ले जाना।" उसे याद आ रहा था कि अलार्म घड़ी उसके पास थी, आले में रखी हुई।

दीना कपड़े सी रहा था। कोटवार को लाठी समेत दुकान में आते देख उसे अटपटा लगा। उसे लगता था जैसे दुकान के बाहर जूते उतारते हैं उसी तरह छत्ता-डंडा बाहर रखना चाहिए। दुकान छोटी थी। कोटवार ने जूते उतार दिये थे। आले में घड़ी नहीं थी। वहाँ एक छोटा पुराना आईना था। आईना बीच में ऊपर से नीचे लम्बाई से तिड़का था। हो सकता है दीना के बीच से माँग निकालने के कारण यह हुआ हो। बार-बार जब आईने के बीच में माँग के प्रतिबिम्ब की मार पड़ती तो आईने को बीच से चटखना ही था। आईने के तिड़के हुए पर वह अपनी माँग के प्रतिबिम्ब को जमाता और बालों को दोनों तरफ बराबर-बराबर कंघी से विभाजित कर देता। दोनों तरफ के बाल गिने जाएँ तो उन्नीस-बीस का फर्क होगा। वह भी हवा के कारण बालों के इधर-उधर हो जाने से होता।

"आले में अलार्म घड़ी थी दीना, कहाँ गई?" दीना ने आले की तरफ देखा और कुछ नहीं कहा। कोटवार ने जोर से कहा, "अलार्म घड़ी कहाँ है?" दीना ने कुछ नहीं कहा, बस सिर हिलाया।

"मैं डंडा मशीन पर पटक दूँगा।" कोटवार बोला।

"कमीज सिलवाना है?" दीना ने पूछा।

"सरकारी काम से आया हूँ।"

"ड्रेस सिलवाना है?"

"सिलवाना नहीं है।"

सिलाई मशीन का चलना रुका नहीं था। बातचीत के इस दृश्य में मशीन के घर-घर की तेज पार्श्व ध्वनि थी। इस पार्श्व ध्वनि को पार्श्व संगीत समझना

चाहिए। उसके पास कोई ऐसा तरीका नहीं था कि बटन घुमाकर आवाज कम कर देता जैसे रेडियो में करते हैं। काम खत्म किये बिना उसका मशीन चलाना बन्द नहीं होता। काम खत्म होते ही वह दुकान बन्द कर देता और सामने चारपाई पर बैठकर बीड़ी फूँकने लगता। उसका घर दुकान से लगा हुआ था। सामने मुनगे का पेड़ था। पेड़ से लगी हुई बिसाहू की छोटी सी जमीन की बाड़ी थी। इस बाड़ी से कभी-कभी बिसाहू की लड़की दीना के तोते के लिए दो-चार बरबटी, दो-एक सेम, हरी मिर्च इत्यादि ले जाती। दीना बाड़ी की आड़ में पेशाब करता था। कुछ धन्धे की और गृहस्थी की आदत की उसकी भी दिनचर्या थी। दीना ने दुकान बन्द कर दी। कोटवार के साथ वह चारपाई पर बैठ गया। दोनों बीड़ी पीने लगे।

"गुस्सा हो गए कोटवार?"

"मैं फुरसतिया हूँ।" कोटवार ने दीना से कहा।

"अच्छा बता क्या बात है?" दीना ने कहा।

"तेरे घर में घड़ी है?"

"नहीं है। मशीन की आवाज में कुछ सुनाई नहीं देता।" दीना ने कहा।

"एक बात ध्यान में रखना। अपनी मशीन की आवाज को दुकान से आगे बढ़ने मत देना।"

"मैं अपना काम करता हूँ कोटवार। तुम अपना काम करो। आवाज दुकान से बढ़ेगी तो तुम उसको डंडा दिखाकर पीछे ढकेल देना।"

"आवाज को कैसे छेकेंगे दीना। रस्ता-रस्ता आवाज नहीं जाती। ऊपर-नीचे सब तरफ चली जाती है आवाज को पैदल रिंगाना दीना तुम्हारी ड्यूटी है। इसके बाद मैं आवाज को छेंक लूँगा। नहीं तो मशीन जब्त करवा दूँगा।"

"खाऊँगा क्या कोटवार, टिक-टिक नहीं छाती की धुक-धुक है। धुकधुकी बढ़ जाएगी तो जोर से सुनाई देगी। अपनी धक-धक दूसरे को। दूसरे की धक-धक अपने को। फिर सबकी सबको सुनाई देगी।"

"ठीक बात है।" कोटवार ने कहा।

दीना ने कहा कि वह अपनी छाती के ऊपर हाथ रख धक-धक सुनकर सोता है। धक-धक उसकी सिलाई मशीन है जो अपने आप चलती है। वह सोता रहता है बजरंगबली के भरोसे और उसी धक-धक से आत्मा के कपड़े की सिलाई चलती है।

"धक-धक नहीं टिक-टिक।" कोटवार ने कहा।

"तुम्हारी छाती में टिक-टिक होती है, मेरी छाती में नहीं होती।"

"तुम्हारे पास घड़ी है तो बता दे।"

"नहीं है।" दीना ने कहा।

इस नहीं के बाद कोटवार को विश्वास हो गया। इसके बाद भी दीना ने कहा, "गऊ कसम नहीं है। साबुत घड़ी भी नहीं है और टूटी-फूटी भी नहीं है। घड़ी की फोटो भी नहीं है कोटवार। पुराने कैलेंडर में सिनेमा वाली बाई पहिनी होगी तो मैं नहीं जानता।"

"जाता हूँ, दूसरी जगह टोह लगाता हूँ।" जाते-जाते कोटवार ने कहा, "कैलेंडर में फोटो देख लेना बाई घड़ी पहिनी होगी तो घड़ी को फाड़कर फेंक देना।"

"अच्छी बात है कोटवार।"

"और किसके पास घड़ी होगी?"

"मुझको मालूम है पर नहीं बताऊँगा।"

"मत बता।"

"थानेदार का ड्रेस सिलवा लो कोटवार, हमेशा नहीं पहनना शादी-ब्याह, न्योता में पहनना।"

सुनकर कोटवार ने थानेदार जैसा मुँह फुलाया और चला गया। कोटवार के चेहरे में विश्वास कर लेने का भाव रहता था। वह दूसरे के झूठ में भी विश्वास करता था। थानेदार के चेहरे में विश्वास का भाव कभी नहीं होता। वह गुस्सा होता, शक से। हँसता था, शक से। सामने नाली है इसलिए वह अपनी साइकिल में ब्रेक नहीं मारता था, इसके पहले उसको नाली होने का शक हो जाता और वह ठीक नाली के सामने ब्रेक मारता। ज्यादातर तो गड्ढा नहीं होता था और गड्ढा होने के शक में ब्रेक मार देता था। उसे अपने-आप में विश्वास था। अपने विश्वास में उसे शक नहीं था। यह विश्वास ऐसा था कि सड़क में चढ़ाई नहीं है परन्तु वह साइकिल से उतर जाता कि चढ़ाई है, जबकि वह थका हुआ होता। शक करने की सौ प्रतिशत आदत के कारण धोखा नहीं खाता था। अच्छों के साथ बदमाश भी फँस जाते थे, इससे उसकी कमाई दुगुनी थी। यह बेचिराग के साथ बेकमाई वाला भी गाँव था। किसी के पास दो घड़ी नहीं थी तो वहाँ जाने के लिए थानेदार के पास दो घड़ी टाइम नहीं था।

जिवराखन के पास हाथ घड़ी थी। घड़ी चलती थी। उसने अपनी घड़ी इधर-उधर कर दी थी। कोटवार को मालूम था कि जिवराखन के पास घड़ी है। पर

जिवराखन ने इस तरह मना किया कि कोटवार को विश्वास हो गया। कोटवार स्वयं कई बार जिवराखन से टाइम पूछ चुका था। कोटवार ने जिवराखन से कहा, "देख जिवराखन, टूटी-फूटी घड़ी होगी तो वही ला दे।"

जिवराखन ने कोटवार को अलार्म घड़ी का एक स्प्रिंग लाकर दिया।

"इससे काम चलता है तो चला ले।"

"और कुछ नहीं है।" टूटी स्प्रिंग देखकर कोटवार खुश हो गया था।

"घड़ी के अन्दर की चकरी थी, मेरा लड़का खेलता था। दिखती तो दे देता।"

"हाथ घड़ी नहीं है न जिवराखन?" फिर भी कोटवार ने पूछा।

"नहीं है।" जिवराखन ने कहा। जिवराखन को घड़ी जब्त होने की आशंका थी। टिक-टिक के बाद उसने घड़ी में चाबी देना बन्द कर दिया था। और लड़के से चाबी देने के लिए मना किया था। उसकी पत्नी डेरहिन को चाबी देना नहीं आता था। घर में रेडियो था परन्तु डेरहिन को रेडियो चालू करना बन्द करना नहीं आता था। जिवराखन नहीं होता और लड़का रेडियो चलाकर भाग जाता तो कुछ देर बाद डेरहिन रेडियो बन्द करवाने के लिए घर से बाहर निकल जाती कि कोई मिल जाता और रेडियो को बन्द कर देता।

जब किसी एक से प्रेम करने का
बन्धन हो चाहे प्रेम न हो तो दूसरे
से प्रेम होने का डर गृहस्थी की
चौहद्दी को मजबूत बनाता था।

जिवराखन से घर की गाय खोलते और बाँधते नहीं बनता था। यह काम उसका लड़का या डेरहिन करती। जिवराखन को आश्चर्य होता था कि डेरहिन रेडियो चालू करना नहीं सीख सकी। बहुत प्रेम के समय अकेले में वह डेरहिन को रेडियो चलाना सिखाता था परन्तु उससे नहीं बना। जिवराखन को लगता था कि अगर डेरहिन रेडियो चलाना सीख लेती तो वह उससे प्रेम करता।

जब डेरहिन नहीं होती और लड़का नहीं होता तब गाय आ जाने से जिवराखन परेशान हो जाता। वह बाहर आकर गाँव में इधर-उधर घूमता कि कोई दिख जाए तो उसे गाय बाँधने के लिए कहे। बड़े-बूढ़े उसका मजाक उड़ाते, और छोटे मुँह चिढ़ाते थे। जिवराखन की चाल-ढाल से भी मालूम हो जाता था कि जिवराखन गाय बँधवाने निकला है। धोखे से वह किसी लड़के को पकड़ लेता। "कहाँ जा रहा है रे फिरतू?"

"ददा बुला रहा है।"

"पहले मेरी गाय बाँध दे।"

"ददा मारेगा।"

"क्यों मारेगा। चल मेरी गाय बाँध दे, नहीं तो पिआ जाएगी।"

"अरे बाँध दे कहता हूँ।" चिल्लाकर वह बोलता। फिरतू भाग जाता। गाय बँधी बछिया के पास जाकर खड़ी हो जाती और बछिया दूध पी लेती। जिवराखन का नुकसान हो जाता। डेरहिन घर आती। जिवराखन जल्दी में रेडियो बन्द करना भूल गया होता। डेरहिन गाय बाँधती। दूध का नुकसान हो जाने से वह लड़के और जिवराखन को बड़बड़ाती। थोड़ी देर बाद वह रेडियो बन्द कराने बाहर निकलती। गाँव वालों को फिर मालूम हो जाता कि अब डेरहिन निकली है।

उसे बूढ़े दिखते। जवान लोगों से कहने में डेरहिन को संकोच नहीं था। बड़े-बूढ़ों का लिहाज होता। किसी एक युवा को बार-बार रेडियो बन्द करने को कहो तो उससे प्रेम होने का डर था। जब किसी एक से प्रेम करने का बन्धन हो चाहे प्रेम न हो तो दूसरे से प्रेम होने का डर गृहस्थी की चौहद्दी को मजबूत बनाता था। इसमें न तो खिड़की होती, न छोटा सा रोशनदान। दरवाजा, खिड़की, रोशनदान की जगह दीवाल होती। गृहस्थिन का काम चलता था कि दीवाल में इस जगह एक दरवाजा रहता था। इस जगह एक खिड़की रहती थी। इस जगह एक रोशनदान रहता था। बाहर आना-जाना तो पक्षी को पिंजड़े समेत पेड़ की डाल में टाँग देना था। प्रेम में फुनगी पर पिंजड़ा टाँगने की कोशिश होती कि बहुत दिनों से कहीं आए-गए नहीं।

डेरहिन सुन्दर थी। सबको अच्छी लगती थी। डेरहिन को दुकालू दिखा। दुकालू ने डेरहिन को नहीं देखा था। दुकालू बीड़ी फूँकता हुआ चला गया। दुकालू छींटदार सलूका और घुटने तक चुस्त धोती पहनता था। हो सकता है कि दुकालू ने डेरहिन को अनदेखा किया हो। जिवराखन से सबको काम पड़ता था। डेरहिन

बाहर दिखे तो दर्शिता की तरह दिखती। ठीक समय की रात में आकाश पारदर्शी हो जाता जिससे चन्द्रमा-तारे दिखाई देते हों। यह आकाश का नग्न सौन्दर्य था। दुकालू के बाद डेरहिन को मनहर दिखा।

"मनहर रेडियो बन्द कर दे।" डेरहिन ने कहा।

रेडियो अपने आप दूसरों की इच्छा जानकर बन्द नहीं होता और गाय अपने आप नहीं बँधती। यह वाक्य एक उक्ति या उदाहरण की तरह होता यदि गाँव के बूढ़े, कथावाचक, या गुरुजी बोल देते।

मनहर के बाल घुँघराले थे। वह कमर में अद्धी धोती के ऊपर अँगोछा लपेटता था। उसमें एक छोटी बाँसुरी खोंसकर रखता। वह बाँसुरी बजाता कि डेरहिन सुन रही होगी। रात की अन्तिम बाँसुरी मनहर की होती। जिवराखन की उधारी इतनी बढ़ गई कि उसकी रात की बाँसुरी अचानक बन्द हो गई।

एक समय का दृश्य था। रात को घर-घर बाँसुरी बजती थी। छोटे-छोटे लड़के बाँसुरी बजाते थे। चरवाहा एक बछिया लेकर निकलता तो बाँसुरी बजाते हुए जाता था। गाँव के लोग बात कम बाँसुरी अधिक बजाते थे। सन्नाटा इसीलिए होता होगा कि धुन बजे। इसलिए भी होता होगा कि चीख सुनाई दे। बाँसुरी की धुन दूर तक सुनाई देती कि आसपास हो। दूर की चीख भी सुनाई देती कि आसपास हो। आसपास के सुख को खतरा बहुत दूर से भी था। खतरा कभी सुनाई, दिखाई नहीं देता। अधिकतर खतरों का पता नहीं चलता।

जिवराखन की दुकान के सामने पेड़ के नीचे जो चार बूढ़े बैठते वे बाँस बजाते थे। डेरहिन भैंस की पीठ पर बाँसुरी बजाते हुए भैंस चराने जाती थी। डेरहिन बाँसुरी बजाती और भैंस चलती चली जाती। तालाब में उतर जाती। भैंस डूब जाती पर डेरहिन जल में बैठी हुई सी बाँसुरी बजा रही होती। वह तैरकर बाहर निकल आती और भैंस सिर उठाए डूबी रहती।

आसपास के गाँवों में जो इस गाँव का पता पूछता तो उससे कहा जाता, "दूर बाँसुरी की आवाज सुनाई दे रही है?"

वह कहता, "हौ।"

"वही गाँव है।" उस आवाज की सीध में चले जाना। जैसे नाक की सीध में चले जाना। गाँव में पहुँचना धुन के नजदीक पहुँचना होता।

"बीच रस्ते में आवाज आना बन्द हो गई तब गाँव का रस्ता कैसे मालूम होगा?"

समुद्र में एक नाव के पीछे दूसरी नाव चल रही हो कि रास्ता तो आगे की नाव के पीछे-पीछे चलना है। अचानक आगे की नाव डूब जाए। यह अच्छा था कि धरती पर नाव नहीं चलती। धरती में डूबने का डर नहीं था। पाँव-पाँव चलने में जब तक थके नहीं का आना-जाना चलता रहता। आवाज से दिशा का भ्रम होता। रस्ते में बाँसुरी की आवाज का रास्ता बताने वाला भी न मिला तो क्या किया जाए। दूसरा दिखा नहीं जो कहता इधर चले जाओ, उधर चले जाओ।

"तो वहीं थोड़ी देर रुक जाना। बाँसुरी बजेगी, चल देना।"

"हफ्ता-पन्द्रह दिन नहीं बजी तो रस्ते में हफ्ता-पन्द्रह दिन रुकना पड़ेगा भैया।"

"नहीं बस दो-एक मिनट। गाँव बाँसुरी बजाता है, एक आदमी नहीं बजाता। जब जाना है तब रस्ते में रुककर कहीं गप्प नहीं मारना नहीं तो बेकार बाँसुरी बजती रहे और तुम रुके रहो। बाँसुरी की धुन में भागते रहोगे तो नहीं थकोगे।"

"चल मनहर!" डेरहिन ने कहा।

"अच्छा चल।"

मनहर आगे चल रहा था। डेरहिन पीछे-पीछे। गौर से देखने पर मालूम पड़ता था कि आगे-पीछे होने के बाद भी दोनों साथ चल रहे थे। मनहर जानबूझकर डेरहिन से दूर चलना चाहता। तेज होता तो डेरहिन तेज चलती। पर डेरहिन पहले वाली दूरी इतना दूर रहना चाहती थी उससे अधिक नहीं।

"जिवराखन उधारी नहीं देगा डेरहिन" मनहर ने कहा। कहने के लिए वह धीरे हुआ था फिर डेरहिन के पास आने पर कहा। डेरहिन ने कुछ नहीं कहा।

"नगद देना बन्द कर देगा" मनहर फिर बोला। डेरहिन ने कुछ नहीं कहा।

"कहाँ जा रही है डेरहिन?" रस्ते में बूढ़ी फुलेसर दाई ने पूछा।

"घर में रेडियो बन्द कराना है दाई।"

"मनहर है?" फुलेसर दाई ने फिर पूछा।

"हौ दाई। मैं हूँ," मनहर ने कहा।

"गाँव किंजरने पर अकेला मनहर दिखा। अब दूसरे को देखना पड़ेगा दाई।" डेरहिन ने कहा।

"डर मत मनहर डेरहिन के साथ जा" बूढ़ी फुलेसर दाई ने कहा।

रस्ते में पुसऊ मिला। तालाब से नहाकर आ रहा था। उसके कन्धे पर फैला अँगोछा गीला था। कपड़ा धोने का चाबी छाप साबुन बेशरम की पत्ती से लिपटा

था। नहाने का अलग से साबुन नहीं होता था। पुसऊ बीस-बाईस साल का होगा। मूँछ बड़ी थी। मूँछ में छुपी मुस्कुराहट जब अधिक होती तब दिखती। ठीक-ठीक हँसने पर दिखती। हँसी भी मुस्कुराहट से अधिक नहीं दिखती।

"जल्दी-जल्दी कहाँ जा रही है डेरहिन?" पुसऊ ने पूछा।

"रेडियो बहुत देर से चालू है पुसऊ। घर में कोई नहीं है।"

"जिवराखन नहीं है?"

"हौ! पुसऊ।"

"टुरा?"

"नहीं है पुसऊ।" डेरहिन ने इस तरह कहा जैसे वह बस इतनी ही असहाय है।

"रेडियो मनहर बन्द करेगा?" पुसऊ ने पूछा। पूछने में न कपट था न छल।

"हौ।"

"मैं रेडियो बन्द करना जानता हूँ डेरहिन। सिनेमा का गाना लगाते बन जाता है।" भोलेपन से उसने कहा। बड़गाँव के एक साइकिल वाले के रेडियो से सीखा अपना यह गुण वह डेरहिन को बता देना चाहता था। डेरहिन घर से बहुत दूर निकल आई थी। घर नहीं आ रहा था। पुसऊ साथ-साथ चल रहा था। डेरहिन अब दोनों के पीछे चल रही थी। पुसऊ नहा-धो कर आया था, जबकि कन्धे का अँगोछा अभी तक सूखा नहीं था, उससे दही की गंध आ रही थी। सुबह छह बजे वह काली हंडी लेकर दही बेचने बड़गाँव जाता तब सिर पर वह लाल बड़ा कपड़ा बाँधता था। यह कपड़ा पगड़ीनुमा बँधा होता। वह एक खास तरह से चिल्लाता।

"दही ई ई ई।" हंडी के ऊपर के ढक्कन में नारियल के खोल की एक छोटी बहुत कम गहरी कटोरी रहती थी। यह कटोरी इतनी पुरानी थी कि चिकनी और काली थी। इसी से वह दही की परत काटकर देता था। डेरहिन कभी-कभी जामन लेने घर के सामने खड़ी होती। उसका मन होता कि वह डेरहिन को काँसे की कटोरी से जामन दे। पुसऊ का दही बोलना मंत्र का जाप था जिसके प्रभाव से वह गाँव से बाहर निकल पाता था।

आगे, रस्ते में भगेला मिला। भगेला भी अठारह-बीस बरस का था। रोएँ जैसी मूँछें थीं, उसकी आँखें बहुत काली थीं जैसे काजल लगाया हो। धूप से झुलसा हुआ गेहुँआ रंग था। वह सुन्दर गँवइहाँ था।

"कहाँ गई थी डेरहिन?" भगेला ने पूछा।

"काम से गई थी। रेडियो बन्द करने का काम था।"

"हौ।" भगेला ने सिर हिलाकर कहा। वह सिर हिलाकर हामी दे रहा था कि रेडियो बन्द करना बहुत बड़ा काम है।

"भगेला साथ चलेगा?" डेरहिन ने पूछा।

"हौ।" बहुत खुश होकर उसने कहा।

भगेला डेरहिन की बराबरी से चल रहा था, न आगे न पीछे। गाँव की सब औरतें, लड़कियाँ डेरहिन से प्यार करती थीं। लड़कों को डेरहिन अच्छी लगती थी। यह निष्कलंक अच्छा लगना था।

मनहर तेज चलकर आगे ओझल होना चाहता था। वह तेज चलता तो सब तेज चलते।

"धीरे-धीरे चल मनहर।" पीछे से डेरहिन बोली।

"क्या बात है मनहर?" पुसऊ ने पूछा।

"जिवराखन उधारी देना बन्द कर देगा पुसऊ।"

"डेरहिन क्या सोचेगी। डेरहिन से पूछ ले, बताकर जा। चोरी-चोरी मत जा मनहर।" पुसऊ ने कहा।

मनहर धीरे होकर डेरहिन के साथ हो गया।

"साथ हो गए मनहर।" डेरहिन ने कहा।

"नहीं डेरहिन, जिवराखन उधारी देना बन्द कर देगा।" दु:ख से मनहर ने कहा।

"अच्छा जा मनहर।" डेरहिन ने कहा।

नदी में डूबने के पहले डूबने वाले को बहाव के साथ बहते हुए दिखता था कि किनारे खड़ा हुआ वह है। अब दूसरा बन्धु दिखा वह भी पीछे चला गया। डूबने के पहले तीसरा प्रियजन भी दिखा। फिर वह भी नहीं। ठीक मरने के पहले मरने वाला जो सोच रहा होता वह मरने के बाद दूर परिचित आत्मीय को मालूम हो जाता। यह कुरियर डाक से पहुँच जाता तो अच्छा था। मरने की खबर खबर नहीं होती। मरने वाला अन्तिम समय क्या सोच रहा था इसकी सूचना होती। परन्तु बाद में इतनी झंझट होती कि आगे मरने वाला या तो झूठ सोचता या कुछ भी नहीं सोचता। सबका भला सोचते हुए में मर जाने में कोई झंझट नहीं होती फिर भी यदि बुरा सोचा जाता तो मरने वाले का कोई क्या बिगाड़ सकता था। जब कोई बिगाड़ नहीं सकता तब सही सोचने का साहस होना चाहिए। सही सोचने का साहस इसलिए कि बच जाने का डर न हो।

पुसऊ धीरे होकर डेरहिन के साथ हो गया।

"जिवराखन की उधारी है डेरहिन।" पुसऊ ने कहा।

"कितने रुपये की पुसऊ?"

"सौ रुपया से ऊपर।"

"पाँच कोरी से ऊपर की उधारी। ये तो बहुत उधारी है।"

"हौ डेरहिन।"

"मैं जाऊँ डेरहिन?" पुसऊ ने पूछा।

"जा पुसऊ।" डेरहिन ने कहा।

डेरहिन का घर पास आ रहा था। अब केवल भगेला उसके साथ था। रेडियो की आवाज धीमे-धीमे सुनाई दे रही थी। साफ नहीं थी। घरघराहट की आवाज अचानक सुनाई देती फिर गीत जैसा सुनाई देता।

"भगेला!"

"क्या है डेरहिन?"

"तू जा।"

"हौ।" भगेला ने कहा। तब भी भगेला साथ चल रहा था। जाने का मतलब उसे तत्काल मालूम नहीं हुआ। रास्ते में वह डेरहिन के साथ हो गया था और जा रहा था।

"भगेला तू जा।" डेरहिन ने फिर कहा।

जाने के लिए वह लौट गया। पलटकर तेजी से गया जैसे उसे जरूरी काम बताया गया हो।

डेरहिन अकेली अपने घर के सामने खड़ी थी। रेडियो में गीत बज रहा था। यह गीत भी पार्श्व संगीत की तरह था। डेरहिन इस पार्श्व संगीत के पार्श्व में थी। प्रेम गीत था। प्रेम में विलाप भी होता था। संगीत का धुँधलका होता होगा, आड़ होती होगी, पिछवाड़ा होता होगा। इस पिछवाड़े में डेरहिन थी। गीत बजते तक डेरहिन घर के सामने खड़ी रही। इसके बाद घरघराहट की आवाज आने लगी। इस आवाज से ऊब पैदा होती थी। फिर संगीत बजा। यह डेरहिन के जाने के बाद का संगीत था। डेरहिन आगे चलते हुए कहीं चली गई थी। वह एक ऐसे आदमी के पास जाना चाहती थी जो जिवराखन से उधार नहीं लेता था। न तो उस आदमी को जानती थी, न पता मालूम था। जिवराखन से जो उधार लेते थे उनका अदृश्य

पहरा होगा। पहरा न हो पर उनका डर कि उधारी नहीं मिलेगी, डेरहिन के पैर में बँधी रस्सी थी। पैर में ही नहीं, मन में बँधी रस्सी थी। मन बहुत दूर नहीं जा पाता। हाट-बाजार का आज दिन हो। हाट-बाजार बड़गाँव में भरता था इसलिए गाँव में लोग कम दिखे। वह ऐसे गाँव में जाए जिसका हाट-बाजार बड़गाँव से बड़ा हो। भीड़ हो। मेले का दिन हो, वही ठीक है। गाँव के बाहर भी पहचाने जाने के कारण खुलापन नहीं होता। खुलापन पाने के लिए उसे बहुत दूर जाना था।

मेले की उस भीड़ में उसे जिवराखन दिख जाएगा। जिवराखन कहीं उसे पहचान न ले। वह भीड़ में डूब जाना चाहती थी।

"डेरहिन किसके साथ आई।" जिवराखन उसके पास खड़ा था।

"अकेले आई।"

"क्यों?"

"गाँव में कोई नहीं था। रेडियो चल रहा है। इतनी देर हो गई। कोई बन्द करने वाला नहीं मिला। इसीलिए मेले में आई। तुम कैसे आए। यहाँ तुम्हारी दुकान है?"

"नहीं, दुकान के लिए सामान खरीदना था। यहाँ मेले में मुझे भी दुकान खोलना था। मेला एक महीना चलेगा। कल-परसों दुकान लगा लूँगा। पर यह सब करने नहीं आया। गाय आ गई थी बाँधने वाला घर में नहीं था। तुम नहीं थी, टुरा भी नहीं था। गाँव में कोई नहीं दिखा जो गाय बाँध देता। यहाँ आ गया कि कोई दिखेगा तो कहूँगा कि चल गाय बाँध दे। तुम दिख गई। चलो गाय बाँध देना।"

"गाय तो पिआ गई होगी। पर रेडियो बन्द करना है। जाकर रेडियो बन्द कर दो। मैं मेला देखूँगी। टिकुली-बिंदी खरीदूँगी। एक फुँदरा लेना है। मैं पैसे नहीं लाई।"

"पैसे मेरे पास नहीं हैं डेरहिन। सच में। मेला घूमने नहीं आया। गाय बाँधने वाले को ढूँढ़ने घर से निकला था।"

"मैं रेडियो बन्द करने वाले को ढूँढ़ने निकली।"

"कोई मिला?"

"नहीं।"

"मैं नहीं दिखा।"

"दिखे। रेडियो बन्द करने जाओ।"

"जाता हूँ।" जिवराखन गुस्सा था। डेरहिन उसके साथ नहीं गई।

डेरहिन मेला घूमती रही। जगह-जगह फुँदरा, फीता लटके छोटी-छोटी मनिहारी की दुकान थी। चूड़ी पहनती हुई झुंड की झुंड लड़कियाँ थीं। गोदना

गोदने वालों के पास भीड़ थी। छोटी लड़कियाँ गोदना गोदवाते समय रोती थीं। जवान लड़कियाँ सुन्दर गठीली पिंडलियाँ को गोदवा रही थीं। हँसती और आँसू बहता। लड़के कलाई में नाम लिखवाते। पर्वत उठाए हुए हनुमानजी बनवाते। ॐ केवल एक अक्षर था। दाहिने हाथ में अगर पर्वत उठाए हनुमानजी होते तो उसी हाथ में पुरौनी में ॐ भी गोदवा लेते। डेरहिन की पिंडली में घनी सुन्दर लकीरों की हरी-नीली फूल पत्ती थी। उसकी ठुड्डी में तिल जैसे दो बड़े गोदना बिन्दु थे। गोदने से डेरहिन और सुन्दर थी।

डेरहिन को उसका लड़का मेले में दिखा। खोये हुए बच्चे को पा लेने जैसी उसे खुशी हुई। वह उसके पास आ गया। बिना खर्च किये दोनों मेला घूमते रहे।

"दाई! गाय पिआ गई।"

"अच्छा हुआ।" उसने कहा और उसे चिपका लिया।

"गाय बाँध दिया दाई। और रेडियो बन्द कर दिया।"

"अच्छा किया।"

जिवराखन के घर के सामने गाँव भर की जमघट थी। आदमी, औरतें, बच्चे सभी थे और पूरे थे। कोई छूटा नहीं होगा। जिवराखन का रेडियो बज रहा था। जिवराखन चिल्ला रहा था। डेरहिन रोती फिर जिवराखन से लड़ती। दोनों का झगड़ा था। कोटवार, गुरुजी भी थे। गुरुजी की पत्नी मुन्ना-मुन्नी थी। रेडियो पार्श्व संगीत की तरह नहीं था। इस झगड़े में हिस्सेदार की तरह बज रहा था। रेडियो किसकी तरफदारी कर रहा था यह समझ में नहीं आ रहा था।

कोटवार कह रहा था, "चल बाई रेडियो बन्द कर दे।"

"मैं नई करों" डेरहिन ने चिल्लाकर कहा।

"जिद अच्छी नहीं डेरहिन" औरतों में से किसी ने कहा।

"पहले वो गाय बाँधे और खोले" डेरहिन जिवराखन की तरफ इशारा कर रही थी। जिवराखन हाथ उठाकर मारने डेरहिन की तरफ बढ़ा। गुरुजी ने उसको पकड़ा।

"जिवराखन तू पहले गाय बाँध, खोल फिर बाँध। इसके बाद डेरहिन रेडियो बन्द करेगी, चालू करेगी, फिर बन्द कर देगी।"

अब रेडियो इसी तरह बज रहा था जैसे खुद उसे बजना नहीं आता। नहीं तो अच्छे से बजता। कभी उसमें समाचार सुनाई देता। कभी चीनी-जापानी धुन सुनाई देती।

"कोटवार! डेरहिन रेडियो बन्द करे नहीं तो थाने में रिपोर्ट कर दो।"

"पिए है।" औरतों में से आवाज आई।

"जिवराखन जिद मत कर। गाय बाँध दे।"

"जीवन बरबाद हो गया गुरुजी। एक बार डेरहिन रेडियो खोल दे, बन्द कर दे बस कुछ नहीं होना।"

"अच्छा भई पूछते हैं।" गुरुजी ने कहा।

"कोटवार डेरहिन से बोलो।" गुरुजी ने कहा।

"दोनों बोलेंगे।" कोटवार बोला।

"बाई रेडियो बन्द कर दे। इसके बाद जिवराखन गाय बाँध देगा।"

"डेरहिन चल रेडियो बन्द कर दे।" गुरुजी बोले।

"जिवराखन मुझको बहुत दुःख दिया है। कलप-कलप के जिए हों गुरुजी। अब दुःख सहने की हिम्मत नहीं है।" डेरहिन रो रही थी।

"जिवराखन चांडाल है डेरहिन। गाँव के सब लोग जानते हैं। मेरा कहना मान ले बाई। हाथ जोड़कर खुशामद करता हूँ। रेडियो बन्द कर दे।"

"दाई चल रेडियो बन्द कर दे। हाथ पकड़ के बता दूँगा।" लड़का बोला।

"अपने ददा से बोल। हाथ पकड़के गाय बँधवा दे, खुलवा दे।"

जिवराखन पक्का जिद्दी था। वह गाय बाँधने-खोलने का काम टाल गया। उसे आता भी नहीं था। फिर चार-पाँच औरतें डेरहिन को जबर्दस्ती पकड़कर अन्दर ले गईं जहाँ रेडियो बज रहा था। डेरहिन का लड़का साथ था। लड़के ने दाई का दाहिना हाथ पकड़ा, रेडियो के पास ले गया। फिर दाई का हाथ छोड़कर अपने हाथ से रेडियो बन्द कर दिया। "हो गया" लड़के ने कहा, गाँव की औरतों ने कहा, बाहर खड़े आदमियों ने कहा। इस "हो गया" कहने में गुरुजी, कोटवार भी शामिल थे। जिवराखन ने जोर से कहा, "हो गया।" और वह शान्त हो गया। धीरे-धीरे सब चले गए।

बहुत रात गए जिवराखन का रेडियो अचानक बज़ने लगा। फिर जोर हो गया। विदेशी गाना आ रहा था। फिर इधर-उधर कुछ-कुछ बजकर शान्त हो गया। या ऐसा बज रहा था कि रात बहुत गहरी है, इससे बाहर निकलना सम्भव नहीं है।

दूसरे दिन सुबह जिवराखन साइकिल से बड़गाँव गया और जलेबी लेकर आया। बड़गाँव से आने के बाद भी जलेबी गरम थी। इतनी तेज वह साइकिल चलाते हुए

आया था। उसका लड़का तालाब गया था। मालूम नहीं कैसे गाँव वालों को यह बात मालूम हो गई कि जलेबी गरम थी। गुरुजी जिवराखन से दो दिन बाद मिले।

"जलेबी गरम थी जिवराखन!"

"हौ गुरुजी।" जिवराखन बोला। बोलने में दो दिन बाद बची हुई मिठास नहीं थी।

जिवराखन की दुकान के सामने पड़े हुए अनाज के दाने चुगने के लिए गौरैया आती थी। गौरैया को बाह्मन चिरई कहा जाता था। दूसरी चिड़िया भी आती। चिड़ियों से दाने के बदले नकद मिलने की उम्मीद नहीं थी। उसका चुगना उधारी थी। डूबी हुई उधारी। डेरहिन के बहुत अकेलेपन में चिड़िया आ जाती। अकेलेपन में चिड़िया बैठी रहती। डेरहिन को लगता कि चिड़िया उसके मन की बात जानने आई थी। वह कुछ और सोचने लगती, जिसके सोचने से जिवराखन गुस्सा नहीं होता। संध्या के गिरे हुए दानों को चुगने सुबह चिड़ियों की भीड़ होती। उनमें धक्का-मुक्की होती। जिवराखन दुकान की मक्खियों को नहीं भगाता था। चिड़ियों को भगाता था। चिड़िया जब एक साथ भागतीं तो उड़ने की भर्र की आवाज सुनाई देती। चिड़िया का भागना उड़ना होता है। एक चिड़िया के उड़ने की आवाज कभी सुनाई आती थी। प्रायः नहीं आती थी।

लकड़ी की बन्दूक से केवल धाँय
बोलने से गोली निकल जाती थी।
पेड़ की डाल तोड़कर लड़के खेल-
खेल में तलवार की तरह लड़ते।

एक दिन सुबह एक दृश्य उभरा। यह दृश्य गाँव से दूर था। वहाँ दो पहाड़ी थीं। ये दोनों अटल अलग-अलग थीं। शाश्वत अलग-अलग। बरसात के दिन थे, पेड़ बहुत हरे थे। चौड़े-चौड़े पत्तों की छोटी-छोटी आड़ थी। कहीं महुआ, नीम, आम, पलाश, सागौन के हरे-भरे पेड़ थे। आगे साल का जंगल था। पहाड़ी मिलकर एक होती तो भी अकेलापन एक समय से इतना था कि अभी तक काटने पर उतना ही रहता।

प्रारम्भ तो अकेलापन था कि कुछ नहीं। पृथ्वी में जो कुछ जीव-जगत, पत्थर, नदी, पहाड़, समुद्र, जंगल, वनस्पति मनुष्य इत्यादि हैं वे सब पृथ्वी की सोच की तरह थे। मन की बात की तरह। मनुष्य की सोच में पता नहीं कैसे ब्रह्मांड आ गया था।

इस दृश्य में डेरहिन पहचान में आती थी। परन्तु जो उसके साथ था वह पहचान में नहीं आ रहा था। कभी लगता पुसऊ है, कभी मनहर लगता, दुकालू लगता, भगेला लगता या कोई इस गाँव का, दूसरे गाँव का लगता। डेरहिन के इस साथी को, जिवराखन की उधारी या नगद का डर नहीं होगा।

बदली छाई हुई थी। चारों ओर की गहरी हरियाली में हरी पहाड़ी गीली चट्टानों के कारण दूर से हल्के नीले रंग की लगती थी या बैंगनी रंग की। पहाड़ी जितनी दूर लगती थी उतनी दूर नहीं थी। टेलीफोन के खम्भे लाइन से थे। जिवराखन का डर सब तरफ था, वातावरण उधारी खाते का था। उधारी खाते की पहाड़ी, उधारी खाते के जंगल, पेड़, खेत, चहचहाहट इत्यादि। लाइन से खड़े टेलीफोन के खम्भों के कारण लगता था कि वहीं सीमा रेखा होगी। यह सीमा रेखा गाँव से अधिक दूर नहीं थी। उनके पास पहुँचने पर टेलीफोन के खम्भे उनको पकड़ लेंगे। वे दोनों इस सीमा रेखा के बाद पहाड़ू पर चढ़ जाना चाहते थे।

जिवराखन ने डेरहिन के भागने की रिपोर्ट बड़गाँव थाने में लिखा दी। जिवराखन रिपोर्ट लिखाने गुरुजी, कोटवार को साथ ले जाना चाहता था। दोनों उसके साथ नहीं गए। और रिपोर्ट न लिखाने के लिए समझाया। जिवराखन को सन्देह था कि डेरहिन पहाड़ी की ओर भाग रही होगी। थाने में उस समय चार सिपाही थे। थानेदार के ऊपर जिवराखन का प्रभाव हुआ। इस प्रभाव से चारों सिपाहियों को उनका पीछा करने को कहा गया। थानेदार ने कहा, "बन्दूक ले जाना। भाग रहे हों तो गोली मारने की धमकी देना। न रुकें तो गोली मार देना।"

असली बन्दूक की जगह लकड़ी की बन्दूक का उपयोग किया जाता था। लकड़ी की बन्दूक को असली समझा जाता था। जिवराखन इससे सन्तुष्ट था। डेरहिन साथी के साथ पकड़ी जाएगी या मारी जाएगी। चारों सिपाही कन्धे में लकड़ी की बन्दूक लटकाए तेजी से पहाड़ू की ओर चले गए। उनके साइकिल चलाने के तरीके से स्पष्ट होता कि पुलिस की वर्दी पहने घोड़े पर तेजी से जा रहे हैं। जब चारों पास-पास आ जाते थे तो स्पष्ट होता कि वे जीप पर बैठे हों। चारों साइकिल की खड़खड़ाहट में जीप के हॉर्न की आवाज आ जाती, कभी घोड़े के हिनहिनाने की।

बाद में गुरुजी ने पूछा, "जिवराखन डेरहिन पहाड़ी की तरफ गई है यह किसने बताया?"

"पंख-पखेरू ने।" जिवराखन ने कहा।

"गौरैया चिड़िया थी?"

"नहीं।"

"सीटी बजाने वाली चिड़िया?"

"नहीं।"

"चील-गिद्ध की नजर होगी।"

"हौ है। गुरुजी एक दुकान खोल लो।" जिवराखन चिढ़ गया।

"कहाँ खोलूँ?"

"स्टेशन के पास।"

"ठीक बात है। मिठाई की दुकान वहीं लगाऊँगा।" तख्ते में पढ़ाने के नाम से बरफी, लड्डू, मालपुआ लिखकर उसका भावार्थ, शब्दार्थ नहीं बनेगा। पर तख्ते में मिठाई की दुकान लग जाएगी। पाठशाला के तख्ते में हीरा सोना लिखकर सोने-चाँदी की दुकान। गाय-भैंस, घी-दूध लिखकर भैंसबाड़ा। अलादीन के चिराग के बदले पाठशाला के तख्ते का कमाल होना चाहिए। लिखें सड़क और सड़क हो। नौकरी और नौकरी हो। मकान और मकान हो। तख्ते में दुकान का सामान लिखकर स्टेशन के सामने रख देने पर उसकी दुकान लग जाएगी। सामान नहीं होगा कि एक-एक कर सारे सामान खतम हो जाते हैं। पलक झपकते ही बिक जाने वाला सामान।

"सीटी बजाने वाली चिड़िया दुकान के सामने दाना चुगने आती है?" गुरुजी ने पूछा।

"मैं नहीं पहचानता गुरुजी। पहचानता तो बता देता।" जिवराखन ने कहा।

सिपाही पीछा करते हुए थक गए थे। वे सब पसीने से भीग गए थे। बरसात के बहते पानी में वे गिरे। बहते पानी से और क्या गीले होते। उन्हें डेरहिन अपने साथी के साथ भागते हुए दिख रही थी। डेरहिन को और उसके साथी को मालूम हो गया था कि सिपाही पीछा कर रहे हैं। पहाड़ी में वे दोनों चढ़ जाएँ तो सिपाही उनको नहीं पा सकते थे।

"रुक जाओ, रुक जाओ" सिपाहियों ने चिल्लाया। साइकिल पेड़ से टिकाकर, जमीन पर पटककर वे लकड़ी की बन्दूक लिये दौड़ने लगे। एक सिपाही ने निशाना

लगाया और बोला, "धाँय।" गोली चली होगी पर उनको नहीं लगी। चारों एक साथ गोली छोड़ें यह तय हुआ। नई बन्दूक वाले ने "धाँय" नहीं कहा था बाकी लोगों ने कहा। गोली उन लोगों के पास से गई। वे पेड़ की आड़ में आ गए थे। सिपाही नई बन्दूक वाले से झगड़ पड़े कि "धाँय" नहीं बोलता। उसका निशाना अच्छा था। नई बन्दूक वाला सिपाही निशाना लगाना नहीं चाहता था। पर आदेश था। उसने निशाना लगाया। "पहले डेरहिन या उसके साथी को?"

"डेरहिन को, डेरहिन को मारना है। उसके साथी को जिन्दा पकड़ना है।" सिपाहियों ने कहा।

डेरहिन और उसके साथी किस अँधेरे में, उजारे में, मेले-ठेले में मिले होंगे। साथ भागने का उन्होंने निश्चय किया होगा। नई बन्दूक वाले सिपाही ने निशाना लगाया। "धाँय बोल" तीनों सिपाहियों ने उसकी तरफ बन्दूक तानते हुए कहा। "तू नहीं बोलेगा तो हम तीनों बोलेंगे।" वह देर करना चाहता था। अधिक देर करता तो उसे सिपाही मार डालते। शायद उसने "धाँय" कहा। डेरहिन के पेट में गोली लगी थी। डेरहिन पेट पकड़कर बैठ गई। उसने फिर निशाना लगाया। बाकी सिपाही मना करते कि उसने शायद "धाँय" कहा। डेरहिन के साथी की छाती में गोली लगी होगी। वह भी डेरहिन की तरफ जाता हुआ गिर गया। नई बन्दूक वाला सिपाही सिसकी लेकर धीरे-धीरे रोने लगा। तीनों सिपाही डेरहिन की तरफ भागते गए। वहाँ पहुँचकर उन लोगों ने देखा कि डेरहिन और उसके साथी जहाँ गिरे थे वहाँ नहीं थे। सबने देखा था कि दोनों को गोली लगी थी। वहीं एक गहरा डबरा था। बरसात का मटमैला पानी भरा था। दोनों इसमें डूब गए होंगे। खून का रंग मटमैले पानी में मिल गया होगा।

नई बन्दूक वाले सिपाही को लग रहा था कि उनको पूरी गोली नहीं लगी होगी। आधी गोली या थोड़ी लगी होगी। जानलेवा नहीं लगी होगी। "धाँय" बोलते समय उसने बदमाशी की थी। उसने "धाँ" केवल खींचकर कहा था। गोली लगी थी। छर्रे की तरह निकली होगी। अच्छा है उनकी जान बच गई हो। उसे अब खुशी हो रही थी कि उसने किसी तरह अपनी और दोनों की जान बचाई। "देखो खून" एक सिपाही ने कहा। एक चट्टान पर खून की एक लकीर बनी थी। नई बन्दूक वाले सिपाही को लगता था कि वे दोनों गोली खाकर भी पहाड़ पर चढ़ गए होंगे। केवल "धाँ" बोलने की अपनी बुद्धिमानी पर वह प्रसन्न था। "धाँ" वाली गोली

अन्दर नहीं गई होगी। शरीर को छीलते हुए निकल गई होगी या शरीर से टकराकर नीचे गिर गई हो।

डेरहिन के साथ कौन था यह पता नहीं चला। पुसऊ, मनहर, समारू, भगेला सभी गाँव में थे। आसपास के गाँव में दूसरा कोई नहीं था जो लापता हो। थानेदार ने स्थल का निरीक्षण किया था। एक जगह घास पर, गीली मिट्टी पर थोड़ी दूर तक घिसटने के निशान थे। इसके बाद डेरहिन दिखाई नहीं दी। कुछ दिन जिवराखन घूमते हुए डबरा देखने गया। लाश ऊपर नहीं आई। डेरहिन के लिए मोह नहीं था। वह देखना चाहता था कि डेरहिन का साथी कौन है।

नई बन्दूक वाले सिपाही ने लौटते समय एक पत्थर उठाया। दूर फेंका। वह पत्थर एक हैंडग्रेनेट की तरह फूटा। पत्थर के टुकड़े विस्फोट से उछलकर उनके पास तक गिरे थे। किसी को लगे नहीं।

लकड़ी की बन्दूक से केवल "धाँय" बोलने से गोली निकल जाती थी। पेड़ की डाल तोड़कर लड़के तलवार की तरह लड़ते। यह खेल था। ऐसे में डाल हाथ में लगे तो हाथ कट जाए। गरदन पर लगे तो गरदन कट जाए। टोना-टोटका होता था। मर जा, रोगहा, कीड़े पड़ें की गाली दी जाती। इस तरह की गाली गरीब आपस में देते थे। गरीबी में वैसे भी मरने, रोगी होने, कीड़े पड़ने की बहुत गुंजाइश होती थी। रईस लोगों को दी जाने वाली गाली सच नहीं होती थी। उनको गाली नहीं लगती थी।

रात को सोने के पहले गुरुजी की पत्नी काँच की चिमनी की बत्ती नीचे कर बुझाकर सोने चली गई। चिमनी चौके में रखी थी। सुबह मुन्ना उठा। मुन्ना के पीछे गुरुजी उठे। अचानक गुरुजी को लगा कि मुन्ना बुला रहा है। चिमनी का काँच पूरा काला था। चौके की एक-एक चीज काली थी। काजल पाड़ने के लिए दिये की लौ से जैसी कालिख होती थी वैसी ही कालिख की परत चौके के अन्दर एक-एक चीज में थी। अधिक सुबह के उजाले में गुरुजी की पत्नी ने देखा कि गुरुजी और दिनों की अपेक्षा अधिक काले थे। मटमैली सफेद बंडी, और धोती काली थी। सिलवटों के अन्दर का हिस्सा सफेद था। बिस्तर पर गुरुजी के लेटने की जगह सफेद थी, उनके करवट की सफेद आकृति के चारों तरफ कालिख

थी। गुरुजी चौके से दूर सोते थे। और कहीं कालिख का निशान नहीं था। चौके के टिन के डिब्बों में काजल की तरह चिक्कट परत थी। उनको साफ करने में गुरुजी की पत्नी को बहुत समय लगा। दीवार पर टँगे कालिख वाले कैलेंडर को निकाल लिया गया था। हथेली की बारीक लकीरों में घुसी हुई कालिख साबुन से नहीं छूटी। भाग्य-रेखा तक काली रही।

गुरुजी ने, बच्चों, पत्नी ने बहस कर सोचा कि चिमनी पूरी बुझी नहीं होगी। उसका धुआँ रात भर निकलता रहा और कालिख जम गई। गुरुजी ने इस घटना की चर्चा जिवराखन से की। झड़वाने-फुकवाने के लिए जिवराखन गुरुजी के पीछे कई दिनों तक पड़ा रहा।

"बाद में पता चलेगा गुरुजी।" जिवराखन ने कहा।

"इसकी चर्चा कोटवार से मत करना।" गुरुजी ने कहा।

"इसकी थाने में रिपोर्ट लिखा सकते हैं गुरुजी?"

"नहीं लिखा सकते हैं जिवराखन।"

"किसी से दुश्मनी है गुरुजी?"

"नहीं है जिवराखन।"

परन्तु दुश्मन होना चाहिए। दुश्मन होना प्राकृतिक नियम जैसा हो गया था। मित्र होने का प्राकृतिक नियम हमेशा बनने की प्रक्रिया में रहा आता। न कोई पूरा मित्र था, न मित्र बनने का नियम पूरा हुआ था।

पीठ देखना विमुख होना देखना था।
पेड़ विमुख था। बाँस की भर्राई धुन
के साथ सुबह का और आगे होना
संगत कर रहा था।

जिवराखन की दुकान के सामने पीपल के पेड़ के नीचे चार बूढ़े सयान आकर बैठ गए। तालाब से नहा-धोकर आए थे। शरीर में तेल चुपड़ा था। फटी-धुली धोती का

टुकड़ा और फटी-धुली सफेद बंडी। जिवराखन ने दुकान खोली। जिवराखन का रेडियो बजाना बन्द था। डेरहिन को पहाड़ी गए पन्द्रह दिन हो गए थे। जिवराखन की गाय, बछिया छुट्टा घूमती रहतीं। जिवराखन को गाय बाँधने वाला दिखता नहीं था। उसका टुरा बाहर ही बाहर रहता। चरकर गाय आती और अपनी बछिया से पिया जाती। इधर-उधर घूमती।

दो-तीन दिनों से जिवराखन का रेडियो बजाने का मन हो रहा था। ठीक दुकान के सामने चार बूढ़ों को सुबह-सुबह साफ-सुथरा देख अजीब लग रहा था कि कोई त्योहार है।

पीपल के पेड़ में एक रस्सी लपेटते। उसमें ताला लटकाकर ताला बन्द कर देते तो पेड़ में ताला लग जाता। कोई दुकान आता के तर्ज पर दुकान के बदले पेड़ आ जाता। तो कह देते अभी पेड़ बन्द है। बाहर बैठो। साथ चार बूढ़े आते एक बूढ़ा झुका हुआ होता। पर लाठी का सहारा नहीं होता और खड़ा रहता। पेड़ बन्द देखकर वे पेड़ से दूर बैठ जाते। जिवराखन अपनी दुकान खोलता और पेड़ का ताला खोलता। जब तक पेड़ पर ताला बन्द रहता पक्षी पेड़ पर नहीं बैठते। ताला खुलने की बाट देखते। ताला खुलने पर पखेरू आसपास के पेड़ से, छानी-छप्पर से पीपल पर बैठ जाते। जिवराखन इस पर धन्धा कर सकता था।

गुरुजी किसी आकस्मिक में पेड़ के नीचे गृहस्थी जमाते। और तीन-चार बूढ़े, पड़ोसी या परिवार की तरह रहते। मुन्ना प्रतिदिन के पतझड़ से एक पत्ता मोड़कर ताला बनाता। ताला बन्द करने पर पेड़ का जड़ जमाना और भविष्य पर भी कोंपल उगाना, घोंसलों के लिए शाखाओं का चारों ओर फैलाना इत्यादि शक में पड़ जाता। ऐसी स्थिति में ताला खुले या बन्द रहे पीपल का पेड़ दूसरी जगह चला जाता। पीपल के पेड़ की जड़ जिवराखन के घर, दुकान के नींव में थी। पीपल दूर जाने के लिए अपनी जड़ समेटता तो जिवराखन की दुकान और घर भरभराकर गिर जाते।

सुबह गाँव में सन्नाटा था। पीपल के पेड़ के जोर से हिलने की झाँय-झाँय थी। सुबह हुए देर हुई थी और रात का सन्नाटा टूटने की शुरुआत नहीं हुई थी। पाठशाला खुलने में समय था। गाय, बैलों के गले की घंटी नहीं बज रही थी। एक अन्धा सुनकर अनुमान नहीं लगा सकता था कि सुबह हो गई और देर हो गई। दूसरे दिन रात जैसा सन्नाटा रहे तो अन्धे के लिए दूसरा दिन रात जैसा होगा।

सुबह को टटोलकर पता नहीं लगाया जा सकता कि सुबह है। जैसे बाँसुरी को टटोलकर बता दिया कि बाँसुरी है। हाथ आकाश तक तो बढ़ाए नहीं जा सकते कि उँगलियों से टटोला जाता और सुबह का फूटता हुआ उजाला छू जाता। हाथ वहीं रहा आए, हाथ का स्पर्श वहाँ तक चला जाए। स्पर्श का सारा गुण अनुमान में भी होना चाहिए। जिसका अनुमान लगा रहे हैं उसे सचमुच स्पर्श कर रहे हैं। सच का अनुमान लगा रहे हैं और सच को स्पर्श कर रहे हैं। झूठ का अनुमान लगाते हैं और झूठ का स्पर्श करते हैं।

इस समय के दृश्य में चारों सयान एक साथ उखरू बैठे बाँस बजाने लगे। बाँस मोटा और हाथ की लम्बाई इतना लम्बा होगा। तीनों बाँस एक समान थे। उनमें एक जैसा रंग-बिरंगा फुँदरा बँधा था। बाँस की गम्भीर भर्राई धुन थी। धुन में भार था। यह भार अपने से अलग दूसरा भार नहीं था। अपने होने का भार था। अपना होना हल्का हुआ है फिर कहीं नहीं रह गया, वह होने लगा था। बाँस सुनते और अपने होने को पा रहे होते। सयान के आसपास इधर-उधर खेलते लड़के-लड़की इकट्ठे हो गए। झुंड में औरतें और लड़कियाँ आईं। आदमी आने लगे। सबकी पीठ जिवराखन की खुली दुकान के तरफ थी। दुकान खुली रहे और लोगों की पीठ दुकान की ओर हो, यह जिवराखन को अच्छा नहीं लग रहा था। धीरे-धीरे इतने लोग हो गए कि जिवराखन की दुकान पर भीड़ चढ़ गई। यह दुकान से विमुख एक पीठ की दीवाल थी। पीठ की भीड़ थी। इससे दुकान बन्द जैसी थी। जिवराखन की इच्छा हुई कि वह रेडियो जोर से चालू कर दे। पर हिम्मत नहीं हुई।

इसी समय पुसऊ अपनी छोटी बाँसुरी लेकर कई दिनों बाद दही बेचने निकला। बाँसुरी बजाते हुए सिर पर रखी दही की हंडी सन्तुलित थी। वह दही ई ई ई नहीं बोल रहा था। उसकी बाँसुरी की आवाज से सुनाई देता था कि पुसऊ दही बेचने निकला है। मनहर बाँसुरी बजा रहा था। गाय-भैंस चराने लोग निकलने लगे। चरवाहे हमेशा की तरह बाँसुरी बजा रहे थे। सही वाली सुबह अभी हुई। कुछ देर पहले जो सुबह हुई वह गलत सुबह थी। घड़ी मिलाने के लिए काँटे को आगे-पीछे कर घड़ी ठीक कर लेते थे। सही सुबह पीछे लौटाकर गलत सुबह को ठीक कर लिया गया। सूर्य आगे जाकर पीछे लौटा।

बाँस के साथ अनेक बाँसुरी की धुन आसपास और दूर सुनी गई होगी। धुन के बन्द हो जाने से जमाने से गाँव की दिशा का जो रास्ता बन्द था वह खुल गया होगा। सभी अपनी टोकनी, मोटरा, पोटरी उठाकर धुन के खुले रास्ते पर चल पड़े होंगे। बाँस बाँसुरी की सीध में।

बढ़ती भीड़ के कारण जिवराखन ने दुकान बन्द कर दी। अचानक बूढ़े-सयानों ने बाँस बजाना बन्द कर दिया। और मूर्तिवत् हो गए। बाँस बजाते समय उन्हें फेफड़ों में हवा भरनी होती। और लगातार धौंकनी की तरह पोपले गाल और गला फूलता होता। गले की नसें मोटी उभर आतीं। अब गाल पिचक गए। पोपले हो गए। साँस चल रही थी कि नहीं पता नहीं चल रहा था। उनकी काया इतनी सिमट गई थी कि जीवित रहने के लिए कोई साँस की जरूरत थी। बाँस बजाते हुए उन्होंने अपने बाकी जीवन की साँस फूँक दी हो। उन्होंने ऐसे दिये को फूँककर बुझाया हो जो प्रकाश में काला अँधेरा फैलाता हो। उन्होंने काली लव को फूँका।

थोड़ी देर बाद जिवराखन ने दुकान खोली। अभी तक दुकान की ओर पीठ किये लोग खड़े थे। दुकान खुलने की आवाज सुनकर दो-एक लोगों ने उत्सुकता में सिर घुमाकर देखा। फिर दुकान बन्द करने के बाद उसे लगा कि गुरुजी, कोटवार की पीठ उसने देखी थी। दुकान के सामने से लोग हट गए। तब चार मूर्तिवत् बूढ़े दिखाई देने लगे कि पट हटा। दरवाजा खुला। उनके हाथ में बाँस एक वाद्य था, वे देखता लग सकते थे कि कभी बाँस बजाने लगेंगे और कभी नहीं बजाएँगे।

"गुरुजी दुकान खोलने में देर हुई। पर कैसे खोलता भीड़ थी। सबकी पीठ दुकान की ओर थी। गुरुजी वहाँ आपकी पीठ थी।"

"पीठ दूसरे की दिखती है। यह विमुख होना देखना था। जिवराखन पीपल के पेड़ की पीठ भी तुम्हारे दुकान की तरफ है।"

"क्या बोलते हैं गुरुजी। पहले दुकान की तरफ पेड़ की पीठ नहीं थी अब पेड़ घूम गया। पेड़ जैसे दस बरस पहले था वैसा ही है। कल जैसा है।"

"नहीं है बोल रहा हूँ। बदल गया है। जब झाँय-झाँय हवा चलती है तो पीपल का पेड़ हिलता है और घूम जाता है। आज सुबह हवा चल रही थी। पीपल का पेड़ हिल रहा था। और उसकी पीठ तुम्हारी दुकान की तरफ है।"

"आप फँसा रहे हैं गुरुजी।"

"इसमें फँसाना क्या। पहले पेड़ थोड़ा विमुख रहा हो या शुरू से विमुख रहा हो। बीज से पौधा धरती से बाहर निकला एक या दो पत्ती होगी और वह नन्हा पीपल का पौधा शुरू से विमुख रहा होगा। और विमुख वृक्ष हुआ होगा।"

"जाकर देखता हूँ कितना विमुख है।"

"देख लो।"

"आप भी चलो।"

"मैं नहीं जाता।"

"चलो गुरुजी। मैं पेड़ के विमुख को नहीं पहचानता।"

"साफ दिखता है जिवराखन।"

"चलो गुरुजी।"

"अच्छा चलो।"

रास्ते में एक पुराना महुआ का पेड़ मिला। जिवराखन ने पेड़ को छूकर पूछा, "यह मुँह है?"

"नहीं! पेड़ घूमा हुआ है। मुँह तुम्हारी तरफ नहीं है।"

जिवराखन पेड़ के चारों तरफ घूमने लगा और पूछता जाता।

"अब?"

"अभी भी नहीं।"

"अब?"

"नहीं है भाई।"

"इस पेड़ का मुँह नहीं है क्या गुरुजी?"

"है। पर यह पेड़ तुमसे विमुख है। घूम जाता है। तुम्हारे सामने केवल पीठ होती है।"

गुरुजी के साथ वह पीपल के पेड़ के पास पहुँचा। दोनों चबूतरे पर चढ़ गए। चबूतरे पर चढ़ते हुए गुरुजी ने बूढ़ों से कहा, "राम राम सयान!"

"राम राम!" धीरे से एक साथ उन्होंने कहा।

"सयान! राम राम!" जिवराखन ने कहा।

"राम राम!" सयान ने इतने धीरे से कहा जैसे नहीं कहा हो।

पीपल का पेड़ बहुत बड़ा था। चबूतरा का घेरा भी बड़ा था। चबूतरे पर चढ़ने के लिए सीढ़ियाँ बनी थीं। सीढ़ियाँ नहीं होतीं तो सयान चढ़ नहीं पाते। सुबह सयान

बासी भात खाकर आते। अँधेरा होने लगता तो चले जाते। वे दिन भर चारों तरफ टुकुर-टुकुर देखते बैठे रहते। केवल आपस में बात करते।

"यह पेड़ के सामने का हिस्सा है।" गुरुजी ने पीपल के पेड़ को छूकर बताया। अब गुरुजी हट गए। जिवराखन गुरुजी की जगह खड़ा हो गया। उसने कहा, "यह पेड़ के सामने का हिस्सा है।"

"नहीं है।" गुरुजी ने भन्नाकर कहा।

"अभी बोल रहे थे गुरुजी वहीं खड़ा हूँ।"

"पहले पेड़ सम्मुख था जब मैं खड़ा था, तुम आए तो पेड़ विमुख हो गया।"

"अब मुँह किधर है गुरुजी?"

"इधर है।" गुरुजी उससे थोड़ा हटकर पेड़ को छू रहे थे। गुरुजी हटे। जिवराखन तत्काल वहाँ जाकर खड़ा हो गया। और पेड़ को उसी जगह छूते हुए कहा, "यह सम्मुख है।"

"नहीं है।"

"कैसे नहीं है गुरुजी आप झूठ बोलते हैं।"

"पेड़ घूम गया जिवराखन।" गुरुजी फिर गम्भीर होकर बोले।

"नहीं घूमा है।" जिवराखन ने कहा।

"घूम गया है।" गुरुजी ने गुस्सा होकर कहा।

"नहीं घूमा है गुरुजी!" धीरे से जिवराखन ने कहा।

"मैं देख रहा हूँ घूम गया है।" उसी तरह गुस्से से गुरुजी ने कहा।

चबूतरे से दोनों उतरे।

"दुकान से एकदम विपरीत पेड़।" जिवराखन ने पेड़ को देखते हुए कहा।

"हाँ! दुकान से एकदम विपरीत पीपल का पेड़।"

"ठीक है।" जिवराखन बोला।

गुरुजी कुछ नहीं बोले। वे लौट गए। महुए के पेड़ के नीचे एक साँप था। वह साँप घर की तरफ जा रहा था। गुरुजी धीरे चल रहे थे। साँप सरसराता हुआ ओझल हो गया। वह साँप घर नहीं जा सकता था। घर की दिशा में एक हिस्सा संसार था। बहुत दूर नदी-पहाड़ दूसरे खेत-खलिहान और बड़े-बड़े शहर थे। जंगल था। उधर चला गया होगा। वहाँ एक साँप जीव की आवश्यकता होगी। वे उधर जा रहे थे। वहाँ एक मनुष्य जीव की आवश्यकता थी। घर से इतनी दूर आकर पत्नी गुरुजी का रास्ता देखती खड़ी थी। गुरुजी दूर से आते दिख गए। उनसे थोड़ा

आगे एक साँप सरसराता हुआ पत्नी को दिखा था। मैदान होने से दिखना पहले हो जाता। आना दूर से दिख जाता। जब आना दूर से दिख जाता तो जाना भी दूर तक दिखता रहता। और देर तक। बहुत आड़ हो तो आना इतना तत्काल होता कि प्रकट हो जाना होता। क्षणभर पहले नहीं थे और आ गए।

क्षणभर पहले यहाँ थे और चले गए। मालूम नहीं किधर गए। आने से मनुष्य प्रकट होता। और जाने से अदृश्य। ईश्वर का अदृश्य होने से जाना होता। ईश्वर के प्रकट होने में अन्तर होगा। मैदान में ईश्वर आते नहीं दिखेंगे, वे आ जाएँगे। ईश्वर के जाने में दिशा नहीं होगी। आने में भी दिशा नहीं होगी। किधर से आए और किधर चले गए? क्षितिज तक के लम्बे-चौड़े मैदान में भी मालूम नहीं होगा। एक गरीब दयालु नाम के मनुष्य के बारे में यह पूछा जा सकता था कि "क्या दयालु को देखे हो, वह किधर गया?"

"हाँ! देखे हों। उधर गया है।" उधर जाकर पूछेंगे।

"दयालु कहाँ हैं देखे हो?"

"वह खड़ा है।"

दयालु वहाँ खड़ा दिखता। वह नहाया-धोया, पूरे शरीर में तेल चिपड़े धान का पैरा सकेल रहा होता। वह रोजी कमा रहा होता। दया का काम एक गरीब से गरीब आदमी कर सकता था। अदृश्य हुए ईश्वर का पता किससे पूछते कि कहाँ गए। अदृश्य हुए रास्ते में उन्हें कौन मिलता। अदृश्य होते समय का कोई रास्ता क्षण भर का होगा। उस रास्ते में मनुष्य के मिलने की सम्भावना क्षीण होगी। नहीं तो उस मनुष्य से पूछते, "ईश्वर किधर अदृश्य हुए?" अदृश्य होने की दिशा क्या मालूम होती होगी कि उत्तर की दिशा की ओर अदृश्य हुए? नहीं दक्षिण? या आकाश की ओर!

"तुम यहाँ खड़ी हो।"

"तुम आ नहीं रहे थे।"

"कब से खड़ी हो?"

"थोड़ी देर हुई।"

"मुन्ना-मुन्नी?"

"दोनों घर पर हैं। यहाँ मैं तुमको लिवाने आई हूँ।"

"कहाँ?"

"घर लिवाने।"

"घर आने का रास्ता घर पर देखा करो बल्कि चौखट पर।"

"चाहे थाने के चौखट पर?"

"हाँ चाहे थाने के चौखट पर। लौटना तो तुम्हारे पास है। तुम नीम के पेड़ के नीचे खड़ी रहोगी तो मैं नीम के पेड़ के नीचे लौटूँगा। तुम पहाड़ी की चट्टान पर खड़ी रहोगी तो मैं पहाड़ी की चट्टान पर लौटूँगा।"

"अगर मैं नहीं रही तब!" पत्नी ने गुरुजी का हाथ पकड़कर कहा।

"घर जाकर मैं आ गया हूँ जैसा नहीं रहेगा। लौटना समाप्त हो जाएगा। घर से जाना और घर जाना रहेगा। तुम रास्ता नहीं देखोगी तो मैं लौटूँगा कैसे? लौटने का तुम रास्ता देखती हो इसलिए लौटने का रास्ता मुझे भी दिखाई देता है। नहीं तो मैं रास्ता भूल जाता। घर से जाना और घर जाना बचा रहेगा।"

"मुन्ना-मुन्नी को कैसा लगेगा?"

"उनको पता नहीं चलेगा। भेद रहेगा। मैं नहीं रहा तब?"

"मैं नहीं रहूँगी। पर रहूँगी रहना समाप्त होने के बाद फिर रहना कि मुन्ना मुन्नी को देखना है। हम लोगों को कुछ नहीं होगा।" पत्नी गुरुजी का हाथ जोर से पकड़े रही।

"हाँ कुछ नहीं होगा। चलो।"

मुन्ना-मुन्नी आ रहे थे। "दोनों आ रहे हैं।" गुरुजी ने कहा।

"क्यों आ गए।" अम्मा बोली।

"कोई घर नहीं आ रहा था।" मुन्नी ने कहा।

"तुम लोग जाओ। मैं आती हूँ।"

"बापजी तुम!" मुन्ना बोला।

"मैं आ रहा हूँ तुम जाओ।" बापजी ने कहा।

"जल्दी आना।" मुन्ना ने कहा। दोनों लौट गए।

रास्ता देखने पहले घर छोड़कर बाहर आए। रास्ता देखते हुए चलते रहे। चलते-चलते रास्ता देखते रहे तो यह कैसे मालूम होगा कि वह घर लौट गया है। रास्ता देखते हुए स्वयं भटक गए। घर के दूसरे एक-एक कर उनको देखने निकल गए। ढूँढ़ने का यहाँ मतलब नहीं था। यहाँ रास्ता देखने का मतलब था, पति को डूबते देखकर पत्नी का तालाब में कूद जाना। इसके बाद छोटे बच्चों का। फिर सबका डूब जाना। यह अनुमान लगाना आना चाहिए कि लौटने वाला अब नहीं लौटेगा। सारा जीवन लौटने का रास्ता नहीं देखना चाहिए। लौटने का रास्ता घंटा-दो घंटा, दो-चार दिन, दो-चार महीने, दो-चार वर्ष बस।

"तुम रास्ता मत देखना मैं दूर नहीं जाऊँगा।" यदि पत्नी से कहें।

"दूर नहीं देर। आसपास रहो और देर तक घर नहीं लौटो अच्छा नहीं लगता। दस मिनट के लिए बहुत दूर चले जाओगे तो बुरा नहीं लगेगा।"

दस मिनट के लिए बहुत दूर नहीं जाया जा सकता था। परन्तु कुछ दूर जाया जा सकता था। रेलगाड़ी से दस मिनट में दूर जाया जा सकता था। परन्तु बहुत दूर तो नहीं।

भागकर एक लड़की दृश्य में रात और दिन में छुपती है और अधेड़ होकर बच जाती है।

गाँव से दो कोस दूर एक छोटा रेलगाड़ी का स्टेशन बनकर तैयार हो चुका था। यह देहाती स्टेशन था। पटरी के समानान्तर दूर एक पक्की सड़क बन चुकी थी।

भटककर जीप मोटरसाइकिल उस सड़क पर दिखाई देती थी। हड्डी गोदाम की ओर हफ्ते में एक दिन ट्रक जाने लगी थी। हड्डी का कारोबार बढ़ रहा था। गाँव में बिजली पहले से थी। चार घरों में किसी एक के घर बल्ब जलता था। बल्ब बहुत फ्यूज होता था। कंदील की आदत थी। बिजली के झटके का अनुभव करीब-करीब सबको हो चुका था। जो बचे हुए थे उनको झटके का डर अधिक था। बिजली को लोग भूले हुए थे। याद आता तो करेंट लगता था।

स्टेशन का नाम मुसुआ था। मुसुआ चूहे को कहते थे। जिधर स्टेशन बना था वह इलाका मुसुआ कहलाता था। वहाँ चार घरों का एक मुसुआ गाँव था। छोटा प्लेटफार्म था। प्लेटफार्म जमीन की सतह से थोड़ा ऊँचा होगा। आखिरी में स्त्री-पुरुष का मुत्रीघर था। थोड़ा हटकर एक कुआँ था। वहाँ बाल्टी-रस्सी थी। स्टेशन मास्टर के कमरे के एक बाजू में तीन घड़े एक के ऊपर एक रखे हुए थे। अभी ये घड़े सूखे थे। यह पीने का स्वच्छ पानी प्राप्त करने का तरीका था। वहाँ दीवाल में लिखा था पीने का पानी। दूसरे बाजू में आग बुझाने वाली लाल रंग की बाल्टी

जंजीर से लटकी थी। इसमें रेत भरी थी। प्लेटफार्म के ऊपर छोटी, टिन की छत की छाया थी। टिकिट कटाने की खिड़की के पास दो सीमेंट की बेंच थीं। दोनों सीमेंट की बेंचें विश्रामघर थीं। वहाँ दीवाल पर विश्रामघर लिखा था। दो सीमेंट की बेंच अलग-अलग दूर प्लेटफार्म में और थीं।

रेलगाड़ी के आने से दूर जाने की सम्भावना बढ़ गई। आदमी को जहाँ जाना होगा वहाँ जाएगा। दूर जाना वहाँ जाना नहीं होता। वह केवल दूर जाना ही होता।

स्टेशन पर जब गाड़ी रुकने लगी तो शुरू-शुरू में न कोई उतरता था न चढ़ता था। यहाँ के यात्री बस अगले स्टेशन तक जाने की सोच सकते थे और अगला स्टेशन पन्द्रह मिनट में आ जाता था। जिनको जाना होता वे टोकरी, मोटरा, पोटरी लेकर आते। टिकिट कटाते। टिकिट कटवाने में स्टेशन मास्टर से लेकर सारे कर्मचारी सहायता करते। मुश्किल तब होती जब गाड़ी आती और वे नहीं चढ़ते। चढ़ने को वहीं खड़े होते। जब नहीं चढ़ते तब दौड़ता हुआ व्यस्त स्टेशन मास्टर आता।

"चढ़ जाओ भाई। गाड़ी छूट जाएगी। भाई लोग जल्दी चढ़ो।" स्टेशन मास्टर हाथ जोड़कर बोलता। किसी स्थिति में इंजिन ड्राइवर और गार्ड को भी आना पड़ता। जब चढ़ने को उनका मन बनना शुरू होता तो स्टेशन मास्टर, ड्राइवर, दूसरे कर्मचारी कि मन न बदल जाए या गाड़ी को छोड़ना पड़े और कोई न बैठे, करीब-करीब जबर्दस्ती उन सबको उठाकर गाड़ी में घुसा देते और सामान रख देते। डिब्बे के यात्रियों से कहते कि उतरने में इनकी सहायता करना। प्लेटफार्म के नीचे होने के कारण गाड़ी चढ़ने में कठिनाई होती। स्टेशन मास्टर से गार्ड और इंजिन ड्राइवर कहते कि स्टेशन मास्टर चिन्ता न करें सभी स्टेशन में उनको उतारने का ध्यान रखेंगे और सचमुच उतरने के स्टेशन पर गार्ड आता कि उनका स्टेशन आ गया है। उनको सामान सहित उतरवाता।

भाप का इंजिन था। धड़धड़ाता था। छुक-छुक करता था। गँवई देहाती यात्री, दूसरे गँवई देहाती यात्रियों की अपनी समझ से सहायता करते थे। जहाँ गाड़ी को तीन मिनट रुकना पड़ता वहाँ गाड़ी को पन्द्रह मिनट रुकना पड़ता। परन्तु जब गाड़ी चलती तो छुक-छुक की आवाज में इंजिन ड्राइवर की गाड़ी चलाने की प्रसन्नता भी सुनाई देती। कभी उसका गीत होता और रेलगाड़ी छुक-छुक से संगत करती।

स्टेशन मास्टर का एक आदमी गाड़ी छूटने के पहले इंजिन से उबलता पानी ले आता था। उसमें चाय पत्ती और दूध डालकर चार कप चाय बनती। स्टेशन मास्टर,

इंजिन ड्राइवर या गार्ड से अपने लिए किसी बड़े स्टेशन से डबल रोटी, साबुन इत्यादि बुलवाता था। स्टेशन मास्टर गाँव में गाड़ी में बैठने का प्रचार करता था।

रेलगाड़ी में गाँवों की औरतों, लड़कियों से छेड़खानी करने वाले केवल इसी उद्देश्य से सफर करते थे। जब लड़कियों को डिब्बों में चढ़ना होता तो ये तत्पर सहायता करते। तेजी से पीछे आकर कोई एक, स्तनों को पकड़ता और दूसरे-तीसरे साथी उस लड़की को गोद में उठाकर डिब्बे में चढ़ाते। यह काम पलक झपकते होता। यह बढ़ रहा था पर प्रतिरोध तुलना में बहुत कम होता था। गाड़ी बस में यात्रा करना और दुःखों की तरह एक और दुःख हो गया। मजबूरी में उठाने के लिए अनेक दुःख थे। यात्रा करने का दुःख उसमें जुड़ गया।

यात्रा में जाने का सुख और लौटने का सुख होता। परन्तु रेलगाड़ी में दुःख की भीड़ होती। दुःख किसी भी गाँव में जंजीर खींचकर उतर जाता। स्टेशन में तो उतरता ही। स्टेशन मास्टर भला हो तो वह दुःख को टिकिट न दे। बिना टिकिट की यात्रा करने वाले दुःख को कानून के हवाले कर दे। कभी भी सुख-दुःख समानान्तर पटरी की तरह हो जाते और यात्रा जीवन यात्रा हो जाती। देहाती सुख-दुःख और देहाती जीवन यात्रा।

गरीबों के पास सामान नहीं होता था। एक परिवार होता था। एलीमुनियम की पतीली, खटिया के पाए, लकड़ी, टोकनी, कथरी, फावड़ा, कुदाली जैसा सामान होता। गाड़ी में बैठे परिवार की जवान लड़की को स्टेशन आने पर पहले बहाने से उतरने नहीं देते। परिवार के दाई-ददा, भाई को भी तब उतरने देते जब समय हो जाता और स्टेशन पर गाड़ी छूटने को होती। गाड़ी छूट जाती और लड़की को उतरने नहीं देते। लड़की जोर-जोर से रोती, "दाई ओ! ददा ओ! भइया ओ!"

प्लेटफार्म में भागते हुए, डिब्बे के साथ-साथ दाई रोती, ददा रोता "मोर बेटी, मोर नोनी, कूद जा बेटी।" उसका भाई रोता "बहिनी ओ! ओ बहिनी!" चलती गाड़ी से लड़की को कूदने नहीं दिया जाता। वापस किस तरह लौटा जाता है यह लड़की को मालूम नहीं रहता। जिन्होंने उतरने नहीं दिया उनके साथ लौटने की आशा में हमेशा की तरह नरक चली जाती। नरक पैदल जा रही होती तो मौका देखकर शायद भागती और लौट जाती।

इसका भी दृश्य उभरना चाहिए कि बचकर भागती हुई लड़की रात के अन्दर चली जाए और वे लोग दिन में ढूँढ़ते रहें। ढूँढ़ते-ढूँढ़ते जब रात होने लगे तो लड़की भागकर सुबह में चली जाए। रात में जब लड़की हो तो रात का दृश्य

रहे। बल्कि गहरी रात का। भागते हुए लड़की किसी और अँधेरे पेड़ से टकरा जाए। बहुत गहरे अँधेरे तालाब में गिरकर डूबने से बच जाए। लड़की तालाब के अँधेरे से गीली हो जाए। अचानक अँधेरी बरसात होने लगे। तालाब के अँधेरे का गीलापन जो लड़की में लगा था वह साफ हो जाए। बहुत चट्टानी अँधेरा पहाड़ हो। बरसात बन्द हो तो अँधेरे में आकाश में घटाटोप अँधेरे का बादल छाया हो। एक धुँधली बत्ती बहुत दूर जलती हुई, दृश्य में आ सकती है। एक टिमटिमाता हुआ दिया दृश्य में आ सकता है। कोई हाथ दिया न लाए। दृश्य ही उसे लाए। दृश्य लड़की को कुछ दूर तक धुँधली बत्ती की ओर जाने दे। फिर दृश्य धुँधली बत्ती को बुझा दे। धुँधली बत्ती उसी तरह बुझे जैसे बाँसुरी की धुन बन्द हो जाए। दिशा बताती हुई समुद्र में तैरती आगे की नाव डूब जाए।

ढूँढ़ते हुए लोग रात में प्रवेश करें तब लड़की को सुबह में प्रवेश करते हुए दिखाया जाए। यह आवश्यक नहीं है कि लड़की पूर्व दिशा में प्रवेश करे। जहाँ सूर्य उग रहा हो। सुबह सब तरफ होती है। लड़की उत्तर की सुबह में प्रवेश करे। क्योंकि लड़की को लगता होगा कि उसका गाँव उस तरफ है। सुबह में प्रवेश करते ही लड़की को चिड़ियों की जानी-पहचानी चहचहाहट सुनाई देती पर चिड़िया जानी-पहचानी नहीं होंगी। वैसे ही पेड़ होंगे जैसे गाँवों में हैं। पर उसके गाँव के पेड़ नहीं होंगे। सुबह की हवा रात की हवा से अलग होगी। लड़की भागते-भागते दिख गए एक आदिवासी से अपना गाँव पूछेगी। तब उसे ढूँढ़ते हुए लोगों की आहट का भ्रम होगा। वह भागते हुए दोपहर में चली जाएगी। इस तरह भागते हुए लड़की को कई दिन, बरस हो जाएँगे। और लड़की कुछ अधेड़ होकर बच जाए।

दृश्य में एक अधेड़ औरत को किसी से मिलते हुए दिखाया जा सकता है। वह अधेड़ औरत जिससे मिले वह परिचित हो, गाँव का परिचित नहीं बल्कि पिता की तरह परिचित आदमी से जो बूढ़ा हो चुका हो और अपनी लड़की को बेटी की तरह पहचानता हो। एक अधेड़ औरत उसे लड़की कैसे दिखेगी पर अधेड़ औरत बूढ़े पिता को पहचान लेगी। दृश्य में पिता गुरुजी भी हो सकते हैं। गुरुजी उस अधेड़ औरत को कहें मेरी बेटी मुन्नी। गुरुजी के अलावा कोई दूसरा भी हो सकता है। अधेड़ औरत तब माँ को, भइया को पूछेगी। "अम्मा कहाँ है? मुन्ना कहाँ है?" यह आवाज चारों तरफ गूँज जाएगी।

"मुन्ना खाकर नहीं गया, पता नहीं कहाँ होगा।"

"बापजी मुझे रोटी दो मैं मुन्ना को रोटी खिलाकर लौटा लाऊँगी।"

"पहले तू खा ले।" गुरुजी कहेंगे।

"मैं जब लड़की थी तब खाकर गई थी अब अधेड़ होते तक कुछ नहीं खाया और मैं कमजोर कहाँ हुई। मुन्ना को खिलाकर खा लूँगी।"

दृश्य में कई रात कई दिन से निकलकर एक सुन्दर लड़की अधेड़ औरत होकर गाँव पहुँचती है। गाँव ढूँढ़ते-ढूँढ़ते वह दो शाश्वत अलग-अलग पहाड़ी की ओर जाती है। यह सुहावना दृश्य जैसा होगा। अधेड़ औरत रात-दिन से परे, रात-दिन से बिलकुल अलग ही हो। वह केवल अपने गाँव में होती है। पहाड़ी की ओर का दृश्य हमेशा सुहावना होता है। रात-दिन के अलावा सुहावना समय होता है। अधेड़ औरत को मुन्ना दिखाई देगा। मुन्ना अधेड़ मुन्ना होगा। वह भूख की नींद में सो रहा होगा।

"मुन्ना उठ रोटी खा ले!"

अधेड़ मुनिया मुन्ना को रोटी खिलाएगी। मुन्ना में ताकत आ जाएगी। वह आँख खोलकर अपनी बहिन मुनिया को देखेगा। मुनिया को देखते ही धीरे-धीरे बाँसुरी और भर्राया हुआ बाँस जो कभी बजा था की धुन इधर-उधर से निकलकर सुनाई देगी। बाँस धीरे-धीरे बजे बल्कि चार बूढ़ों को बहुत बूढ़ा दिखाकर बाँस बजाते हुए दिखाया जा सकता है। बाँस बजाते-बजाते फिर उनको उतने ही बुढ़ापे में दिखाया जा सकता है जब मुन्ना-मुन्नी, टुरा और टुरी थे। युवा और युवती हो सकते थे।

मुन्ना चार रोटी खाकर अपनी ताकत पा जाता है।

"मुन्ना तू यहाँ क्या कर रहा था?"

"मैं पहाड़ी को ठेलकर मिलाने की कोशिश कर रहा था।"

"फिर क्या हुआ?"

"थोड़ी दूर तक पहाड़ी को ठेल सका फिर कमजोरी लगने लगी।"

रोटी खाकर, पानी पीकर मुन्ना एक पहाड़ी के पीछे खड़ा हो गया। एक काली चट्टान में मखमली हरी काई की पर्त चढ़ी थी। हरी काई शायद इसलिए उग आई हो कि मुन्ना चट्टान को छुए तो उसे ऐसा लगे कि वह मखमल को छू रहा है। खुरदरी चट्टान से उसकी हथेलियों को चोट न आए।

दो हथेलियों के निशान चट्टान पर बने थे। ये मुन्ना के हाथ के निशान थे। मखमली काई मुन्ना के हाथ के दबाव से झर गई थी। पर जब तक मुन्ना सोया रहा

तब तक हथेलियों के चिह्नों में काई की नई परत उग आई थी। परन्तु हथेलियों का निशान पहचान में आ रहा था। दृश्य में मुन्ना को बहुत युवा दिखाया जा सकता है। जैसे पहाड़ी ठेलते-ठेलते युवा। गाँव के सारे युवक-युवती मुन्ना के लिए बारी-बारी रोटियाँ लाने लगे थे। कोई अपने साथ अचार लाता था, कोई हरी मिर्च, कोई दही, कोई मक्खन। पर अभी केवल मुन्ना था। उसने ताकत लगाई। वह पहाड़ी को धकेलने लगा। पहाड़ी उसी तरह खिसक रही थी जैसे हम्माल अनाज के बोरों के ठेले को चढ़ाव में ढकेलता है। मुन्ना के साथ मुन्नी भी पहाड़ी को ढकेलने में सहायता देती। अचानक पहाड़ी पीछे की ओर आने लगती। तब मुन्ना के बाजू में डेरहिन जैसी एक सुन्दर लड़की आई और पहाड़ी को ठेलने में मदद करती है। पहाड़ी को ठेलने में कठिनाई होने लगी। मुन्नी के सुन्दर कोमल साँवले हाथ थे। डेरहिन जैसी लड़की के गोरे हाथ थे। और बहुत कोमल थे। मुन्नी के पास मुन्ना की तरह ताकतवर एक सुन्दर लड़का खड़ा हो गया।

"तू आ गया!" मुन्नी ने कहा।

चट्टान के ठेले जाने से पहाड़ी पर लगे ऊँचे पेड़ बहुत हिलते थे। पेड़ के हिलने से जो गिरने वाली पत्तियाँ थीं पहले वे गिरीं। फिर कम गिरीं। फिर एक भी पत्ती नहीं गिरी। सभी पेड़ शान्त हो गए। पंछी पहले उड़े थे। उड़कर चले गए। थोड़े पंछी लौटे तो अनेक पंछी थे। थोड़े पंछी ने बहुत से पंछी को बताया और बहुत से पंछी साथ लेकर वे सब आए। तरह-तरह के पंछी जोर-जोर से चहचहाते हुए पहाड़ी के पेड़ों पर बैठ गए। वे पेड़ पर बैठकर अपने भी ठेले जाने का सुख पा रहे थे। फिर सारे पंछी उड़ गए। उन्हें शायद लग रहा था कि उनके बैठने से पहाड़ी का वजन बढ़ जाएगा और मुन्ना को ठेलने में अधिक ताकत लगानी पड़े। डेरहिन के समान सुन्दर लड़की ने पक्षियों से कहा, "मत उड़ो, बैठ जाओ!" मुन्नी के पास वाले लड़के ने चिल्लाकर उनसे कहा, "अपने-अपने घोंसलों में चले जाओ। अपने अंडों-बच्चों के साथ रहो।"

मुन्नी ने धीरे से कहा, "मुन्ना जल्दी मत करो।"

इसी समय हरे-हरे तोतों का टाँय टाँय बोलता इतना बड़ा झुंड आया कि आधा आकाश हरा छा गया। वे चले गए कि अपने अंडे-बच्चों से मिलकर फिर आ रहे हैं। जिन बच्चों के, पहली उड़ान के लायक पंख निकले होंगे उन्हें भी लाते हैं। दूर के पेड़ लगता था कि नजदीक आ गए हैं पर यह दृष्टि का भ्रम हो सकता था। पेड़ कहाँ से आते। वे तपस्वी की तरह अडिग थे। पर उनका, पास आने का मन

यह भ्रम पैदा करता था कि पेड़ पास आ गए हैं और आसपास घना जंगल हो गया है। अच्छा था घना जंगल हो गया। शेर, भालू आ जाएँ। गाँव वाले डरकर पास नहीं आएँगे।

पहाड़ी के हटने से जमीन के अन्दर की गड़गड़ाहट बाहर बादल की गड़गड़ाहट की तरह गूँज रही थी। पहाड़ी धीरे-धीरे खिसकने लगी। पहाड़ी के पेड़-पौधे कोशिश कर रहे थे कि वे कम-से-कम हिलें-डुलें। पेड़ों के घोंसलों से अंडों के नीचे गिर जाने का डर था। चट्टानें जो जमी हुई पहाड़ी का रूप थीं वे अपने जमावड़े में कुछ ऐसी कोशिश करतीं कि पहाड़ी आसानी से ठेली जा सके। जमीन के अन्दर धँसी हुई चट्टान अपने धँसने से खुद ऐसे धीरे-धीरे बाहर हो रही थी कि पहाड़ी की कुल आकृति जस की तस रह गई थी। जमीन में कम्पन था। गड़गड़ाहट बढ़ती तो जमीन का हिलना मालूम पड़ता। डेरहिन के समान सुन्दर लड़की गिरते-गिरते बची। फिर भूकम्प ऐसा आया कि पहाड़ी आगे की पहाड़ी से जाकर जुड़ गई।

चिड़ियों की चहचहाहट, कुछ अँधेरा कुछ उजाला। भूकम्प रुक गया था। गाँव में हल्ला हो रहा था। डेरहिन के समान लड़की डेरहिन की लड़की लगती थी। वह अपने साथ एक छोटी हंडी में नई जन्मी भैंस के दूध का जमा हुआ पियूस लाई थी। इसे सबने खाया। डेरहिन के समान सुन्दर लड़की खाली हंडी लेकर पहाड़ी के ऊपर चली गई।

मुन्नी के साथ वाला युवक जिस साइकिल में आया था वह गिर पड़ी थी। पहाड़ी के सरकने से जो जमीन निकल आई थी उसका अधिकांश समतल और चिकना था। कहीं-कहीं गहरे गड्ढे थे। उसमें चट्टानें गहरी धँसी होंगी। धँसी हुई चट्टानें हल की तरह धरती को चीरते हुए खिसकी थीं। लम्बे-लम्बे गड्ढे थे।

मुन्नी के साथ वाले युवक ने साइकिल उठाई। मुन्नी सामने बैठ गई। युवक ने साइकिल चलाई, मुन्ना दौड़ते हुए पीछे कैरियर में बैठ गया। गाँव आने के पहले मुन्ना-मुन्नी उतर गए। वह अलग दूसरे गाँव चला गया। मुन्ना-मुन्नी एक साथ गाँव गए।

धान की कटाई का समय बाद में था। यह बैलगाड़ी को ठीक करने का समय था। कोई दांड़ी ठीक कर रहा था कोई बैस्की, पोल, अस्कुट। कोई धुर खीला लगा रहा था कोई कनखिली। छोटे-छोटे लड़के सोकर उठते ही बाँटी खेलने लगे थे। एक घर में कोठा की खाली जगह में एक छोटी लड़की फुगड़ी का अभ्यास कर रही थी। गाँव में चर्चा थी कि रात को कई बार भूकम्प आया था। कुछ को मालूम पड़ा था। कुछ को पता नहीं चला।

मुन्ना-मुन्नी पहाड़ी से जैसे ही गाँव की तरफ बढ़े होंगे, चार बूढ़े जो कम बूढ़े लग रहे थे, घने पेड़ों की आड़ से निकले। जुड़ी हुई पहाड़ी के पास जमीन पर अलग-थलग एक चौरस चट्टान थी। वे चारों चट्टान पर चढ़ गए। चट्टान पर बैठकर जुड़ी हुई पहाड़ी की तरफ वे बाँस बजाने की तैयारी करने लगे। वे रुके थे कि पहाड़ों के पेड़ों पर आसपास चिड़ियाँ जो बहुत चहचहा रही थीं शान्त हो जाएँ। तब वे बाँस बजाना शुरू करें।

उन्होंने बाँस बजाना शुरू किया। बाँस की भर्राई धुन के साथ सुबह का और आगे होना संगत कर रहा था। चिड़िया धीरे-धीरे चहचहा रही थी। बाँस की धुन धीरे-धीरे फैल रही थी। सूर्य अभी निकला नहीं था। शायद बाँस की धुन सूर्य तक नहीं पहुँची थी। बाँस की धुन के साथ-साथ अनेक चिड़िया सीटी बजा रही थीं। वही चिड़िया थी जिसे गुरुजी बेटी चिड़िया कहते थे। दूसरी चिड़िया तरह-तरह की चहचहाहट कर रही थीं।

गाँव तक बाँस की आवाज नहीं पहुँची पर सूर्य तक पहुँच गई थी। सूर्य निकल आया। सूर्य के निकलते ही शाश्वत जुड़ी पहाड़ी के ऊपर आकर कोई खड़ा हुआ दिखा। शायद डेरहिन होगी। वह बहुत सुन्दर लग रही थी। कुछ भी नहीं बचा और सब पा लेने का सुख उसे सुन्दर बना रहा हो। चार बूढ़ों ने एक साथ आँखें खोलकर देखा। फिर पहले की तरह वे सब एक साथ आँखें बन्द कर बाँस बजाने लगे। डेरहिन पहाड़ी के नीचे उतरते-उतरते रुक गई थी। बूढ़ों ने बाँस की धुन से उसे सन्देश भेजा था कि वह न उतरे। गाँव तक बाँस की धुन पहुँचने के पहले उन्होंने बाँस बजाना बन्द कर दिया। वे चट्टान से उतरे और पहाड़ी के हटने के बाद निकली जगह, गड्ढों को देखने लगे। नीचे पीली-सफेद मिट्टी का गड्ढा था। छूही मिट्टी थी। इस मिट्टी से घर की लिपाई-पुताई होती थी। चूल्हा-चौका-भोजन के पश्चात् लीपा-पोता जाता। चूल्हा गरम हो तो पुताई करते ही भाप निकलती थी। धरती के एक टुकड़े की लिपाई कर लोग पूजा स्थल बना लेते थे।

अचानक पहाड़ी के आसपास पेड़ों में पहले बजाई गई बाँस की धुन फिर बजने लगी। चारों बूढ़ों ने सुना। हुआ यह कि गाँव की ओर से और चारों ओर से तेज हवा आने लगी यह हवा एक ऐसी चादर की तरह थी कि जो धुन गाँव की ओर जा रही थी उसका जाना रोकते हुए उसे धुन के फूल की तरह समेटकर पहाड़ियों के ऊपर बिखेरने लगी थी। चार बूढ़े लीपने के लिए छूही मिट्टी का छोटा-छोटा गोला-लड्डू बना रहे थे। उन्होंने कुछ देर पहले अपनी बजाई हुई धुन को आरम्भ से अन्त तक सुना। वे प्रतिध्वनि को स्पष्ट सुन रहे थे।

चारों बूढ़े एक साथ धीरे-धीरे गाँव लौट रहे थे। उनके बाएँ हाथ में बाँस था और दाहिने हाथ में प्रसाद की तरह सहेजा हुआ छूही मिट्टी का लड्डू था। बरसात प्रायः समाप्त हो गई थी। पितरों का समय आने वाला था। पितरों की पूजा के लिए तरोई के पीले फूलों से भरी अनेक लताएँ थीं। तरोई की एक लता महुआ के पेड़ पर लिपटी थी। तो कई लता अर्जुन के अनेक पेड़ों पर। काली चट्टान पर तरोई की बेल फैली थी। उस पर पीले फूल सुन्दर लगते थे।

बूढों ने खिसकी हुई पहाड़ी का निरीक्षण करते समय चट्टान पर जिसमें हरी-हरी काई की मोटी परत थी, आठ हथेलियों के छापे भी देखे थे। दो लड़कियों और दो लड़कों के। हथेलियों के निशान पर धीरे-धीरे काई उग रही थी। चारों बूढ़ों ने उन हथेलियों के चिह्नों में पीली छूही मिट्टी के जल को छिड़क दिया था। वे चिह्न हल्दी लगे हथेलियों के छाप लगने लगे। वे गाँव लौट गए।

इसके बाद तालाब से नहा-धोकर गीत गाती हुई अनेक लड़कियों का झुंड छूही मिट्टी लेने जाता हुआ दिखाई दिया। लड़कियाँ छूही मिट्टी के छोटे-छोटे गोले बनाकर अपनी टोकनी भर लेतीं। जाने के पहले हथेलियों के निशान पर पीली मिट्टी का पानी छिड़क देतीं। इस तरह काली चट्टान पर हमेशा के लिए हल्दी के रंग का छप्पा बन गया। उसके आसपास मखमली काई उगती पर हथेलियों के चिन्ह पर काई का उगना बन्द हो गया। हथेलियों के निशान स्पष्ट दिखने लगे थे।

कोटवार को जब यह मालूम हुआ कि लकड़ी की बन्दूक से निशाना लगाकर "धाँय" बोलने से गोली निकलती है तो अपनी बन्दूक से उसे डर लगने लगा। उसने सोचा कि बढ़ई से उसे बन्दूक नहीं बनवानी थी। अभी भी उसे विश्वास नहीं था कि लकड़ी की बन्दूक से गोली निकल सकती है। बन्दूक को उसने छप्पर की मयार पर टाँग दिया था।

"अच्छा गुरुजी एक बात बताओ लकड़ी की बन्दूक से गोली निकल सकती है?"

"पहले तो नहीं निकलती थी। डेरहिन के समय निकली थी। उसको गोली लगी, वह गिर पड़ी।"

"बेचारी मर गई!"

"मरी कि नहीं क्या पता। गोली लगने के बाद भी बच सकते हैं।"

"गुरुजी अपनी बन्दूक को 'धाँय' बोलकर देखें क्या?"

"गोली निकल गई तो क्या करोगे।"

"बन्दूक थाने में जमा करवा दूँगा। या कुआँ में फेंक दूँगा।"

"पहले चलाकर देख लो। चाँदमारी के लिए निकलें। तुम अपनी बन्दूक लेकर आओ।"

गुरुजी और कोटवार धान से भरे खेत की मेड़ ही मेड़ चले। वे लोग हड्डी गोदाम की तरफ गए। उधर गाँव का आदमी जाता नहीं था। कुछ दूर सामने हड्डियों का टीला था। बदबू थी। जबकि हवा का रुख दूसरी तरफ था।

"कोटवार खड़े-खड़े बन्दूक चलाओगे या लेटकर?"

"लेटकर चलाऊँगा गुरुजी।"

कोटवार लेट गया। बन्दूक का निशाना हड्डियों का टीला था।

"गुरुजी देखते रहना। सामने जानवर, आदमी, चिड़िया न आए।"

"कोई नहीं आएगा।"

"धाँय बोलो।" गुरुजी बोले।

"बोलूँ?"

"हौ!"

"धाँय!"

हड्डियों के कुछ टुकड़े ऊपर उछले। टीला थोड़ा नीचे धँस गया। कोटवार घबड़ा गया। वह पसीना-पसीना हो रहा था। गुरुजी जो पहले खड़े थे कोटवार के पास घूमकर बैठ गए। हड्डी के टीले की तरफ उनकी पीठ थी। वे भी घबड़ाये हुए अधिक थे और चकित कम।

"गुरुजी एक बार आप 'धाँय' बोलकर देखो तब पता चलेगा कि गोली निकलती है या नहीं। चिड़िया मारकर देखो गुरुजी।"

"मैं जा रहा हूँ कोटवार।" कोटवार ने चिड़िया मारने के लिए कहा तो वे चिढ़ गए।

"गुरुजी भूल हो गई। हड्डियों के टीले पर निशाना लगाना।"

गुरुजी लेट गए। उन्होंने टीले पर निशाना लगाया।

"धाँय बोलो गुरुजी" कोटवार उत्सुकता से टीले को देख रहा था।

"तुम जोर से 'धाँय' बोल दो मैं घोड़े को दबाने का काम करता हूँ।"

"मेरे बोलने से नहीं होगा गुरुजी।"

"अरे बोलो तो। मैं घोड़ा छू रहा हूँ।"

कोटवार ने 'धाँय' कहा। गोली नहीं निकली।

"अब आप 'धाँय' बोलो गुरुजी" कोटवार ने कहा।

"अच्छा!" फँसे हुए से गुरुजी ने कहा।

गुरुजी ने निशाना लगाया।

"ध्यान देना कोटवार, गोली निकलती है या नहीं।"

"धाँय!" गुरुजी ने कहा।

टीले से कुछ हड्डियों के टुकड़े उछले और चरमराकर हड्डियों का ढेर थोड़ा नीचे धँसक गया।

"यह तो खतरनाक बन्दूक है।" गुरुजी ने बन्दूक कोटंवार को पकड़ा दी और अपने हाथ को धोती के छोर से पोंछा।

"चलो पास जाकर देखते हैं।" कोटवार ने कहा।

"चलो" गुरुजी ने अब धोती के छोर से नाक बन्द की। कोटवार ने अँगोछा मुँह में रख लिया। हड्डी की ढेरी के पास वे आए। गाय-भैंस के सिर की हड्डियों को देखकर पहचान में आता था कि सिर की हड्डियाँ हैं। इतने में एक गोल हड्डी लुढ़कते हुए कोटवार के पास आकर रुक गई।

"यह तो आदमी के सिर की हड्डी है।"

"जब लकड़ी की बन्दूक से गोली निकलेगी तो जानवरों की हड्डियों की ढेरी में आदमी के सिर की हड्डी निकलेगी।"

"ददा रे!" घबराकर कोटवार ने कहा।

"अब चलो।" गुरुजी ने कहा।

दोनों तेजी से लौटे। जैसे जान बचा रहे हों। तेज हवा से तथा धान की बाली के भार से खेतों में धान जमीन पर लेट गई थी। क्या धान के खेतों को गोली लगी

थी। फसल का नुकसान हुआ था। गिरे हुए धान को काटते नहीं बनता और धान खेतों में झर जाता था।

कोटवार के घर रात का भात लकड़ी की बन्दूक से राँधा गया। एक बन्दूक से भात राँधा नहीं जाता। साथ में और लकड़ी लगानी पड़ी। लोहे की बन्दूक से भात राँधते नहीं बनता। लोहे की बन्दूक होती तो कुएँ में डालना पड़ता या तालाब में। बड़गाँव के थाने की सभी बन्दूकों से राँधकर चार आदमियों का भात नहीं पकता। कोटवार ने सोचा कि वह अच्छे निशाने वाले सिपाही को सलाह देगा कि वह रात का भात अपनी लकड़ी की बन्दूक से राँधे।

"बन्दूक का क्या किये कोटवार?"

"चूल्हे में डालकर भात राँध लिया हूँ गुरुजी।"

"भात के स्वाद में फरक आया क्या।"

"भात ठीक से खवाया नहीं गुरुजी।"

"भूख नहीं होगी।"

"भूख लगी है गुरुजी।"

"मेरे घर खा लो कोटवार।"

"मन नहीं है गुरुजी।"

कोटवार को लग रहा था कि अपराध हो गया। उसने गुरुजी से कहा।

"गुरुजी अपराध हो गया।"

"हाँ कोटवार।"

"आदमी की हड्डी के ढाँचे को गोली लगी होगी। मेरी गोली लगी होगी।"

"कौन जानता है मेरी गोली लगी हो।"

"गाय-गोरू की हड्डियों को धाँय बोलना ठीक नहीं था।"

"हाँ, पर बन्दूक को जाँचने के लिए गोली का निशाना कहीं न कहीं लगाना पड़ता।"

आकाश में निशाना लगाते तो पक्षी, चिड़िया मर सकती थी। दीवाल में निशाना लगाते तो दीवाल फोड़कर किसी को लग सकती थी। इस बन्दूक का भरोसा नहीं।

"दीवाल फोड़कर जिन्दा आदमी को गोली लग जाती। चिड़िया बचती तो हवाई जहाज को गोली लग जाती।"

"पहाड़ी पवित्र स्थान है वहाँ डेरहिन का घर हो, उसको गोली लग जाती।"

इस 'धाँय' गोली का भरोसा नहीं था। कितनी दूर गई होगी। अभी तक जा रही है। सचमुच की बन्दूक की गोली कितनी दूर जाएगी, उसकी मार कहाँ तक है यह पता रहता। या पता लगाया जा सकता था। 'धाँय' गोली लगातार जा रही होगी अब वह रुकेगी नहीं जो सामने आएगा उसके आर-पार हो जाएगी। गुरुजी सोच रहे थे खेल खेल में भी 'धाँय' नहीं बोलना चाहिए। आकाश को छेदते हुए पूर्वजों को गोली लगी हो। जीवित और मृत आत्मा को गोली लगी। साकार ईश्वर को और निराकार ईश्वर को गोली लगी।

"मेरा निशाना हड्डी के टीले में ऊपर कहीं था। मेरी गोली आकाश गई हो।" गुरुजी ने कहा।

"मेरा निशाना टीले में नीचे था। मेरी गोली पाताल चली गई हो।"

"नहीं, पाताल नहीं जा सकती।" गुरुजी ने कहा।

"जाने को क्या।" कोटवार रुआँसा हो गया।

"हड्डी के टीले में आदमी की खोपड़ी है उसकी रिपोर्ट लिखानी होगी गुरुजी।" कोटवार ने फिर कहा।

"लिखानी चाहिए कोटवार।" गुरुजी ने कहा।

कोटवार दूसरे दिन थाने में रिपोर्ट लिखाने निकला। थाना जाने के पहले वह हड्डी के टीले की ओर गया। नाक में अँगोछा रखे उसने टीले के चारों ओर देखा। टीले में देखा। आदमी की खोपड़ी नहीं दिखी। कुछ सोचकर वह थाना नहीं गया। जिस खोपड़ी की रिपोर्ट लिखाने वह जा रहा था वह खोपड़ी अब नहीं थी।

गुरुजी और कोटवार का अपराधबोध बढ़ रहा था। यह अपराधबोध इतना बढ़ गया कि मन और आत्मा से हटाकर दोनों ने अपनी पीठ पर लाद लिया। इस सम्मिलित अपराधबोध में, गुरुजी कोटवार का साथ बढ़ गया था। अगर मन और आत्मा में अपराधबोध रखते तो जीवन का आगे बढ़ना मुश्किल था। पीठ पर बोध को लादे जीवन बिताया जा सकता था।

एक दिन दोनों अपनी पीठ पर अपराधबोध लादे घूम रहे थे। एक 'धाँय' गोली पहले कोटवार के अपराधबोध में लगी। दूसरी 'धाँय' गोली गुरुजी के अपराधबोध को लगी। दोनों हल्के हो गए। यह 'धाँय' गोली गुरुजी और कोटवार की नहीं थी,

जो उन्होंने टीले पर दागी थी। यह डेरहिन की ओर चलाई गई गोलियों में से थी। जिसका निशाना चूक गया था। और प्रायश्चित्त में इन दो गोलियों ने सोच-समझकर दोनों के अपराधबोध को नष्ट किया था। इन गोलियों को समझ हो। समझदार गोलियों को निशाने का अनुशासन अपनी मर्जी से मानना चाहिए। नहीं तो बहुत से निरपराध गोली का शिकार हो जाते। अपराधबोध को इन गोलियों ने सोच-समझकर नष्ट किया था। दोनों जल्दी-जल्दी घर लौटने लगे। लौटते समय गुरुजी ने कहा, "कोटवार तुम्हारा भाला लकड़ी की बन्दूक से ठीक था।"

"भाला ठीक नहीं था गुरुजी बस डंडा ठीक है।"

"महीने हो गए ग्रामसेवक दिखाई नहीं दिया।"

"साल-भर से नहीं दिखा गुरुजी।"

"वह आता रोज है, ऐसा कहते हैं।"

"कहते हैं गुरुजी।"

"पीठ को छूते हुए साँय से कुछ गया था।" गुरुजी ने कहा।

"मेरी पीठ को भी छूते हुए साँय से गया था।"

कोटवार की कमीज पीठ में फटी थी। गुरुजी की कमीज भी पीठ में फटी थी। गुरुजी की कमीज महाविद्यालय के आखिरी दिनों की थी। पुरानी थी। अपराधबोध के साथ-साथ गोलियों से शायद कमीज में छेद हो गया था।

खुश होने के पहले बहाने ढूँढ़ने
चाहिए और खुश रहना चाहिए।
बाद में ये बहाने कारण बन जाते।
सचमुच की खुशी देने लगते।

गुरुजी ने पत्नी से कहा, "देखो तो पीठ से खून निकला है क्या।"

पत्नी ने कमीज उठाकर देखा।

"खून नहीं निकला।"

"उजाले में देखो।" गुरुजी घूमकर खुले दरवाजे की ओर हो गए।

"हाँ! खरोंच है। कमीज कैसे फट गई?"

"गोली लगी थी।" गुरुजी के मुँह से निकला।

"काहे की गोली?" पूर्व की तरह कुछ समझ न पाने के कारण पत्नी ने पूछा।

"मिट्टी तेल लगा देती हूँ पक न जाए।" पत्नी ने जल्दी से कहा।

"लगा दो।"

पत्नी कंदील उठा लाई। ढक्कन खोलकर उसने मिट्टी के तेल में उँगली डुबाई।

"लकड़ी से पीठ खजुवाए होगे उसकी खरोंच होगी।". मिट्टी के तेल लगाते हुए पत्नी ने कहा।

"नहीं।"

"कमीज समेत दीवाल, खम्भा से पीठ रगडे होगे। कमीज भी फट गई। कमीज उघारकर पीठ रगड़ते।"

"मैंने नहीं फाड़ी कह रहा हूँ।" गुरुजी गुस्सा होकर बोले।

बन्दूक चल जाने के दुःख से अब कमीज फट जाने का दुःख बड़ा होने लगा था। तर्क से बन्दूक चल जाने के दुःख को कुछ बड़ा होना चाहिए। ऐसा नहीं था कि कमीज दर्जी ने हाल में सिली हो। पुरानी कमीज परन्तु कमीज थी जो पहनी जा रही थी। पुरानी होते रहने के कारण उसकी आदत पड़ गई हो। उस कमीज के पहनने की आदत में छेद हो गया हो। अब उसे सँभालकर पहनना पड़ेगा। कम पहनना पड़ेगा।

"मैं बच गया नहीं तो चला जाता।"

प्यार से पीठ पर लदी जैसी पत्नी ने पति को जकड़ लिया कि वह जब जाए तो उसकी पीठ से वह न गिरे। साथ-साथ उसे लेता जाए। अब दुबली-पतली तो थी उसका कोई वजन नहीं था।

"जहाँ जाना पीठ में लादे मुझको ले जाना। मैं तुम्हारे बिना अपंग हूँ। जाओगे तो मुझे लादना होगा। मैं प्रार्थना करूँगी कि मेरा भार तुम्हें याद न रहे और तुम्हें मेरी याद हमेशा रहे।"

गुरुजी ने सोचा लादकर ले गया होता तो उसे गोली लग जाती। अच्छा हुआ अपराधबोध नहीं रहा। पत्नी का भार बहुत सुख देता है। भार से मन हल्का होकर उड़ा-उड़ा फिर रहा था।

धान के पकने पर पानी गिरता तो नुकसान होता था। बरसात में सिर पर खुमरी-पहनकर काम करते। इन दिनों घर के अन्दर स्त्री, पुरुष, बच्चे नहीं होते थे। बूढ़े-बूढ़ी या असक्त किसान छोटे बच्चों के साथ होते। बाकी सब खेत पर काम कर रहे होते। मिट्टी मचा रहे होते। छिटका या रोपा धान लगा रहे होते। खुमरी, बाँस की काड़ी पत्तियों से बनी झोंपड़ी की छत की तरह बाहर काम करते किसान के सिर की छत थी। छत्ता महँगा था। उसको पकड़े रहने से एक हाथ बेकार हो जाता। काम करने के लिए दोनों हाथ स्वतंत्र होने चाहिए। खुमरी नहीं तो बोरा, कम्बल सिर पर डालकर बरसते पानी में काम करते।

बरसात कम होने लगी। पर बरसात की सम्भावना के बादल घिर आते तो खुमरी, कम्बल लेकर लोग गाय चराने जाते। पैदल यात्रा में निकल जाते। मजूरी के लिए रेलगाड़ी से दूर मरुस्थल भी गए होंगे तो खुमरी लेकर गए होंगे। ताकि जानलेवा धूप से बच जाएँ और काम करने के लिए दोनों हाथ स्वतंत्र रहें।

घरों के चारों तरफ मिट्टी की दीवाल पर गोबर से मुट्ठी भरकर उँगलियों से गोरइयाँ घेरा बना देते। यह सावन में दु:ख से बचने के लिए डाला जाता। इस घेरे लकीर के बीच-बीच में स्त्री-पुरुष की आकृति होती। बहुत दु:ख के बाद भी बहुत दु:खों से बचने का यह रिवाज था। दु:ख से लबालब भरे हुए को बाँधना कि फूट न जाए। बहकर पड़ोसी के घर न जाए।

खुश होने के लिए पहले बहाने ढूँढ़ने चाहिए। और खुश रहना चाहिए। बाद में ये बहाने कारण बन जाते। राचगुच की खुशी देने लगते। ऐसी आवश्यकता बन जाते जिसकी पूर्ति गोबर से लकीर बनाने के समान सहज होती। बाद में खुशी के ये कारण दुकानदार हाथों में चले जाते। और वे कारणों की दुकान खोल लेते। बहानों, कारणों का मेला, बाजार लगता था। जिसमें अपने छोटे-छोटे नंग-धड़ंग बच्चों को घुमा लाते।

दु:ख से बचाव का घेरा सिमटता जाता था कि बचाव का कोई घेरा नहीं। जब बचाव का घेरा नहीं तो लड़ाई आमने-सामने की होती। गाँववालों का लड़ाई का स्वभाव न होने के कारण दु:ख से आमना-सामना होता तो भी नहीं लड़ते। उसे झेल लेते।

मेले-ठेले में काली, साँवली लड़कियों की भीड़ होती जो चूड़ी-टिकुली, इंदरा कुछ नहीं खरीदती थीं। लौटते समय उनका सामूहिक गीत होता। रास्ते में जंगली फूल मिल जाते तो बालों में खोंस लेतीं। जूड़ा बनाकर पेड़ की पतली टहनी खोंस

लेतीं, एक हरी पत्ती लगा लेतीं। टहनी में एक-दो हरी पत्ती जूड़े में खुँसी हुई सुन्दर लगती थीं। इस सौन्दर्य को देखकर लगता था कि जूड़े में खुँसी टहनी में घर पहुँचते-पहुँचते दो-एक फूल भी निकल आएँगे।

देहाती स्टेशन में पैसेंजर गाड़ी का रास्ता देखती एक काली स्त्री, टोकनी वाले से एक केला खरीदती। चार, कुछ बड़े, उसके अधनंगे बच्चे उसे घेर लेते। स्त्री केला छीलकर चार टुकड़े करने के बाद एक-एक टुकड़ा बच्चों को बाँट देती उसके बाद भी बहुत देर तक पैसेंजर गाड़ी नहीं आती। पैसेंजर गाड़ी आने में इतनी देर हो जाती कि दूसरा केला खरीदने के लिए उसके पास पैसे नहीं होते। वह स्त्री हँसती थी उसके सुन्दर सफेद दाँत थे। नीम, बबूल के दतौन का चलन था। हँसी निश्छल साफ-सुथरी होती। शरीर भी साफ-स्वच्छ होता क्योंकि तालाब-डबरों में पानी भरा होता।

अधिकतर अज्ञानता के सुख-दुःख की आदत थी। ज्ञान के सुख-दुःख बहुतों को नहीं मालूम थे। जबकि ज्ञान असीम अटूट था। ज्ञान सुख की समझ देता था पर सुख नहीं देता था। परम्परा से मालूम था कि दूध पीने से ताकत आती है, परन्तु गरीब राउत दूध को बेच देते थे। दूध को यदि ब्लाउज की तरह पहना जाता तो एक बार झिझकते कि उससे तन ढकता है। तब भी बेच देते। इसके बाद भी तन पूरा नहीं ढका होता। पसिया भात से पेट भरता था। इसकी समझ थी, पर पेट भरने के लिए पसिया भात बहुत कठिन था। कभी पनिया अकाल होता कि इतना पानी गिरा, बो नहीं पाए। बोया तो बीज खराब हो गया। कभी अकाल होता कि इतना भी पानी नहीं गिरा कि धान पक जाता। धान का पैरा नहीं होता कि जानवरों को खिला देते। बिना पेट भर खाए गाय दूध नहीं दे पाती थी। बस इतना गोबर दे पाती थी कि गोरइयाँ घेरा बन सके। उनका ज्ञान ऐसा प्राकृतिक और बड़ा था जैसे आकाश होता है। और आकाश को कोई ज्ञान नहीं था।

एकदम सुबह के अँधेरे में गाँव की एक दूर झोंपड़ी में आग लगी। अड़ोस-पड़ोस की झोंपड़ी में जितना पानी था उस झोंपड़ी की आग बुझाने में खत्म हो गया। फिर पड़ोस की झोंपड़ी में आग लग गई। अब आग बुझाने के लिए आसपास की झोंपड़ी में पानी नहीं था।

गुरुजी की पत्नी ने आग देखी। गुरुजी घर का पानी लेकर झोंपड़ी की आग बुझाने दौड़ पड़ना चाहते थे। परन्तु दोनों बाल्टी में पानी नहीं था। तीन घड़े थे। वे भी खाली थे। पत्नी सुबह-सुबह पानी भरती थी। पानी भरने के पहले बचे बासी पानी से रात के कुछ बर्तन, बाल्टी माँज लेती। सबके उठने के पहले वह पानी भर लेती। दूसरे दिन पानी बासी हो जाता। कुएँ से ताजा पानी भरती। घड़े का पानी दूसरे दिन बासी हो जाता है यह गुरुजी को नहीं लगता था। कुएँ में घड़े की तरह पानी भरा रहता। वह हमेशा ताजा पानी होता। कुएँ में पानी के स्रोत होते हैं घड़े में पानी के स्रोत नहीं होते हैं। घड़े के पानी का स्रोत पत्नी थी जो कुएँ से पानी लाकर घड़े में डालती थी।

मदद न कर पाने की असमर्थता बड़ी असमर्थता लगती। लँगड़ा, लूला आदमी भी मदद कर सकता था। मदद न माँगने का स्वाभिमान जैसे-तैसे पाला-पोसा जाता। भूखे रहकर स्वाभिमान का पेट भरा जाता तब स्वाभिमान का पेट आधा भरता होगा। स्वाभिमानी बहुत देर तक भूखा नहीं रह पाता था। जीवित रहते और स्वाभिमान मरता रहता। स्वाभिमान का समझदार होना आवश्यक लगता था। होता यह था कि कुआँ इतने पास होता बल्कि घर में होता कि कूदकर बिना मेहनत के आत्महत्या होती। घड़ा और पास था पर घड़े में कूदकर आत्महत्या नहीं की जा सकती। दो चार हाथ खोदने से कुएँ में स्वच्छ पानी निकलना चाहिए। कम गहराई में डूबकर मरना कठिन था। चुल्लू भर पानी में डूबकर मरने से भी जान बची रहती। आग को बासी पानी से बुझाएँ तो भी आग बुझ जाती।

आदमी से समझदारी खत्म हो रही थी। अब वस्तुओं से समझदारी की उम्मीद होती। स्वयं किसी से नहीं टकराएँगे, दुर्घटना में यह विश्वास हो परन्तु दुर्घटना में दूसरे नहीं टकराएँगे इसका विश्वास नहीं था। वस्तु की समझदारी यानी खिड़की की समझदारी। खुली खिड़की से कोई पत्थर फेंकने को सोचे तो खिड़की अपने आप बन्द हो जाए। ईंट-पत्थर की समझदारी। बन्दूक की गोली की समझदारी। छूटे हुए बम की समझदारी कि नष्ट न करे, अगर लक्ष्य में बरसात न होने से अकाल पड़ रहा हो तो वह पानी गिराने लगे। बम के स्वयं हवा में नष्ट होने की समझदारी। पृथ्वी से भी बड़ा तारा टूटकर जब पृथ्वी पर गिरने को होता है तब शायद अपनी समझदारी से हवा की सहायता से तारा स्वयं जलकर नष्ट हो जाता। पृथ्वी पर गिरता नहीं। जो बम के गोले फूटते नहीं वे दार्शनिक बम होते। जिनके कभी भी फूट जाने का डर होता। इसके बाद जीवन-मरण का दर्शन होता।

एक गरीब के घर की आग बुझाने के लिए फायर ब्रिगेड इसलिए होता कि उसकी आग दाऊ, गोंठिया के घर को जला सकती है। घास-फूस के मैदानी गाँव पलीते की तरह लम्बाई से बसे होते। एक छोर में आग लगती तो सुर्र से दूसरे छोर में पहुँच जाती।

ऐसा कहाँ होता है कि घर के एक कोने में या नहाने की बाल्टी के पास आग बुझाने के नाम से एक भरी बाल्टी और रखी जाती हो कि इससे नहाएँगे और इससे आग बुझाएँगे। आग कभी भी लग सकती है के डर से उसका पानी खर्च नहीं किया जाता। हवा और ताप से पानी कुछ सूख जाए तो बीच-बीच में थोड़ा पानी डालकर उसे ऊपर तक भर दिया जाता।

घरेलू जिन्दगी में चूल्हे की आग या इस्तरी की बची आग बुझाने का काम उसी पानी से कर लिया जाता जो पीने या नहाने-धोने के नाम से इकट्ठा होता।

उनके लिए नहाने का पानी नहीं होगा तो नहीं नहाएँगे या कुआँ पार जाकर नहा लेंगे। पत्नी कहेगी, "नहा लो देर हो गई।"

"नहाने का पानी नहीं है।" कहेंगे। "भरी बाल्टी कोने में रखी तो है।"

"इसके पानी को खर्च नहीं करना है।"

"कितने दिन से पानी रखा है। आग लगी?"

"नहीं लगी इसलिए क्या आग लगाकर पानी का उपयोग कर लें।"

"लोहे की भरी बाल्टी है। जंग खा रही है। पचास-साठ रुपये से कम की नहीं होगी।"

"कलकत्ते की गणेश छाप बाल्टी है। जंग नहीं खाएगी।"

"न नहाओ। मैं इससे बर्तन धो लूँगी।"

"इससे बर्तन माँजोगी तो झगड़ा हो जाएगा।"

"कपड़ा धो सकती हूँ?"

"नहीं कपड़ा भी नहीं धो सकती।"

"चूल्हे की आग बुझा सकती हूँ?"

"हाँ! चूल्हे की आग बुझा सकती हो।"

एक गृहस्थ के घर आग चूल्हे की आग से लगेगी। इस घर में कोई बीड़ी पीता नहीं।

"तुम तालाब जाकर नहा लो।" वे तालाब जाएँगे। पत्नी आग बुझाने के नाम से सुरक्षित रखी बाल्टी के पानी से चार जूठे बर्तन न धोये पर एक जूठी कटोरी तो धो सकेगी।

दु:ख और चिन्ता के व्यापक होने के कारण गड़बड़ थे। दु:ख के कारण जानने की चारों तरफ लापरवाही थी। भोलापन भी हो सकता था। किसी से पूछो, "भाई! क्यों दु:खी हो।" वह कहेगा, "मालूम नहीं।" काँटा लगने से दु:ख होता है या पीड़ा? छोटी सी विपत्ति की बड़ी चिन्ता होती है। विपत्ति से बचे रहे जब तक न आई पर उसकी चिन्ता से कहाँ बचे। बहुत सी जिम्मेदारियों की फिक्र होती है। परन्तु एक घड़ा लाना है यह जिम्मेदारी थी या फिक्र? इसे जिम्मेदारी और फिक्र दोनों माना जा सकता है। किसी काम को जिम्मेदारी से करते-करते फिक्र से करने लगते हैं।

जरूरत पड़ने पर यदि आग बुझाने वाले पानी से पत्नी ने बर्तन धो लिया तो डर होगा कि गुस्सा होंगे।

"आग बुझाने वाला पानी कहाँ गया?"

"भात राँधने के लिए बटलोई धोई है। देखो जूठे बर्तन अभी बचे हैं। सब नहीं धोये।" पत्नी गुस्सा शान्त करने की कोशिश करेगी।

"बाद में धो लेती तो आफत नहीं आती। कुछ देर भूखे रह लेते। आस-पड़ोस घर में आग लग जाए तो किससे बुझाओगी!"

"पीने के पानी से। पीने का पानी घड़े में बहुत ठंडा है। आग इससे जल्दी बुझेगी।" यह कहकर पत्नी उठेगी और बिना चिढ़ और गुस्से से मन की शान्ति से ठंडा पानी बाल्टी में उड़ेल देगी। बाल्टी को भरी देखकर वे शान्ति से भात खा सकेंगे। पत्नी ने शान्ति से ही बाल्टी को भरा था, पानी से नहीं। नहीं तो गुरुजी शान्त कैसे होते। पर पति को पीने के लिए ठंडा पानी न दे सकने का पत्नी को दु:ख होगा। वह पूछेगी, "एक बात बताओ आग इस समय तक लगी नहीं, तुमको मैं पीने का ठंडा पानी दे देती तो अच्छा होता।"

"हूँ!" पति कहते।

पति खाना खाकर हाथ धोने उठते। धोखे से आग बुझाने वाली बाल्टी में हाथ डुबाते तो हाथ में घड़े के ठंडे पानी का स्पर्श अच्छा लगता। मन होता एक लोटा पानी लेकर हाथ-मुँह अच्छे से धो लें। सिर ठंडे पानी से थपथपा लें। पर आग बुझाने

वाली बाल्टी का पानी खर्च होता। केवल हाथ डुबाए रखने से पानी खर्च नहीं होता। फिर गीला हाथ जो ठंडा है उसे धोती से पोंछने के बदले अपने मुँह में फिरा लेते। जब रुपये-पैसे जरूरत में भी खर्च नहीं कर सकते तो ऐसी कृपणता आ सकती है।

जो अपनी भरी बाल्टी का आश्वासन है वह फायर-ब्रिगेड का सार्वजनिक जीवन में नहीं। चाहे आए दिन घरों में, स्कूलों में, कारखानों में आग लगाई जाती हो। बचने बचाने के लिए अपने साथ एक भरी बाल्टी रखना कठिन काम था। खाली बाल्टी रखी जा सकती थी। रास्ते में कुआँ है, तालाब है, हैंडपम्प है।

भविष्य की यह तैयारी होगी कि बच्चे फटे झोले में फटी किताब रखे हैं। दूसरे हाथ में पानी से भरा टिन का डिब्बा। यह संयोग नहीं होगा कि टूरिंग टाकीज की लाइन में एक आदमी खाली बाल्टी लिये खड़ा हो! सिनेमा देखते-देखते अगर टाकीज में आग लग जाए तो वह अपनी खाली बाल्टी लेकर पानी लेने दौड़ सकता है। समाज में खाली बाल्टी लेकर चलना सामान्य हो सकता था। जैसे किसी समय सिर पर टोपी लगाना। घर से झोले की तरह एक खाली बाल्टी लेकर चले गए। झोले में पानी नहीं भरा जा सकता था, बाल्टी में सामान लाया जा सकता था। एक मजबूत लोहे के झोले की तरह बाल्टी का काम होता। यह काम बढ़ सकता था जबकि गाँव-गाँव में पीने के पानी की कठिनाई होने लगी थी। आग बुझाने का पानी स्वप्न होने लगा था।

रेलगाड़ी से एक देहाती स्टेशन
का दृश्य उतर रहा था। एक
यात्री उतरता तो एक दृश्य की
तरह उतरता। जाती हुई रेलगाड़ी
का दृश्य रेलगाड़ी के साथ
चला गया।

दृश्य में एक देहाती स्टेशन आ रहा था। और एक पैसेंजर रेलगाड़ी आ रही थी कि देहाती स्टेशन का दृश्य रेलगाड़ी में बैठकर आ रहा था। इसके पहले जो रेलगाड़ी

आई थी दृश्य का काफी हिस्सा उसमें आ चुका था। एक यात्री उतरता तो एक दृश्य की तरह उतरता। एक यात्री एक दृश्य की तरह चढ़ता। बूँदाबाँदी एक दृश्य की तरह हो जाती। धूप का निकलना एक दृश्य होता। दृश्य की भरमार थी। दृश्य में एकरसता कभी नहीं थी। परन्तु लगता था देहाती स्टेशन का दृश्य यहाँ हमेशा के लिए उतर गया हो।

उसके पास टिकिट थी या नहीं क्या मालूम। नहीं तो स्टेशन का दृश्य स्टेशन से बाहर नहीं चला जाता! परन्तु इक्का-दुक्का टिकिट लेने का दृश्य था। यह वही मुसुआ स्टेशन था।

प्लेटफार्म के आखिरी छोर पर सेमल का बड़ा पेड़ था। उसमें बड़े-बड़े लाल फूल लगते थे। आसपास, शीशम नीम के पेड़ थे। सिरस का पेड़ सबसे बड़ा था। जब यह फूलता तो उसकी सुगन्ध दूर तक होती। यह सुगन्ध पेड़ के नीचे और बाहर धूप-छाँव की तरह सामान्य होती, बस पेड़ के नीचे पेड़ की छाया ज्यादा होती। छाया में ज्यादा सुगन्ध लगती। पूरे गाँव को महकाने के लिए एक पेड़ काफी था। पास के गाँव तक इसकी महक जाती थी। यह ऊँचा पेड़ प्राकृतिक चिमनी पेड़ था जिससे धुआँ नहीं सुगन्ध निकलती थी।

सेमल के पेड़ पर गिद्ध का घोंसला था। इस पेड़ की बनावट गिद्ध को घोंसला बनाने लायक लगती होगी। यह पेड़ घना नहीं था और ऊँचा था। गिद्ध उड़ते हुए बहुत नीचे नहीं आते थे। ऊँचे सेमल पर बैठ जाते थे। कम घने पेड़ गिद्ध के डैनों को फैलाने की जगह देते होंगे। गिद्ध को लाल फूल खून से रँगे लगते होंगे। या ताजे मांस के टुकड़े के फूल लगते हों। उनके सौन्दर्यबोध के अनुकूल यह पेड़ था अथवा गिद्ध के कारण हमारा सौन्दर्यबोध उस पेड़ में खराब था। सेमल के फूलों को कोई बीनता नहीं था। उस पर बड़ी, हरी मक्खियाँ भिनभिनाती थीं। गर्मी के शुरू के दिनों में यह फूला हुआ होता। पेड़ पर एक भी पत्ता नहीं होता और छुटपुट लाल फूल होते। गिद्ध का घोंसला इन दिनों साफ दिखता था। पास में एक छीन के बड़े पेड़ पर बया के अनेक घोंसले लटके थे। छोटे-छोटे घोंसले। ये घोंसले एक मंजिल, दो मंजिल और तीन मंजिल जैसे बने लगते। इनका ग्राउंड फ्लोर घोंसले में होता। ग्राउंड में नहीं। यह हवा में लटकते और झूलते थे। गिद्ध का घोंसला सूखी टहनियों से भरा हुआ टोकनी भर ढेर दिखता।

खिलेगा तो देखेंगे

सेमल के फल जब सूखकर फटते तो ढेर-सी रुई हवा में तैर जाती। स्टेशन में रेलगाड़ी खड़ी रहती तो चढ़ते-उतरते आदमियों के बीच से यह रुई उड़ते हुए, दरवाजे, खिड़की की थोड़ी जगह से डिब्बों के अन्दर घुस जाती। सेमल के बीजों की यह रेलयात्रा होती। बीज कपास रेशे के पंखों से उड़ते थे। उड़ते हुए इसको पकड़ना एक जिन्दा रुई को पकड़ना होता। ऐसा लगता यह बच रही है। आसानी से कहाँ पकड़ में आती। खिड़की, दरवाजे से बचकर बाहर चली जाती। उड़ती सेमल की रुई को पकड़ो तो हाथ के पसीने से चिपककर या उँगलियों के दबाव से खराब हो जाती जैसे जान चली गई। पंखी मर गया।

पेड़ से बीज दूर-दूर जाकर फैले यह प्रकृति का नियम है ताकि अनुकूल जगह जाकर वह भी पेड़ बने। और अनेक वही पेड़ हों। प्रकृति ने ऐसा भी सोचा हो कि स्टेशन में एक सेमल का पेड़ हो जिससे बीजों को रेलगाड़ी से जाने का मौका मिले। वे और दूर जाकर निश्चित पेड़ बन सकेंगे। हर स्टेशन में पेड़ होंगे। लोगों के उतरने के साथ बीज उतर आए। बीजों को जब प्रकृति उड़ने के लिए कपास के पंख दे सकती है तो ऐसा सोच भी सकती है।

हवा चलने पर पेड़ों की पत्तियाँ हिलने लगती हैं। जीवन सूखे पत्ते के समान इधर से उधर हो जाता। पतझड़ के दिनों में मनुष्य ठूँठ हो जाता होगा। इन्हीं दिनों सूखे चरोटा के पौधों की झाड़ू बनाकर पेड़ के नीचे की सूखी पत्तियों को बटोरकर औरतें, हाथ से बुनी-काती बड़ी-बड़ी जाली में चादर की तरह बाँध लेतीं। सिर पर बोह लेतीं और ले जातीं। यह बोझ आकार में बहुत बड़ा होता, पर भार कम होता। छोटी-छोटी लड़कियाँ इनको बोह कर ले जातीं। अकेले सिर पर इसे रखते नहीं बनता। तब लड़की कहती, "ले बोहा दे।" दूसरी लड़कियाँ हाथ लगाकर बोहा देतीं। सूखी पत्तियों को खपरा बनाने वाले छोटे-छोटे कुम्हारों को बेच देतीं। यह भट्‌टी जलाने के काम आता।

चलती हवा में साँस होती है। हवा नहीं चलती तो लगता है हवा मर गई। दृश्य में तब दूर तक स्थिरता होती। खासकर तब जब दृश्य में अकेलापन हो। हवा की स्थिरता में पेड़ मरे हुए खड़े लगते। झोंपड़ी, मकान, खेत, खलिहान, तालाब सभी मरे हुए पड़े लगते।

दृश्य के अकेलेपन में दूर से एक आदमी एक तरफ से आता हुआ दूसरी ओर जाता दिखे तो ऐसी गतिशीलता अकेलेपन को इधर से उधर दूर को चाकू की तरह चीरती निकल जाती। मुर्दे में किसी ने चाकू चलाया हो। बाहर एक

अन्तहीन मुर्दा है। आकाश में चील, गिद्ध बहुत मँडराते थे। हड्डी गोदाम के कारण ऐसा हो।

जी दुखता है तो घर की खिड़की बन्द कर लेना चाहिए। अकेलेपन में कोई आएगा कि राह देखने के बदले किसी के पास चले जाना चाहिए। खिड़की बाहर का ढक्कन है। बन्द कर दो तो कोई दृष्टि तक नहीं आएगा। घर की खिड़की पृथ्वी के टोकने के ढक्कन की तरह खुले तो दुनिया के पक्षियों का दुनिया से उड़ जाने का डर लगता रहेगा।

पश्चिम की खिड़की से लाल-गुलाबी धूल के गुबार में डूबता सूर्य दिखाई दे, हमारी पूँजी की तरह। वह तो छुपटन में बापजी का दिया हुआ ताँबे का नया पैसा है। जिसका चलन खतम हो गया। जो कभी खर्च नहीं हो। हमारे ताँबे का पैसा। डूबता सूर्य कभी खर्च नहीं होगा। टूटी खिड़की बन्द करना चाहो तो पूरी बन्द नहीं होती। वस्तु का जाना-पहचाना आकार जानदार लगता। टूटी खिड़की, मरी खिड़की होती।

गुरुजी को प्लेटफार्म में घूमना अच्छा लगता था। गाड़ियों और यात्रियों को आते-जाते देखते हुए वे जीवन का रहस्य नहीं, लौटने और जाने का रहस्य समझना चाहते थे। आकर और जाकर रहने के सबके ठौर-ठिकाने न हों पर सबके आने और चले जाने के अनेक ठौर-ठिकाने थे। पास से जाते हुए आदमी को देखकर यह कहा नहीं जा सकता कि वह जा रहा है। एक ही दिशा में जाते हुए लोगों में अनेक लौटने वाले होते। हो सकता है लौटने वाले बहुसंख्यक हों। बहुमत में डर लगता है कि आने और जाने वालों की गिरोहबन्दी न हो जाए।

जाते-जाते गुरुजी ने पत्नी से कहा, "स्टेशन जा रहा हूँ।"

"किसलिए?" पत्नी ने पूछा।

"घूमने जा रहा हूँ।"

कई दिनों से ऐसा होता था कि गुरुजी जहाँ से बोलते वहाँ से उनकी आवाज नहीं आती थी। उससे दूर से आवाज आती थी। अभी कहा तो लगा स्टेशन के लिए चले गए और स्टेशन पहुँचने के पहले बोल रहे हैं कि स्टेशन जा रहा हूँ।

"बहुत देर हो जाएगी। स्टेशन मत जाओ।" पत्नी ने जोर से कहा जबकि गुरुजी पास थे दूर नहीं गए थे। वे अपने ध्यान में थे। गुरुजी जोर से बोलने के

जवाब से परेशान हो जाते थे, कुछ कहने के बाद जिससे कहा है वे उसके पास जाते कि अब जवाब धीरे मिलेगा। इसके बाद भी जवाब जोर का मिलता। और जवाब देने वाला चौंक जाता कि अरे गए नहीं यहीं हैं। वे सचमुच पास लगते।

गुरुजी भात खाने बैठे थे। तरकारी उनको अच्छी नहीं लग रही थी। उन्होंने मुन्ना से पानी माँगा "घड़े का ठंडा पानी देना।"

"नए घड़े से मत देना। गला खराब हो जाएगा।" मुन्नी ने मुन्ना से कहा। पुराना घड़ा तीन साल पुराना था। अब उसके उठाने-धरने में लापरवाही होने लगी थी। लापरवाही के बाद घड़ा नहीं फूटा था। जानबूझकर फोड़ा नहीं जा सकता था। लापरवाही अनजाने में हो रही थी।

"अच्छा पुराने घड़े का पानी दे दो।" यह कहा कि कई दिनों से घर से बाहर रहे। उनके घर आने की उम्मीद बहुत दिनों तक नहीं थी। पर वे आए। उनके हाथ में दूर से लाया हुआ झोला है। उन्होंने कहा, "मुन्नी इस झोले में तुम्हारे मनपसन्द की चीज है।" उन्होंने झोला खोला। वह चीज थी "मुन्नी एक गिलास पानी दो।" इसे देखकर मुन्नी, मुन्ना और पत्नी बहुत खुश हो गई। गुरुजी मुन्नी से कुछ काम कहते तो मुन्नी बहुत खुश हो जाती। पानी माँगते समय मुन्नी के बदले मुन्ना निकल गया था। अगर झोले से कागज की पुड़िया निकालते और उसमें रेवड़ी होती तो यह रेवड़ी भी मुन्नी एक गिलास पानी दो है।

यदि उन्हें पुराने घड़े का पानी दिया गया होता और वे कहते, "नए घड़े का पानी दो, गला खराब होगा तो होने दो प्यास बुझेगी।" तब पत्नी, मुन्ना, मुन्नी उनको देखते कि अरे! वे सैकड़ों मील दूर बैठे हमसे पानी माँग रहे हैं। अम्मा ने उनको यहाँ से पानी दिया है। अम्मा का हाथ वहाँ तक पहुँच गया। इतनी दूर होते हुए भी खाली गिलास मुन्ना को उन्होंने पकड़ा दिया है। वे घर पर नहीं होते तब भी वे घर पर होते। घर से बाहर एक दुहरी सच्चाई की तरह होते कि एक बाहर से निकलकर दूसरे बाहर तक निकल गए। इसके बाद कोई बाहर नहीं था।

गुरुजी ने गम्भीर होकर पत्नी से कहा, "सुनो! यह गाँव दस-पन्द्रह दिनों में खाली हो जाएगा। मैं इतने दिनों से गाड़ियों को देख रहा हूँ। उतरने वाले हमेशा दो-एक होंगे और जाने वाले पच्चीसों। यदि यहाँ कम लोग उतरेंगे और ज्यादा लोग जाएँगे

तो यह गाँव खाली नहीं हो जाएगा! एक बड़ा शहर तक खाली हो जाएगा। रेलगाड़ी एक ऐसा यंत्र है जो गाँव को खाली कराने के काम पर लगी है। जैसे कचरा साफ करने के लिए बैलगाड़ी लगा दी जाती है।"

"हम यहाँ अपनी मर्जी से नहीं आए हैं।" पत्नी सोचेगी।

"यहाँ अच्छा लगता है।" गुरुजी जवाब में सोचेंगे।

"यहाँ बहुत अच्छा लगता है।" मुन्ना, मुन्नी एक साथ सोचेंगे। इस सोचने में उन दोनों ने हिस्सा लिया। जोर से सोचो तो पास में बैठे लोग शायद सुन लेते होंगे।

"क्या सोच रही हो?" यह नहीं कहेंगे।

कहेंगे "कुछ बोलने वाली थी?"

"तुम तो सब जानते हो।" पत्नी कहेगी।

"जो तुम बोलने वाली थी मैंने सुन लिया।" गुरुजी कहेंगे।

"मेल एक्सप्रेस यहाँ नहीं रुकती। अगर रुके तो गाँव जल्दी खाली हो जाएगा।"

"सब चले जाते। हम लोग बचे रहते। एक पूरी खाली गाड़ी हमारे लिए आती।"

"चार लोगों के लिए खाली गाड़ी!" मुन्नी ने पूछा।

"स्टेशन में एक यात्री होगा तो गाड़ी आएगी। नहीं रहेगा तो आएगी। निर्जन गाड़ी, निर्जन प्लेटफार्म में जितनी देर उसे रुकना है रुकी रहेगी।"

दूर एक आदमी काँवर में सामान उठाए आता दिखेगा। वह आदमी काँवर बोहे दौड़ेगा पर बोझ के कारण चलता दिखाई देगा। पलड़े में भारी वजन जैसा कन्धे में रखे वह आता हुआ अपने आदमी समेत तराजू दिखेगा। टोकनी के पलड़े में कबाड़ तौल समेत। गाड़ी को जाता देख वह रुक जाएगा। काँवर उतार सुस्ताएगा। लौट जाएगा।

"चाहे कोई न उतरे-चढ़े गाड़ी अपने स्टेशन में रुकेगी।"

वस्तुओं के समझदार होने में खतरा उनकी गलत समझ का होगा। ठीक समझ के लिए वस्तुओं की पाठशाला होती! एक समझदार वस्तु गुरुजी होंगे।

स्टेशन से थोड़ी दूर एक बस स्टैंड बन गया था। दो खटारा बस इधर और उधर से आती थीं। यदि गाड़ी गाँव के आदमियों को बाहर ले जाने का काम करती तो बस इसके उलट केवल आदमियों को लाने का काम करती। यह काम रातभर चले। अँधेरी रात को ठसाठस औरत, बच्चों, बूढ़ों, युवकों से भरी बस आए। बिना बोले आवाज किये वे उतरें और इकट्ठा होते रहें। बस खाली होते ही बचे आदमियों को लाने चली जाती। सुबह उठे तो मालूम हो कि आदमियों का मेला लगा है। यह मेला बाहर के लोगों का होता। गुरुजी परिवार समेत मेला घूमने जाएँ। बस को यही लगेगा कि मेले में घूमते हुए लोग उसके छोड़े हुए लोग हैं। उन्हें ले जाना उसकी जिम्मेदारी है।

आदमी की भलाई के लिए जिस तरह नियम-कायदे का पालन किया जाता, गड़बड़ी होती। जितनी सख्ती होती उतनी सख्त गड़बड़ी होती। हैजा फैलता तो जा रही बस यात्रियों को बस अड्डे ले जाने के पहले प्राथमिक चिकित्सालय ले जाती। फिर हैजे की सुई लगती। सुई से सब डरते। जिनको सुई लग चुकी होती उनको दुबारा लग जाती। वह रोता-गिड़गिड़ाता। रोना-गिड़गिड़ाना सर्टिफिकेट नहीं था कि पहले हैजे का टीका लग चुका है। रोना-गिड़गिड़ाना किसी भी बात का सर्टिफिकेट नहीं होता था।

लाने का काम खत्म होने के बाद ले जाने का काम बस को करना पड़ता। खाली बस आती और सबको ले जाती। पहले भरी बस आती थी और खाली जाती। जाती हुई खाली बस में कोई बैठना चाहे तो बैठने नहीं दिया जाता था।

"खाली बस में हम सब छुपकर बैठ जाएँ और कहीं चले जाएँ।" हँसते हुए गुरुजी बोले।

"कहाँ चले जाएँ?" मुन्ना ने पूछा।

"उस गाँव, उस शहर में।" मुन्नी बोली।

"किस गाँव, किस शहर?" मुन्ना ने पूछा।

"जो खाली हो चुका होगा।"

"रहेंगे कहाँ?"

"एक साधारण अपने घर जैसा घर चुन लेंगे।"

"दूसरे के घर में रहेंगे?"

"पाठशाला में रह लेंगे।"

"वहाँ के थाने में रह लेंगे।"

खाली शहर में खाली पाठशाला होगी। अस्पताल खाली होगा। तालाब में मछली नहीं होगी। तालाब में पानी नहीं होगा। तालाब खाली होगा। दुकानदार नहीं होगा। दुकान में सामान नहीं होगा। पेड़ में घोंसला होगा तो उसमें अंडे-बच्चे नहीं होंगे। पेड़ नहीं होगा। चिड़िया नहीं होगी। थाना-कोतवाली खाली होगा।

एक दृश्य में गुरुजी और परिवार मेला घूमने गए इसलिए बस ने समझा कि इनको लौटाना है। सब लोग घर में सो रहे होते। बस सोचती अब गुरुजी और उनका परिवार बचा है सभी लौट गए। बस खटारा थी। रात थी इसलिए चुपचाप आई। दिन होता तो धड़धड़ाते आती। गुरुजी, और सबको मालूम हो जाता कि बस आई है। घर से कोई बाहर नहीं निकलता। मुन्ना उठना चाहता था। अम्मा ने उसे उठने नहीं दिया। मुन्ना बोलना चाहता था तो गुरुजी ने उसका मुँह दबा दिया। घर में कोई नहीं है ऐसा बस को लगने लगा। बस ने भोंपू बजाया। यह भोंपू केवल गुरुजी के परिवार के सुनने के लिए बजा था। उन्होंने सुना। कोई नहीं सनका। बस ने समझा कि नहीं हैं। बस चली गई।

दूसरे दिन से बस जब-तब अचानक आ जाती।

"दोपहर का भात खा रहे होते, बस आ जाती।" मुन्ना बोला।

"खेल रहे होते, बस आ जाती।" मुन्नी बोली।

"अम्मा नहा रही होती, बस आ जाती।" मुन्ना बोला।

नहाते-नहाते अम्मा चिल्लाती, "बस आ गई।"

गुरुजी पाठशाला में लड़कों को पढ़ा रहे होते। बस आई। बस देखकर पाठशाला के लड़के हल्ला करते। बस देखने बाहर भागते। गुरुजी इस भगदड़ में बच जाते। बस गुरुजी का पीछा नहीं कर पाती। क्योंकि बस के ऊपर, अन्दर, सामने, पीछे सब तरफ गाँव की पाठशाला के लड़के-लड़की होते। भोंपू बजता तो लड़कों को अच्छा लगता। भोंपू सुनकर हट जाना है इसका ज्ञान उनको नहीं था।

जब गुरुजी निकलने को होते तो दरवाजे और खिड़की की संध्रों से मुन्ना, मुन्नी देख रहे होते।

"बस आड़ में छुपी है।" मुन्ना बोलता।

गुरुजी नहीं निकलते। थोड़ी देर बाद मुन्ना बोलता, "बस चली गई।"

कब तक बचते। गुरुजी देख-सुनकर निकले। थोड़ी दूर गए होंगे कि बस भोंपू बजाते हुए सामने आ गई। ड्राइवर, कंडक्टर कुछ कहते नहीं। मौन रहते। ड्राइवर थोड़ी-थोड़ी देर में भोंपू बजाता। कंडक्टर दरवाजा खोले चुपचाप खड़ा रहता। बस बहुत खटारा हो गई होती। सीट उखड़ी हुई। सामने का काँच आधा टूटा। अन्दर काँच के टुकड़े होते। लगता कि इस पर गोलियों से हमला किया गया हो। यह बस मित्रता का काम कर रही थी या शत्रुता का, इसका अन्दाज नहीं था। परन्तु मन के विपरीत काम करती थी।

"देखा जाएगा।" गुरुजी ने सबसे कहा और अन्त में घर के सामने खड़ी बस में बैठ जाते! बैठते ही वे ड्राइवर से कहते, "चलो कहाँ चलते हो।" वे बस का दरवाजा बन्द करने को होते तो कंडक्टर दरवाजा बन्द करने नहीं देता। वह दरवाजा खुला रखता। तब घर से पत्नी निकलती और गुरुजी के पास बैठ जाती। मुन्नी बैठ जाती। मुन्ना घर के खिड़की-दरवाजे बन्द कर आता। दरवाजे में मुन्ना जब ताला लगा रहा था तब गुरुजी को ग्रामसेवक के दरवाजे में लगे ताले की याद आ गई। बहुत दिन पहले उन्होंने ग्रामसेवक को देखा था। एक बरस हो गया हो। या उससे भी अधिक। ग्रामसेवक के साथ बस में चले जाने की घटना हो चुकी हो। यह घटना एक बरस पहले हुई हो।

मुन्ना बस के अन्दर घुसा तो कंडक्टर ने दरवाजा बन्द कर दिया। कंडक्टर ने खिड़की से हाथ निकालकर बस को तीन बार थपथपाया। बस को जाने का संकेत मिला। ड्राइवर ने इंजिन चालू किया और बस तेज गति से चल पड़ी। गाँव के लोग झोंपड़ियों से निकल आए थे। गुरुजी का परिवार और गुरुजी बस में बैठे अपने सम्पूर्ण गाँव को एक साथ दूर होते हुए देखते रहे। गुरुजी को लगता था, घर

उनके पीछे दौड़ेगा। परन्तु मुन्ना ने घर में ताला बन्द कर दिया था। ताला खुला रहता तो घर रस्सी से छूटी गाय हो सकता था। कुछ दूर तक बस के पीछे-पीछे सींग उठाए गाय दौड़ सकती थी। अगर गाय के सींग छोटे होंगे तो वे बड़े और नुकीले हो सकते थे। जंजीर से छुटे कुत्ते की तरह वे घर को सोचते तो कम-से-कम कुत्ता बस के पीछे-पीछे दौड़ता। बस बहुत तेज चलती है, दौड़ती नहीं। कुत्ता तेज दौड़ता तब भी पिछड़ जाता। बस यदि दौड़ने लगे तो कुत्ते को मुश्किल होती। कुत्ता, सूँघते हुए कभी-न-कभी गुरुजी, पत्नी, मुन्ना, मुन्नी के पास पहुँच जाता या इनमें से पहले किसी एक के पास। सबसे पहले गुरुजी की पत्नी के पास पहुँचता। वह घरवाली थी। भात वही बनाती और खिलाती थी।

एक शहर, रात के सन्नाटे में बस डीजल भरवाने के लिए रुकी। वहाँ कोई नहीं था। डीजल देने वाले आदमी को ढूँढ़ने ड्राइवर और कंडक्टर चले गए। उन दोनों को विश्वास था कि भागकर जाएँगे कहाँ। कुछ देर तक तो सब बैठे रहे। गुरुजी की पत्नी का, मुन्ना, मुन्नी का मन हुआ कि सब भाग जाएँ। गुरुजी थके हुए थे, उन्हें नींद आ रही थी। फिर भी सब बस से निकले और शहर की ओर दौड़ पड़े। थोड़ी देर बाद बस भोंपू बजाते हुए उनके पीछे आ गई। भागते हुए वे लोग एक पतली गली में घुस जाते। बस उस गली में घुस नहीं सकती थी। अब वे बच सकते थे। परन्तु वस्तुओं के समझदार होने के खतरे भी थे। बस सिकुड़कर पतली लम्बी होकर गली में घुस जाती। किसी तिमंजिले मकान की छत पर चले जाते तो बस सीढ़ियों से चढ़कर ऊपर पहुँच जाती। छत का दरवाजा बन्द कर देते तो शायद उड़कर छत पर आ जाती। छत की दूसरी सीढ़ी से सब उतरकर बहुत पतली गली में भागते। यह अन्तिम गली होती। सारी गलियों में भाग चुके होते। अन्तिम गली के मुहाने में जाते तो देखते मुहाने में बस का खुला हुआ दरवाजा है। बस का खुला हुआ दरवाजा मुहाने में पूरा फिट होता। भागते हुए सभी इतना थके होते कि सुस्ताने के लिए बस ही सुरक्षित जगह होती। बैठने से आराम मिलता। यह नशे को छोड़ने की कोशिश में कई दिनों तक नशा न करने के बाद एक दिन फिर नशा करने जैसा आराम था। बस के चलने से हवा लगती। मुन्नी का लाल फीता सामने की सीट में पहले से रखा होता। मुन्नी सामने की सीट पर बैठ जाती। मुन्ना का नया खाकी पैंट जो वह घर से निकलते समय लाया था, पीछे

की सीट पर रखा था। वह पीछे की सीट पर लेट गया था। पीछे की एक सीट पर गुरुजी और पत्नी बैठी थी। कंडक्टर ड्राइवर के साथ बैठा हुआ था। सामने बैठी मुन्नी को देखते-देखते गुरुजी को मुन्नी के बड़ी होने की चिन्ता दिखाई देने लगी। लड़के के बड़े होने में खुशी दिखाई देती। लड़का भी बड़ा लगने लगा था। मुन्नी की बड़ी होने की दिख रही चिन्ता में उन्होंने देखा कि बस दो हिस्सों में विभाजित हो रही है।

"मुन्नी पीछे के हिस्से में कूद जा।" आगे के हिस्से में बैठी मुन्नी को उन्होंने आवाज दी। मुन्नी ने मुड़कर देखा। मुड़कर देखने के पहले मुन्नी, ड्राइवर, कंडक्टर के साथ के हिस्से में दूर जा रही थी। बापजी, अम्मा, बेटी को आधी बस में दूर निकलते निस्सहाय देखते रह गए। गुरुजी, पत्नी, मुन्ना की विभाजित बस कुछ दूर तक उछलती, इधर-उधर टकराती हुई घिसटती गई। फिर रुक गई। अम्मा के टप-टप आँसू झर रहे थे। अम्मा ने मुन्ना को जगाया। फिर पति से अधीर होकर कहा, "मुन्ना को जगाओ।" बापजी मुन्ना को जगाने लगे, "बेटा उठ। मुन्ना उठ। मुन्नी चली गई। ड्राइवर, कंडक्टर आधी बस में उसको ले गए। आधी बस में हम यहाँ छूट गए।" मुन्ना उठकर बस से कूदते हुए बोला, "जा रहा हूँ।" मुन्ना दौड़ते हुए ओझल हो जाएगा।

"मुन्ना ने कुछ खाया है या नहीं?" गुरुजी घबराए हुए से पत्नी से पूछेंगे।

"बस अचानक आ गई थी। सोचने और तैयारी करने का मौका नहीं मिला।"

"बस में, मैं अकेले जाना चाहता था।" गुरुजी की आँखों में आँसू आ गए।

"बस अकेले तुमको नहीं ले जा रही थी। मैं तुमको अकेला छोड़ नहीं सकती। मैं बैठ गई। मुन्ना-मुन्नी भी आ गए।"

"मुन्ना भूखा होगा तो दौड़ नहीं पाया होगा। चलो उधर चलते हैं। मुन्ना किसी पेड़ के नीचे लेट गया होगा। घर या दुकान के पाटे में बैठा होगा। ऐसी स्थिति में उसे माँगकर खा लेना चाहिए।"

"छी" धीरे से पत्नी ने कहा।

"दवा के बतौर एक-दो रोटी की भीख या एक-दो रुपये।"

"चुप रहो।" पत्नी ने जोर से कहा।

"वह उधार ले सकता है। दो रोटी उधार।"

"दो रोटी की भीख मिलेगी पर रोटी कौन उधार देगा। उसके पास पचास पैसे का सिक्का है।" पत्नी कहेगी।

"निर्जन शहर में पचास पैसे का क्या उपयोग!" निर्जन शहर में भिखारी नहीं होगा।

"पत्नी पहाड़ी की ओर जाने वाली थी। शाश्वत जुड़ी पहाड़ी की ओर। इसलिए आँचल में उसने चार चिरौंजी के दाने बाँध रखे थे। जाने का मौका नहीं मिला था।"

"चार चिरौंजी के दाने हैं।" पत्नी ने कहा।

"मुझे भूख लगी है।"

"एक दाना तुम खा लो।"

"नहीं मुन्ना के लिए बचाए रखना।" गुरुजी ने कहा। गुरुजी और पत्नी कभी दौड़ते। कभी तेज चलते। धीरे चलकर सुस्ताते और दौड़ने लगते। बन्द दुकानों, बन्द घरों और सड़क पर आते-जाते कहीं भी एक आदमी नहीं था। शहर पार कर सुनसान नाके के आगे उन्हें मुन्ना जमीन पर लेटा हुआ दिखा।

"मुन्ना है।" गुरुजी उसकी ओर भागे।

"हाँ मुन्ना है।" पत्नी दौड़ी।

"लाओ चिरौंजी दाना दो मुन्ना को खिला दें।" गुरुजी ने कहा। पत्नी ने आँचल में बँधी गाँठ को खोला।

"चिरौंजी दाना गिर गया।" घबराकर पत्नी ने कहा।

"ठीक से देखो शायद एक दाना हो।"

पत्नी ने देखा। एक दाना जो उसके आँसू से गीला हुआ था गीले होने के कारण चिपका रह गया था।

"एक दाना है।"

"वही खिला दो। साँस आ जाएगी।"

अम्मा ने मुन्ना के सिर को गोद में रख लिया था। एक दाना बेटे के मुँह में माँ ने डाला। बापजी, बेटे का माथा सहला रहे थे। एक दाने से क्या होगा! अम्मा और बापजी ने सोचा। अम्मा चुप थी। और बेटे का माथा, हाथ से बार-बार सहला रही थी। गुरुजी सोच में खड़े हो जाते फिर मुन्ना के पास बैठ जाते। मुन्ना उसी तरह आँख बन्द किये हुए पड़ा था। पत्नी ने गुरुजी से कहा, "सुनो! तुम उधर हो जाओ।" गुरुजी हट गए। "मैं इसे दूध पिला दूँ।" पत्नी इस तरह बोली जैसे मुन्ना ने अभी-अभी जन्म लिया हो। वह भूखा सो गया। सोते में पत्नी बच्चों को दूध

पिला देती थी। भूखे सोये छोटा मुन्ना, छोटी मुन्नी आँख बन्द किये मुँह चलाते और दूध पीने की चटचट धीमी मीठी आवाज करते। गुरुजी कहते, "देखो! मुन्ना भूखा सो गया। उसको दूध पिलाई?"

"अभी पिलाकर उठी थी। इसको भूख बहुत लगती है।" पत्नी कहती।

"एक बार और पिला दो।"

काम छोड़कर पत्नी आती। मुन्ना को दूध पिलाने बैठ जाती। दूध पिलाने के पहले वह गुरुजी से कहती, "तुम परे हट जाओ।" गुरुजी परे हटते और मुन्ना के दूध पीने की आवाज सुनते।

गुरुजी सोचते मुन्ना इतना बड़ा हो गया है उसकी माँ के स्तनों में दूध नहीं होगा। बच्चों के बहुत बड़े हो जाने के बाद भी उनके भूखे होने पर माँ को दूध पिलाने का मन होता होगा। अम्मा अभी भी अपने पुष्ट स्तनों को निकालने पोलका के बटन को खोलती। उसका पोलका चुस्त हो गया था। अभी और दिनों से अधिक चुस्त। पोलका खुलते ही स्तन हिले। अम्मा मया की आतुरता से काँप रही थी। स्तनों में अधिक कम्पन था। मुन्ना के मुँह को अपनी तरफ घुमाकर अम्मा ने दूध पिलाने के लिए अपना स्तन उसके मुँह से लगाया। मुन्ना बहुत छोटे बच्चे के समान माँ का दूध पीने लगा। दूध था या नहीं? मुन्ना दूध पीता रहा। एक बहुत छोटे बच्चे के समान उसने आँख खोली। अम्मा ने स्तनों को पोलका के अन्दर कर बटन लगाया। मन में लगता था कि मुन्ना का पेट भर गया। प्यार से अम्मा ने मुन्ना के सिर पर हाथ फेरा। पास आकर गुरुजी ने खड़े-खड़े कहा, "मुन्ना उठ" मुन्ना एक क्षण एक छोटे बच्चे सा उठा और दूसरे क्षण पहले की तरह ऊँचा खड़ा हो गया। "अम्मा मुन्नी को लाने जाता हूँ।" कहकर मुन्ना दौड़ने लगा। "बापजी चिन्ता मत करना।" दौड़ते हुए मुन्ना ने कहा।

पत्नी सिसक-सिसक कर रो रही थी। गुरुजी पत्नी के पास बैठ गए। वे पत्नी को सहलाने लगे, प्यार करने लगे। "क्यों रोती हो। मुन्नी आ जाएगी। आती होगी।"

दूर तक कोई नहीं था। गुरुजी पत्नी को रह-रह कर सहलाते, प्यार करते बैठे रहे। बैठे-बैठे बहुत देर हो गई। मुन्नी के जन्म के समय एक चिड़िया सीटी बजाती थी। गुरुजी ने उस बेटी चिड़िया को देखा नहीं था। उसकी सीटी की आवाज कभी सुनाई देती थी। और वह कभी नहीं दिखी।

गुरुजी को लगा कि उन्होंने चिड़िया की सीटी की आवाज सुनी है। उन्होंने पत्नी से पूछा, "मुझे बेटी चिड़िया की आवाज सुनाई दी!।"

"मुझे नहीं मालूम, मुझे नहीं सुनाई दी।" आतुरता से पत्नी ने कहा। उसके आँसू सूख गए थे। आँसू की सूखी लकीरें आँखों के नीचे थीं।

"सीटी की आवाज है सुनो।" गुरुजी ने पत्नी का हाथ पकड़कर कहा। दोनों ध्यान से आगे घने पेड़ों की ओर देखते हुए सीटी की आवाज सुनते रहे। अभी देखने से यह पता नहीं चलता था कि गुरुजी ने पत्नी का हाथ पकड़ा है या पत्नी ने गुरुजी का हाथ पकड़ा है। गुरुजी देख रहे थे कि बेटी चिड़िया उन्हें दिखाई दे जाए। पत्नी देख रही थी कि बेटी चिड़िया उन्हें दिखाई दे जाए। सीटी की आवाज बार-बार सुनाई दे रही थी। बेटी चिड़िया नहीं दिखी। दोनों सीटी की आवाज सुनकर प्रसन्न थे। दोनों घूमकर सड़क के उस छोर को देखने लगे जिधर से मुन्ना-मुन्नी आ रहे होंगे। उन्हें लग रहा था कि मुन्ना-मुन्नी लौटने लगे हैं। वे दिख नहीं रहे थे पर उनका लौटना उन्हें मालूम हो रहा था।

"सीटी की आवाज बन्द हो गई।" अम्मा का जी घबराया। फिर सीटी की आवाज एकदम पास सुनाई दी।

"लगता है दोनों पास आ रहे हैं।" बापजी ने देखा मुन्ना-मुन्नी दोनों बतियाते हुए आ रहे थे। मुन्ना-मुन्नी ही थे। अम्मा ने देखा, गुरुजी ने देखा बेटी चिड़िया।

जीने का तौर-तरीका प्रतीकात्मक होने लगा था। खाली पिंजड़े के अन्दर तोते का प्रतीक मर चुका था। जाना है, जीना है जैसा सुनाई दिया।

सुख भविष्य के बहुत नजदीक नहीं होता। दु:ख का वर्तमान इतना लम्बा, नुकीला होता है कि भविष्य में उसकी नोक घुसी होती। ऐसा कम होता है कि दुखी हुए

और चार मिनट बाद सुखी हो गए। सुख थोड़ा लचीला होता। इतना लचीला कि पाँच मिनट के सुख को खींच-खींच कर किसी तरह ग्यारह मिनट तक ले आए। बारहवें मिनट में सुख के टूट जाने का डर होता। दुःख से पीछा छुड़ाना मुश्किल होता।

"बापजी! यह भी हो सकता है कि रेलगाड़ी से कम लोग उतरते हों और ज्यादा लोग चले जाते हों।" मुन्ना पूछता। "हो सकता है यात्रियों के आने-जाने का अनुपात समय पाकर चाहे वह रेलगाड़ी हो या बस किसी गाँव या शहर का एक जैसा होने लगता है।" बापजी बोले।

"होने को तो कुछ भी हो सकता है।" उदास होकर अम्मा ने कहा।

प्लेटफार्म में घूमते हुए उनको देखो तो जिन्दगी से भरपूर लगते। जहाँ रहते वहाँ जिन्दगी तो होती नहीं। हर जगह मूँगफली पैदा नहीं होती। मूँगफली बाहर से आती है। उसी तरह जिन्दगी बाहर से आती होगी। इस गाँव में उसे कोई क्या मँगाता होगा! पर प्लेटफार्म में, गाड़ी के आते ही कुछ जिन्दगी आ जाती है।

गाड़ियों के आने का समय छुट्टियों के दिनों उनके स्टेशन पहुँचने की तलब का समय होता। स्टेशन में घूमते हुए वे एक यात्री जैसा व्यवहार करते। रेलगाड़ी रुकती तो वे यात्री की तरह डिब्बे की ओर लपकते। एक-एक डिब्बा झाँकते। उतरने-चढ़ने वालों से उनकी टक्कर हो जाती। उनका पैर कुचल जाता। माथे में किसी के टिन की पेटी लग जाती। फिर भी डिब्बे के अन्दर घुसकर वे जगह देखते। वे उस जगह को देखते जिसमें वे क्षणभर बैठ सकें। यदि उन्हें लम्बी यात्रा में जाना हो तो वे उस जगह बैठे होते। किसी वजह से गाड़ी रुकी रहती तो जगह देखकर वे सचमुच बैठ जाते। पहले दर्जे में वे नहीं बैठते। उस डिब्बे में चढ़कर जगह देखने की उनकी हिम्मत नहीं होती।

शयनयानों में वे नहीं चढ़ते। जिस डिब्बे में जगह नहीं दिखती उससे उतरते और परेशान दूसरे डिब्बे की ओर लपकते कि उन्हें खाली जगह नहीं दिख रही है, और गाड़ी छूटने का समय हो गया। खाली जगह नहीं दिखती और गाड़ी चली जाती तो उन्हें लगता कि उनका जाना रुक गया। जबकि वे कहीं नहीं जा रहे होते। यदि

एक डिब्बे में उन्हें जगह मिल जाती तो वे बैठे हुए अपनी ओर देखते यात्रियों की तरफ आत्मीयता से मुस्कुराते, कि सहयात्री हैं। एक हैं, एक जैसे हैं, साथ रहेंगे।

गुरुजी रेलगाड़ी में यात्रा किये बिना एक अनुभवी यात्री हो रहे थे। डिब्बे में वे अपनी चादर किसी दिन फैला देना चाहते थे। परन्तु अभी सीट पर अधिकार करने के लिए अँगोछा, रूमाल रख देते। रूमाल या अँगोछा तकाकर डिब्बे में पेशाब करने चले जाते। रूमाल और अँगोछा सामान की तरह होता। जेब में चार सिक्के होते तो वह भी सामान होता, चार सिक्के के समान कीमती।

उन्हें प्लेटफार्म में फालतू घूमने वाला न समझा जाए, इस बात का वे ध्यान रखते। प्लेटफार्म पर घूमते हुए वे एक जरूरी काम से जाने वाले यात्री लगते। वे नहीं जाते, गाड़ी आती और चली जाती।

जाती रेलगाड़ी में वे देखते कि जिस जगह को उन्होंने डिब्बे में पाया था, उस पर एक बच्चा बैठ गया था। उनकी जगह पर कभी अच्छा-खासा समझदार, पढ़ा-लिखा आदमी भी बैठ सकता था। रेलगाड़ी के चले जाने के बाद खाली प्लेटफार्म और सन्नाटे से लगता कि थोड़ी-सी जिन्दगी चली गई।

उनका सुखी जीवन रेलगाड़ी का खाली डिब्बा था। जिसमें उनका परिवार पसरकर बैठा था। जेब में सबकी टिकिट थी। रास्ते में चाय, चना, मुर्रा खाने के लिए थोड़े पैसे थे। लेकिन उनकी टिकिट में गन्तव्य नहीं होता। गन्तव्य दु:ख का कारण होता। सुख का कारण है कि किसी अच्छी जगह जा रहे हैं। परन्तु अच्छी जगह दुनिया में कहाँ है? अच्छी जगह का मतलब कहीं नहीं पहुँचना है।

झाड़छुकड़ा पैसेंजर रात को तीन बजे आती थी। रात की गाड़ी के समय प्लेटफार्म घूमने का उनका मन होता था। एक दिन वे रात को बारह बजे उठे। पत्नी को उन्होंने उठाया। वे बाहर जाने की तैयारी कर रहे थे। "कहाँ जा रहे हो?" पत्नी ने पूछा। "गम्मत नाचा देखने जा रहा हूँ।" गम्मत नाचा का यह समय नहीं था। बरसात अभी खत्म हुई थी। बरसात होने की आशंका लेकिन बाकी थी। धान को लूने का काम, मिजाई का काम बाकी था।

"अभी नाचा गम्मत कहाँ हो रहा?"

"स्टेशन में झाड़छुकड़ा पैसेंजर का गम्मत है। नींद नहीं आ रही है। तुमको चलना है तो तुम भी चलो, मुन्ना-मुन्नी सोते रहेंगे। बाहर से ताला लगा देंगे।"

"मैं नहीं जाती।" गहरी अँधेरी रात थी पत्नी ने गुरुजी को कंदील दिया।

"रहने दो मैं चला जाऊँगा। कंदील घर में रहनी चाहिए।"

"घर में ढिबरी है। इतनी गहरी रात है। अब तो तुम सुबह आओगे!"

"हाँ।"

"रहने दो मत जाओ।"

"रात की गाड़ी देखने का बहुत मन है। इतनी रात को गाड़ी रुकती है। रात की गाड़ी में चढ़ने और उतरने वाले यात्री कैसे होते होंगे। कौन होते होंगे?"

"जिनको दिन की गाड़ी नहीं मिली वे रात की गाड़ी से आते होंगे।"

"रात की गाड़ी का सफर चोर सफर होता होगा।"

रात की गाड़ी में केवल चोर, डकैत, बदमाश आते हों। स्टेशन में उतरकर गाँव में डाका डालते हों। जो पिछली रात गाँव में डाका डाल चुके होते वे दूसरे दिन रात की गाड़ी से निकल जाते।

"मत जाओ" पत्नी ने फिर कहा। "मेरा मन नहीं था। कोटवार को शक है। उसी के साथ जा रहा हूँ।"

कोटवार साथ में कंदील और अपना डंडा लाया था। पत्नी कंदील लिये दोनों को जाते देखती रही। पेड़ों की मेड़ तक तो वह गुरुजी और गुरुजी के हाथ की कंदील का अनुमान लगा रही थी। मोड़ के बाद वह यह अनुमान नहीं लगा सकी कि गुरुजी को कंदील कौन-सी है। दो कंदील दो उजाले बिन्दु की तरह दिख रहे थे।

अपनी कंदील पहचानी जा सकती थी। कंदील के उजाले को भी पहचान लेना चाहिए। जब कंदील अपनी पहचान का परिचय दे सकती है तो उसका अलग उजाला भी परिचित होना चाहिए। जहाँ उजाले में एक बिन्दु अँधेरा हो तो वह अँधेरा उजाले के चेहरे का तिल होगा। तिल पहचान का चिह्न है। बहुत सी कंदील का बहुत सा उजाला। उस उजाले में हमारा उजाला कौन-सा है? कंदील के उजाले की पहचान होती तो कहते गुरुजी का उजाला है, गुरुजी जा रहे हैं।

जब-तब स्टेशन जाते रहने के कारण गुरुजी के व्यवहार में सहयात्रियों के साथ लम्बे समय तक यात्रा का जो भाव आया था वह भाव घर में भी रहने लगा। पत्नी के साथ लम्बे समय तक सहयात्री। मुन्ना-मुन्नी के साथ उनकी सहयात्रा कुछ कम लम्बी। पत्नी के साथ आखिरी स्टेशन तक जाना। उसके पहले न वे उतरेंगे

न पत्नी को उतरने देंगे। बच्चों का ध्यान आता तो बच्चों को आगे आखिरी स्टेशन तक जाने देते। वे अपने आखिरी स्टेशन में पहले उतर जाते।

रेलगाड़ी में बच्चे जन्म लेते थे। रेलगाड़ी में बच्चे बड़े होते। एक डिब्बे में शासन की ओर से पाठशाला लगनी चाहिए। सफर करने वाले बच्चे रेलगाड़ी की पाठशाला में पढ़ते रहें। रेलगाड़ी में मजिस्ट्रेट चलता हो। एक डिब्बा न्याय कक्ष हो। रेलगाड़ी में मुकदमे हों, फैसले हों। एक डिब्बे में जो जेलखाना हो वहाँ हत्यारे को फाँसी लगा दी जाए। निर्धारित स्टेशन में शव को लेने आए रिश्तेदारों को हत्यारे का शव सौंप दिया जाए। एक डिब्बे में पुस्तकालय सफर करे, एक डिब्बे में चुनाव। एक डिब्बे में शासक। एक डिब्बे में ठसाठस भरी जनता।

जब रात की पैसेंजर गाड़ी आई तो चाय-चाय, पान की आवाज लगने लगी। गाड़ी आने से चौंककर जागे और चाय-चाय की आवाज लगाने लगे। गाड़ी जाती तो सो जाते। गुरुजी ने पहली बार शयनयान देखा। सोने की व्यवस्था देखी। उन्होंने कोटवार को दिखाया। अच्छी व्यवस्था का अन्त नहीं। इसीलिए अच्छी व्यवस्था की हमेशा कमी रहती।

रात की यात्रा करने वाले ऊँघते सोते हुए होते। ये लोग ऐसे दिखे कि कहीं के रहने वाले नहीं हैं और रेलगाड़ी में रहने लगे।

झाड़छुकड़ा गाड़ी की आवाज रात में गुरुजी के घर तक आती। स्टेशन का वातावरण फैल रहा था। इस फैलते वातावरण ने गुरुजी के घर को अपने में मिला लिया था। स्टेशन का वातावरण गहरा होते-होते ऐसा हुआ कि घर भर बातचीत में, सोच में, जगह-जगह की यात्रा कर रहे होते। उनकी यात्रा में स्टेशन आने लगे। घर रेलगाड़ी का डिब्बा हो रहा था। उनके घर को शंटिंग करने के बाद अलग-थलग कर दिया गया था।

घर रेलगाड़ी का एक झोंपड़ी डिब्बा था। गाँव की झोंपड़ियाँ जो जुड़ी लग रही थीं झोंपड़ी की खड़ी हुई रेलगाड़ी थीं। अपने घर समेत की यात्रा। किसी स्थान, गाँव या शहर में बसते नहीं थे, गाँव, शहर, स्थान के घर में बसते थे। निवास शहर गाँव में नहीं घर में होता था। घर अलबत्ता गाँव में निवास करता था। अधिकतर घर बहिष्कृत निवास करते थे।

झाड़छुकड़ा पैसेंजर आने के हल्ले के बाद चाय वालों की आवाज इतनी जोर होने लगी कि कभी गुरुजी, मुन्ना या मुन्नी की नींद खुल जाती। पत्नी बहुत थकी होने के कारण सोई रहती। केवल गुरुजी की नींद खुलती तो शायद वे कहते।

"मुन्नी उठो गाड़ी आ गई।"

"मुन्ना उठो।"

"उठो तैयारी नहीं करनी है?" पत्नी से कहते।

"सामान?" मुन्ना पूछेगा।

"अपना लाल रंग का फीता ले लूँ?" मुन्नी पूछेगी।

"क्या ढूँढ़ रहे हो?" गुरुजी पूछेंगे।

"खाकी पैंट और मलेशिया की चड्डी।" मुन्ना बोलेगा।

"टिकिट के पैसे हैं?" पत्नी पूछेगी।

"हैं।"

"तुम्हारी तैयारी हो गई?" गुरुजी पूछेंगे।

"पूरा घर तैयार है। गृहस्थी की तैयारी है।" पत्नी कहेगी।

"इसीलिए तो कहता हूँ, रोज जैसे घर चलता है वैसे ही चलता रहेगा। पैदल चले या रेलगाड़ी से चले।"

"किधर जाएँगे?" मुन्ना मुन्नी से पूछेगा।

"उत्तर की ओर।"

"उत्तर की ओर एक हल्दी गाँव है।"

"दक्षिण की ओर!"

"दक्षिण की ओर लालपुर है।"

"पूर्व की ओर!"

"पूर्व की ओर बहुत भीड़ है। वहाँ पीला चन्द्राकर रहता है।"

"दक्षिण की ओर एक बड़ा बरगद का पेड़ है।" मुन्नी कहेगी।

"अच्छा लगेगा। रेलगाड़ी से बरगद के पेड़ तक चले गए। बरगद के पेड़ का स्टेशन।"

"दूर तालाब तक चले गए। तालाब का स्टेशन। अमराई का स्टेशन।"

पश्चिम की ओर शाम को चार बगुले जाते दिखे। उनसे मुन्ना ने कहा, "ठहरो हम भी चार हैं। हम रेलगाड़ी से बाद में आएँगे। तुम उड़कर पहुँचो। तुम जल्दी पहुँचो तो हमारा रास्ता देखना। हम जल्दी पहुँचेंगे तो हम तुम्हारा रास्ता देखेंगे।"

मुन्ना बगुलों को पहचानेगा। सबसे पीछे का बगुला मुन्ना होगा। सबसे आगे मुन्नी बगुला। बीच में पिताजी और अम्मा बगुला।

मुन्ना-मुन्नी को जो अच्छा लगता था उसमें चारों को आरोपित करते थे। अच्छा खिला फूल दिखेगा तो वह अम्मा का फूल है। तालाब में लाल कमल खिलते थे। ऐसे में जिस फूल को दिखाकर मुन्नी कहेगी यह पिताजी का फूल है, तब उँगली की सीध में कितना भी देखो एक अकेला फूल समझ में नहीं आता था। पर किसी भी अच्छे फूल को मुन्ना मान लेता कि वही है। तालाब से सटा हुआ छोटा डबरा था। उसमें सफेद कमल खिलते थे। डबरे के कमल छोटे थे।

झाड़छुकड़ा पैसेंजर चली जाती तो रात के सन्नाटे में स्टेशन का ढेर सारा सन्नाटा चुपके से मिल जाता। रात का कोई अलग से अपना सन्नाटा होता है। रात होने, रहने की आहट नहीं होती थी। रात के सन्नाटे में सबका अलग-अलग सन्नाटा इकट्ठा होता। उस झोंपड़ी में दिन को जोर-जोर से चीखने वाली उस बुढ़िया का भी सन्नाटा होता जो थकी-हारी रात को सो रही होती। दिन का भी अलग से अपना सन्नाटा होता। दिन की अपनी कोई आहट नहीं होती। आहट, हल्ला दूसरों के हैं। दिन के नहीं हैं। रात में एक छोटी चिड़िया का सन्नाटा मिला हुआ होता जो दुबककर किसी डाल में सो रही होती। दिन निकलते ही सन्नाटे को तोड़ने में उस चिड़िया का भी हाथ होता।

स्टेशन में एक के पास टोकनी, गठरी, काली हंडी, चूल्हे की लकड़ी, टट्टा था। मजदूर, पमेला, सब्बल, कुदाली रखे थे। एक के पास तार का नया पिंजड़ा था। उस पिंजड़े में, थोड़े आलू, प्याज और एक पुड़िया थी। पिंजड़े का दरवाजा तार से बँधा था। उसके पास झोला नहीं होगा। नया पिंजड़ा उसने खरीदा था। अगर वह बाल्टी खरीद लेता तो यही सामान उसकी बाल्टी में होता। जीने का तौर-तरीका प्रतीकात्मक होने लगा था। उदाहरण के लिए पिंजड़े के अन्दर एक रोटी का टुकड़ा डालकर लटका दें। एक अखबार मोड़कर डाल दें। एक ट्रांजिस्टर रेडियो चालू कर पिंजड़े के अन्दर डाल दें और उसे डंडे में लटकाकर घूमते रहें। पिंजड़े के अन्दर तोते का प्रतीक मर चुका था। तोता मर जाता है पर खाली पिंजड़ा रहा आता है। बरामदे की बल्ली में लटका हुआ। एक खाली पिंजड़ा घर में रहे तो एक पक्षी स्वतंत्र है इसका सुख रहता है।

पिंजड़े वाला आदमी प्लेटफार्म की एक बेंच पर बैठ गया। दूसरी बेंच खाली थी, उसमें उल्टी पड़ी थी। उल्टी वाली गन्दी बेंच के पास गाँव की एक

पागल लड़की अधनंगी लेटी थी। उसकी गन्दी साड़ी में एक लाल गीला धब्बा था। लड़की अभी तक गर्भवती नहीं हुई थी। जिस आकार का खून का धब्बा था उसमें बैठी मक्खियों का वही आकार था। ढेर-सी मक्खियाँ सटकर बैठी थीं। पेड़ की छाया की एक लाइन थी। सेमल के पेड़ के नीचे उसी के लाल-लाल फूल पड़े थे। पेड़ में भी फूल लगे थे। नीचे पड़े फूलों में मक्खियाँ भिनभिना रही थीं। नीम के पतझड़ के बाद की नई कोमल पत्तियाँ निकल आई थीं। नई पत्ती फीके हरे रंग की थी। सेमल में पत्तियाँ नहीं थीं। उसमें फूल डालियों में खोंसे हुए लगते थे।

सिरस के पेड़ में सिरस की चपटी लम्बी फली लगी थी। सूखकर यह फली जमीन पर गिर जाती। सूखी फली को हिलाओ तो उसके अन्दर के बीज बजते। एक औरत अपने छोटे बच्चे को घुनघुने की तरह फली को हिलाते हुए चुप करा रही थी। फली के बीच में सीख डालकर दौड़ो तो फली चकरी के समान घूमती। बेर की झाड़ियाँ थीं। बेर कब का पक चुका था। अब गंगा इमली के फलने की बारी थी। बड़गाँव के बाजार में खट्टी इमली भी बहुत बिकने आतीं।

पिंजड़े वाले के पास रामरतन नाम का आदमी बैठ गया। रामरतन ने पूछा, "कहाँ जाना है?"

"अगले टेशन, परमालकसा जाना है दाऊ!"

"नया पिंजड़ा खरीदे हो?"

"हौ दाऊ।"

"तोता नहीं खरीदे?"

"घर में तोता है दाऊ। तोते को अभी टोकनी से ढाँककर रखे हैं।"

पिंजड़े में बन्द तोता यदि उड़ता नहीं, तो मर जाता। बहुत खाली पिंजड़े से तोता का प्रतीक भी उड़ जाता है। यदि उड़ नहीं पाता तो मर जाता है।

"तोता खरीदे थे?"

"नहीं, पकड़े हैं।"

"किस पेड़ से?"

"सिरस के पेड़ के ऊँचे खोखले में तोता था।"

"एक तोता कितने में बिकता है?"

"दू रुपया।"

"आलू, प्याज गमछा में बाँध लेते।"

"गमछा नया है।"

"पिंजड़ा नया नहीं है क्या?"

"पिंजड़े को हाथ में लटकाना था। गमछे को सिर पर बाँधना था।"

उसके पैर धूल से सने थे। फटी बिवाइयों में धूल भरी थी। तेल से चुपड़ा शरीर था। इसलिए धूल चिपकी थी। घर से नहा-धोकर बड़े सबेरे पैदल यहाँ बाजार करने आया होगा। पचास की उम्र होगी।

पिंजड़े के अन्दर आलू-प्याज को देखो तो मन में आता कि आलू-प्याज के पंख होते होंगे। आलू-प्याज को पिंजड़े में पाला गया है। आलू-प्याज को पढ़ाया जा सकता है। कागज की पुड़िया है तो पुड़िया के पंख होंगे। उसमें हल्दी होगी या लाल मिर्च। हल्दी या मिर्च के साथ पुड़िया उड़ जाएगी। एक पेड़ की डाल पर आलू बैठ जाएगा। दूसरी डाल पर प्याज और पुड़िया। अगर इनके पंख नहीं दिख रहे हैं तो पंख कतर दिये गए होंगे।

गाँव के लोगों में सामान्य बातचीत में मीठा व्यंग्य और नाटकीयता होती है। दु:ख में उपेक्षा की फीकी हँसी हँस देते। हँसी इतनी फीकी होती कि उसके बाद रोना आता। अधिकतर रोने में हँसी थी। कभी-कभी सचमुच रो देते। पचास पैसे की जलेबी की मिठास कई दिनों तक रहती। कभी-कभी पाँच-छह महीने तक रहती।

पिंजड़े वाले ने नीले रंग का सलूका पहना था। सलूके में लाल बिन्दी के छींटे थे। घुटने तक मटमैली धोती थी। कमर में बाँसुरी खुँसी थी। बाँसुरी में लाल रंग का फुँदना बँधा था।

"पिंजड़े का दरवाजा खोलेंगे तो आलू-प्याज उड़ जाएगा?"

"नहीं उड़ेगा। दिखाऊँ?" उसने कहा, "दिखाओ।"

पिंजड़े का दरवाजा खोलने के पहले उसने शरमाकर आसपास देखा। उसके आसपास छोटी भीड़ इकट्ठी हो गई थी। दरवाजा तार से बँधा होने से, खोलने में देर लग रही थी। गाड़ी के आने में देर थी। पिंजड़े को उठाकर उसने गोद में रख लिया। पिंजड़े का दरवाजा उसकी तरफ था। अब तार खोलने में कठिनाई

नहीं हो रही थी। तार खोलने के बाद उसने पिंजड़ा घुमाया। बन्द दरवाजा सामने खड़े लोगों की ओर था। दरवाजा उसने धीरे-धीरे खोला कि एकदम से खुलते ही आलू-प्याज और पुड़िया फुर्र से उड़ जाएँगे।

एक सुन्दर साँवली लड़की वहाँ आकर खड़ी हो गई थी। गिलट के गहनों से वह लदी थी। सिर पर टिन की नई पेटी थी। हरे रंग से पेंट की हुई पेटी थी। बाल तेल से चिपके जमे थे। चोटी में लाल-पीले-हरे रंग का फुँदना बँधा था। लड़की अकेले ससुराल जा रही होगी। उसने सिर से पेटी को नीचे उतारा और गौर से पिंजड़े का दरवाजा खुलने का करतब देखने लगी।

जब पिंजड़े का दरवाजा खुला तो एक आलू दरवाजे से निकला और नीचे गिरकर लुढ़कने लगा। हटकर लोगों ने आलू को लुढ़कने का रास्ता दिया। आलू लुढ़कते-लुढ़कते पटरी की ओर जा रहा था। ढाल पटरी की ओर था। तेज ढाल पर आते ही आलू तेजी से लुढ़कने लगा। आलू नीचे पटरियों में गिर जाता। तभी साँवली लड़की ने लुढ़कते आलू को दोनों हथेलियों से पकड़ लिया जैसे कबूतर को पकड़ते होंगे। उसके दोनों हाथों में रंगीन काँच की चूड़ियाँ और गिलट के कड़े थे। आलू पकड़े हुए वह पिंजड़े वाले के पास आई। और उसके सामने एक बड़ी बन्द सीपी खुलती है, वैसे ही हथेलियों को खोला। उसमें आलू था। उसकी हथेलियों में आलू मोती का आलू लग रहा था। पिंजड़े वाले ने आलू को पिंजड़े के अन्दर रखा। जैसे तिजोरी के अन्दर रखा। उसका दरवाजा बन्द कर तार को कसा। पिंजड़े का दरवाजा छोटा था। इससे छोटा दरवाजा बहुत कम होता है। छोटे से छोटे दरवाजे की कल्पना की जा सकती थी। कल्पना के लिए ही सबसे छोटा दरवाजा हो सकता था। कितना भी छोटा दरवाजा हो, इस कदर छोटा कि दरवाजा ही नहीं तब भी कल्पना खुद हिमालय को अन्दर बुला लेगी। नक्षत्रों को टोकनी में इकट्ठा कर लेती। अथवा बहुत बड़े खुले दरवाजे से भी एक सूक्ष्म जीव के न निकल पाने की कल्पना हो जाती।

पिंजड़ा नीचे रखने के बाद पिंजड़े वाला पिंजड़े के पास उखरू बैठ गया। गाड़ी आने में देर थी वह बाँसुरी बजाने लगा। जब रेलगाड़ी नहीं आई वह बाँसुरी बजाता रहा। गाड़ी जो नहीं आ रही थी, धड़धड़ाकर आ गई। पिंजड़ा लिये लपककर वह डिब्बे में चढ़ गया। जिस डिब्बे में वह चढ़ा था, साँवली सुन्दरी उसमें चढ़ी। पास खड़े जो बाँसुरी सुन रहे थे सभी उसी डिब्बे में चढ़ गए। रास्ते में बाँसुरी सुनने का लालच उतना नहीं था। उतनी ही देर में बिना

परिचय के सब जान-पहचान वाले हो गए थे। जो डिब्बा सामने दिखा उसी में चढ़ गए, ऐसा नहीं हुआ था।

जब-तब स्टेशन आने के कारण गुरुजी और स्टेशन मास्टर जान-पहचान वाले हो गए थे। जहाँ स्टेशन था वहाँ स्टेशन मास्टर दिखते, यह निश्चित था। यह निश्चय स्टेशन के साथ उनके सम्बन्ध से था। उनका स्टेशन में होना उतना ही था जितना उसी स्थान में रोज-रोज स्टेशन का होना था।

गुरुजी से जान-पहचान होने के कारण पहली बार स्टेशन मास्टर गुरुजी से मिलने घर आए। गुरुजी ने दरवाजा खोल स्टेशन मास्टर को देखा तो चकित हो गए। वे स्टेशन मास्टर के पीछे आजू-बाजू स्टेशन की दिशा देख रहे थे। घर से स्टेशन नहीं दिखता था, स्टेशन की दिशा दिखती थी।

"क्या देख रहे हैं गुरुजी?"

"स्टेशन।" गुरुजी ने कहा। शायद वे स्टेशन मास्टर कहना चाहते होंगे। "स्टेशन वहीं है, उसे पीछे छोड़कर आ रहा हूँ।" स्टेशन मास्टर ने कहा।

स्टेशन मास्टर के वहाँ न होने से स्टेशन में गड़बड़ी हो सकती थी। पैसेंजर का समय नहीं था। परन्तु जो गाड़ी लेट हो उसके आने का कोई समय नहीं होता।

"दो दिन से गाड़ी नहीं आ रही है।" स्टेशन मास्टर ने कहा।

"क्यों?"

"कुछ भी हो सकता है। गाड़ी कब आएगी यह नहीं बताया गया। यात्री डेरा डाले घंटों पड़े रहे फिर चले गए। मैंने उनको बताया कि गाड़ी कब आएगी यह वे नहीं बता सकते। आप आए नहीं गुरुजी। तबीयत ठीक है!" उन्होंने कहा।

रेलगाड़ी का घर आसपास होता तो रेलगाड़ी की तबीयत का हाल पूछने उसके घर जाया जा सकता था। रेलगाड़ी के न आने का विकल्प क्या गुरुजी नहीं हो सकते थे कि रेलगाड़ी नहीं आई बदले में कम-से-कम गुरुजी आ जाते। पाठशाला में गुरुजी बदले के अधिक थे। पाठशाला में तीन मास्टर और होने चाहिए थे, परन्तु वे अपने अलावा तीन मास्टर थे।

"स्टेशन में सन्नाटा है। अब कोई यात्री नहीं आएगा।" स्टेशन मास्टर ने कहा।

"चिन्ता क्यों करते हैं। गाड़ी आने लगेगी तो यात्री आने लगेंगे।"

"गाँव के लोग आना-जाना रेलगाड़ी से करें इसके लिए मैंने बहुत मेहनत की।" स्टेशन मास्टर यात्रियों को घर का आदमी समझते थे। स्टेशन के घर का आदमी। घर के इन आदमियों पर अपनी जेब से खर्च नहीं कर सकते। चाय भी नहीं पिला सकते। पर सोच सकते थे। सान्त्वना में गुरुजी कहना चाहते होंगे कि यदि गाड़ी के आने के बाद भी सन्नाटा रहे, कोई यात्री न चढ़े तो बदले में वे परिवार सहित आना जाना करते रहेंगे। परन्तु यात्रा मुफ्त में नहीं होती।

हो सकता था कि स्टेशन मास्टर गुरुजी के पास बैठकर गप्प मारते रहें और सिग्नल न मिलने के कारण गाड़ी खड़ी रहे। बहुत देर तक गाड़ी इन्तजार करती रहे। जैसे दरवाजा खुले तो वे अन्दर जाएँ। जब दरवाजे में ताला बन्द हो तो लौटना पड़ता है। रेलगाड़ी लौट जाएगी।

कन्हैया नाम का चाय-भजिए वाला साइकिल से हाँफते हुए आया और कहा कि गाड़ी सिग्नल न मिलने के कारण बाहर खड़ी है।

"आप जाकर उसे बुला लें।" कन्हैया ने हाथ जोड़कर कहा।

वह भजिया बनाना छोड़कर आया होगा। भजिया बनाया होगा तो भजिया ठंडी हो रही होगी। रेलगाड़ी आ जाती तो घर में भात पकता।

"मैं नहीं बुलाता। खड़ी रहने दो उसको। दो दिन पहले क्यों नहीं आई!" स्टेशन मास्टर कहेंगे।

रेलगाड़ी उनकी पत्नी नहीं थी। रेलगाड़ी में पत्नी बैठी हो सकती थी। रेलगाड़ी आ जाने देते। स्टेशन में गाड़ी न आने से और आगे आने की सूचना न होने से स्टेशन में कोई कर्मचारी नहीं होगा।

कन्हैया हाथ जोड़े हुए फिर कहेगा, "इस बार बुला लो साहब।"

समझाते हुए गुरुजी भी कहेंगे, "घर की रेलगाड़ी नहीं है। आप सरकारी कर्मचारी हैं।"

स्टेशन मास्टर को अचानक समझ में आ जाएगा। वे घबरा जाएँ। न भी घबराएँ और कहें "अच्छा बुला लेता हूँ। चल कन्हैया।" कन्हैया उनको साइकिल के कैरियर में बैठाकर ले जाने के लिए तैयार हो जाएगा। स्टेशन मास्टर बाहर आएँगे तो स्टेशन मास्टर को देखकर घोड़े की तरह साइकिल भी तैयार हो जाएगी। जाते-जाते स्टेशन मास्टर गुरुजी से सफेद चॉक माँगेंगे।

गुरुजी स्टेशन मास्टर को सफेद चॉक दिया करते थे। स्टेशन मास्टर गाड़ी के आने-जाने का समय दीवाल पर बने काले तख्ते पर लिखते। गाड़ी के डिब्बों में निशान लगाते।

"कन्हैया साइकिल तेज चलाकर ले जाना।" गुरुजी कहेंगे।

इंजन से निकला धुआँ एक जगह ऊपर, इकट्‌ठा हुआ दिखाई दे रहा था।

गुरुजी उदास थे। पत्नी ने पहले पूछा, "तबीयत ठीक नहीं है?"

"ठीक है।" गुरुजी बोले।

"स्टेशन चले जाओ। मन बहल जाएगा।" छुट्‌टी का दिन था।

"अकेले जाने का मन नहीं है।"

"जिवराखन, कोटवार को ले लो।" अब कहीं भी जाओ तुम साथ रहो यही मन होता है। मन-ही-मन गुरुजी बोले।

"तुम स्टेशन घूमने चलोगी?" उन्होंने पूछा।

"मैं कहाँ जाऊँगी। इतना काम पड़ा है।"

"चली जाओ न अम्मा, काम मैं कर दूँगी।" मुन्नी बोली।

"जल्दी आ जाएँगे। गाड़ी के समय पहुँचेंगे। गाड़ी चली जाएगी तो लौट आएँगे। मुन्ना-मुन्नी घर पर रह लेंगे।"

"मैं खेलने जाऊँगा।" मुन्ना बोला।

"अच्छा नहीं जाते।" गुरुजी बोले।

"मैं अकेले रह लूँगी बापजी।" मुन्नी बोली।

"अन्दर से दरवाजा बन्द कर लूँगी। आवाज पहचानकर खोलूँगी।" सिर झुकाए धीरे से मुन्नी बोली।

गाड़ी आने के पहले गुरुजी तैयार हो गए थे।

"अम्मा टिकुली नहीं लगाई?"

"भूल गई।"

मुन्नी दौड़कर टिकुली ले आई। बिना आईना देखे अम्मा ने टिकुली लगाई। अम्मा ने आईना देखना छोड़ दिया हो। बहुत दिन हुए देखा था, "अम्मा आलता लगा लो।"

"आलता क्यों!" आश्चर्य से अम्मा बोली।

आलता को भी अम्मा भूल चुकी थी। आलता की एक पुरानी भरी शीशी रखी थी। बंगाली आलता था। उसमें बंगाली में लिखा कागज चिपका था। मुन्नी को आलता की शीशी याद थी। उसने अम्मा के पैरों में आलता लगाया।

पोई भाजी के बेल में छोटे-छोटे फल जब पक जाते थे तो उनको दबाने से आलता की तरह गाढ़ा रंग निकलता था। मुन्नी अपने लिए और अम्मा के लिए पोई भाजी के फल इकट्ठे कर ले आती थी। मुन्नी पैर धोकर पोई भाजी के फल को दबाकर रंग निकालती और पैरों में लगाती। वह जिद कर अम्मा के पैरों में भी इसी का आलता लगाती। अम्मा मुन्नी को इस बात पर डाँटती थी। पोई भाजी के फल का रंग कपड़े में लग जाता तो छूटता नहीं।

"अम्मा हरी साड़ी पहनना।" मुन्नी चिल्लाकर बोली।

"इस्तरी खराब हो जाएगी।" अम्मा बोली।

"मैं घड़ी कर दूँगी।" मुन्नी ने कहा!

"मेरा मन नहीं हो रहा है जाने का।"

"जो साड़ी पहनी हो वही ठीक है। देर हो रही है। गाड़ी आने का समय हो जाएगा।"

बहुत दिनों तक कहीं आओ-जाओ नहीं तो आने-जाने की आदत छूट जाती है। घानी के बैल को नहलाने ले जाओ तो वह ठीक से नहीं चलता होगा। गोल-गोल घूमकर चलता होगा। यदि ठीक से चलेगा तो भी बैल यही समझेगा कि वह गोल घूम रहा है। पत्नी की घर में चलने की आदत होती थी। घर से बाहर निकलकर चलने में पैर लड़खड़ाते थे।

"चप्पल कई महीने हो गए टूटी पड़ी है।"

"नंगे पैर चलो।" गुरुजी बोले।

"हाथ में रख लूँ! स्टेशन में बनवा लूँगी।"

"बाद में फुरसत से बनवा लेंगे।"

सड़क पार करते ही खेत लग जाते थे। गुरुजी की पत्नी नंगे पैर चल रही थी। आलता से रँगे पैर सुन्दर लगते थे। परन्तु धूल भरी सड़क और सूखी मिट्टी वाली मेड़ में आलता का रंग फीका पड़ जाता। खेत की मेड़ों से पैदल आधे-पौन घंटे में स्टेशन पहुँचा जा सकता था। एक छोटे खेत में चना लगा था। चना के पौधे छोटे थे। बाकी खेत दूर तक खाली थे। सब धान के खेत थे। धान की मिंजाई हो

रही थी। धान के कटते ही खेत सूने हो जाते थे। पूरी जमीन सूनी हो जाती थी। बरसात के बाद ठंड की फसल बहुत कम लोग ले पाते। जब गर्मी आती तो धूल उड़ती और धरती का उजाड़पन बढ़ जाता। अभी शाम को थोड़ी ठंड होने लगी थी।

विश्रामघर के कोने में चार लोग कौड़ी खेल रहे थे। वहाँ भूरे रंग की एक गाय बैठी थी। गाय की पीठ से पीठ टिकाए एक लड़का बैठा था। पर्रा में गुलगुले, करी के लड्डू लेकर एक गरीब औरत बैठी थी। एक गरीब औरत टोकनी में सूखे बेर लेकर आई और वहीं बैठ गई। सूखे बेर पाईली में नाप कर दिये जाते थे। चना नापकर देने के लिए गुड़ाकू की खाली टिन की डिब्बी का इस्तेमाल होता था। स्टेशन के पास चाय-भजिए की दुकान थी। भट्टी, पत्थर के कोयले से दहक रही थी। स्टेशन के कर्मचारियों के लिए इंजन से पत्थर का कोयला जानबूझकर नीचे गिरा दिया जाता था। बहुत सुबह और शाम के समय पत्थर के कोयले का गाढ़ा धुआँ स्टेशन के आसपास से उठता था। पटरियों से कोयला बीनने का काम छोटे-छोटे गरीब लड़के करने लगे थे।

'चाय-भजिए की दुकान' यह कन्हैया की दुकान का नाम था। स्टेशन से बाहर आते ही दुकान दिखती। मिट्टी की झोंपड़ी थी। सामने भट्टी दहकती रहती।

"तीसरी घंटी हो गई कन्हैया?" गुरुजी ने पूछा।

"दूसरी हुई है। तीसरी होगी।"

"भजिया खाओगी?" गुरुजी ने पत्नी से पूछा।

"गरम है गुरुजी।" कन्हैया ने कहा।

"एक दोना मुन्ना-मुन्नी के लिए ले लो।" पत्नी ने कहा।

अभी पत्नी को खिलाने का मन गुरुजी का था।

"चलो अन्दर बेंच पर बैठेंगे।" गुरुजी ने कहा।

"चलो।" पत्नी ने कहा।

पान वाले ने गुरुजी को राम-राम कहा। गुरुजी ने पत्नी से पूछा, "पान खाओगी?" पत्नी का पान खाने का मन नहीं था। परन्तु उसने कहा, "तुम खाओगे तो उसमें से आधा पान दे देना।"

गुरुजी ने आधा पान मुँह में डालकर दाँत से काटा और पत्नी को आधा पान दिया। पत्नी को पान खाना अच्छा लगा था।

"यह जनाना पेशाबघर है।" गुरुजी ने पत्नी को दिखाया।

"तुम हो आओ। मैं यहीं खड़ा हूँ।" गुरुजी ने कहा।

"नहीं जाना है।"

"चली जाओ।"

"कही ना नहीं जाना है।" खीजकर पत्नी ने कहा।

तीसरी घंटी बजी। स्टेशन मास्टर अपने कमरे से व्यस्त बाहर निकले। गुरुजी ने कुरते की जेब से एक चॉक निकाली और स्टेशन मास्टर की ओर हाथ बढ़ाया। स्टेशन मास्टर ने चॉक ले लिया। गुरुजी उससे बात करना चाहते थे। गुरुजी की तरफ स्टेशन मास्टर ने नहीं देखा।

"उधर देखो गाड़ी आ रही है।"

"कहाँ से आ रही है?" पत्नी ने पूछा।

"टाटा नगर से।"

"टाटा नगर से!" पत्नी ने दोहराया।

पत्नी की आँखों में चमक थी। सिर का पल्लू कन्धे पर गिर गया था। उसे यह पता नहीं था। पता होते ही वह पल्लू सिर पर रख लेती। उत्साह और खुशी से वह छोटी और सुन्दर लग रही थी। दोनों एक-दूसरे का हाथ पकड़े खड़े थे। गुरुजी से सटी वह गाड़ी का आना देख रही थी। नंगे पैर होने के कारण प्लेटफार्म की गन्दगी की तरफ ध्यान जाता था कि पैर उस पर न पड़ जाए।

गुरुजी ने कहा, "पान तुमको रचता है।" अबकी बार गुरुजी ने पत्नी का हाथ पकड़ा था।

"चुप रहो।" पत्नी ने कहा। अबकी बार पत्नी ने गुरुजी का हाथ पकड़ा था। प्लेटफार्म का वातावरण रेलगाड़ी के आने पर केन्द्रित था।

"गाड़ी आ रही है।" गुरुजी ने कहा।

"कहाँ! नहीं दिखी।" पत्नी ने कहा।

"तुम पटरियों की तरफ देखो, आकाश की ओर नहीं।"

"हाँ रेलगाड़ी दिख रही है।" पत्नी को गाड़ी का आना सचमुच दिखने लगा। पहले भ्रम हुआ हो। गाड़ी के आने की आवाज सुनाई दी। गाड़ी जैसे ही आई हवा का एक तेज झोंका लगा। पत्नी ने छाती के धक् की तरह गाड़ी का आना महसूस किया। गुरुजी ने पत्नी को पीछे खींच लिया था। गाड़ी के आते ही ढेर सारी मक्खियाँ उड़ीं।

"एक डिब्बा एकदम खाली है।" गुरुजी ने कहा।

"उसी तरफ चलते हैं। तुमने खाली डिब्बा नहीं देखा!"

"नहीं दिखा।"

गाड़ी के आने पर थोड़े से यात्रियों की चढ़ने-उतरने की धक्कामुक्की होने लगी। इस धक्कामुक्की के बीच एक चाय वाला और एक भजिए वाला चिल्लाते हुए घूम रहे थे। गाड़ी दो मिनट रुकती थी। इसलिए दो मिनट में गाड़ी में चढ़ने-उतरने से लेकर सब कुछ शान्त हो गया। इस शान्ति में बड़गाँव की आटा चक्की की आवाज सुनाई देने लगी। अबाबील जैसी एक चिड़िया प्लेटफार्म में खड़े लोगों के पास आती और चली जाती। प्लेटफार्म की छत के नीचे केवल दो डिब्बे थे। तीसरा डिब्बा एक-चौथाई छत के नीचे था। एक आदमी दोने में भजिया लिये डिब्बे के अन्दर जाने को था। तभी एक चील झपट्टा मारकर दोनों पंजों में दोना दबाकर उड़ गई। एक भी भजिया जमीन पर नहीं गिरी। वह आदमी चौंक गया था। चील को उड़कर जाते हुए देखने लगा। फिर डिब्बे में चढ़ गया। हड्डी गोदाम के कारण बहुत-से चील गिद्ध आकाश में गोल-गोल चक्कर लगाते रहते थे। अबाबील चिड़िया का किसी भी आदमी के पास आने और दूर चले जाने का खेल चल रहा था।

गुरुजी को रेल के एक कर्मचारी ने बताया कि गाड़ी अभी रुकेगी। एक डिब्बे से बाँसुरी की धुन सुनाई दे रही थी। अगर बाँसुरी सुनाई नहीं देती तो स्टेशन मास्टर से बातचीत में जरूर बताते कि आज गाड़ी में बाँसुरी बजाने वाला आदमी नहीं था।

"गाड़ी रुकेगी हम लोग जगह देखकर डिब्बे में बैठ जाएँगे।"

"डिब्बे में क्यों बैठेंगे?" आश्चर्य से पत्नी ने पूछा।

गुरुजी ने कुछ नहीं कहा। कहने का समय नहीं था। कहने से गाड़ी छूट जाती। पत्नी का हाथ पकड़कर खींचते हुए वे डिब्बों को झाँकते आगे बढ़ रहे थे। हाथ छुड़ाने की पत्नी ने कोशिश की।

"इतनी जोर से हाथ क्यों पकड़े हो! लग रहा है। मैं डिब्बे में नहीं चढ़ूँगी।" पत्नी को लगा कि उसके हाथ की चूड़ियाँ गुरुजी की मुट्ठी में टूट गई हैं। मुट्ठी में नहीं गुरुजी की पकड़ में टूट गई हैं।

"चूड़ी टूट गई है। तुम्हारी हथेली में गड़ जाएगी।"

टूटी चूड़ी गुरुजी की कठोर हथेलियों में नहीं गड़ रही थी। पत्नी की कलाई में चूड़ी के टुकड़े घुस रहे थे। गुरुजी के पीछे-पीछे पत्नी खिंचती हुई जा रही थी। पूरे प्लेटफार्म में अकेले वे दोनों हड़बड़ी में थे। बाकी सब मूर्तिवत् थे। रेलगाड़ी मूर्तिवत्। इंजिन का धुआँ मूर्तिवत् था। कोई हलचल नहीं थी। अबाबील नहीं थी।

आकाश में चील नहीं थी। चील की जगह गुरुजी पत्नी को झपट्टा मारकर ले जा रहे थे। भूरी मरियल गाय मूर्तिवत् खड़ी थी। एक मक्खी भी नहीं उड़ रही थी। जगह-जगह मक्खी बैठी हुई मूर्तिवत् दिखाई दे रही थी। गाड़ी के अन्दर बैठे हुए लोग मूर्तिवत् थे। अगर ऊँचाई से देखें तो सब इधर-उधर स्थिर खड़े दिखेंगे। केवल गुरुजी पत्नी को खींचते हुए डिब्बों के किनारे-किनारे जाते हुए दिखेंगे। कुछ और ऊँचाई से देखेंगे तो आसपास गाँव और गाँव के लोग मूर्तिवत् दिखाई देंगे केवल स्टेशन में गुरुजी और उनकी पत्नी को छोड़कर। चॉक से एक लकीर खींच देंगे तो वह मूर्तिवत् लकीर होगी। गाड़ी के आने का समय लिखेंगे तो लिखा हुआ मूर्तिवत् होगा।

"जगह है?" हाँफते हुए गुरुजी ने खिड़की के पास बैठे एक बूढ़े से पूछा। बूढ़ा व्यक्ति इतना तरोताज़ा था कि अभी-अभी बूढ़ा हुआ हो। इसके कुछ क्षण पहले वह बूढ़ा नहीं था। कुछ देर बाद वह बूढ़ा नहीं रहेगा।

"हौ है।" उस बूढ़े ने कहा।

पत्नी का डिब्बे में चढ़ने का मन नहीं था।

"डिब्बे में क्यों चढ़ रहे हो?" गुरुजी से उसने विनती की तरह कहा।

"चढ़ो।"

"तुम भी आओगे न!"

"क्यों नहीं आऊँगा।"

"मुन्ना-मुन्नी?" भर्राए गले से पत्नी ने पूछा।

"वे घर पर रहेंगे।"

"अभी टाइम है। मुन्ना-मुन्नी को ले आएँ? मैं लाने चली जाती हूँ। भागते हुए जाऊँगी, घर बन्द करूँगी, उनको लेकर आ जाऊँगी।"

"उनको घर पर रहने दो।"

"क्या उनका मोह तुमको नहीं है?"

"है, पर तुमसे थोड़ा कम मोह है। चढ़ो।"

पत्नी को सहारा देकर गुरुजी ने गाड़ी में चढ़ाया। यह सहारा देना कुछ धक्के देने जैसा था। प्लेटफार्म बहुत नीचे था। बच्चों, बूढ़ों को चढ़ने में कठिनाई होती थी। डिब्बे में बहुत जगह थी। खिड़की के पास पत्नी को उन्होंने बैठा दिया। वे भी पत्नी के पास बैठ गए। वे बहुत खुश थे कि डिब्बे में पत्नी थी।

"मुन्ना-मुन्नी को बतला देते!"

"बतला तो दिया था। तुम यहीं बैठी रहना, जाना नहीं। जगह चली जाएगी।" वे खड़े हो गए।

"तुम बैठो।" पत्नी ने कहा।

गुरुजी ने कुछ कहा नहीं। वे सम्मोहित से खुश थे। वे जाने लगे तो पत्नी ने उनका हाथ पकड़ लिया।

"तुम्हारे साथ मैं भी चलूँगी।"

"रुको मैं आता हूँ।" हाथ छुड़ाकर वे डिब्बे से उतर गए।

पत्नी गुरुजी को जितना और जब तक बन पड़ा जाता हुआ देखती रही। बूढा यात्री हाथ में डंडा पकड़े हुए लगातार गुरुजी की पत्नी को देखता रहा। गुरुजी को जाता देख वह बोला, "चल दिये!" गुरुजी की पत्नी ने कुछ नहीं कहा। डबडबाई आँखों से ठीक से दिखता नहीं। आँसुओं में डूबा हुआ दृश्य दिखता। पूरा प्लेटफार्म डूबा हुआ था। पानी के अन्दर एक बड़ा भूभाग आबादी समेत डूब जाता है वैसा ही। पत्नी आकाश की ओर देखती तो आकाश भी डूब जाता। घबड़ाई, डबडबाई आँखों से इधर-उधर देखती वह बैठी रही। मुन्ना-मुन्नी की उसे याद आ रही थी। वह उतरकर घर चली जाती। परन्तु गुरुजी आने को कह गए थे। ऐसा हो वे न आएँ और गाड़ी चलने लगे!

कहीं छुपकर गुरुजी गाड़ी के जाने का रास्ता देख रहे होंगे। इस बीच पत्नी यदि उतरती तो अचानक उपस्थित होकर पत्नी को गाड़ी में चढ़ा देते कि जगह चली जाएगी। फिर आड़ में छुप जाते। गाड़ी चली जाएगी तो घर लौट जाएँगे। मुन्ना-मुन्नी पूछेंगे, "अम्मा कहाँ हैं?"

"चली गई।" वे कहेंगे। जो लौटकर नहीं आता उसे चला गया कहना ठीक है। जो मर जाता है वह चला जाता है। लौटकर कहाँ आता है!

"कहाँ जाना है बाई?" बूढ़ा पत्नी से पूछेगा।

"मालूम नहीं।" पत्नी कहेगी।

"उनको मालूम है।" पत्नी फिर कहेगी। वह चुपचाप हो जाएगी। चुप होना यह पूछना था, "तुमको मालूम हो तो तुम बता दो तुमने तो मेरे पति को देखा है?"

पत्नी को बार-बार मुन्ना-मुन्नी की याद आ रही थी। गुरुजी आकर बैठ जाते तो वह अपने बारे में निश्चिन्त हो जाती। गुरुजी नहीं आते तो वह मुन्ना-मुन्नी के बारे में निश्चिन्त हो जाती। अपने बारे में अनिश्चित रहने की उसकी घबड़ाहट कम

होने लगी। उसने कुछ निश्चय कर लिया था। मुन्ना-मुन्नी और गुरुजी के सुख की उसने कामना की। उसने आँख बन्द कर ली। जोर से सीटी बजी। उसे लगा कि गाड़ी जाएगी। वह उतर जाए! गुरुजी किसी दूसरे डिब्बे में बैठे होंगे। आगे कहीं मिल जाएँगे, सोचकर वह नहीं उतरी। घंटी की आवाज आने लगी। गाड़ी चलने को थी।

"चलो।" बहुत धीरे से गुरुजी ने कहा।

"मालगाड़ी अब आने वाली है। घर नहीं जाना है?" गुरुजी ने कुछ जोर से कहा।

"घर जाना है।" पत्नी ने कहा। उसे लग रहा था कि गाड़ी से उतरने की ताकत उसमें नहीं है। गुरुजी उसे गोद में उठा लें और नीचे उतार दें।

"जाना है।" पत्नी ने अन्तिम बार कहा हो। यह "जीना है" जैसा सुनाई दिया। या "जीना है" कहा हो और "जाना है" सुनाई दिया। इंजिन के पास स्टेशन मास्टर खड़े थे उधर से जो खेतों की ओर बाहर जाता उससे वे टिकिट ले रहे थे। गुरुजी ने स्टेशन मास्टर को देखकर जेब के अन्दर हाथ डाला स्टेशन मास्टर ने हाथ बढ़ाया तो गुरुजी ने उन्हें दो चॉक दी। एक चॉक अपनी एवज में और दूसरी चॉक पत्नी के एवज में। स्टेशन मास्टर ने चॉक रख ली। गुरुजी स्टेशन मास्टर से बात करना चाहते थे। स्टेशन मास्टर को फुरसत नहीं थी।

खेत की मेड़ पर पहुँचकर पत्नी, मेड़ को पहचान रही थी। मेड़ पर लगे बबूल के पेड़ को पहचाना, वही पेड़ है। उसने सामने दिख रहे दृश्य को पहचाना, वही दृश्य है। घर की ओर जाने वाली दिशा को पहचाना कि वही दिशा है। बहुत दिनों बाद लौटी थी और कुछ भी नहीं बदला की खुशी उसे हो रही थी। वह बहुत धीरे-धीरे नंगे पैर लौट रही थी। जमीन पर उसके पैर नहीं पड़ रहे थे, हवा पर पड़ रहे थे। हवा में उसके नंगे पैरों के निशान होंगे। उन निशानों के किनारे माहुर लगा होगा।

पलटकर वह पैसेंजर गाड़ी को देखने लगी। पैसेंजर गाड़ी को वह जाता हुआ देखना चाहती थी। अगर वह उसे जाता हुआ देख लेगी तो गाड़ी लौटेगी नहीं, और वह लौट जाएगी। जाती हुई वह लम्बी गाड़ी हवा में, बल्कि साँस में गठान लगी हुई रस्सी थी जो खुलते हुए जा रही थी। पर किसी ने जंजीर खींची होगी। गाड़ी रुक गई। मेड़ पर पत्नी के दाहिने पैर के नीचे मिट्टी का एक ढेला टूट रहा था। जिसके गले में फाँसी का फन्दा होता है, नीचे का तख्ता हटते ही अपने ही वजन की ताकत से गाँठ कसती है

और मृत्यु होती है। पत्नी घर की तरफ पीछे हटी। घर तक पहुँचते-पहुँचते उसे अनेक नीचे के तख्ते पार करने थे। परन्तु वह आलता लगे पैरों को हवा

थ्वी भी अनेक होगी। इन सब लोगों के साथ और दूसरे मनुष्यों के अकेलापन भी था। अपना-अपना अकेलापन। सृष्टि में पृथ्वी का होगा। परन्तु एक मनुष्य का अकेलापन सृष्टि के अकेलेपन से भी । एक मनुष्य के अनेक दु:ख-सुख थे।

पर फुलेसर दाई तेल लगाने और सेंकने का काम करने अपने मन ोड़सी की आग से फुलेसर दाई मुन्ना का पेट सेंकती थी। गोड़सी की आग नहीं बनी होगी। गोड़सी की आग से मुन्ना तिलमिला जाता लगता था कि मुन्ना को पेट सेंकने से तकलीफ होती है। उन्होंने पत्नी ने दाई से। दाई मानी नहीं और पेट सेंकती। एक दिन दाई कना बन्द कर दिया। गोड़सी की आग जलाकर पत्नी, फुलेसर का ही और धीरे-धीरे गोड़सी की आग बुझ गई। गुरुजी फुलेसर दाई के ोसर छेना थाप रही थी।

ज नहीं आई।" गुरुजी ने कहा।

फुलेसरदाई ने कहा।

ो सेंकने कब आओगी?" गुरुजी ने पूछा।

जमीन से सेंकना पड़ेगा।" फुलेसरदाई ने गोबर थापते हुए कहा।

ली दाई?" गुरुजी को समझ में नहीं आया।

से सेंकना पड़ेगा।" कहकर दाई ने एक छेना थप्प से धूल भरी न दिया।

ाओगी दाई?"

न बाद।"

कहकर गुरुजी लौट गए।

दाई मुन्ना को जमीन से सेंकने के लिए घर में जमीन तलाशने लगी। नी मुन्ना को गोद में लिये दाई के पीछे-पीछे घूमती। जमीन तो सब रुजी ने थोड़ी देर बाद देखा घर में कोई नहीं था। आसपास देखा, थे।

सुबह-सुबह एक दृश्य में फुलेसर दाई जमीन ढूँढ़ते हुए जा रही ना को गोद में लिये हुए मुन्ना की माँ थी। मुन्ना एक पुराने कपड़े

पर रखते हुए जा रही थी। और गाड़ी छुक-छुक करते हुए आँखों से ओझल हो रही थी।

गुरुजी घर लौट रहे थे। आगे-आगे जा रहे गुरुजी को पा लेने के लिए वह दौड़ी और गुरुजी के पास पहुँच गई। वह गुरुजी को और भी अधिक पा लेने, गुरुजी से आगे दौड़ने लगी। जहाँ गुरुजी पहुँचते वहाँ तक वह गुरुजी को पहले पा रही थी। वह दौड़ते हुए गुरुजी से प्रेम कर रही थी। गुरुजी पहले तेज चले। वे भी दौड़ने लगे। दौड़ते हुए पत्नी ने घुटनों तक साड़ी को खोंस लिया था। सिर का पल्लू गिर गया है उसे मालूम था। गुरुजी पत्नी के पास पहुँच नहीं पा रहे हैं और इस तरह पहुँच रहे थे।

मुन्ना-मुन्नी नहीं थे। पत्नी दौड़ते हुए घर के खुले दरवाजे से मुन्ना-मुन्नी के जन्म के पहले के संसार में जाकर छुप गई। गुरुजी को मालूम था कि पत्नी कहाँ छुपी है। परन्तु वे पत्नी को ढूँढ़ रहे थे। वहाँ भी दिन का समय था उन्होंने खिड़की बन्द कर दी। जब गुरुजी खिड़की बन्द कर रहे थे तब पत्नी अन्दर से दरवाजा बन्द कर रही थी।

"क्या कर रहे हो?" पत्नी ने आवाज दी।

"मैं तुमको ढूँढ़ रहा हूँ।" गुरुजी ने कहा।

"लो ढूँढ़ो।" पत्नी ने कहा।

दाई मुन्ना को जमीन से सेंक
दे। प्रकृति में दोहराव था।
केवल एक आम का पेड़ नहीं
था। अनेक आम के पेड़ थे।

घर का दरवाजा बन्द था। पत्नी साँकल खटखटाने लगी।

"मुन्नी ओ मुन्नी।"

"कौन है?" मुन्नी की आवाज आई।

"मैं हूँ।"

"खोलती हूँ।" मुन्नी ने कहा।

मुन्नी ने दरवाजा खोला।

"क्या कर रही थी?" प्यार से अम्मा ने पूछा।

"आटा सान रही थी।"

"अभी से?"

'पाँच बज रहे होंगे। खाली बैठे-बैठे क्या करती! मुन्ना जबसे गया है अभी तक नहीं आया।" गुरुजी अन्दर आकर चारपाई पर बैठ गए।

"मुन्नी एक गिलास पानी दे।" गुरुजी ने कहा।

"मैं देती हूँ। उसके हाथ में आटा लगा है।" पत्नी ने कहा।

गुरुजी ने देखा मुन्नी ने झाड़ू पोंछा भी लगा लिया।

"अम्मा पान खाई हो?" मुन्नी ने पूछा।

"हाँ! मुँह का स्वाद खराब लग रहा था।"

"खोपरा डलवाई थी?"

"हाँ।"

"कतरी और गुलकन्द?"

"हाँ!"

"आधा पान मेरे लिए रख लेती!" मुन्नी ने कहा।

"कुँआरी लड़की पान खा सकती है?" फिर मुन्नी ने पूछा।

"हौ, खा सकती है।" अम्मा ने कहा।

"मेरा छत्ता कहाँ है?" गुरुजी ने पूछा।

"दरवाजे के पीछे है।" मुन्नी बोली।

दरवाजे के पीछे छत्ता नहीं था। पर दो अच्छे आलू वहाँ पड़े थे। छुपे हुए थे। ये दोनों आलू बचकर बाहर निकलने की फिराक में तो नहीं थे!

"मुन्नी तुमने सब्जी नहीं बनाई?"

"नहीं बनाई बापजी, घर में स

"आलू बरी बना लो।" गुरुजी

"आलू नहीं है, लाना पड़ेगा।"

"दो आलू हैं।"

"कहाँ हैं?"

"दरवाजे के पीछे। घर में ढूँढ़न

"इन्हीं दो आलुओं को ढूँढ़ रही
थे। सोच रही थी खो गए होंगे या च
के साथ सब्जी बन जाएगी।"

"मुन्नी आलू ले जा।" गुरुजी

"आटा सान लूँ फिर सब्जी बन

"चक्कू दो मैं आलू काटता हूँ।

"आलू कहीं भागे जा रहे हैं?"

"हाँ भागे जा रहे हैं। मुझको देर

"घड़े के पास चक्कू है।" मुन्नी

गुरुजी चक्कू उठा लाए। पत्नी

"इसी में काट लेना।"

गुरुजी ने आलू का एक टुकड़ा काटा
आलू खुले दरवाजे से उड़कर चला ज
टँगा था। कोंदा के घर बटेर टँगी होती
और तरकारी बना ली। पिंजरा खुला र
में जाकर छुप जाएँ। जब आलुओं के

थोड़ा-थोड़ा, एक-एक कर दुनिय
हुए थे। अनन्त से पृथ्वी छूट गई थी।
काम नहीं चलता होगा। सूर्योदय, सूर्य
और तारे होते। जो दिख रहे होते और
छूटी होती। प्रकृति में दोहराव होता। के
के पेड़ थे। साल का जंगल था। पेड़ों

का झुंड था।
साथ मनुष्य क
भी अकेलापन
बड़ा होता हो

मुन्ना के जन्म
से आई थी।
की आग, पेट
था। गुरुजी क
पत्नी से कह
ने अचानक
रास्ता देखती
पास गए। फु

"दाई अ

"हौ।"

"मुन्ना

"उसको

"क्या ब

"जमीन
जमीन पर थ

"कब अ

"तीन

"हौ।"

फुलेसर
गुरुजी की प
तरफ थी। गु
दोनों नहीं दि

दूर आ
थी। पीछे मु

की चिन्दी की लँगोट पहिने था और उघारा था। फुलेसर जमीन को इस तरह ढूँढ़ रही थी जैसे जमीन बहुत छोटी जगह हो। घास-फूस के नीचे, या धूल, पत्थर के नीचे। जमीन-पहाड़ के नीचे थी। जमीन तालाब के नीचे थी। समुद्र के नीचे पहाड़ थे और जमीन थी। पहाड़ को जमीन का हिस्सा क्यों नहीं कहा जा सकता! पहाड़-जमीन का दूसरा स्वरूप था। ऊबड़-खाबड़ जमीन का बहुत ऊबड़-खाबड़ पहाड़। तालाब के जल को जमीन का स्वरूप कहा जा सके। समुद्र के जल को जमीन कहा जा सके। कीचड़ और दलदली जमीन थी। जमीन पर चलते-चलते गिर जाते थे। पानी में डूब जाते थे। समझदारी में समुद्र, तालाब, जमीन किसी न किसी की मिल्कियत थी। उसके मालिक थे। समझदारी में छोटा-सा एक टुकड़ा ऐसा नहीं था जिसका कोई मालिक न हो। नासमझी में बहुत-सा हिस्सा दूर तक फैला था जिसका कोई मालिक नहीं था। किसी के खेत से दो छोटे-छोटे मिट्टी के ढेले गौर के रूप में पूजे जाते। नासमझी के हिस्से समझदारी के हिस्से में स्वतंत्र चले जाते।

"दाई।" अम्मा ने कहा।

"का है?" फुलेसर दाई ने जमीन ढूँढ़ते हुए कहा।

"जमीन मिल जाएगी दाई?"

"मिल जाएगी।"

चलते-चलते आम का पेड़ दिखा इस आम के पेड़ का आम मीठा था।

"दाई आम के पेड़ से मुन्ना को सेंक दे।"

"ठहर जा।" दाई ने कहा।

रास्ते में तालाब दिखा। अम्मा का मन हुआ दाई से कहे कि मुन्ना को तालाब से सेंक दे। तालाब के किनारे चलते-चलते जब तालाब छूटने को हुआ तो अम्मा से रहा नहीं गया।

"दाई तालाब से मुन्ना को सेंक दे।"

"ठहर जा।" दाई ने जोर से कहा। वह जमीन तलाशने का काम तेजी से कर रही थी। साल के जंगलों की तरफ से खुशबू आ रही थी। मुन्ना की माँ चलते-

चलते मुन्ना को जंगल के तरफ कमर में ले लिया। मुन्ना की माँ की इच्छा हुई कि वह मुन्ना को साल के जंगल से सेंक दे।

"दाई मुन्ना को जंगल से सेंक दे।"

"ठहर जा।"

"दाई मुन्ना को खेत से सेंक दे।"

"ठहर जा।"

"दाई मुन्ना को आकाश से सेंक दे।"

"ठहर जा।"

"दाई मुन्ना को गोबर से सेंक दे।"

"ठहर जा।"

"दाई मुन्ना को खलिहान से सेंक दे।"

"ठहर जा।"

"दाई मुन्ना को पत्थर से सेंक दे।"

"ठहर जा।"

"दाई मुन्ना को बरगद के पेड़ से सेंक दे।"

"ठहर जा।"

"पीपल के पेड़ से।"

"ठहर जा।"

"धूप से सेंक दे।"

"ठहर जा।"

"हवा से सेंक दे।"

"ठहर जा।"

"पहाड़ी से सेंक दे।"

"ठहर जा।"

"कुम्हड़ा के फूल से सेंक दे।"

"ठहर जा।"

"पेड़ की जड़ से, पत्ती से, धूप से।"

"ठहर जा, ठहर जा।"

"अतीत से सेंक दे।"

"उहर जा।"

पर रखते हुए जा रही थी। और गाड़ी छुक-छुक करते हुए आँखों से ओझल हो रही थी।

गुरुजी घर लौट रहे थे। आगे-आगे जा रहे गुरुजी को पा लेने के लिए वह दौड़ी और गुरुजी के पास पहुँच गई। वह गुरुजी को और भी अधिक पा लेने, गुरुजी से आगे दौड़ने लगी। जहाँ गुरुजी पहुँचते वहाँ तक वह गुरुजी को पहले पा रही थी। वह दौड़ते हुए गुरुजी से प्रेम कर रही थी। गुरुजी पहले तेज चले। वे भी दौड़ने लगे। दौड़ते हुए पत्नी ने घुटनों तक साड़ी को खोंस लिया था। सिर का पल्लू गिर गया है उसे मालूम था। गुरुजी पत्नी के पास पहुँच नहीं पा रहे हैं और इस तरह पहुँच रहे थे।

मुन्ना-मुन्नी नहीं थे। पत्नी दौड़ते हुए घर के खुले दरवाजे से मुन्ना-मुन्नी के जन्म के पहले के संसार में जाकर छुप गई। गुरुजी को मालूम था कि पत्नी कहाँ छुपी है। परन्तु वे पत्नी को ढूँढ़ रहे थे। वहाँ भी दिन का समय था उन्होंने खिड़की बन्द कर दी। जब गुरुजी खिड़की बन्द कर रहे थे तब पत्नी अन्दर से दरवाजा बन्द कर रही थी।

"क्या कर रहे हो?" पत्नी ने आवाज दी।

"मैं तुमको ढूँढ़ रहा हूँ।" गुरुजी ने कहा।

"लो ढूँढ़ो।" पत्नी ने कहा।

दाई मुन्ना को जमीन से सेंक दे। प्रकृति में दोहराव था। केवल एक आम का पेड़ नहीं था। अनेक आम के पेड़ थे।

घर का दरवाजा बन्द था। पत्नी साँकल खटखटाने लगी।

"मुन्नी ओ मुन्नी।"

"कौन है?" मुन्नी की आवाज आई।

"मैं हूँ।"

"खोलती हूँ।" मुन्नी ने कहा।

मुन्नी ने दरवाजा खोला।

"क्या कर रही थी?" प्यार से अम्मा ने पूछा।

"आटा सान रही थी।"

"अभी से?"

'पाँच बज रहे होंगे। खाली बैठे-बैठे क्या करती! मुन्ना जबसे गया है अभी तक नहीं आया।" गुरुजी अन्दर आकर चारपाई पर बैठ गए।

"मुन्नी एक गिलास पानी दे।" गुरुजी ने कहा।

"मैं देती हूँ। उसके हाथ में आटा लगा है।" पत्नी ने कहा।

गुरुजी ने देखा मुन्नी ने झाड़ू पोंछा भी लगा लिया।

"अम्मा पान खाई हो?" मुन्नी ने पूछा।

"हाँ! मुँह का स्वाद खराब लग रहा था।"

"खोपरा डलवाई थी?"

"हाँ।"

"कतरी और गुलकन्द?"

"हाँ!"

"आधा पान मेरे लिए रख लेती!" मुन्नी ने कहा।

"कुँआरी लड़की पान खा सकती है?" फिर मुन्नी ने पूछा।

"हौ, खा सकती है।" अम्मा ने कहा।

"मेरा छत्ता कहाँ है?" गुरुजी ने पूछा।

"दरवाजे के पीछे है।" मुन्नी बोली।

दरवाजे के पीछे छत्ता नहीं था। पर दो अच्छे आलू वहाँ पड़े थे। छुपे हुए थे। ये दोनों आलू बचकर बाहर निकलने की फिराक में तो नहीं थे!

"मुन्नी तुमने सब्जी नहीं बनाई?"

"नहीं बनाई बापजी, घर में सब्जी नहीं है।"

"आलू बरी बना लो।" गुरुजी बोले।

"आलू नहीं है, लाना पड़ेगा।" पत्नी बोली।

"दो आलू हैं।"

"कहाँ हैं?"

"दरवाजे के पीछे। घर में ढूँढ़ना शुरू करूँ तो किलो भर आलू मिल जाए।"

"इन्हीं दो आलुओं को ढूँढ़ रही थी। आलुओं को गिनी थी, दो कम पड़ रहे थे। सोच रही थी खो गए होंगे या चूहा ले गया होगा। अच्छा बड़ा आलू है बरी के साथ सब्जी बन जाएगी।"

"मुन्नी आलू ले जा।" गुरुजी बोले।

"आटा सान लूँ फिर सब्जी बनाऊँगी।" मुन्नी बोली।

"चक्कू दो मैं आलू काटता हूँ।"

"आलू कहीं भागे जा रहे हैं?" पत्नी ने कहा।

"हाँ भागे जा रहे हैं। मुझको देखकर दरवाजे के पीछे छुप गए थे।"

"घड़े के पास चक्कू है।" मुन्नी बोली।

गुरुजी चक्कू उठा लाए। पत्नी ने गुरुजी को काँसे की थाली दी।

"इसी में काट लेना।"

गुरुजी ने आलू का एक टुकड़ा काटा। उन्होंने आलू के पंख कतर दिये हों। सइंगो आलू खुले दरवाजे से उड़कर चला जाता। आलू प्याज रखने का सीखचा मयार में टँगा था। कोंदा के घर बटेर टँगी होती। जब मन हुआ ताजी जिन्दा बटेर निकाली और तरकारी बना ली। पिंजरा खुला रह जाए तो दर्जन भर बटेर उड़ जाएँ। झाड़ियों में जाकर छुप जाएँ। जब आलुओं के टुकड़े हो गए तो उनकी सब्जी बन जाएगी।

थोड़ा-थोड़ा, एक-एक कर दुनिया में क्या छूटते! पूरी दुनिया के साथ सब छूटे हुए थे। अनन्त से पृथ्वी छूट गई थी। अनन्त से छूटी पृथ्वी का अनन्त के बिना काम नहीं चलता होगा। सूर्योदय, सूर्यास्त होता था। दिन होता। रात होती। चन्द्रमा और तारे होते। जो दिख रहे होते और जो नहीं दिख रहे होते उन सबके साथ पृथ्वी छूटी होती। प्रकृति में दोहराव होता। केवल एक नीम का पेड़ नहीं था अनेक नीम के पेड़ थे। साल का जंगल था। पेड़ों का झुंड था। झुंड के झुंड तोता थे। मनुष्य

का झुंड था। पृथ्वी भी अनेक होगी। इन सब लोगों के साथ और दूसरे मनुष्यों के साथ मनुष्य का अकेलापन भी था। अपना-अपना अकेलापन। सृष्टि में पृथ्वी का भी अकेलापन होगा। परन्तु एक मनुष्य का अकेलापन सृष्टि के अकेलेपन से भी बड़ा होता होगा। एक मनुष्य के अनेक दुःख-सुख थे।

मुन्ना के जन्म पर फुलेसर दाई तेल लगाने और सेंकने का काम करने अपने मन से आई थी। गोड़सी की आग से फुलेसर दाई मुन्ना का पेट सेंकती थी। गोड़सी की आग, पेट की आग नहीं बनी होगी। गोड़सी की आग से मुन्ना तिलमिला जाता था। गुरुजी को लगता था कि मुन्ना को पेट सेंकने से तकलीफ होती है। उन्होंने पत्नी से कहा। पत्नी ने दाई से। दाई मानी नहीं और पेट सेंकती। एक दिन दाई ने अचानक सेंकना बन्द कर दिया। गोड़सी की आग जलाकर पत्नी, फुलेसर का रास्ता देखती रही और धीरे-धीरे गोड़सी की आग बुझ गई। गुरुजी फुलेसर दाई के पास गए। फुलेसर छेना थाप रही थी।

"दाई आज नहीं आई।" गुरुजी ने कहा।

"हौ।" फुलेसरदाई ने कहा।

"मुन्ना को सेंकने कब आओगी?" गुरुजी ने पूछा।

"उसको जमीन से सेंकना पड़ेगा।" फुलेसरदाई ने गोबर थापते हुए कहा।

"क्या बोली दाई?" गुरुजी को समझ में नहीं आया।

"जमीन से सेंकना पड़ेगा।" कहकर दाई ने एक छेना थप्प से धूल भरी जमीन पर थाप दिया।

"कब आओगी दाई?"

"तीन दिन बाद।"

"हौ।" कहकर गुरुजी लौट गए।

फुलेसर दाई मुन्ना को जमीन से सेंकने के लिए घर में जमीन तलाशने लगी। गुरुजी की पत्नी मुन्ना को गोद में लिये दाई के पीछे-पीछे घूमती। जमीन तो सब तरफ थी। गुरुजी ने थोड़ी देर बाद देखा घर में कोई नहीं था। आसपास देखा, दोनों नहीं दिखे।

दूर आगे सुबह-सुबह एक दृश्य में फुलेसर दाई जमीन ढूँढ़ते हुए जा रही थी। पीछे मुन्ना को गोद में लिये हुए मुन्ना की माँ थी। मुन्ना एक पुराने कपड़े

की चिन्दी की लँगोट पहिने था और उघारा था। फुलेसर जमीन को इस तरह ढूँढ़ रही थी जैसे जमीन बहुत छोटी जगह हो। घास-फूस के नीचे, या धूल, पत्थर के नीचे। जमीन-पहाड़ के नीचे थी। जमीन तालाब के नीचे थी। समुद्र के नीचे पहाड़ थे और जमीन थी। पहाड़ को जमीन का हिस्सा क्यों नहीं कहा जा सकता! पहाड़-जमीन का दूसरा स्वरूप था। ऊबड़-खाबड़ जमीन का बहुत ऊबड़-खाबड़ पहाड़। तालाब के जल को जमीन का स्वरूप कहा जा सके। समुद्र के जल को जमीन कहा जा सके। कीचड़ और दलदली जमीन थी। जमीन पर चलते-चलते गिर जाते थे। पानी में डूब जाते थे। समझदारी में समुद्र, तालाब, जमीन किसी न किसी की मिल्कियत थी। उसके मालिक थे। समझदारी में छोटा-सा एक टुकड़ा ऐसा नहीं था जिसका कोई मालिक न हो। नासमझी में बहुत-सा हिस्सा दूर तक फैला था जिसका कोई मालिक नहीं था। किसी के खेत से दो छोटे-छोटे मिट्टी के ढेले गौर के रूप में पूजे जाते। नासमझी के हिस्से समझदारी के हिस्से में स्वतंत्र चले जाते।

"दाई।" अम्मा ने कहा।

"का है?" फुलेसर दाई ने जमीन ढूँढ़ते हुए कहा।

"जमीन मिल जाएगी दाई?"

"मिल जाएगी।"

चलते-चलते आम का पेड़ दिखा इस आम के पेड़ का आम मीठा था।

"दाई आम के पेड़ से मुन्ना को सेंक दे।"

"ठहर जा।" दाई ने कहा।

रास्ते में तालाब दिखा। अम्मा का मन हुआ दाई से कहे कि मुन्ना को तालाब से सेंक दे। तालाब के किनारे चलते-चलते जब तालाब छूटने को हुआ तो अम्मा से रहा नहीं गया।

"दाई तालाब से मुन्ना को सेंक दे।"

"ठहर जा।" दाई ने जोर से कहा। वह जमीन तलाशने का काम तेजी से कर रही थी। साल के जंगलों की तरफ से खुशबू आ रही थी। मुन्ना की माँ चलते-

चलते मुन्ना को जंगल के तरफ कमर में ले लिया। मुन्ना की माँ की इच्छा हुई कि वह मुन्ना को साल के जंगल से सेंक दे।

"दाई मुन्ना को जंगल से सेंक दे।"

"ठहर जा।"

"दाई मुन्ना को खेत से सेंक दे।"

"ठहर जा।"

"दाई मुन्ना को आकाश से सेंक दे।"

"ठहर जा।"

"दाई मुन्ना को गोबर से सेंक दे।"

"ठहर जा।"

"दाई मुन्ना को खलिहान से सेंक दे।"

"ठहर जा।"

"दाई मुन्ना को पत्थर से सेंक दे।"

"ठहर जा।"

"दाई मुन्ना को बरगद के पेड़ से सेंक दे।"

"ठहर जा।"

"पीपल के पेड़ से।"

"ठहर जा।"

"धूप से सेंक दे।"

"ठहर जा।"

"हवा से सेंक दे।"

"ठहर जा।"

"पहाड़ी से सेंक दे।"

"ठहर जा।"

"कुम्हड़ा के फूल से सेंक दे।"

"ठहर जा।"

"पेड़ की जड़ से, पत्ती से, धूप से।"

"ठहर जा, ठहर जा।"

"अतीत से सेंक दे।"

"उहर जा।"

"भविष्य से सेंक दे।"

"ठहर जा।"

"घर से।"

"ठहर जा।"

"झोंपड़ी से, आँगन से, हल की लकड़ी से, बैल से, गाय से, बैलगाड़ी के चक्के से, कुदाली के लोहे से, दूब से, अक्षत से।"

"ठहर जा, ठहर जा, ठहर जा।"

इतनी सारी जमीन थी और जमीन नहीं मिल रही थी। फुलेसर दाई जमीन ढूँढ़ रही थी। फुलेसर दाई के पैरों में बिवाइयों की गहरी दरारें थीं। गीली जमीन पर चलो तो मिट्टी चिपक जाती है। सूखी जमीन पर चलो तो धूल चिपक जाती है। एकदम सूखे में, अकाल में, खेतों में दरारें पड़ जाती थीं। खेत की दरार पर चलो तो दरार पैर से चिपक जाती है। मिट्टी, धूल तो पैर धोने से निकल जाए पर खेत की दरार नहीं निकलती। तकलीफ देती थी। बरसात में पैरों की उँगलियों के बीच बहुत तकलीफ होने लगती। उँगलियों के बीच और तलुवे की चमड़ी लाल हो जाती। फुलेसर दाई रात को सोते समय पैर धोकर उसमें मिट्टी तेल लगाती। मिट्टी तेल लगाने पर घाव चुनचुनाता था। पर बाद में आराम मिलता था। दाई कहती पैरों को केंदुआ लग गया है। लगातार पानी में हाथ से काम करो तो हाथ की उँगलियों में भी केंदुआ लगने की बीमारी हो जाती थी।

जब जमीन नहीं मिल रही थी जो सब जगह दिख रही थी, तो अतीत कैसे मिलता! अतीत तो दिखता नहीं था। अतीत की याद आती थी। याद उसकी भी आती जो दिखता था।

सबके अतीत को ढूँढ़ने का काम इतिहास का काम होता। अपने अतीत को सभी ढूँढ़ रहे होते। अपने अतीत को ढूँढ़ने का काम अपने इतिहास का काम हो सकता था। भविष्य वर्तमान के परकोटे के उस पार होता। दूसरे पार भूत होता। वर्तमान सबको मिला हुआ होता। भविष्य वर्तमान में आकर मिलता। भविष्य इस तरह होता कि जाते हुए एक पेड़ के नीचे पहुँचे नहीं कि उस पेड़ का पतझड़ शुरू हो गया। एक साथ सारे पत्ते ऊपर गिर गए। जब तक उसके नीचे नहीं पहुँचे थे तब तक पेड़ में हरे पत्ते थे। अब आगे एक पेड़ के नीचे और पहुँचेंगे।

मुन्नी ने एक दिन गुरुजी से कहा होगा, "बापजी मैं बरसात में थी। मैं चल रही थी। और आगे-आगे धूप जा रही थी। तुमने दौड़ने के लिए मना किया था। दौड़ जाती तो घाम में पहुँच जाती। भींगते-भीगते बरसात में चलती गई। आगे घाम में नहीं जा पाई। कुँआरी लड़की दौड़ सकती है?"

कोंपल भविष्य में नहीं निकलती थी। पीछे मुड़कर देखो तो अतीत में निकली हुई दिखाई देती। अतीत में लौटना असम्भव होता।

घाम-धूप बहुत देर से निकली थी। फुलेसर दाई पहाड़ी के पास जमीन पर एक उभरी हुई चट्टान के पास रुक गई। चट्टान धँसी हुई नहीं थी, उभरी हुई लगती थी। चट्टान पर दाई बैठ गई। दोनों पैरों पर उसने मुन्ने को लिटाया। चट्टान गरम थी। दाई ने आजू-बाजू हथेलियों को चट्टान पर रखा। जब हथेलियाँ गरम हो गईं तो एक हथेली को उसने चट्ट से मुन्ना की छाती से दबाते हुए छुआया। दूसरी हथेली को चट्ट से मुन्ना के पेट पर रखा। फुलेसर दाई जहाँ चट्टान गरम होती वहाँ हथेली रखती। हाथ तने रहते, और जल्दी-जल्दी छाती पेट पर पड़ते। चट्ट-चट्ट की ध्वनि आती। मुन्ना कों अच्छा या बुरा लग रहा होगा। वह रोता था और चुप हो जाता था। कुछ देर बाद फुलेसर दाई थक गई। इतनी दूर पैदल वह चली थी।

"अब थोड़ी देर तू सेंक।" उसने मुन्ना की माँ से कहा।

"हौ।" उसका मन भी हो रहा था।

मुन्ना की माँ चट्टान पर बैठ गई। चट्टान तप रही थी। उस पर लगातार तेज धूप पड़ रही थी। आसपास पेड़ की छाया नहीं थी। मुन्ना की माँ ने जाँघ तक अपनी साड़ी समेट ली। फुलेसर दाई से मुन्ना को लेकर उसे अपने सटे फैले पैरों पर लिटा लिया। उसे लगा चट्टान छूते हुए उसकी पिंडली जल रही है, जाँघ जल रही है।

इधर कोई आता नहीं था। मुन्ना की माँ ने दोनों तरफ हाथ तान कर चट्टान पर टिका लिये। हथेलियों पर इतना ताप इकट्ठा किया कि इसके बाद चट्टान पर उन्हें टिकाए रखना असह्य होता। उसने मुन्ना को सेंकना शुरू किया। एक हथेली साल के जंगलों की दिशा की ओर से उठती कि जंगल की भी सेंक हो। जंगल में बरगद का पेड़ होगा। जंगल में जंगल की खुशबू होगी। बिना मनुष्य के जोते, बोए हुए कुम्हड़ा, तरोई उग आई होगी। उनके पीले फूल होंगे। जंगल में आँवले, बेल के वृक्ष होंगे। वृक्षों की गहरी जड़ें होंगी, उभरी जड़ें होंगी। हरी

पत्तियों से वृक्ष भरे होंगे। कुछ पेड़ों में मधुमक्खियों के छत्ते होंगे। शहद की खुशबू आ रही होगी।

दूसरा हाथ जिस दिशा से और जैसा उठता था उस दिशा में आकाश से लेकर तालाब था, गाँव था, खेत थे, बैलगाड़ी, हल, कुदाली थी, झोंपड़ी थी, गुरुजी थे, पीपल का पेड़ था, चार बूढ़े थे। हथेली में इन सबकी ताप आ रही होगी। छोटी से छोटी दूब, दूर कहीं रखे अक्षत। बाएँ हाथ की हथेली से बायाँ संसार, दाएँ हाथ की हथेली से दायाँ संसार और अन्तरिक्ष। फुलेसर दाई को इतना पसीना नहीं निकला था जितना मुन्ना की माँ को आया था। सभी बच्चों को गोड़सी की आग से सेंका जाता था या जमीन से। थोड़ी देर तक फुलेसर दाई खड़ी-खड़ी देख रही थी कि मुन्ना को ठीक से सेंका जा रहा है या नहीं। फिर वह सूखी लकड़ी बीनने लगी। बीनते-बीनते वह जंगल के अन्दर चली गई। कुछ देर बाद जब आई तब सिर पर सूखी लकड़ी का छोटा गट्ठर बोहे हुए थी। उसने गट्ठर सिर से उतारा और सुस्ताने बैठ गई।

सेंकते-सेंकते मुन्ना सो गया था।

"दाई यह सो गया।" मुन्ना की माँ ने सेंकना बन्द कर दाई को बताया। दाई ने प्यार से मुन्ना के सिर पर हाथ फिराया।

"बस रहने दे, मत सेंक, हो गया।" उसने कहा।

जब बूढ़ी दाई लकड़ी बीनने जंगल चली गई थी तब इतना एकान्त था कि वहाँ अकेली मुन्ना की माँ दुनिया की पहली माँ थी। और वहाँ मुन्ना दुनिया का पहला बच्चा था। ममता और प्यार में दुनिया के पहले बच्चे और अन्तिम बच्चे में बहुत अन्तर नहीं होगा। अन्तिम बच्चा तब दुनिया के पहले बच्चा जितना प्यारा लगे। पहला बच्चा अन्तिम बच्चा जितना। बच्चे की चट्ट-चट्ट सेंकने की आवाज से आदमखोर की दहाड़ने की आवाज दब जाती होगी। या बन्द हो जाती होगी।

"बहुत देर लगा दी, मैंने तुम लोगों को ढूँढ़ा था। कहाँ चली गई थी!" गुरुजी ने पूछा।

"मुन्ना सो गया।" कहकर अलसायी पत्नी ने मुन्ना को गुरुजी को दे दिया। बापजी ने बेटे को बहुत प्यार किया। उसके बाद भी मुन्ना सोया रहा उठा नहीं। पत्नी चारपाई पर जाकर पौढ़ गई थी! उसी समय सो गई और उसे पता नहीं चला।

गुरुजी ने सोये हुए मुन्ना को पत्नी के पास लिटा दिया। उसी चारपाई में गुरुजी का भी लेट जाने का मन था। चारपाई में जगह नहीं थी। पत्नी इतना फैलकर सोई थी कि उसके एक फैले हाथ के अन्दर केवल मुन्ना इतनी जगह थी। वहीं उन्होंने मुन्ना को लिटाया था।

थोड़ी देर बाद पत्नी उठी। मुन्ना तब भी सो रहा था। गुरुजी जमीन पर लेटे थे। पत्नी ने उठते ही गुरुजी से कहा, 'मैं सो गई थी।'

"हौ।" गुरुजी ने कहा।

"पता नहीं चला मैं कब सो गई।"

पत्नी जब सोकर उठती तो कहती, "मैं कब सो गई, मुझे पता नहीं चला।" किसी दिन सुबह पत्नी उठती और यह कहने में देर करती कि मैं सो गई थी पता नहीं चला। तब गुरुजी उससे पूछते, "तुम कब सोई थी, तुमको पता चला था!"

"नहीं पता चला।" कुछ चिन्तित होकर वह कहती जैसे कितना काम बचा रह गया।

"मैं सोया था तो मुझको पता चल गया था।" गुरुजी गम्भीरता से कहते।

बहुत सुबह पत्नी उठती। यदि गुरुजी उठ चुके होते तो पत्नी कहती, "मुझको उठाया नहीं। मैं सोती रही।"

"मैं कब उठा मुझको पता नहीं चला। तुम उठी थीं तो क्या तुमको यह पता चला था कि तुम उठ चुकी हो!"

"हौ।" पत्नी ने कहा।

किसी दिन सफाई देने जैसा वह गुरुजी से कहती, "रात में मैं कब सो गई पता नहीं चला।"

"मुझको मालूम हो गया था। मैं सोच रहा था कि तुमको जगा दूँ।"

"जगाया क्यों नहीं?" वह दुखी होकर कहती।

"तुम हमेशा बहुत थकी रहती हो।"

"नींद आ जाती है।"

पति-पत्नी के लिए प्रेम के अवसर घर में बहुत थे। प्रेम के अवसर गृहस्थी की तरह थे। इन्हें ढूँढ़ने की जरूरत नहीं होती कि अवसर नहीं मिल रहा है और ढूँढ़ते हुए घर से बहुत दूर निकल गए। प्रेम का अवसर कहीं दिखा यह पूछने की जरूरत नहीं होती। क्या नदी से पूछें कि तुम्हारे किनारे प्रेम का अवसर है! तालाब, जंगल, पेड़ से पूछें? प्रेम का अवसर दोनों के साथ रहता। बल्कि आगे-पीछे घूमता रहता। कभी अवसरों की भीड़ लग जाती कि कई रंगों की तितलियाँ आसपास मँडरा रही हैं। जिधर जाते तितलियाँ उड़ते-उड़ते वहीं पहुँच जातीं। चौके में पहुँच जातीं, परछी में पहुँच जातीं, पेड़ के पास पहुँच जातीं। नदी के किनारे पहुँच जातीं। कई बार एक छोटी जगह पर पीले रंग की छोटी-छोटी अनेक तितलियाँ बैठी रहतीं।

"तुम मुझको जगा दिया करो।" पत्नी ने गुरुजी का हाथ पकड़कर कहा।

"अच्छा जगा दूँगा।" गुरुजी ने पत्नी का हाथ छुड़ाकर कहा।

"कब जगाओगे?" पत्नी ने गुरुजी का हाथ पकड़ा।

"सोने के पहले बता देना।" गुरुजी ने हाथ नहीं छुड़ाया।

"मुझको तो पता नहीं चलता कि मैं कब सो गई।"

"तुम बता देना कि सो गई हो, जगा दो।"

"नहीं तुम अपने मन से जगाना।"

"अच्छा मैं अपने मन से जगाऊँगा।"

मुन्नी के बाएँ हाथ में सूर्य का झोला लटका था। सुबह सुबह सूर्य के झोले में जिन्दा प्रकाश कुलबुला रहा था।

तालाब पार करती हुई भैंस की पूँछ पकड़कर मुन्ना तैरना सीख गया था। तैरते समय हाथ-पैरों को चलाना पड़ता था। पूँछ पकड़ने वाला हाथ डूबने से बचाने वाला हाथ होता। डूबने के पहले वह भैंस की पीठ पर चढ़ जाता। क्या लँगड़े भी

तैर लेते होंगे? लूला और लँगड़ा आदमी कैसे तैर सकता होगा। लँगड़ा आदमी लँगड़ाकर तैरता होगा। लँगड़ा आदमी डंडे के सहारे चलता। गाँव में लँगड़े आदमी बहुत थे। कहा जाता था कि लाखड़ी की दाल खाने से गाँव के लोग लँगड़े हो रहे थे। धान के बाद लाखड़ी की फसल आसानी से हो जाती थी। यह गरीब की दाल थी। भजिए के बेसन में लाखड़ी की दाल मिली होती। लाखड़ी की दाल वाली भजिया अधिक स्वादिष्ट लगती थी। वह सस्ती होती थी। क्या लँगड़े आदमी जो डंडे के सहारे चलते थे डंडे के सहारे अच्छा तैर सकेंगे!

मुन्ना, मुन्नी को तालाब लेकर गया। मुन्नी बहुत अच्छा तैरना जानती थी। दोनों नहा-धोकर तालाब के किनारे बैठे रहे। फैले हुए उनके गीले कपड़ों पर पत्थर रखा था। तालाब की ओर से लँगड़ा आदमी डंडे के सहारे चलते हुए आया। वह रामभजन था। तालाब का पार तीन तरफ अधिक ऊँचा था। जिधर कम ऊँचा था उधर बरसात से भरे तालाब को खाली करने के लिए खोदकर एक रास्ता बना दिया गया था। मुन्ना ने मुन्नी को यह बता दिया था कि वे देखेंगे कि लँगड़ा आदमी किस तरह नहाता है।

रामभजन खुदे हुए रास्ते की ओर गया। उसी रास्ते घुसा। बिना डंडे वाले हाथ से वह मिट्टी की दीवाल का सहारा लेता। मिट्टी की दीवाल टिखटी की तरह सहारा थी। इस रास्ते से निकलकर उसे पानी के लिए नीचे नहीं उतरना पड़ा। तालाब के किनारे रखे पत्थरों पर उसने अपने कपड़े उतारे। कपड़ों के ऊपर डंडा रखा कि कपड़े उड़ न जाएँ। फिर बैठे-बैठे वह तालाब के अन्दर खिसक गया। वह डुबकी लेकर नहा रहा था। मुन्ना-मुन्नी को समझ में नहीं आ रहा था कि वह तालाब में एक पैर से खड़े-खड़े नहा रहा है या तैर रहा है।

"अब नहीं देखते।" मुन्नी ने कहा।

"थोड़ी देर रुक जाते हैं।"

"नहीं मैं जाती हूँ।" मुन्नी ने अपने और मुन्ना के कपड़े समेटे और वह पार की ढलान पर तेजी से उतरने लगी। मुन्ना मुन्नी के पीछे ढलान पर दौड़ता-उतरता हुआ मुन्नी से आगे निकल गया।

गुरुजी तालाब जाने के लिए मुन्ना को मना करते थे। जब उनको मालूम पड़ा कि मुन्ना तैरना सीख गया है तो उनको अच्छा नहीं लगा। पहले मालूम पड़ जाता तो

सीखना रोक देते। किसी भी रास्ते से जाओ तो एक न एक तालाब मिल जाता था। किसी रास्ते में दो तालाब मिल जाते थे। तालाब इस तरह मिलता था जैसे तालाब गाँव वालों के साथ रहता था या तालाब मिलता कि वह वहाँ पहले से होता था। सभी रह रहे थे। लोग रह रहे थे। पेड़, पक्षी, जंगल, पहाड़ी रह रही थी। एक-एक जीव जो वहाँ था वह रह रहा था।

गुरुजी चिन्ता करते कि बीच तालाब में मुन्ना को भूख लग जाए तो वह तैर नहीं सकेगा। डूबते-डूबते वह ढेंस खा सकता था। सिंघाड़ा नहीं खा पाएगा, सिंघाड़े में काँटे होते हैं। कमल के फूल खा ले। परन्तु डूबते-डूबते खाते नहीं बनेगा। साँस रोककर, पानी पेट के अन्दर न जाए और डूबा हुआ मुन्ना कुछ खा ले ऐसा नहीं हो पाएगा। तैरते-तैरते उसे भूख लग आए तो वह तालाब में डूब जाएगा। परन्तु उसके पहले एक हाथ में दो रोटी उठाए मुन्नी तैरते हुए मुन्ना के पास पहुँच जाएगी। आसपास तैरने वाले लोग मुन्ना को बचा लें।

गुरुजी के आगे-आगे जो साँप गया था वह गुरुजी के घर चला गया था। दीवाल के सहारे कोने में एक मेढक को दबाए हुए था। सुबह मुन्ना को सबसे पहले दिखा। उसके पहले कब से उठे अम्मा, बापजी, किसी को नहीं दिखा।

नागपंचमी के दिनों देवार लोग साँप लाते थे कि उसका दर्शन हो। मुन्ना को साँप पालने का शौक हुआ था। एक देवार से उसने पाँच रुपये में पिटारी समेत बात की। वह अम्मा के पास पाँच रुपया माँगने गया।

"काहे के लिए पाँच रुपया?" अम्मा ने पूछा।

"साँप खरीदूँगा।"

"पाँच रुपया! बहुत महँगा है।" अम्मा को लगा कि खिलौना होगा। मिट्टी की चकरी में धागा बँधा होता। कागज की साँप की आकृति के नीचे वह चकरी लगा दी जाती। धागा खिंचता तो चकरी में दोनों ओर के रबर ऐंठ जाते। धागा नीचे करते तो ऐंठन खुलती और चक्का घूमता तो साँप लहराता हुआ चलता। वही खिलौना होगा।

"अच्छा चल।" अम्मा मुन्ना को लेकर आई।

देवार खड़ा था। उसके हाथ में बन्द पिटारी थी। देवार ने अम्मा के आते ही पिटारी खोल दी। सचमुच का साँप था। साँप देखकर गुस्से से अम्मा ने मुन्ना को पीटना शुरू कर दिया। यह देख देवार पिटारी समेत गायब हो गया।

साँप मेढक को आधा लील चुका था। बाहर आधा दिख रहा मेढक निष्क्रिय था। मेढक बेहोश होगा या मर गया हो। मुन्नी सो रही थी। मुन्ना ने गिल्ली-डंडा वाला डंडा लेकर साँप के मुँह को दबाने की कोशिश की। साँप ने मेढक उगल दिया। डंडे से साँप का मुँह दबाकर उसने दूसरे हाथ से साँप के मुँह को पकड़ लिया। गुरुजी खेत की तरफ गए थे। अम्मा पानी भरने कुआँ पर गई थी। मुन्ना के हाथ में साँप लिपट गया था। उसने एक झोला ढूँढ़ा। बोरे का झोला था। पलटाकर देखा कि झोला फटा हुआ नहीं था। साँप के मुँह को दबाए हाथ को उसने झोले के अन्दर डाला। फिर झोले के ऊपर से दूसरे हाथ से उसने साँप के मुँह को दबाया। साँप से लिपटे हुए हाथ को उसने छुड़ाकर बाहर निकाला। झोले के मुँह को पकड़े उसने बूच की रस्सी ढूँढ़ी। रस्सी से झोले का मुँह बाँधा। झोले को वहीं जमीन पर छोड़ बाँस की एक सीढ़ी लाया। सीढ़ी को मयार में टिकाया। मयार में उसने झोला बाँध दिया। फिर सीढ़ी उसने हटा दी।

अम्मा गुंडी में पानी भरकर ले आई थी। मुन्नी को मुन्ना ने जगाया। जगाकर उसने मुन्नी को मरा हुआ मेढक दिखाया।

"क्या है?" अम्मा ने पीतल की चमचमाती हुई गुंडी को सिर से उतारते हुए पूछा। अम्मा का कन्धा, ब्लाउज, साड़ी, पानी के छलकने से भीग गए थे।

"मरा हुआ मेढक है।" मुन्नी बोली। मुन्ना, चोरी से मयार में बँधे साँप को देख लेता था। साँप निकलने की कोशिश करता तो लटका झोला डोलता था।

गुरुजी की जहाँ खटिया पड़ती थी, ठीक उसके ऊपर साँप लटका था। किसी को यह मालूम नहीं था इसलिए जैसा रोज था वैसा ही था। रात को गुरुजी और सब साढ़े आठ-नौ बजे तक सो गए। कंदील अधजली, अधबुझी जल रही थी।

रात के सन्नाटे में, बल्लियों में चूहों के दौड़ने की आवाज से साँप कुलबुलाने लगता था। साँप के कुलबुलाने से झोला हिलता। जब सभी चूहों को मालूम हो गया कि झोले में साँप है तो उनकी खटपट खत्म हो गई! जब चूहों की खटपट नहीं हुई तो साँप शान्त रहा। गुरुजी की नींद रात में दो-तीन बार खुलती थी। उस रात एक बार भी नहीं खुली।

गुरुजी दूसरे दिन बड़े सबेरे उठे। इसके बाद पत्नी उठी। गुरुजी ने पत्नी से पूछा।

"तुमको पता चला था?"

"हौ चला था।"

"क्या पता चला था?"

"मैं कब उठी।"

"अभी अँधेरा है।"

"तुम सो जाओ।"

"अम्मा सुबह हो गई?" तभी मुन्ना ने उठकर पूछा।

"सो जा। अभी हुई नहीं। होने वाली है।" फिर मुन्नी भी उठ गई। सुबह सबके उठने के बाद हुई। सबके उठने के बाद सुबह प्रातः हो उठी हो। मुन्ना साँप के झोले को देख रहा था। साँप का झोला हिल नहीं रहा था।

"क्या है?" मुन्नी ने ऊपर देखते हुए पूछा।

मुन्ना बापजी की खटिया पर जाकर लेट गया। वह एकटक झोले को देखता। वह साँप को पालना चाहता था। उसके पास मुन्नी आकर लेट गई। ठीक मुन्नी के ऊपर झोला था।

मुन्नी ने पूछा, "झोला किसने टाँगा?" मुन्ना बोलते-बोलते रुक गया, झोला हिलने लगा था। वह खटिया से नीचे उतरा। गुरुजी बाहर से आ गए थे। पत्नी गुंडी लेकर आई।

"उतरवा लो।" पत्नी ने कहा। गुरुजी पत्नी के सिर पर से गुंडी उतरवाने लगे। मुन्नी-मुन्ना बापजी का बिस्तर उठा चुके थे। मुन्नी चारपाई हटाने वाली थी। तभी ऊपर से खुलकर झोला धप्प से नीचे गिरा।

"क्या गिरा?" गुरुजी गुंडी उतारते-उतारते बोले। तब तक मुन्ना झोला लेकर घर से भागा। उसके पीछे-पीछे मुन्नी भागी। थोड़ा आगे जाकर मुन्ना, मुन्नी के लिए रुक गया। दोनों साथ-साथ दौड़े। दोनों गाँव से बाहर दक्षिण की ओर दौड़ रहे थे। झोले का मुँह बँधा हुआ था। मुन्नी मुन्ना के बाएँ हाथ की तरफ दौड़ रही थी। सूर्य बाएँ हाथ की ओर से उदय हुआ। खुले मैदान में किसी कोण से दृश्य में दिखता था कि दौड़ती हुई मुन्नी के हाथ में सूर्य झोले के समान लटका है। मुन्ना के हाथ में बोरे का झोला था। तो मुन्नी के हाथ में सूर्य का झोला। अभी सुबह की ठंडक थी। वे दोनों एक गति से दौड़ रहे थे। दौड़ते चले जा रहे थे। वे लगातार दक्षिण की दिशा में घुस रहे थे। दौड़ती हुई मुन्नी के बाएँ कन्धे में सूर्य लटक जाता। फिर मुन्नी उसे दाहिने कन्धे में लटका लेती। अगर शाम तक दौड़ते

रहते तो मुन्नी के दाहिने हाथ में सूर्य का झोला होता। बोरे के झोले में जिन्दा साँप था। सुबह-सुबह सूर्य के झोले में जिन्दा प्रकाश कुलबुला रहा था।

आधा घंटा दोनों दौड़े होंगे। गाँव पीछे छूट गया था। बरगद का पेड़ सामने था। वे हाँफते हुए रुक गए। रुकते ही बोरे में साँप कुलबुलाने लगा।

"जिन्दा है।" मुन्नी ने कहा।

"हौ! गुस्से में है।"

"काट न ले। पत्थर पटककर मार डा'ते हैं।"

"मारेंगे नहीं।" मुन्ना बोला। वह झोले का मुँह खोलने लगा।

"तू दूर हट जा।" मुन्नी से मुन्ना ने कहा। पर मुन्नी पहले से दूर खड़ी थी।

"कौन है रे!" जोर से किसी ने कहा।

"गुरुजी के टुरा-टुरी हैं क्या?" गाँव का बीमार लोहार था।

ले:   जो रोज घन, हथौड़ी चलाता था। कई दिनों की बीमारी से उसकी ताकत खत्म हो गई थी। वह सुबह गाँव से बाहर निकल जाता। और बरगद के पेड़ के नीचे बैठा रहता। आते ही पहले एक बरगद की पत्ती तोड़ता। हथेली में पत्ती का दूध दो बूँद टपकाता और उसको चाटता। किसी ने बताया था इससे उसकी ताकत आ जाएगी और वह घन उठाकर लोहे को पीटने लगेगा। उसकी पत्नी, लड़के और लड़की भी लोहारी का काम करते थे। परन्तु वह काम का नहीं था। इसका उसे दुःख था। बरगद के पेड़ के आसपास घनी झाड़ियों में छुपे हुए छोटे-छोटे पौधों से चार हरी पत्ती तोड़कर चबाता था। वह जंगली तुलसी के बीज ढूँढ़ता था।

"हौ।" जवाब में मुन्ना-मुन्नी ने एक साथ कहा।

"झोले में क्या है?" लोहार ने पूछा, वह दिख नहीं रहा था। झोला फेंककर दोनों भागे। लोहार झोले की तरफ गया। वह झोला उठाना चाहता था। तभी उसने साँप को झोले से बाहर आते देखा। डरकर वह रुक गया। एक मोटा-लम्बा साँप झोले से बाहर आया। पहले धीरे-धीरे चला फिर सर्र से झाड़ियों में घुस गया। साँप के चले जाने के बाद भी उसने झोला नहीं उठाया कि उसमें दो-चार बिच्छू हों। लोहार के पलटते ही, छुपे हुए मुन्ना-मुन्नी निकले। मुन्ना ने झोला उठाया और दोनों खेत ही खेत मेड़ों पर घर की ओर दौड़ने लगे।

स्टेशन मास्टर की ऐड़ी पर चिन्दी की पट्टी बँधी थी। वे पैर लटकाए सँभलकर कुर्सी पर बैठे थे। टेबिल पर लाल झंडा और हरा झंडा लपेटा हुआ रखा था।

"तबीयत ठीक नहीं है?" गुरुजी ने पूछा।

"हाँ, घाव हो गया। उसी से बुखार है।" स्टेशन मास्टर ने कहा।

"बच्चों की परीक्षा थी। इसलिए कई दिन नहीं आया।" गुरुजी ने कहा।

"कितने दिन से बुखार है?" गुरुजी ने पूछा।

"तीन दिन से।"

"मैं सोच रहा था पैसेंजर बुखार है। गाड़ी बहुत देर रुक गई। तीन दिन गाड़ी रुके ऐसा कोई स्टेशन है?"

"ऐसा कोई स्टेशन नहीं है। गाड़ी रुकने के कारण होते हैं।"

"बीमारी के कारण होते हैं।"

"हर बात के कारण होते हैं।"

"तख्ते में कल की गाड़ी का समय लिखा है।" गुरुजी के साथ स्टेशन मास्टर लँगड़ाते हुए तख्ते के सामने खड़े हो गए थे।

"नहीं परसों का लिखा हुआ है।"

"आज नहीं लिखेंगे?"

"चॉक नहीं थी गुरुजी। कई दिन से आए नहीं। कोई पढ़ता नहीं। जाने वाले चार घंटे पहले आ जाते हैं। दूर गाँव वाले एक दिन पहले आ जाते हैं। गाड़ी छूट जाने का अब उनको डर लगने लगा है। लोग सोचते हैं जितनी देर पहले आएँगे गाड़ी उतनी निश्चित मिलेगी।"

"इनका बस चले तो महीना भर पहले आकर स्टेशन के बाहर डेरा जमा दें।"

"ऐसा हुआ तो जाने वाले यात्रियों की भीड़ का एक छोटा गाँव हो जाएगा, जो स्टेशन के प्लेटफार्म से शुरू होगा।"

रेलगाड़ी से जाने वाले दो-चार साल पहले स्टेशन आ जाएँ। बाँस-बल्ली की झोंपड़ी बनाकर रहने लगें। खेतिहर मजदूर यात्री यहाँ मजदूरी करने लगें। बढ़ई बढ़ईगीरी करने लगें। पहले एक पति-पत्नी यात्री थे कि कुछ पैसा इकट्ठा हो तो दूर मजदूरी करने जाएँ। यहाँ पैसा इकट्ठा नहीं होता था। फिर पति-पत्नी यात्री का बच्चा हो जाएगा। बहुत छोटे बच्चे की टिकिट नहीं लगती थी। बच्चा बड़ा होगा तो गुरुजी, जोर देंगे कि वह उनकी पाठशाला में भरती हो जाए। और बड़ा हो जाएगा तो उसकी यात्रा में टिकिट लगेगी। वह पढ़ाई छोड़कर कमाने लगेगा। वह अपनी टिकिट

कमाएगा। यहाँ की कमाई से पेट भरता। कभी-कभी वह भी नहीं भरता। लेकिन वहाँ कोई रहता नहीं होगा। सब ठहरे रहेंगे। यही कि गाड़ी आने के दो साल पहले आ गए। और टिकिट के लिए कमाई में जुट गए। खेत में कोई मिल गया जो गाय ढूँढ़ने जा रहा हो, उससे पूछेंगे कि कहाँ जा रहे हो। तो एकबारगी वह यह नहीं कहेगा—

"गाय ढूँढ़ने जा रहा हूँ।"

कहेगा, "टाटानगर जा रहा हूँ।"

"कब जा रहे हो?"

"नहीं मालूम। टिकिट का पैसा कमा लें।"

"एक या आधी टिकिट का पैसा जमा हुआ?"

"नहीं हुआ, सब जाएँगे।"

शासन गणना करेगी कि टाटानगर की ओर जाने वाले एक अलग गाँव बना लें। टाटानगर के रास्ते में जो उतरेंगे उनके अलग-अलग मोहल्ले हो जाएँ। जलवायु और राजनीति बहुत तेजी से बदल रही थी। बरसात कम होने लगी थी। धान पकती नहीं कि पानी का गिरना बन्द हो जाता था। धान की फसल गाय-गोरू का चारा होती। खेती-किसानी से किसी का पेट नहीं भरता था। किसान आदिवासी जहाँ सैकड़ों साल से रह रहे थे वहीं के शरणार्थी हो गए थे।

"चॉक मेरे पास है।" तख्ते के सामने खड़े गुरुजी ने कहा।

"पहले तख्ता साफ कर लो।" स्टेशन मास्टर ने कहा। तख्ते के ऊपर साफ करने के लिए एक चिन्दी फँसी हुई थी। गुरुजी ने चिन्दी से पूरा लिखा साफ किया। आज का दिनांक लिखा।

"ग गणेश का लिख दूँ, राइट टाइम।" गुरुजी बोले।

"झ झंडे का लिखो आधा घंटा लेट है।"

"इसके पहले त तलवार आ रही है स्टेशन मास्टर।"

"त तलवार बहुत लेट है।" स्टेशन मास्टर ने कहा।

"आपका मन है जो त तलवार लेट है।"

"मेरे मन से लेट नहीं है गुरुजी, अपनी म्यान से लेट है।"

"ब बन्दूक बिफोर टाइम है?" गुरुजी ने पूछा।

"हाँ बिफोर टाइम है।" स्टेशन मास्टर ने कहा।

"ब बन्दूक को आने देंगे?" गुरुजी ने पूछा।

"इस प्लेटफार्म में ब बन्दूक को नहीं रुकने दूँगा। सिगनल के पास रोक दूँगा।"

"सिगनल के पास ब बन्दूक उतर जाएँगे तब क्या करेंगे?"

"कब तक रोक सकूँगा। जाने दूँगा तो आगे स्टेशन में भी उतर जाएँगे।" चिन्तित होकर स्टेशन मास्टर ने कहा।

"हम लोग क्या करें।" गुरुजी ने असहाय होकर पूछा।

"हमेशा के लिए रोक देंगे या गाड़ी लौटा देंगे। चिन्ता क्यों करते हैं गुरुजी।" स्टेशन मास्टर ने बहलाते हुए कहा। स्टेशन मास्टर अन्दर गए। वहाँ से चिल्लाए।

"नागपुर टाटानगर पैसेंजर आधा घंटे लेट।"

"लिख दूँ?" गुरुजी ने कमरे में झाँककर पूछा।

"हाँ लिख दो।"

"पक्का है! कहिए तो एक घंटा लिख दूँ।"

"अरे नहीं! आधा घंटा बस।"

"अच्छा।" गुरुजी ने लिखा नागपुर टाटानगर आधा घंटा लेट। वे अन्दर गए। टेबिल पर झंडे के पास उन्होंने चॉक रख दी। फिर जेब से दो चॉक और निकालकर रख दी।

बुलबुल सीटी बजा रही थी
पर गौरैया दिख रही थी।
बुलबुल के प्लेबैक से गौरैया
गा रही थी।

प्लेटफार्म में कुली नहीं था। पैसे लेकर सामान उठाने वाला यहाँ कोई नहीं होता। अगर सामान अधिक हो तो खेतों पर काम कर रहे लोगों को बुला लेते।

अधिकतर सामान के साथ सामान ले जाने के लिए काँवर रखते थे। उतरते और काँवर में सामान लादकर ले जाते। टिन की पेटी सिर पर बोहकर अकेली या दुकेली पगडंडियों, मेंड़ों से आती-जाती हुई लड़की ससुराल या मायके जा रही होती। लोग डिब्बे से उतरकर पैदल दो कोस, पाँच कोस के लिए रवाना हो जाते कि शुरू से पैदल चल रहे हैं। रेलगाड़ी में बैठ गए थे जैसे चलते-चलते पेड़ के नीचे बैठ गए।

दाऊ गोंठिया लोगों को लेने बैलगाड़ी आती थी। बताए हुए दिन न आए तो उनको लिवाने रोज बैलगाड़ी आती। गाड़ी आने के बाद बैलगाड़ी चली जाती। स्टेशन के बाहर जगह-जगह चार-छह पत्थरों को जोड़कर चूल्हे बने होते। धुएँ से पत्थर काले होते। कुत्ते आते-जाते चूल्हे पर भी पेशाब कर देते थे। बैलगाड़ी के बैलों के लिए डाला गया धान का पैरा दूर-दूर कचरे की तरह पड़ा रहता। गोबर तुरन्त उठा लिया जाता था।

पेड़ों के नीचे जहाँ गाड़ी खड़ी रहती वहाँ एक नाऊ बोरा बिछाकर पेटी लिये बैठता था। लोग अधिकतर इससे सिर मुँड़ाते थे। नाऊ होंठ के नीचे तम्बाकू की पत्ती दबाकर रखता था। दुबला-पतला बूढ़ा नाऊ था। बाल बनाते-बनाते उसका मुँह खुल जाता था। थोड़ी देर बाद नीचे का तम्बाकू से फूला होंठ लटक जाता था। जब बाल बनवाकर आईना देखते हुए सिर पर हाथ फेरते तो मालूम पड़ता कि सिर पर नाऊ के मुँह का तम्बाकू पड़ा है। गुस्सा होते तो वह माफी माँग लेता।

झगड़ा होने की नौबत आती नहीं थी। चाय-भजिए की दुकान में यदि चाय में मक्खी होती तो मक्खी उँगली से निकालकर चाय पी जाते। चाय-भजिया में बाल का निकलना भी स्वाभाविक होता। कभी भजिए के गीले बेसन में बाल दिखाई दे जाता, जब तक उसे निकालने की सोचो तो गीले बेसन में बाल गायब हो जाता था कि खुद निकल गया हो। चाय-भजिए की दुकान में एक हिलती-डुलती टेबिल होती। टेबिल को नाखून से खरोंचने पर मैल की मोटी परत निकलती और एक गहरी लकीर बन जाती। बहुत दिनों बाद स्मृति हो तो चिक्कट स्मृति के पटल से ऐसी ही मैल की बत्ती निकलती। गाँव की स्मृति में भी मैल की मोटी परत होती।

रेलगाड़ी में आना-जाना बढ़ रहा था बल्कि जाना बढ़ गया था। गुरुजी को आए दिन एक झोंपड़ी खाली दिखती। लिपी-पुती झोंपड़ी में बहुत दिनों तक कोई

नहीं आता। झोंपड़ी का दरवाजा खुला होता। दरवाजा बन्द करने लायक झोंपड़ी में कुछ नहीं होता। ये ऐसे घर थे जिनमें कई दिनों तक न रहो तो ये अपने-आप टूटने लगते थे।

गुरुजी ने देखा कि जिवराखन और कोटवार दौड़ते हुए गाड़ी पकड़ रहे थे। वे कुछ चिल्लाते कि दोनों चलती गाड़ी में लटके हुए दूर निकल गए। खाली झोंपड़ियों के आसपास के पेड़ अपनी जगह खड़े रहने की व्यवस्था में खड़े थे। उनका बस चलता तो जड़ समेत हरे-भरे उखड़कर चले जाते। ठूँठ बनकर यात्री बनना उन्हें अच्छा नहीं लगता। लोग जड़ समेत उखड़ जाते थे। और ठूँठ बनकर यात्रा करते कि पूरा गाँव झोंपड़ी समेत रेलगाड़ी में चला गया। तालाब, गाँव की जमीन मालगाड़ी में लदकर चली गई।

अगर गरीबी थी तो क्या इसके बाद कुछ न खोने का सुख था! गरीब आदमी क्या खोएगा! अगर वे झुककर जोहार करते थे तो यह कारण नहीं था कि उनकी जेब में पैसे नहीं थे जो झुकने से गिर जाते। जिसकी जेब कट जाती थी वह खोता नहीं था। लुट जाता था। लोगों को लुटने का पता नहीं चलता। एक विशाल भूखंड में किसी की बची चवन्नी-अठन्नी गिर जाती तो उसको कभी नहीं मिलती थी। जिसको मिलती थी वह उठाता नहीं था कि उसकी नहीं है।

गुरुजी की पत्नी की चप्पल शुरू से लेकर आखिरी तक टूटी रहती। घर-गृहस्थी के जो रास्ते थे उनमें चप्पल की जरूरत नहीं होती। नंगे पैर ही चला जाता। टूरिंग टाकीज महीनों बाद आती। जब सिनेमा देखने जाते तब चप्पल की याद आती। चप्पल टूटी रहती, और पत्नी नंगे पैर चलती। कुआँ पार जाना, तालाब जाना, दूसरे की झोंपड़ी जाना, पहाड़ी जाना, साल के जंगल में आँवला के पेड़ के नीचे जाना, बरगद के पेड़ सब घर-गृहस्थी के रास्ते थे। इन रास्तों में नंगे पैर ही चलना होता। स्टेशन जाते समय, मेले-ठेले में जाते समय भी चप्पल की याद आती। तब भी चप्पल टूटी रहती।

फुलेसर दाई बहुत सुन्दर माहुर लगाती थी। वह माहुर लगाती तो बारीक सुन्दर लाल लकीरों से पैर सज जाता। सोने-चाँदी का गहना नहीं, रंग का गहना था। चाँदी की नहीं माहुर की पैर-पट्टी होती। यह पैर-पट्टी अधिक दिन नहीं चलती थी। फीकी होते हुए टूटतो। पानी में घुलते हुए टूटती। मेहँदी की रची पैर-पट्टी

अधिक दिन चलती। यह टिकाऊ रंग का गहना था। पर मेहँदी सजाना आता नहीं था। मेहँदी की हरी पत्ती तोड़कर लाते, पत्थर पर पीसते फिर गोबर की तरह पैरों पर, हथेलियों पर थोप लेते। मेहँदी सूखकर झड़ जाती तब मेहँदी का मोटा कत्थई गहना दिखाई देता। धोने पर वह रचा गहना गहरा कत्थई चमकने लगता।

टूरिंग टाकीज में सिनेमा देखने गुरुजी के साथ सजी पत्नी थी। उसके हाथों और पैरों में मेहँदी थी। ये गहने सोने-चाँदी के गहने के प्लेबैक नहीं होते। हँसती-गाती एक लड़की लड़के के साथ सिनेमा में नाचती थी। यह देखना दोनों को अच्छा लग रहा था। वे अपने घर से लाए बोरे पर बैठे थे। पर्दे के इस तरफ भी लोग थे और पर्दे के उस तरफ भी। ऐसा नहीं था कि औरतें अलग बैठतीं। पर्दे के दूसरी तरफ औरतों को अलग से बैठने के लिए कहा जाता तो भी सब मिल-जुलकर बैठते। गुरुजी को यह मालूम था कि गाना प्लेबैक से होता है। बहुत ध्यान से गाने वाले को देखने पर यह समझ में नहीं आता कि वह नहीं कोई दूसरा गा रहा है जो दिखाई नहीं देता। गाते समय के होंठ के हिलने पर ध्यान देते, हाव-भाव पर ध्यान देते कि लगे कोई दूसरा गा रहा है। यह झूठ सच लगता था। यह धोखा नहीं था खेल था।

चिड़िया चहचहा रही होती। परन्तु वह चिड़िया दिखाई नहीं देती। दूसरी चिड़िया दिखाई देती। जैसे बुलबुल की आवाज आती और पेड़ पर गौरैया दिखाई देती। बुलबुल की आवाज गौरैया के लिए प्लेबैक थी। बहुत-सी चिड़िया प्लेबैक की तरह चहचहा रही थीं। गिलहरी टिट-टिट बोल रही थी या ऊपर बैठी मैना टिट-टिट बोल रही थी। गिलहरी का बोलना चिड़िया का बोलना लगता होगा, अगर चिड़िया वहाँ हो। अगर शेर दहाड़ और न दिखे बदले में गिलहरी दिखे तो यह नहीं लगेगा कि गिलहरी दहाड़ रही है। मुन्नी चहचहा रही थी। यह गौरैया का प्लेबैक होगा। मुन्नी सीटी बजा रही थी। यह बेटी चिड़िया का प्लेबैक होगा। बापजी ने मुन्नी को देखा, अम्मा ने मुन्नी को देखा। सीटी बजाने वाली चिड़िया नहीं दिखी। सीटी बजाने वाली चिड़िया का प्लेबैक होगा।

"जलेबी खाने का मन हो रहा है।" पत्नी ने कहा।

"तुम बोल रही हो!" गुरुजी ने कहा।

"मैं नहीं बोली तो कौन बोला। जलेबी खाए हुए बहुत दिन हो गए।" पत्नी ने फिर कहा।

"तुम नहीं बोल रही हो। यह किसी का प्लैबैक है।" गुरुजी ने कहा।

भूख की चिनगारी बुझाने के लिए
आखिरी कौर खाना पड़ेगा। ऐसा
नहीं था कि आज पहला कौर
खाकर चार दिन बाद एक
आखिरी कौर खा लें।

गुरुजी अपने-आपको प्लेबैक दे रहे होंगे। उनका भी मन हो रहा था कि जिवराखन की साइकिल लेकर बड़गाँव जाएँ और जलेबी लेकर आएँ। जलेबी गुरुजी को अच्छी लगती थी। बच्चों को अच्छी लगती थी। पत्नी को भी अच्छी लगती थी। परन्तु पत्नी ने अपने अच्छी लगने के कारण नहीं कहा था। उसकी जलेबी खाने की इच्छा सब जलेबी खा लेंगे के कारण थी। वह जलेबी खाती नहीं थी। खाने के लिए एक जलेबी अपने लिए बचाकर रख लेती। बची जलेबी का टुकड़ा-टुकड़ा, आते-जाते मुन्नी-मुन्ना खा लेते।

"बापजी जलेबी मैं ले आऊँ!" मुन्ना ने कहा।

"तुमको साइकिल चलानी नहीं आती।"

"बापजी बड़गाँव में साइकिल किराए से लेकर साइकिल सीखने नहीं देते।" मुन्ना ने अम्मा से कहा।

"मैं दौड़ते-दौड़ते जलेबी ले आऊँगा।" मुन्ना ने बापजी से कहा।

"रास्ते में भूख लगेगी तो पूरी जलेबी खा लेगा।" मुन्नी बोली।

"खा लेगा तो अच्छा करेगा भूखे रहकर अपनी जान नहीं देगा।" अम्मा ने मुन्ना से कहा।

"मैं जलेबी नहीं खाऊँगा।" मुन्ना ने मुन्नी से कहा।

"मैं मुन्ना के लिए रोटी सेंक दूँ?" मुन्नी ने अम्मा से पूछा।

"रोटी सेंकोगी तो देर हो जाएगी। फिर गरम जलेबी नहीं मिलेगी।" गुरुजी ने कहा।

"मुन्ना के लिए रोटी सेंकनी पड़ती है।" अम्मा ने कहा। मुन्ना की भूख विपत्ति की तरह आती है। एक दुर्घटना की तरह। सबकी भूख दुर्घटना नहीं होती। खाना खाने का समय खुशहाली का समय होता।

"मुझे भूख नहीं लगेगी।" मुन्ना ने बापजी से कहा।

गुरुजी ने मुन्ना को तीन रुपये देते हुए कहा, "अच्छा लेकर आ जा।"

तीन रुपये का नोट पकड़ते ही मुन्ना दौड़ गया। मुन्ना के पीछे-पीछे मुन्नी दौड़ गई।

"भूख लगेगी तो जलेबी खा लेना।" मुन्नी ने जोर से कहा।

मुन्नी ने लौटकर अम्मा से कहा, "अम्मा मुन्ना नहीं सुना।"

अम्मा ने गुरुजी से कहा, "साइकिल से जाकर मुन्ना से कह दो कि भूख लगे तो वह जलेबी खा ले।"

"साइकिल वाले गाँव से निकल गए होंगे।" गुरुजी ने पत्नी से कहा।

"जलेबी लाने तुम नहीं गए।" पत्नी ने मुन्ना-मुन्नी की अम्मा के प्लेबैक से कहा।

बापजी ने मुन्ना-मुन्नी की माँ को सुना। उन्हें लगने लगा कि मुन्ना भूख लगने पर जलेबी नहीं खाएगा।

"तू बहुत बोलती है।" मुन्नी को डाँटते हुए उन्होंने कहा।

"मैं दौड़ती हुई जाऊँ! मैं मुन्ना से कह दूँगी।" मुन्नी ने बापजी से कहा।

"जिवराखन नहीं गया होगा उसकी साइकिल मिल जाएगी।" पत्नी ने कहा।

"चिन्ता मत करो। जलेबी लाने के लिए मुन्ना तालाब में तैर नहीं रहा होगा कि भूख लगने पर डूब जाता। वह उड़ नहीं रहा होगा कि भूख लगते ही नीचे गिर जाता। अगर उसे देर लगेगी तो मैं ढूँढ़ लूँगा। वह रास्ते में मिल जाएगा।" गुरुजी पत्नी को समझाना चाहते थे।

"मैं मुन्ना से कह दूँगी।" मुन्नी ने दरवाजे के पास जाकर कहा। और वह दौड़ते हुए चली गई।

"मुन्नी अपने साथ रोटी ले गई?" गुरुजी ने पूछा।

"नहीं ले गई।" पत्नी ने कहा।

"अब क्या होगा! उसका जाना तो बेकार हुआ। रोटी लेकर मैं चला जाऊँ?"

"मुन्नी उसे जलेबी खिला देगी।"

मुन्नी पहली बार बिना रोटी के मुन्ना को लाने गई जो शायद भूखा रास्ते में बैठा होगा। बहुत भूखा होने पर वह लेटा पड़ा होगा। मुन्नी जानबूझकर रोटी लेकर नहीं गई थी। वह मुन्ना को जलेबी खिलाना चाहती थी।

"मुन्ना का पेट भरा रहता है तब उसमें बहुत ताकत रहती है।"

"हाँ।"

"भूखा रहने पर ऐसा हो जाता है कि जान नहीं है।" उदास होकर पत्नी ने गुरुजी से कहा।

अनाज-कपड़ा महँगा हो रहा था। यह कैसी सभ्यता थी कि भूखे रहकर कपड़े सिलवाना पड़ता था ताकि नंगे न रहें। कपड़ा पहने हुए आदमी भूखा मर जाता था। औरत कपड़े उतारकर पेट भर लेती थी।

गुरुजी ने सोचते हुए पत्नी से कहा, "मैं सोच रहा हूँ मुन्ना की कमजोरी मालूम होने से वह किसी चक्कर में न फँस जाए।"

"कैसा चक्कर?"

"यही कि दो रोटी खिला दो और उससे फायदा उठाओ।"

"कैसा फायदा?"

"मुन्ना के ऊपर अंकुश लोहे का नहीं दो रोटी का होगा।"

दो रोटी के अंकुश की बात सुनकर मुन्ना की माँ घबरा गई। दो रोटी खाकर कुत्ता पालतू हो जाता है और रखवाली करता है। दो रोटी का अंकुश या दो रोटी की जंजीर।

"मुन्ना को सिखाना होगा।" गुरुजी ने कहा।

"क्या सिखाना होगा?"

"भूखा रहना।"

"उसे उपवास करने के लिए कहें?"

"उपवास में फलाहारी होती है।"

"निर्जला उपवास कराओगे?"

"निर्जला भूखा रहना। उसको भूखा रखेंगे।"

"भूख से मर न जाए!" पत्नी रुआँसी हो गई।

"मरने नहीं देंगे।"

"मरने न देना क्या अपने हाथ में है?" पत्नी ने पूछा।

"मरने न देना अपने हाथ में नहीं है। पर भूख से मरने वाले के लिए अपने हाथ में आधी रोटी रख सकते हैं।" गुरुजी ने कहा।

होने को ऐसा हो सकता था कि गाँव के कुएँ में एक काँसे की थाली गिर जाए, दोपहर का समय हो, सूर्य कुएँ के ऊपर होगा कि प्रकाश कुएँ के तल तक जाए। जिसकी थाली गिरी होगी वह मुन्ना से कहेगा, "मुन्ना मैं तुमको जलेबी खिलाऊँगा। काँसे की थाली कुएँ से निकाल दो।" तो दूसरा कहेगा, "पहले खिलाओगे तब ताकत आएगी।"

यह दूसरा मुन्ना की उम्र का लड़का होगा। उसने भोलेपन से कहा होगा। यह दूसरा एक आदमी हो सकता था। कोई भी हो सकता था। दूसरा गुरुजी हो सकते थे। और उनके मुँह से निकला होगा कि पहले खिलाओगे तब ताकत आएगी। उन्हें डर होगा कि कुएँ के अन्दर जाकर मुन्ना की ताकत समाप्त न हो जाए। एक बार की डुबकी में काँसे की थाली हाथ में न आए। थाली काँटे में नहीं फँसती। बाल्टी गिर जाती तो काँटा डालकर बाल्टी काँटे में अटक जाती। फिर धीरे-धीरे खींचते। अन्दर पानी में भरी बाल्टी का वजन मालूम नहीं पड़ता। लगेगा कि बाल्टी निकल रही है और बाल्टी नहीं होती। कई बार फँसी हुई बाल्टी आधे रास्ते ऊपर आकर छूटकर गिर जाती। मुन्ना अगर डूब गया तो उसे कैसे निकालेंगे! काँटा डालेंगे तो मुन्ना लहूलुहान हो जाएगा। लोहे का काँटा उसकी जाँघ, पेट, गले में कहीं भी फँस सकता है। पानी के अन्दर ऊपर आते-आते जब काँटे में फँसा हुआ पानी के ऊपर मुन्ना आएगा तो अपने वजन से काँटा गहरा फँसता

जाएगा, और धँसते हुए शरीर को काटते हुए काँटे की पकड़ ढीली हो जाएगी। मुन्ना छपाक् से पानी में गिर जाएगा।

दूसरा आदमी गुरुजी ही होंगे। जलेबी बड़गाँव से आएगी। कुसमय की जलेबी ठंडी होगी। मुन्ना बहुत खुश होकर जलेबी खाएगा, खाकर उँगली चाटते हुए वह खड़ा हो जाएगा। दोपहर में सूर्य कुएँ के ऊपर इसलिए रहेगा कि पानी के अन्दर मुन्ना को थाली दिखाई दे सके। मुन्ना, कुआँ पार के ऊपर खड़ा होकर कुएँ में कूद जाएगा। दूसरे आदमी गुरुजी बड़बड़ाएँगे कि कपड़े उतारकर नहीं कूदा। वैसे मुन्ना इतने बड़े लड़के तालाब में नग-धड़ंग नहाते थे। मुन्ना से बड़े लड़के भी। एक बार में मुन्ना साँस रोककर पानी के अन्दर सीधे थाली तक पहुँच जाएगा। गोता लगाकर थाली पकड़े हुए वह ऊपर आएगा। रस्सी डालकर उसे खींच लेंगे। बूच की मोटी रस्सी कोगी। एक हाथ से रस्सी पकड़े रहने के कारण सारा वजन एक हाथ की पकड़ पर होगा। बाहर आकर वह देखेगा कि रस्सी से हथेली छिल गई है। पर गुरुजी आश्वस्त रहेंगे कि मुन्ना खाकर गया है इसलिए उसे कुछ नहीं होगा। बाहर आते ही वे मुन्ना को प्यार करेंगे। गीली कमीज उतारकर अपनी धोती से उसके हाथ-पैर पोंछेंगे और छिली हथेली देखेंगे। वे खिसियाए हुए उसे घर ले आएँगे कि उनसे गलत हुआ, मुन्ना को कूदने नहीं देना था। पत्नी सुनेगी तो क्या कहेगी। मुन्नी भी समझदार हो गई। मुन्नी क्या सोचेगी।

आगे घटना हो सकती थी कि उनकी गैरहाजिरी में एक आदमी आए और मुन्ना से बोले, "चलो एक काम है।"

मुन्ना कहेगा, "अम्मा बोलेंगी तो जाऊँगा।"

"बाई! मुन्ना से एक काम है उसको ले जाऊँ!" वह आदमी बोलेगा।

पत्नी को यह समझ न होगी कि मना कर दे। उसकी तो इतनी समझ है कि कहेगी, "भैया जल्दी भेज देना।" वह आदमी उसे पास के गाँव ले जाएगा। वहाँ एक अच्छा दिखने वाला बुरा आदमी होगा। मुन्ना को देखते ही वह कहेगा कि मुन्ना के लिए खाना लाओ। खाने की पहले से तैयारी होगी। एक थाली में तुरन्त भात-

रोटी-तरकारी होगी। मुन्ना को एक कोने में बैठा दिया जाएगा। जब परसी थाली वह खा लेगा तो उससे कहा जाएगा, "उठो।" वहाँ धान के बोरों की ऊँची थप्पी जमी होगी। बैलगाड़ी में बोरों को लादने का काम चल रहा होगा।

दुबले-पतले मरियल गाँव के लोग पीठ में बोरा लादकर बैलगाड़ी में रख रहे थे। मुन्ना आसानी से पीठ में बोरा लाद लेता था। वह खेल-खेल में बोरा लादकर बैलगाड़ी में रख रहा था। वह सब आदमियों से अधिक काम कर रहा था। यह देख आधे दिन के बाद सभी मरियल आदमियों को काम से हटा दिया गया। अब अकेला मुन्ना था। एक बैलगाड़ी भरकर जाती तो दूसरी खाली बैलगाड़ी आ जाती। शाम होते तक मुन्ना को भूख लगने लगती। अच्छा दिखने वाला बुरा आदमी मुन्ना को काम से लगाकर साइकिल से बड़गाँव की ओर चला जाता। वहाँ कोई नहीं होता, अकेला मुन्ना होता और एक-एक कर आने वाली बैलगाड़ी होती। अँधेरा होता तो एक आदमी जलता हुआ पेट्रोमैक्स लेकर आता और वहाँ रख देता। पेट्रोमैक्स का उजाला दूर तक फैल जाता। पेट्रोमैक्स रखकर वह आदमी चला जाता। पेट्रोमैक्स के चारों ओर छोटेछोटे कीड़े इकट्ठे होने लगते। अँधेरे से पेट्रोमैक्स के उजाले में एक खाली बैलगाड़ी आती। बैलगाड़ी भरकर, पेट्रोमैक्स के उजाले से आगे के अँधेरे में चली जाती।

मुन्ना की भूख बढ़ रही थी। बहुत भूखा होकर वह बोरे को लाद नहीं पा रहा था। वह धीरे-धीरे गिरने से अपने को सँभालने की कोशिश करता और अपने घर की ओर दो कदम बढ़ाकर धड़ाम से गिर जाता।

वह सचमुच का बुरा आदमी पान खाकर तब तक लौट गया होता। मुन्ना को जमीन पर पड़ा देख वह आवाज देता कि कोई जल्दी से खाना लेकर आए। एक आदमी एक थाली में रोटी-दाल-भात लेकर उसी समय आ जाता।

अच्छा दिखने वाला बुरा आदमी मुन्ना को दाल में रोटी भिगाकर तरकारी लगाकर खिला रहा था। मुन्ना आँख मूँदे "आ" कहकर अपना मुँह फाड़ देता कि बिलकुल बच्चा हो। दो कौर के बाद उसकी आँख खुलती तो मोटा आदमी थाली उसके आगे सरकाकर कहता, "लो खा लो।" मुन्ना अपने हाथ से खाने लगता।

जब आदमी मुन्ना को खिला रहा था तभी गुरुजी मुन्ना को ढूँढ़ते हुए वहाँ आए होंगे। आते ही उन्होंने देखा होगा कि मुन्ना को एक आदमी प्रेम से खाना खिला रहा है। वे निश्चिंत होकर लौट जाएँगे कि मुन्ना की जान को खतरा नहीं है। घर आकर खुशी-खुशी पत्नी से बताएँगे।

"एक आदमी मुन्ना को प्यार से खाना खिला रहा था।"

"मालूम नहीं क्या खिला रहा हो!" पत्नी ने कहा।

"बढ़िया खाना। दाल, रोटी, तरकारी, प्याज, पापड़, मिठाई भी थाली में रखी हो, पता नहीं। देख नहीं पाया।"

"मुन्ना से कहे थे घर चलने को!"

"नहीं।"

"क्यों?"

"घर आकर तुम खाना ही तो खिलाती। वह खाना खा रहा था इसलिए नहीं कहा।"

मुन्ना को दो रोटी खिला दो और उससे कठिन काम करवा लो इस बात की जानकारी बहुतों को होने लगी थी। उस आदमी ने मुन्ना को छोड़ा नहीं था। मुन्ना को अम्मा की याद आती थी। पत्नी गुरुजी से रोज कई बार कहती कि वह मुन्ना के लिए खाना लेकर बैठी रहती है। मुन्ना की बहुत याद आती है।

मुन्नी बापजी से मुन्ना को लाने के लिए झगड़ती। एक दिन वह तैयार हो गई।

"कहाँ जा रही हो? झोले में क्या है?" गुरुजी ने मुन्नी से पूछा।

"मुन्ना को लाने जा रही हूँ। झोले में रोटी है।" कहकर मुन्नी भाग जाती।

वह मुन्ना को बहुत देर बाद लौटा पाती।

मुन्ना पीठ पर बोरे लाद बैलगाड़ी में रखता जा रहा था। यह देखकर मुन्नी को अच्छा नहीं लगा। मुन्ना एक और बोरा लादने वाला था कि मुन्नी उसके पास गई और हाथ पकड़कर बोली, "चल।" मुन्ना मुन्नी को देखकर बहुत खुश हो गया। उसने कहा, "चल।" दोनों भागे और भागते रहे। बहुत से आदमी आसपास से जो कभी दिख नहीं रहे थे और अनुमान में भी नहीं रह रहे थे, आए और मुन्ना को पकड़ने दौड़े। मुन्ना-मुन्नी बहुत तेज दौड़ रहे थे। वे घर पहुँच गए।

अम्मा मुन्ना को देखकर रोने लगी थी। मुन्ना कैसा-कैसा दिख रहा था। रात को गुरुजी से पत्नी ने कहा, "मुन्ना को लोग जीने नहीं देंगे।"

गुरुजी ने कहा, "हाँ।"

"चलो यहाँ से चलें।"

"दूर गाँव चले जाएँ।"

"पाठशाला की नौकरी छोड़ दें।"

"नौकरी मत छोड़ना। रोज दूर से आकर नौकरी करना।"

"अच्छा।" गुरुजी ने कहा।

एक बैलगाड़ी के रात के दृश्य पर घर का सब सामान रखकर मुन्ना को बचाने पूरा परिवार गाँव चुपके से छोड़ रहा था। दूर जाने के लिए कहाँ और कितनी दूर जाना है यह किसी को नहीं मालूम था। बैलों को मालूम था इस तरह बैलगाड़ी जा रही थी : गुरुजी बैल हाँक रहे थे। बैलों को बहुत दूर बैलगाड़ी ले जाने का मन नहीं था : एक बैल चल नहीं पा रहा था। गुरुजी तुतारी लगाते। इतने में वह बैल जमीन पर बैठ गया जैसे गिर गया। बैल को पूँछ पकड़कर उठाने की कोशिश की गई। पर बैल नहीं उठा। मुन्ना ने उस बैल को खोल दिया और गाड़ी हटाई। उदास खड़े दूसरे बैल की ओर देखा। जैसे कहा हमको जाना है, मैं तुम्हारा साथ दूँगा। जमीन में बैठे बैल को देख मुन्ना ने जैसे कहा तुम्हारा काम मैं करूँगा। तुम चिन्ता मत करना। मुन्ना और एक बैल गाड़ी खींचने लगे। बैल के साथ मुन्ना जब गाड़ी खींचने लगा तो गुरुजी अम्मा और मुन्नी गाड़ी में फिर बैठ गए। थोड़ी देर बाद मुन्नी उतर गई। अम्मा उतर गई। गुरुजी उतर गए।

"तुम लोग क्यों उतर गए?" मुन्ना ने बिना सिर घुमाये पूछा।

मुन्ना एक बैल के साथ गाड़ी खींच रहा था। गुरुजी को छोड़ सभी नंगे पैर थे। गुरुजी भँदई चप्पल पहने थे।

"मुन्ना रुक जा हम लोग यहीं बस जाते हैं।" अम्मा ने कहा।

"हाँ, मुन्ना।" गुरुजी ने कहा।

गुरुजी ने सोचा बुरा आदमी खाना खिलाकर बोरे उठवा रहा था। अब उन्होंने मुन्ना को खाना खिलाकर पाल-पोसकर अपने बोझ और असफलता की बैलगाड़ी में जोत दिया है।

घर में मुन्ना-मुन्नी नहीं थे। गुरुजी ने पत्नी से कहा, "मुन्ना को भूखा रहना सिखाना है।"

"कैसे सिखाओगे?" पत्नी ने पूछा।

"तुम उसकी जेब से पचास पैसे का सिक्का निकाल लेना।"

"अच्छा।" पत्नी ने एक बूँद आँसू टपकाया। वह शुरू से ऐसा बहुत रो रही थी जिसमें आँसू बिलकुल न टपकें, रोने की आवाज न हो, रोना न दिखे। वह यह कर रही थी।

"उसके लिए खाना मत बनाना।"

"सबके लिए बनाना है!" पत्नी ने कहा।

"हाँ मुझको, तुमको, मुन्नी को भूखा रहना आता है। हम लोग खाएँगे तो मुन्ना को भूखा रहना आएगा।"

"मैं तुम्हारे लिए, मुन्नी के लिए बना दूँगी। अपने लिए नहीं बनाऊँगी।"

"अपने लिए भी बनाना।" गुस्सा होकर गुरुजी ने कहा।

"अच्छा अपने लिए बना लूँगी पर खाऊँगी नहीं।"

"खाओगी नहीं तो खाना बरबाद होगा।"

"दूसरे दिन मुन्ना को बना-खिलाकर अपना बासी भी खा लूँगी।"

"मुन्ना को एक दिन नहीं बहुत दिन भूखा रहना सिखाना होगा।"

"बहुत दिन! मुन्ना को छोड़ सबके लिए खाना बनाना पड़ेगा।" पत्नी ने गहरी साँस लेकर कहा।

"हौ।"

पत्नी ने सोचा कि वह सोचना भूल जाए, राँधना भूल जाए। रोटी बेलते न बने, उससे चूल्हा न जले।

गुरुजी चूल्हा जलाएँगे तो वह आग बुझाने वाली बाल्टी से आग बुझा देगी।

"चूल्हा क्यों बुझा दी!" गुरुजी चिल्लाएँगे।

"आग लगने के डर से।" पत्नी कहेगी।

पेट की आग खाना खाने से बुझेगी, भरपेट खाने से। थोड़ा कम पेट भरा तो भूख की चिनगारी बची रहेगी। भूख की चिनगारी बुझाने के लिए आखिरी कौर खाना पड़ेगा। आखिरी कौर दूसरा या तीसरा हो सकता था। आखिरी कौर पहला कौर भी प्रायः हो जाता था। पेट भर जाने का आखिरी कौर जुटा पाना सबसे कठिन काम था। पहला कौर जुटा पाना भी कम कठिन काम न था। आग बुझाने वाली बाल्टी को चूल्हे की आग बुझाने वाली बाल्टी कहा जा सकता था। सब कुछ

राख हो जाने के बाद अब क्या बचा है, को कुरेदकर एक बीड़ी सुलगाने की निश्चिन्तता से थोड़ा टहल लेना चाहिए। जैसे भरपेट खाकर लोग टहलते होंगे। माँ-बाप का बेटे को भूखा रहना सिखाना भी एक बड़ा कर्तव्य था। यह बात गुरुजी कहते तो गुरुजी के मुँह से कर्तव्य की जगह करतब निकलता। कर्तव्य का करतब।

"समय रहते हम लोग मुन्ना को भूखा रहना सिखाएँगे। मुन्ना को भूखा रहना सिखा सकते हैं क्योंकि मुन्ना को खिला सकते हैं। छुटपन में भूखा न रह गया हो के डर से तुम बहुत दूध पिला देती होगी।"

"मुन्ना भूखा न रह जाए इसका डर तुमको ज्यादा था।" पत्नी ने कहा।

"मुन्ना को यह बतला देंगे कि माँ-बाप का साथ हमेशा नहीं होता और उसे खाना नहीं देंगे। बच्चों को साथ रखेंगे जैसे उनके साथ नहीं हैं। अपने न होने की आदत उनको डालेंगे।"

"यह नहीं हो पाएगा। कैसे करोगे जब बच्चे देख रहे होंगे कि हम उनके साथ हैं।"

"यह देखना वैसा ही देखना होगा कि हम लोग खाना खा रहे होंगे और भूखा मुन्ना हमको खाना खाते देखेगा।"

"भूखा रहना मुन्ना खुद सीख जाएगा। उसे भूखा रहना सिखाओ मत। बखत आने पर सब सीख जाएगा।"

देहाती स्टेशन के यदि एक तरफ अगला स्टेशन पनियाजोब था तो दूसरी तरफ बखतपुर था। बखतपुर पहले बखत पर रहा होगा। उसके पहले वक्त पर रहा होगा। वक्त पर सब होना चाहिए। वक्त पर काम हो। पर वक्त पर काम नहीं हो पाता। वक्त पर हमेशा बखतपुर गाड़ी नहीं पहुँचती होगी।

"सिखाने का यही समय है। छुटपन से आदत डालनी होगी।"

"भूखा रहना सीखने के बदले चुराकर रोटी खा ले तो!"

"बच्चों के बिगड़ने की पूरी जिम्मेदारी माँ-बाप पर नहीं होती। दूसरों और समाज पर भी होती है। हम अपना कर्तव्य करेंगे।"

इस कर्तव्य को भी गुरुजी ने करतब कहा होगा।

मुन्नी खाना खा रही थी। मुन्नी को मालूम नहीं था कि मुन्ना को भूखा रहना सिखाया जा रहा है।

"खाने को दो।" चिल्लाता हुआ मुन्ना बाहर से आया। चौके में बैठी अम्मा ने कुछ नहीं कहा, न कुछ किया।

"अम्मा भात दो।" मुन्नी ने कहा।

अम्मा ने भात दिया।

"कितना थोड़ा-थोड़ा परस रही हो?" मुन्नी ने कहा। मुन्नी की थाली में अम्मा ने और भात डाल दिया। चिढ़कर अधिक भात।

"बचाना मत सब खाना।" अम्मा ने कहा।

"अम्मा खाने को दो।" मुन्ना ने जल्दी मचाते हुए कहा। अम्मा चौके से बाहर आ गई कि कुछ जरूरी काम याद आया है।

"हाथ धोकर मैं परस देती हूँ।" मुन्नी ने कहा।

"तुम मत परसना।" अम्मा ने कहा।

"भूख लग रही है।" मुन्ना ने अम्मा के पास जाकर कहा।

"थोड़ी देर रुक जा। तुम्हारे बापजी को आने दो।"

"बापजी कहाँ गए?" मुन्ना ने कहा।

अम्मा कहना चाहती थी कि मेरे दु:ख से अपने दु:ख में चले गए। अच्छा है मेरे दु:ख से बच गए। सम्मिलित दु:ख दुगुना दु:ख होता है।

"मालूम नहीं।" परन्तु अम्मा ने कहा।

जैसे बहुत दौड़ते रहने से कि रुकना नहीं है पर थक जाने से हाँफते-हाँफते रुक रहे हैं। वैसे ही मुन्ना भूखा रहने से थककर हाँफ रहा था। हाँफते-हाँफते वह बैठ गया।

"जा बापजी को बुला ला।" अम्मा ने घबराकर मुन्नी से कहा जैसे डॉक्टर वैद को बुलाने के लिए कहा जा रहा हो।

"अम्मा मुन्ना को खाना दे दो।" मुन्नी ने कहा।

"अम्मा खाना दो।" मुन्ना ने बहुत धीरे से कहा। या उस चींटी ने मुन्ना के लिए कहा जो चौके की तरफ से आ रही थी। बहुत पास आकर, चिल्लाकर चींटी ने कहा होगा "मुन्ना को खाना दो।" चींटी धीरे से बोलती तो भी अम्मा को सुनाई देता। नहीं बोलती तो भी। खिड़की, दरवाज़े, मयार, अंगड़-खंगड़ और बटकी का भाजी-भात भी नहीं बोल रहे थे कि मुन्ना को खाना दो। कितने लोग और वस्तुएँ

नहीं बोल रही थीं। मुन्ना को खाना दो का जबर्दस्त सन्नाटा था। मुन्नी मटके से पानी निकालकर पी रही थी। लोटे से पानी निकालकर गिलास में डाला था। यह गिलास में पानी डालने की आवाज थी पानी की कलकल, समुद्र के थपेड़े, छपाक् से तालाब में किसी के कूदने की पानी की आवाज से भिन्न, केवल मुन्नी के खाना खाने के बाद पीने के लिए गिलास में पानी डालने की आवाज। जोर से बरसने की आवाज में बिजली के कड़कने की आवाज बाद में आती थी बिजली का कड़कना पहले दिख जाता था। अम्मा की आँख से एक बूँद आँसू चुपचाप टपका होगा। यह टपकना नहीं दिखा। न पहले दिखा न बाद में मालूम पड़ा। अम्मा का अधिकतर रोना मालूम नहीं पड़ता था। दीवाल का कोना भी अम्मा का रोना देख नहीं पाता था। रोज-रोज पहिनी जा रही धोती का आँचल भी, जाला बुन रही मकड़ी, भूमि का उजाला, रात-दिन का अँधेरा और हवा भी अम्मा का रोना देख नहीं पाती थी। मुन्ना हाँफता हुआ जमीन पर पड़ गया। मुन्नी एक रोटी लेकर आ गई थी। पूरी थाली परसने का समय उसके पास नहीं था। "अम्मा! अम्मा" कहकर वह चिल्ला रही थी।

"क्या है?" गुरुजी ने आते ही पूछा।

गुरुजी चावल लेकर आए थे।

"मुन्ना को भूख लगी है।" मुन्नी ने कहा।

गुरुजी ने मुन्ना को देखा। उन्होंने मुन्ना का माथा, छाती, पेट, टटोला। फिर मुन्ना को चारपाई पर लिटा दिया।

"तुम्हारी अम्मा कहाँ हैं?"

"अभी यहीं थीं। अम्मा से मुन्ना खाना माँग रहा था। उसे बहुत जोर की भूख लगी थी। मुझको परसने से मना कर दिया। तुमको बुलाने के लिए कहा और चली गई।" मुन्नी के हाथ में रोटी थी।

"रोटी खिला दूँ बापजी?"

"नहीं," बापजी ने कहा।

"क्यों?" मुन्नी ने पूछा।

"ऐसे ही।"

"पानी पिला दूँ बापजी?"

"नहीं।"

"क्यों?" मुन्नी ने पूछा।

"ऐसे ही।" गुरुजी ने कहा।

"मैं! तुम्हारी माँ को ढूँढ़ने जा रहा हूँ।" कहकर गुरुजी बाहर निकल गए। गुरुजी के बाहर जाते ही मुन्नी मुन्ना के पास बैठ गई। किसी तरह उठाकर वह मुन्ना को रोटी खिलाने लगी। रोटी में उसने फली का तेल और नमक लगा दिया था। दो कौर खाते ही मुन्ना को अच्छा लगा होगा। पहले धीरे-धीरे खा रहा था फिर जल्दी-जल्दी खाने लगा।

गुरुजी ईश्वर को अन्तिम अनुसंधान का विषय मानते थे। वे हँसते थे कि विज्ञान ईश्वर का विरोध करता था पर बहुत से वैज्ञानिक ईश्वर का विरोध नहीं कर पाते थे। छोटे-छोटे अनुसंधान अन्तिम अनुसंधान की ओर एक-एक कदम थे। अन्तिम अनुसंधान में ईश्वर हो भी सकता था और नहीं भी हो सकता था। गुरुजी ईश्वर नहीं होने के अधिक करीब थे। पत्नी ईश्वर होने के अधिक करीब थी। परन्तु गुरुजी और पत्नी में कोई दूरी नहीं थी।

पत्नी कुआँ पार में बर्तन माँज रही थी। गुरुजी ने पत्नी से कहा, "घर चलो।"

"मुन्ना क्या कर रहा है?" पत्नी ने पूछा।

"मैंने उसे चारपाई पर लिटा दिया है।"

"मुन्नी कहाँ है?"

"मुन्ना के पास है।"

"मुन्ना को भात कब खिलाओगे?"

"अभी थोड़ी देर भूखा रहने के बाद। फिर ज्यादा देर भूखा रहने के बाद। आज ज्यादा देर भूखा नहीं रखेंगे।"

"मुन्ना को समझा क्यों नहीं देते! धोखे से भूखा रखना ठीक नहीं है। समझा देंगे तो वह खुशी-खुशी भूखा रह जाएगा।"

"हाँ! समझाएँगे। तुम समझा देना।"

"जब मैं नहीं समझी तो उसे क्या समझाऊँगी!"

"समझने का क्या है। चलो मैं समझा दूँगा।"

बाल्टी में धुले बर्तन लेकर वह गुरुजी के साथ आई। पत्नी को लग रहा था कि मुन्नी का मन नहीं माना होगा। वह मुन्ना को खिला चुकी होगी। ऐसा ही हो उसने मन ही मन प्रार्थना की तरह सोचा।

मुन्नी मुन्ना को रोटी खिला चुकी थी।

गुरुजी ने देखा मुन्ना मुन्नी के साथ बतिया रहा है। बस्ता खोलकर दोनों पढ़ने की तैयारी कर रहे थे।

"मुन्ना को खाना खिला दिया?" मुन्नी के ठीक सामने खड़े होकर गुरुजी ने गुस्से से कहा।

"तुमने मुन्नी को मना नहीं किया था?" गुरुजी ने पत्नी से कहा।

"मना किया था। मुन्नी से पूछ लो।" पर पत्नी मन ही मन खुश थी कि मुन्ना ने खाना खा लिया।

"अम्मा ने मना किया था?" गुरुजी ने मुन्नी से पूछा।

"हाँ, बापजी।" मुन्नी ने जमीन पर बैठे-बैठे पास खड़े बापजी को देखते हुए कहा। बापजी मयार तक ऊँचे दिख रहे थे। मुन्ना को कुछ समझ में नहीं आ रहा था। वह घबराया और परेशान था।

अम्मा मुन्ना के पास जाकर खड़ी हो गई। अम्मा मयार तक ऊँची नहीं लग रही थी। गुरुजी से कम ऊँची थी। मुन्ना-मुन्नी के जन्म के पहले के संसार के कमरे में गुरुजी ने पत्नी की ऊँचाई नापी थी। ठीक पाँच फुट ऊँची थी। पाँच फुटी स्केल की तरह पत्नी थी। गुरुजी पत्नी को छूकर कहते थे कि एक फुट का निशान घुटने में यहाँ होगा। दो फुट का निशान जाँघ पर यहाँ होगा। तीन फुट का निशान पेट पर होगा। चार फुट का निशान छाती पर, फिर पाँच फुट। पाँच फुट तक पहुँचते-पहुँचते उन्हें पच्चीस मिनट लगते। कभी-कभी पाँच फुट पचास मिनट बाद बोलते। पत्नी गुरुजी को अपने हाथ से नापती थी। और इस तरह नापती कि गुरुजी पूरे पाँच हाथ के होते। तब गुरुजी कहते कहते जाते कि तुम गड़बड़ नाप रही हो।

"मुन्नी तुमसे ऊँची होगी।" वे कहते।

"मुन्ना, तुमसे ऊँचा होगा।"

गुरुजी मुन्ना के पास बैठ गए। मुन्ना के बस्ते पर अपना एक हाथ रखते हुए उन्होंने कहा, "मुन्ना तुमको भूखा रहना सीखना होगा।" भर्राई आवाज से उन्होंने कहा था। उन्होंने मुन्ना के सिर पर अपना दूसरा हाथ फेरा। बस्ते पर रखे हुए हाथ को उन्होंने उठाया नहीं था कि पाठ का बस्ता यही नहीं है, इसके अलावा भी है, दुनिया है। स्वाभिमान से जीते रहने का पाठ। भूखा रहने की जितनी आदत होगी स्वाभिमान से जीना उतना आसान होता होगा। स्वाभिमान को खत्म करने का जहर भूख की जड़ या जड़ी से बनाया जाता होगा। मुन्ना से गुरुजी ने कहा, "भूखे रहकर पढ़ने का अभ्यास करो। पाठशाला जाओ, खेलो और भूखे पेट सो जाओ। भूखे उठो। मुँह-हाथ धोओ। नहाओ, पढ़ने बैठ जाओ। दिनचर्या में खाना

खाना भूल जाओ।" "मुन्ना को दो रोटी खाने से, हम लोगों से ज्यादा ताकत आ जाती है।" मुन्नी ने कहा।

"ताकत के लिए नहीं, जिन्दा रहने के लिए खाना पड़ता है। मुन्ना! माँ-बाप हमेशा साथ नहीं देते। उनका साथ छूट जाता है। अभी साथ हैं, जब साथ नहीं होंगे तब क्या करोगे! भूखे रहकर देर तक जिन्दा रहने का अभ्यास करना। तुम कर सकोगे?"

"मैं भूखा रहूँगा बापजी।" मुन्ना ने कहा।

"मुन्ना शाम को खाना मत खाना।" बापजी ने कहा।

"शाम को खा लेने दो। कल सुबह से नहीं खाएगा।" पत्नी ने कहा।

"शाम से क्यों नहीं?"

"मुन्ना भूखा होकर रात को बेहोश हो जाएगा कि सोया रहेगा यह पता नहीं चलेगा। हम लोगों को नींद लग गई तो मुन्ना को कौन देखेगा! दो-एक कौर खिलाना जरूरी लगेगा तो खिला देंगे।"

"बारी-बारी से हम लोग जागते रहेंगे। रात भर भूखा रहने से कुछ नहीं होगा।"

"मैं भी जागूँगी।" मुन्नी बोली।

"अम्मा मैं अभी पानी पी लूँ?" मुन्ना ने पूछा।

"पी लो।" अम्मा ने साँस लेकर कहा।

"मैं देती हूँ।" मुन्नी ने कहा।

"आधा गिलास देना।" गुरुजी ने कहा।

गुरुजी ने सोचा, क्या पता भविष्य कैसा हो, शायद पीने का पानी न मिले। मुन्नी ने फिर भी आधे गिलास से कुछ अधिक पानी दिया। पर इतना अधिक नहीं था कि गिलास भरा लगता।

"मुन्ना तुम्हारी जेब में जो पचास पैसे का सिक्का है उसको दे दो।"

"सिक्का रहने दो। मुन्ना ने इसे खर्च नहीं किया। सुरक्षा के लिए उसकी जेब में रहने दो।"

"खर्च इसलिए नहीं हुआ कि इसका मौका टल गया। मौका टालने में हम लोगों की भी कोशिश थी। अब हम लोग नहीं टालेंगे। जेब में पैसा नहीं होगा तो वह पहले दो कदम घर की ओर रखकर बैठ जाता। दूसरी बार तीन कदम घर की ओर रखेगा। चौथी बार चार कदम। पाँचवीं बार वह घर आ जाएगा।"

"दो रोटी खाने से ताकत आए या न आए भूखे रहने से ताकत खत्म नहीं होनी चाहिए।" गुरुजी ने फिर कहा।

"बापजी मैं रात को खाना खाऊँगा?" मुन्ना ने पूछा।

"नहीं।" कुछ चिढ़कर गुरुजी ने कहा।

"बापजी पचास पैसे का सिक्का।" उसने जेब से अपना पचास पैसे का सिक्का निकालकर बापजी को दिया। पचास पैसे की आकस्मिक सुरक्षा अब मुन्ना के पास नहीं थी। गुरुजी ने पचास पैसे का सिक्का पास खड़ी पत्नी को देते हुए कहा, "तुम रख लो।"

"मैं नहीं रखती।" पत्नी ने पीछे हटते हुए कहा।

"अच्छा मत रखो, मैं रख लेता हूँ।" गुरुजी ने मुट्ठी में सिक्के को दबाते हुए कहा।

शाम के साढ़े छह बज गए थे। मुन्नी राख से कंदील के काँच को साफ कर, जलाकर चौके में रख गई थी। मुन्ना दूसरी कंदील के पास पढ़ रहा था। गुरुजी चार बजे शाम से घर से बाहर नहीं निकले थे।

"खाना बन गया?" चौके में बैठी पत्नी से उन्होंने पूछा।

"मुन्ना खाना बन गया जो मैंने तुम्हारी अम्मा से कहा था, उस पर ध्यान तुम भी देना पर तुमको खाना नहीं मिलेगा।"

"जी बापजी।" मुन्ना ने कहा।

दस-पन्द्रह दस मिनट बाद गुरुजी ने फिर पूछा, "खाना बन गया?"

गुरुजी का बार-बार खाना बन गया पूछना पत्नी को अच्छा नहीं लग रहा था।

"बन जाएगा तो बता दूँगी। अभी समय है।"

"लगता है खाना मन से बना रही हो!"

"हाँ, मन से बना रही हूँ।"

मन से नहीं बनाएगी तो जाएगी कहाँ! बेटा खाना नहीं खाएगा। पर पति और बेटी तो खाएगी। उसने मुन्ना के लिए खाना नहीं बनाया। खाना कम बना था पर वह कम खाकर जरूरत पड़ने पर मुन्ना के लिए कुछ बचा सकती थी। मन से उसने खाना बनाया हो पर मन से वह खा नहीं सकती थी।

"काहे की सब्जी बना रही हो?"

"काँदा भाजी है।"

यही भाजी अभी सबसे सस्ती थी। मुन्ना को यह भाजी अच्छी लगती थी।

"मुन्ना तुमको काँदा भाजी अच्छी लगती है?" बापजी ने कहा।

पत्नी ने तभी कलछी को कड़ाही में पटककर गुरुजी का ध्यान अपनी तरफ आकर्षित कर कहना चाहा कि यह निर्दयता है। परन्तु गुरुजी कलछी की आवाज से समझ रहे थे और उसे अनसुना कर जैसे कह रहे थे कि मुन्ना को भूखा रहना सिखाने का यह सबक है। शायद मुन्ना को अच्छी तरह भूखा रखने के पहले वे उससे जलेबी से लेकर बहुत सी मिठाइयों की चर्चा करते। भूखा रखकर उस कमरे में बन्द कर देते जिसकी दीवाल बरफी की ईंटों से बनी होती। गरम जलेबियों का झरोखा होता। बड़े-बड़े खुरमे के खपरे होते। गरम पुए का एक बड़ा दरवाजा होता। पुए का उतना मजबूत दरवाजा नहीं होता जितना मठुलिया का होता। उसमें बड़े-बड़े लड्डू के ताले लटका देते। इस दरवाजे, ताले को तोड़ने के लिए पत्थर के लोढ़े की जरूरत होती। कमरे में वे जानबूझकर पत्थर नहीं रखते। भूख के कैदी को इसी कमरे में बन्द करना चाहिए। मुन्ना जैसा कैदी भूखा रहने पर इतनी ताकत बटोर नहीं पाता कि जलेबी के झरोखे को तोड़कर खा लेता और भूख की कैद से बाहर आ जाता।

"खाना बन गया।" पत्नी ने कहा। मुन्नी पढ़ाई करने में लगी थी।

"जा खाना खा ले।" मुन्ना ने बहुत धीरे मुन्नी से कहा।

"चलो मुन्नी खाना खाने चलो।" गुरुजी ने मुन्नी से कहा। गुरुजी चौके पर रखे पाटे पर बैठ गए।

"मुन्ना अपनी कंदील लेकर आ जाओ और यहीं पढ़ो। उजाला यहाँ कम है।" उन्होंने पत्नी को देखकर बताना चाहा कि भूखा रहना सिखाने के लिए मुन्ना को पास बैठना होगा। चप्चप् खाने की उनकी आवाज मुन्ना को सुनाई देनी चाहिए। मुन्ना कंदील और दूसरे हाथ में किताब लेकर चौके के पास आकर बैठ गया। मुन्नी उठी और मुन्ना की कंदील के पास बैठ गई।

"मुन्नी मेरे साथ खा लेगी।" गुरुजी ने पत्नी से कहा।

मुन्ना पढ़ रहा था पर उसका ध्यान खाने पर था। उसे भूख लग रही थी। परन्तु वह सोच रहा था कि जब वह बिस्तर पर लेटे तब वह भूख से निढाल हो। भूख को वह भुलाना चाहता था। पत्नी ने दोनों को परस दिया।

मुन्नी गुरुजी के सामने जमीन पर बैठी थी। एक काला चींटा मुन्ना की तरफ बढ़ रहा था, मुन्ना ने चींटे को स्ट्राइकर की तरह उँगली से मारा तो चींटा दूर चला गया। इसके बाद चींटा फिर पलटा। रिबाउंड हुआ पर खुद चलते हुए धीरे-धीरे। मुन्ना के पास चींटा फिर आया। मुन्ना ने उँगली से मारकर चींटे को पहले से भी ज्यादा दूर भेज दिया। चींटा फिर पलटा और धीरे-धीरे लौटने लगा। भूख मुन्ना के अन्दर इसी तरह रेंग रही थी। मुन्ना स्ट्राइकर की तरह भूख को ध्यान से मार रहा था।

"मुन्ना ध्यान दो।" गुरुजी ने कहा।

मुन्ना हमारे खाने पर ध्यान दो, गुरुजी का आशय था।

मुन्ना चींटे के साथ खेलते हुए भूख से खेल रहा था।

"तुम इतना कम क्यों परसती हो! भाजी और दो। अच्छी बनी है।" गुरुजी ने कहा।

"हाँ, बापजी भाजी अच्छी बनी है।" भोली मुन्नी ने कहा।

अब भूख के साथ खेलते हुए मुन्ना को डर लगने लगा था। कुछ खेल में हारने के डर के साथ जान जाने का भी डर रहता है।

"अम्मा नींद आ रही है।" मुन्ना ने कहा।

मुन्ना बोलना चाहता था कि बहुत भूख लग रही है। बहुत भूख लगने के पहले वह बिस्तर पर चले जाना चाहता था।

"जा सो जा।" अम्मा ने कहा।

"अभी थोड़ी देर और पढ़ो। हमारा खाना खतम नहीं हुआ है।" गुरुजी ने खाते-खाते कहा।

"जी बापजी।" मुन्ना ने कहा।

"उसको सो जाने दो। ऐसे में पढ़ाई से ध्यान हट जाएगा।" पत्नी ने कहा।

"पढ़ाई में ध्यान नहीं है तो हमारे खाने में ध्यान दो। खाने के ध्यान से बचना क्यों चाहता है! मैं उसे कायर नहीं बनाना चाहता। तुम मेरी सारी मेहनत खराब कर देना चाहती हो। मुन्ना को भिखारी और गुलाम बनाना चाहती हो! पेट भर भीख मिल जाएगी तो खुश रहोगी। सजी-सजाई थाली मिलेगी तो गुलामी करेगा।" गुरुजी ने कहा।

"तुम अपना दोष मुझ पर मढ़ते हो।" पत्नी ने भर्राए गले से कहा।

"मेरा खाना हो गया।" गुरुजी ने थोड़ी देर बाद कहा।

मुन्नी खाकर उठ चुकी थी।

"अब तुम खाना खा लो।" गुरुजी ने पत्नी से कहा।

"मैं बाद में खा लूँगी।"

"नहीं अभी खाओ। खाने का अध्याय खत्म करो।"

गुरुजी शायद खाने का अध्यात्म कहना चाहते होंगे।

"बापजी मुझको अभी तक भूख नहीं लगी," मुन्ना ने कहा ताकि बापजी का गुस्सा अम्मा की तरफ से हट जाए।

"अच्छा है कि अभी तक तुमको भूख नहीं लगी।" गहरी साँस लेकर गुरुजी ने कहा।

"मैं अभी पढ़ूँगा।" मुन्ना ने कहा।

"थाली में अँचो क्यों दिये? मैं उसी थाली में खा लेती।"

"मेरी जूठी थाली में मत खाओ। क्या सारा प्रेम जूठी थाली में खाने से बनता है! मैंने जानबूझकर थाली में अँचोया है।" गुरुजी ने कहा।

पत्नी दूसरी थाली में खाना परोसकर बैठ गई। बहुत थोड़ा खाना उसने अपने लिए परोसा। गुरुजी ने पत्नी से कहा, "मैं जिवराखन की दुकान से होकर आता हूँ।"

"हौ।" पत्नी ने कहा।

"मुन्ना मैं तुम्हारे भले के लिए कह रहा हूँ। खाना मत खाना। कोई खिलाए तब भी नहीं। तुम्हें भूखे रहने की आदत से जिन्दा रहने की आदत पड़ेगी।"

"बापजी मैं खाना नहीं खाऊँगा।"

गुरुजी बाहर निकलने को थे तभी पत्नी परोसी थाली छोड़कर गुरुजी के पास आई।

"मैं मुन्ना को खाना नहीं खिलाऊँगी। भूख से जमीन पर पड़ गया तो क्या मैं उसे बिस्तर पर लिटा दूँ!"

"इसमें पूछने की क्या बात है?"

"जमीन पर पड़ा रहेगा तो तुमको यह विश्वास होगा कि भूख से पड़ा है। बिस्तर पर पड़ा होगा तो तुमको लगेगा कि खाकर सो रहा है।"

"मुझे विश्वास है तुम उसे खाना नहीं दोगी। परोसी थाली छोड़कर तुमको आना नहीं था।"

"कब तक लौट आओगे?"

"जल्दी लौट आऊँगा।"

"देर मत करना।"

"नहीं करूँगा।"

गुरुजी घर की कंदील के उजाले से जिवराखन के पेट्रोमैक्स के उजाले में जाना चाहते थे। थोड़ी दूर चले होंगे पर उनका जाने का मन नहीं हुआ। वे लौटने लगे। पत्नी जैसे-तैसे खाकर जूठे बर्तनों का उठाना कर रही थी। मुन्नी सहायता के लिए आई तो अम्मा ने मना कर दिया।

"मुन्ना के पास जाकर पढ़।"

"अम्मा मुन्ना हाँफ रहा है।" मुन्नी ने कहा।

अम्मा आँचल से हाथ पोंछते हुए आ गई। यह हाँफना भूख से थककर हाँफना था। अब हाँफते-हाँफते मुन्ना लुढ़क जाएगा। अम्मा मुन्ना के पीछे आकर बैठ गई। अम्मा ने मुन्ना को लिपटा लिया। मुन्ना अम्मा की गोद में लुढ़क गया। मुन्ना आँख बन्द कर रहा था।

"मुन्ना आँख बन्द मत कर। जागते रह।" साँप के जहर की तरह भूख का जहर मुन्ना को चढ़ रहा था।

मुन्नी बोली, "मुन्ना को पानी पिला दूँ?"

"नहीं।"

मुन्ना बेहोश जैसा था। हाथ-पैर लुंज-पुंज हो गए थे।

"चल उठाकर बिस्तर पर लिटा दें।" अम्मा ने मुन्नी से कहा।

मरने वाले को बिस्तर से उठाकर जमीन पर लिटा देते हैं। मुन्ना मरने वाला नहीं था। उसे जमीन से उठाकर दोनों ने बिस्तर पर लिटा दिया।

"क्या हुआ?" गुरुजी ने आते ही पूछा।

"हाँफते हुए लुढ़क गया था। बिस्तर पर अभी लिटाया है।"

“ठीक है कुछ नहीं होगा।” गुरुजी ने कहा।

“बापजी मुन्ना को पानी पिला दूँ?”

“नहीं।”

गुरुजी चारपाई से दूर खड़े थे। मुन्नी मुन्ना का हाथ पकड़े थी।

“हाथ पकड़ने से मुन्ना का पेट नहीं भरेगा।” गुरुजी ने कहा।

पत्नी ने यह सुना नहीं। वह मुन्ना के माथे पर हाथ रखकर मुन्ना का माथा सहला रही थी। उसे समझ में नहीं आ रहा था कि ऐसी स्थिति में खाना खिलाने के अलावा क्या करना चाहिए।

मुन्नी ने मुन्ना का हाथ छोड़ दिया था। वह मुन्ना से दूर खड़ी हो गई थी।

“माथे पर हाथ रखने से मुन्ना का पेट नहीं भरेगा।” उन्होंने पत्नी से कहा।

“तुम जाओ काम निपटाओ मैं मुन्ना के पास बैठता हूँ।” गुरुजी ने फिर कहा।

“मुन्ना के पास बैठने से मुन्ना का पेट नहीं भरेगा।” पत्नी ने कहा।

“हौ।” गुरुजी ने कहा और वे चारपाई से उठ गए।

“अम्मा मैं मुन्ना का हाथ पकड़ लूँ?”

“पकड़ ले। पर हाथ पकड़ने से मुन्ना का पेट नहीं भरेगा।” अम्मा ने रुँधे गले से कहा।

“मैं जिवराखन की दुकान से आता हूँ।” गुरुजी ने कहा।

“अभी तो गए थे लौटकर क्यों आ गए! जिवराखन की दुकान जाने से मुन्ना का पेट नहीं भरेगा।” पत्नी ने कहा।

“हौ।” गुरुजी ने कहा।

पत्नी ने गुरुजी का बिस्तर लगा दिया था।

“अम्मा मैं मुन्ना के पास सो जाऊँ?” मुन्नी ने कहा।

“मुन्ना के पास बापजी सोएँ, मैं सोऊँ या तुम सोओ। जब खाना नहीं खिलाना है तो कुछ भी करने से और कुछ नहीं करने से मुन्ना का पेट नहीं भरेगा।” मुन्नी मुन्ना के पास सो गई थी। पत्नी मुन्ना की चारपाई के पास जमीन पर चटाई बिछाकर बैठ गई। पास रखी कंदील की बत्ती को उसने धीमा किया। दूसरी कंदील को उसने बुझा दिया था।

"सुनो।" पत्नी ने कहा।

"क्या है?" गुरुजी अपने बिस्तरे पर लेटे हुए थे।

"कंदील की बत्ती को मैंने धीमा कर दिया है।" मुन्ना का इससे पेट नहीं भरेगा, पनी यह कहने वाली थी पर नहीं कहा।

"ठीक है।" गुरुजी ने कहा।

"दो रोटी बची है। रात को मुन्ना की तबीयत खराब हुई तो क्या उसे खिला दूँ?" अब पत्नी ने कहा।

"नहीं खराब होगी। अपने मन को कड़ा करो। बच्चों की तकलीफ सहने की आदत डालो।"

"तुम बच्चों को तकलीफ दोगे तो उनकी तकलीफ मैं कैसे सहूँगी! तुम बताओ।"

"जैसे-तैसे सब सहेंगे।"

"अच्छा।"

"तुम सो जाओ। मुन्ना को कुछ नहीं होगा।"

गुरुजी जैसे सो गए। पत्नी बहुत थकी थी वह सोना नहीं चाहती थी, पर वह सो गई। मुन्नी पहले ही सो गई थी पत्नी सो गई तो गुरुजी भी सो गए।

मुन्नी जलेबी लाने गए मुन्ना को ढूँढ़ते हुए जा रही थी। पगडंडियों, खेत की मेंड़ों, पेड़ों की तरफ देखते वह दौड़ती रुक जाती फिर दौड़ने लग जाती। रास्ते में जो दो-एक दिखे उनसे मुन्नी ने पूछा।

"मुन्ना को देखे हो?"

"नहीं।"

दूर एक बबूल के पेड़ के नीचे उसे लगा कि मुन्ना है। वह दौड़ते हुए गई तो देखा एक चरवाहा लड़का था। पेड़ से टिके सो रहा था। आगे मेहँदी की झाड़ियों के पास उसे मुन्ना सोता हुआ दिखा। वह चित लेटा हुआ था। लाल चींटियाँ लाइन से उसकी छाती पर रखे जलेबी के पूड़े की तरफ आ रही थीं। मेहँदी के अन्दर

की झाड़ियों से चींटियाँ आ रही थीं। मुन्नी ने मुन्ना के हाथ से जलेबी का पूड़ा हटाकर पास एक पत्थर पर रख दिया। उसके हाथ में लाल चींटियाँ चढ़ आईं। हाथ झटकार कर, फूँककर उसने चींटियों को हाथ से अलग किया। चींटियों का आना कैसे रोके। मुन्ना के ऊपर चढ़ी अब तितर-बितर हो गई चींटियों को कैसे अलग करे उसे समझ में नहीं आ रहा था। जमीन पर चींटियों की लाइन पर दोनों हाथों से वह धूल भरकर डालने लगी। मुन्ना के ऊपर चढ़ी चींटियों को फूँक-फूँक कर हटाना शुरू किया। चींटियों ने जहाँ मुन्नी को काटा था वहाँ दरदरा गया था। मुन्ना का हाथ हटाकर उसने मुन्ना को एक तरफ सरकाया। धूल लगे हाथ को अपनी फ्रॉक से पोंछा। जलेबी का पूड़ा खोला। जलेबी में चिपकी चींटियों को हटाकर उसने मुन्ना को खिलाना शुरू किया! यह सब काम उसने जल्दी-जल्दी किया था।

दो टुकड़े जलेबी खाकर मुन्ना ने आँखें खोली। उसने मुन्नी को देखा। वह खड़ा हो गया।

"मुन्ना कमीज निकालकर झटकार ले, चींटियाँ हैं।" मुन्ना ने कमीज खोली। झटकारी, पहन ली। मुन्ना के पैंट के पीछे लगी धूल को मुन्नी ने झटकारा था। पीछे सिर के बालों में भी धूल थी। एक सूखी पत्ती चिपकी थी जो अपने आप गिर गई।

"एक जलेबी और खा ले।" मुन्नी ने मुन्ना से कहा।

"नहीं तू खा ले।"

"मैं घर में खाऊँगी।" मुन्नी ने कहा।

"जलेबी अभी भी गरम है।" मुन्नी ने कहा।

"हौ।"

"धूप में पड़ा था इसलिए गरम होगी।" मुन्नी ने कहा।

"एक जलेबी खा लेता तो धर तक पहुँच जाता।" मुन्नी ने फिर कहा।

"हौ।" मुन्ना ने कहा।

कुछ दूर चलने के बाद मुन्ना की चाल धीमी होने लगी।

"मुन्ना एक जलेबी खा ले।"

जलेबी का पूड़ा मुन्ना के पास था।

"नहीं।" मुन्ना ने कहा।

थोड़ी देर बाद मुन्ना बहुत धीरे चलने लगा।

"एक जलेबी खा क्यूँ नहीं लेता।" मुन्नी ने कहा।

"मुन्नी तू रोटी क्यों नहीं लाई।"

"जानबूझकर नहीं लाई।" मुन्नी ने कहा।

मुन्ना कठिनाई से एक-एक कदम चल पा रहा था। मुन्नी ने मुन्ना के हाथ से जलेबी का पूड़ा लिया और एक जलेबी निकालकर मुन्ना से कहा, "खा ले सबसे छोटी जलेबी है।" मुन्ना ने जलेबी खाई। तेजी से दौड़ते हुए दोनों घर आ गए।

"कहाँ रह गया था।" अम्मा ने पूछा।

"भूख से पड़ा था। जलेबी खिलाकर लाई।" जलेबी का पूड़ा अम्मा को पकड़ाते हुए मुन्नी ने कहा।

"अम्मा भूख लगी है।" मुन्ना ने कहा।

"भात बचा है। पानी बोरा भात अचार के साथ खा ले।"

"हौ।" मुन्ना ने कहा। अम्मा ने बटकी में बासी भात पानी में डालकर थोड़ा नमक डाला और आम का एक अचार मुन्ना को दिया। मुन्नी अम्मा से एक जलेबी लेकर बाहर भाग गई।

बाद में गुरुजी को पत्नी ने अकेले में मुन्ना का हाल बताया।

"उस पर चींटियाँ चढ़ गई थीं। छाती में और गले में चींटियों के काटने के निशान दरदरा गए थे।"

"हूँ।" घटी हुई घटना को आगे भविष्य में सुन रहे हों और उसे गुरुजी ने "हूँ" कहा। या वर्तमान में कही बात को उन्होंने बीते हुए का "हूँ" कहा।

"हौ! सुन रहा हूँ। जलेबी बची है?" गुरुजी ने कहा।

"दो जलेबी तुम्हारे लिए बचा ली है।"

"थोड़ा दूध होगा?"

"है। अभी-अभी गरम किया है।"

"उसी में डालकर दे दो।" कहकर वे सोते हुए मुन्ना के पास गए। फिर उसके बालों को सहलाया। माथे को छुआ। फिर सोती हुई मुन्नी के पास गए। उसके माथे को छूने वाले थे कि पत्नी कटोरे में दूध लेकर आ गई। काँसे का कटोरा था। बहुत गरम हो जाता था। कटोरे को उन्होंने नीचे रख दिया। और उसी कटोरे के पास बैठ गए।

"कंदील को दूर रख दो, दूध में कीड़ा न गिर जाए।" गुरुजी ने कहा।

रात को अम्मा की नींद खुली। वह भूखे सो रहे मुन्ना के पास गई। मुन्ना को जगाने की कोशिश की। मुन्ना बेहोश सो रहा था। हथेली ठंडी थी। पेट गरम था। थोड़ी देर वह मुन्ना के पास बैठी रही। पर उसका मन माना नहीं, वह मुन्ना को जगाने लगी।

"मुन्ना! मुन्ना!" वह फुसफुसाकर बोल रही थी।

"क्या कर रही हो?" गुरुजी उठकर बैठ गए।

"मुन्ना को जगाकर देख रही थी।" पत्नी कहना चाहती थी। या उसके मन में था कि जगाकर देखें कि जिन्दा है या नहीं।

"मुन्ना को कुछ नहीं हुआ थोड़ी देर पहले मैं देख चुका।" गुरुजी ने कहा। कहना चाह रहे होंगे कि देख चुका मुन्ना जिन्दा है।

"आओ मेरे पास लेट जाओ।" गुरुजी ने चारपाई पर जगह खाली करते हुए कहा।

"नहीं।" पत्नी ने कहा।

"मुन्ना को कब खिलाओगे?" पत्नी ने पूछा।

"रोटी बची है?"

"हाँ चार रोटी बची है।"

"सुबह आधी रोटी खिला देना।"

"बस आधी रोटी?" पत्नी ने पूछा।

"एक रोटी खिला देना। तुम उसकी आदत सुधरने नहीं दोगी।"

सुबह सब उठ गए पर मुन्ना सो रहा था। चोरी से गुरुजी मुन्ना की छाती में कान लगाकर सुन चुके थे कि छाती धड़क रही है। गुरुजी ने कहा, "मुन्नी मुन्ना को जगा दे। कहना हाथ-मुँह धो ले।"

"मुन्नी लकड़ी की राख ले जा।" अम्मा ने कहा। एक डिब्बे में लकड़ी की राख थी। इसी से सब मंजन करते थे।

"अम्मा मुन्ना उठ नहीं रहा है।" मुन्नी ने कहा।

"जोर से उठा।" गुरुजी ने कहा।

"नहीं उठ रहा है।" मुन्नी ने कहा।

"मुँह में ठंडा पानी चुपड़कर देखो," गुरुजी ने पत्नी से कहा।

हाथ में पानी लेकर पत्नी ने मुन्ना के मुँह पर चुपड़ा। मुन्ना तब भी नहीं उठा। उन्होंने पत्नी से कहा, "छाती में कान लगाकर देखो।"

"क्यों?" पत्नी ने घबड़ाकर कहा।

"तुम हटो।" गुरुजी ने कहा।

गुरुजी ने फिर मुन्ना की छाती में कान लगाकर सुना। धक्-धक् धीरे-धीरे सुनाई दे रहा था। वे खुश हो गए। उन्हें शक हुआ कि कहीं वे अपनी ही धड़कन तो नहीं सुन रहे हैं। उनका दिल जोर से धक् कर गया। साँस रोककर उन्होंने मुन्ना की धड़कन को सुना। साँस रोकने से भी उनकी छाती धक्-धक् कर रही थी।

"मुन्ना को जल्दी से रोटी खिला दो।" उन्होंने पत्नी से कहा।

पत्नी रोटी लेने दौड़ी।

"मुन्नी मुन्ना को पानी पिला दे।" उन्होंने कहा।

"मंजन?" मुन्नी ने पूछा।

"मंजन रोटी खाकर कर लेगा।" बापजी ने कहा।

पत्नी रोटी लेकर आ गई। चारपाई पर वह बैठ गई। मुन्ना का मुँह खोलकर उसने एक कौर डाला। मुन्ना मुँह नहीं चला रहा था।

"रोटी में तेल-नमक लगाई थी?" गुरुजी ने पूछा।

"लगाई थी।" पत्नी ने कहा। मुन्नी गिलास में पानी लिये खड़ी थी।

"कटोरी चम्मच ले आ।"

"दूध नहीं है क्या? गड्डुलिया से दूध पिला देती तो पेट में चला जाता।"

"दूध नहीं है।" चम्मच से पानी पिलाते हुए पत्नी ने कहा। गुरुजी उसकी हथेली मलने लगे।

"हथेली क्यों मल रहे हो?"

"गर्मी आ जाएगी।" कहना चाहते होंगे मुन्ना की जान आ जाएगी।

"मैं भी मलूँ?"

"नहीं, तुम थोड़ा-थोड़ा पानी पिलाती जाओ। शक्कर, गुड़ होगा?"

"है।"

"पानी में शक्कर घोलकर पिला दो।"

मुन्नी दौड़कर शक्कर ले आई। वह कटोरी में शक्कर चम्मच से घोलने लगी।

"तू पिला" अम्मा ने कहा। अम्मा पैताने जाकर मुन्ना का तलुआ मलने लगी।

मुन्ना की आँख खुली तो उसने देखा कि मुन्नी उसे चम्मच से पानी पिला रही है। मुन्नी से उसने कहा, "बापजी गुस्सा होंगे।"

"बापजी ने कहा है।"

"मैं नहीं पियूँगा।"

"मैंने पिलाने के लिए कहा है।" बापजी मुन्ना के सामने खड़े हो गए।

"भूखा रहने की आदत नहीं पड़ेगी।" मुन्ना ने कहा।

"पड़ जाएगी।" बापजी ने कहा।

मुन्ना उठा। धीरे-धीरे चलकर वह घर के पिछवाड़े गया। उसने देखा उसे कोई देख तो नहीं रहा है। मुँह में पड़े रोटी के कौर को उसने थूक दिया। परन्तु बापजी ने देख लिया। अम्मा ने पहले नहीं देखा था। बाद में देखा। फिर उसने गुरुजी से पूछा, "क्या मुन्ना ने मुँह का कौर थूक दिया था?"

"हाँ।" गुरुजी ने कहा।

सचमुच के काम कठिन थे पर
झूठमूठ की बीड़ी से सचमुच
की बीड़ी का नशा छूट गया।
सचमुच की जिन्दगी में
सचमुच की हाँसी।

कोटवार को नया ड्रेस मिला था। नया बेल्ट था, पीतल का बिल्ला चमचमा रहा था। बिल्ले में लिखा था—कोटवार, तहसील खोरपा, जिला दुर्ग। कोटवार ड्रेस

पाकर खुश था। नया भाला मिला था। नीले रंग की टोपी थी। परन्तु कोटवार वही था, पुराना बूढ़ा।

धान के रूप में उसे जेवर भी पर्याप्त नहीं मिलता था। फसल प्रायः अच्छी नहीं होती थी। बोने वाले को भी पूरा नहीं पड़ता था। कोटवारी की जो उसे पाँच एकड़ जमीन मिली थी वह पड़ती मुरमी थी। कोटवार सोचता था कि उसके मरने के बाद कोटवारी उसकी बुढ़िया को मिलनी चाहिए। उसका लड़का किसी काम का नहीं था। उसका लड़का घासीराम चुपचुप घूमता रहता था। घूमना उसका काम था।

महिला-कोटवार होती थी। उसकी बुढ़िया बेवा-कोटवार हो सकती थी। साड़ी के ऊपर नीली कमीज पहन लेती और बेल्ट लगा लेती। टोपी पहन लेती। हाथ में भाला होता। परन्तु कोटवारी में बेगारी बहुत थी। गाँव में किसी के घर छठी है इसका भी हाँका पाड़ना पड़ता था। गाँव में बारात आती तो वहाँ हाजिरी देने सबसे आगे खड़ा रहना पड़ता। कोटवार को सबकी शिकायत सुननी पड़ती। कोई लड़का बिही-जाम तोड़कर भाग जाता तो जाम वाला शिकायत लेकर कोटवार के पास आता और कहता, "कोटवार मेरे जाम को वापिस दिला दे।"

खेत की मेंड़ पर उगे पेड़ को जो काटता उससे प्रायः झगड़ा होता। मेंड़ की दूसरी तरफ वाला बोलता कि पेड़ उसका है। कोटवार फैसला करता कि पेड़ किसके खेत की तरफ अधिक झुका है। दोपहर की धूप के समय किसके खेत में पेड़ की अधिक छाया पड़ती है। शुरू-शुरू में यह चल गया। पर बाद में जो पेड़ काटता था वह दूसरे खेत के तरफ की डाल पहले काटता था कि उसकी छाया दूसरी तरफ कम हो जाए।

कोटवार के पास भी एक खैरियत किताब थी। लोगों के सुख-दुःख की किताब। इस खैरियत किताब को दूसरे कोटवार जरायम किताब कहते थे। कोटवार की नियुक्ति तहसीलदार ने की थी। नियुक्ति के पहले उसने सत्यनिष्ठा और अपने कार्य को जिम्मेदारी से करने की शपथ ली थी। वह रात्रि का गश्त लगाने में डरने लगा था। धीरे-धीरे रात्रि का गश्त लगाने का काम सभी कोटवारों ने करीब-करीब समाप्त कर दिया था। कोटवार लोग न कुशल न अर्धकुशल श्रेणी में आते थे। उनको शासकीय कर्मचारी भी नहीं माना जाता था। जिम्मेदारी बहुत थी। बैल चरवाहे को मजूरी नहीं मिलती तो वह कोटवार के पीछे पड़ जाता कि कोटवार उसको मजूरी दिला देगा। काम न होने पर कोई उसको धमकी भी दे देता था।

कोटवार के पास जो खैरियत किताब थी वह गाँव की खैरियत किताब थी। गाँव की बकरी मुर्गी से लेकर खेती जमीन, पेड़, पौधे, आकाश, पहाड़, कुत्ता, चिड़िया गिलहरी सबकी खैरियत की किताब थी। पानी अधिक गिर जाता तो यह कोटवार की जिम्मेदारी थी। कम गिरता तो भी। खैरियत किताब में खैरियत को जिससे खतरा होता उसे वह दर्ज करता था। पानी नहीं गिरता तो खैरियत किताब में जुर्म के कॉलम में वह जुर्म दर्ज करता था कि पानी नहीं गिरा। आते-जाते किसान कोटवार से कहते थे कि "कोटवार पानी नहीं गिरा।"

"हौ।" कोटवार फिक्र से उनकी कही बात को शिकायत मानता था।

"कोटवार कल पानी गिरेगा?"

"गिरेगा।" कोटवार कहता।

अगर पच्चीस जून को पानी गिर जाता तो वह खैरियत दर्ज करता था कि पच्चीस जून को पानी गिर गया। शीत लहर चलती तो अधनंगे गाँव के लोग धूप निकलने का रास्ता देखते थे। बुढ़िया बहुत खाँसती और बहुत ठंड होती तो वह किताब में बहुत ठंड होने के अपराध को दर्ज करता। इस तरह के अपराध उसके रजिस्टर में दर्ज हो रहे थे। धूप कोई स्थान होती तो गाँव ठंड के दिनों में अपने मवेशियों के साथ वहाँ स्थापित हो जाता। जब तक ठंड होती उस स्थान में रहते। तालाब कहीं-कहीं होता था। तालाब की जरूरत पड़ती थी तो तालाब चले जाते थे। धूप को भी तालाब की तरह कहीं-कहीं होना था। बल्कि धूप के तालाब को पानी के तालाब के पास होना था। ठंड में पानी के तालाब में ठिठुरते-ठिठुरते नहाते, कपड़ा धोते, फिर धूप के तालाब में धूप को ताप लेते। और सुखा जाते। ठंड के दिनों में बहुत देर से धूप निकलती थी। किसी दिन नहीं निकलती थी। ठंड में पोंछने के लिए धूप का अँगोछा होना चाहिए। धूप के तालाब से अँगोछा इतनी धूप लाकर घर की अरगनी में टाँग देना चाहिए। कड़ाके की रात में धूप का अँगोछा जगमग गरम टँगा रहता। रात में धूप की चादर पुराने कपड़े की खोल में डालकर ओढ़ लेते। पर धूप निकलती थी तो कुछ देर निकलती थी। गर्मी के दिनों में धूप के सूखे गरम समुद्र में सब कुछ डूबा रहता। एक छोटी सी जगह में हमेशा बरसात होती रहती तो उस जगह से एक नदी निकल जाती।

कोटवार बीड़ी चोंगा पीता तो खाँसता था। खाँसी के कारण उसने बीड़ी चोंगा पीना बन्द कर दिया। बीड़ी के लिए आगी माँगने की झंझट भी थी। एक-दो लोगों के घर आगी हमेशा रहती थी। रात के चूल्हे की राख में डूबी हुई आग रहती थी। सुबह राख हटाकर दबी आग से चूल्हे को सिपचा लिया जाता था। एक चूल्हे की आग से कई चूल्हों की आग जल जाती थी। चूल्हे साझे नहीं थे पर चूल्हे की आग साझी थी।

कभी-कभार ही ऐसा होता था कि पूरे गाँव के चूल्हे की आग बुझी रहती। पड़ोस के गाँव से आग लानी पड़ती। चकमक पत्थरों को मारकर चिनगारी पैदा की जाती थी। पत्थर के साथ दबे कपास में छिटकी चिनगारी फँस जाती और आग को पोस लिया जाता, जैसे चिड़िया जाल में फँस जाती और उसको पालतू बना लिया जाता। आग बुझी कि चिड़िया उड़ी।

बीड़ी और भूख दोनों की तलब होती थी। इसलिए न तो बीड़ी के लिए और. न चूल्हे के लिए चकमक पत्थर से आग पैदा करने का धीरज होता। तब माचिस लेना पैसे खर्च कर आग लेना होता था। कुछ एक घर में बाबा, पुरखों के समय की जलाई हुई आग हो सकती थी। एक के घर पिता के समय की जलाई हुई आग हो। तो दूसरे के घर अजिया की जलाई हुई आग। तीसरे के घर माँ की जलाई हुई। चार आदमी घर में आकर बैठते तो छेना उठाकर बीड़ी सुलगा लिया करते। जलती आग को साथ लिये चलने का रिवाज था। यह अर्थी के साथ-साथ भी चलता था।

राउत लोग गाय चराने जाते तो साथ में छेना पर एक अंगारा भी लेकर जाते। किसी पत्थर की आड़ में सूखी पत्तियों, लकड़ी के बीच अंगार को रख दिया जाता था। यह बीड़ी की आग थी। नहीं तो धीरे-धीरे सुलगती हुई रस्सी में आग को लटकाए चले जाते। एक गाँव से दूसरे गाँव चले जाते।

कोटवार के घर दो चकमक पत्थर थे। चकमक पत्थर जुड़ी पहाड़ी पर मिलते थे। छोटे-छोटे बच्चे चकमक पत्थर को टकराकर चिनगारी चटकाने का खेल खेलते थे। रात में छिटकी चिनगारी सुन्दर दिखती थी। छिटकी हुई चिनगारी इतनी और इतनी जल्दी होती थी कि उसको गिनना कठिन होता था। चिनगारी का छिटकना और बुझ जाना क्षणों के होने और बीत जाने जैसा था।

कोटवार बीड़ी नहीं पीता था। परन्तु खाली समय में चकमक पत्थरों को टकराकर चिनगारी को कपास में पोसने की कोशिश करता था। वह धुआँ फूँकने

की तरह जब-तब साँस फूँकता था जैसे बीड़ी पी रहा हो। धीरे-धीरे वह झूठमूठ की बीड़ी पीने लगा। उसके हाथ में बीड़ी नहीं होती थी पर वह बीड़ी पीता था जैसे उसके हाथ में बीड़ी हो। कोई उससे पूछता, "बीड़ी पी रहे हो कोटवार?"

"हौ महाराज!" कोटवार कहता। दो उँगलियों से बीड़ी पीने जैसा कर वह धुएँ के बदले साँस फूँकता था। और साँस खींचता था।

"धुआँ तो नहीं निकलता है कोटवार!"

"बढ़िया बीड़ी का धुआँ नहीं निकलता।" कोटवार कहता।

"बीड़ी भी नहीं दिख रही है कोटवार!"

"बढ़िया बीड़ी भी नहीं दिखती महाराज।" कोटवार कहता।

कोटवार थोड़ी देर तक झूठमूठ की बीड़ी पीता फिर इस तरह उसे बुझा देता और फेंकता कि सचमुच की बीड़ी हो। झूठमूठ की बीड़ी पीने के बाद वह सचमुच की बीड़ी पीने जैसा चुस्त हो जाता। उसकी तलब मिट जाती। चार लोग बीड़ी पी रहे होते और वहाँ कोटवार पहुँच जाता, "बीड़ी पी लो कोटवार!" तब एक कहता।

"हौ!" कहकर कोटवार वहाँ बैठ जाता। एक सचमुच बीड़ी दे रहा हो ऐसा करता। कोटवार उसी तरह झूठमूठ की बीड़ी लेता जैसे सचमुच की बीड़ी ले रहा हो।

"सुलगा के नहीं देते रे भकला।" भकला कहता कि उससे गलती हो गई। कोटवार की झूठमूठ की बीड़ी सुलगाने के लिए वह अपनी सचमुच की बीड़ी देता। कोटवार अपनी झूठमूठ की बीड़ी सुलगाकर भकला को उसकी बीड़ी लौटा देता। झूठमूठ की बीड़ी पीते हुए कोटवार चार लोगों से गाँव की, सुख-दुख की बात करता। झूठमूठ की बीड़ी पीने से बीड़ी पीना हो जाता था, और कोटवार को खाँसी नहीं आती थी।

यहाँ करीब-करीब ठहरा हुआ समय होता। जो बदलता था वो इतना धीरे और कम था कि बदलाव मालूम नहीं पड़ता था। पन्द्रह-बीस साल में थोड़ा-बहुत मालूम पड़ता हो। इस ठहरे समय के साथ गाँव वालों की अच्छी जान-पहचान थी और याराना था। ठहरे-से समय के साथ दिन-रात का साथ था। बड़गाँव में समय की कुछ साइकिल की भागदौड़ थी। बड़गाँव के समय की साइकिल की

भागदौड़ में कोटवार का गली में चलना मुश्किल था। लगता था कि साइकिल निकल नहीं पाएगी, टक्कर हो जाएगी पर साइकिल निकल जाती कि समय निकल गया। कोटवार के पैदल न निकल पाने का ट्रैफिक कुछ समय के लिए जाम हो जाता था।

कोटवार को झूठमूठ की बीड़ी पीने का नशा होने लगा था। रात को नींद खुल जाती, तो झूठमूठ की बीड़ी सुलगाता, सुट्टा मारता। फिर झूठमूठ की बीड़ी बुझाकर सो जाता था। कोटवार से गुरुजी कहते थे कि उसकी सचमुच की बीड़ी पीने की आदत छूट गई पर उसे झूठमूठ की बीड़ी भी कम पीनी चाहिए। बीड़ी तो नशा है। झूठमूठ की बीड़ी के नशे से सचमुच की बीड़ी का नशा छूट गया। सचमुच के भात के बदले झूठमूठ के भात से पेट नहीं भरता होगा। ऐसा होता तो अच्छा होता। भूख लगती तो झूठमूठ की थाली में जो मन होता परस लेते और स्वाद की कल्पना से चटकारते। कितना भी खाओ उससे हाजमा खराब नहीं होता। परन्तु झूठमूठ के खाने से पेट भर जाता तो उससे हाजमा के खराब होने का भी डर होता। ऐसी स्थिति में झूठमूठ का गरिष्ठ खाना नहीं खाते।

सचमुच के काम सचमुच कठिन होने लगे थे। सचमुच की बेगारी थी। झूठमूठ के कम्बल को ओढ़कर ठंड से बचा नहीं जा सकता था। सचमुच के फटे कम्बल में झूठमूठ के नए कम्बल को लगाकर दोहर नहीं बनाया जा सकता। दु:ख की सच्चाई से इतना डर लगता था कि दुखी होने का डर लगता था। यह हो सकता था कि अच्छे काम सचमुच होते। बुराई को सच के हद तक नहीं आने देना चाहिए। यदि कोई पत्थर मारे तो वह झूठमूठ का पत्थर हो। तबाही नाटक में हो। इस तरह हो कि देखकर लगे कि तबाही ऐसी होती थी। तबाही हो सकती है का नाटक हो। विश्वयुद्ध का नाटक भी दस-बीस बरस में या हजारों साल बाद एकाध हो। जिस तरह आज महाभारत का नाटक होता है।

गुरुजी बीड़ी नहीं पीते थे। कोई नशा नहीं करते थे। कोटवार और जिवराखन की इच्छा हुई कि गुरुजी झूठमूठ की बीड़ी पी लें। कोटवार और जिवराखन गुरुजी के घर गए। कोटवार अपनी नए ड्रेस में था और नया भाला लिये हुए था। गुरुजी को झूठमूठ की बीड़ी पिलाने की खुशी में कोटवार आगे होने के लिए जिवराखन से आगे चलना चाहता था। पर वह जिवराखन से पीछे चल रहा था। हो सकता था कि गुरुजी का मन झूठमूठ की बीड़ी के बदले जिवराखन की सचमुच की बीड़ी पीने का हो जाए।

गुरुजी जंग खाई बाल्टी के पेंदे में डामर गरम कर चिपका रहे थे। गुरुजी के लिए डामर का एक छोटा गोला कोटवार बड़गाँव से लाया था। बड़गाँव के थाने के पिछवाड़े चार डामर के ड्रम लुढ़के पड़े थे। ड्रम से डामर पिघलकर बहा था जो वहाँ जम गया था।

"बिल्ला दूर से चमक रहा है कोटवार!" गुरुजी बोले।

"हौ गुरुजी।" कोटवार बोला।

"बने-बने?" गुरुजी ने पूछा। गुरुजी के हाथ में डामर की कालिख लगी थी।

"बने-बने गुरुजी!" जिवराखन बोला।

"झूठ नहीं बोलेंगे गुरुजी बीड़ी पीने आए हैं।" कोटवार बोला।

"झूठमूठ के गुरुजी के पास जाते न कोटवार।" गुरुजी ने कहा।

"सचमुच के गुरुजी के पास पिएँगे गुरुजी।" कोटवार ने कहा।

"बीड़ी होगी गुरुजी?" कोटवार ने पूछा।

"मैं बीड़ी नहीं पीता कोटवार मेरे घर में नहीं है।"

"झूठमूठ की बीड़ी पिएँगे न गुरुजी।"

"झूठमूठ की भी नहीं है कोटवार।"

"मेरे पास है गुरुजी।"

"अपनी झूठमूठ की बीड़ी बचा रहे थे कोटवार!"

"नहीं गुरुजी! मैं बोल रहा था आपकी झूठमूठ की बीड़ी पिएँगे अपनी झूठमूठ की रोज पीता हूँ।"

"मैं सच बोलता हूँ मेरे पास एक भी झूठमूठ की नहीं है।" गुरुजी बोले।

"देखो गुरुजी होगी।" जिवराखन बोला।

"सिरतोन से नहीं है जिवराखन, जब मैं झूठमूठ की बीड़ी नहीं पीता तो क्यों रखूँगा!"

"झूठमूठ की बीड़ी रखने से क्या होता है गुरुजी!" कोटवार बोला।

"झूठमूठ की बीड़ी कहाँ मिलेगी?" गुरुजी ने जिवराखन से पूछा।

"मैं सचमुच की बीड़ी बेचता हूँ।" जिवराखन ने कहा।

"झूठमूठ के पैसे से सचमुच की बीड़ी नहीं बेचते जिवराखन।"

"नहीं गुरुजी सचमुच के पैसे से सचमुच की बीड़ी।"

"सचमुच के पैसे से झूठमूठ की बीड़ी बेचते जिवराखन।"

"कौन खरीदेगा गुरुजी!" जिवराखन ने कहा।

"कोटवार खरीदेगा वही पीता है।" गुरुजी ने कहा।

"कैसा करते हो गुरुजी!" खिसियाकर कोटवार बोला।

जिवराखन ने सचमुच की बीड़ी निकाली।

"आगी है क्या गुरुजी?"

"मुन्नी!" गुरुजी ने आवाज लगाई।

"क्या है?" मुन्नी आई।

"जा छेना में आगी ले आ।"

"हौ!" कहकर मुन्नी आगी लेने चली गई।

"माचिस तो है।" जिवराखन जेब टटोलते बोला।

फिर कहा, "छेना की आगी से बीड़ी में स्वाद आता है।"

"हौ ठीक बात है।" कोटवार ने कहा।

"घर में झूठमूठ की आगी भी होगी कोटवार, झूठमूठ की बीड़ी के लिए झूठमूठ की आगी।" आखिरी के वाक्य को गाते हुए गुरुजी ने कहा।

"नहीं गुरुजी सचमुच की आगी से सुलगा लूँगा।"

"सचमुच की आगी से झूठमूठ की बीड़ी से स्वाद नहीं आएगा।" गुरुजी बोले।

"आएगा गुरुजी।" कोटवार ने कहा।

"मुन्नी, ऐ मुन्नी!" गुरुजी चिल्लाए।

"जा तो छेना में झूठमूठ की आगी ले आ।"

"हौ!" कहकर मुन्नी अन्दर चली गई।

"छेना में झूठमूठ की आगी लाने को क्यों बोले गुरुजी, झूठमूठ के छेना में बोलना था।" जिवराखन ने कहा।

"नहीं सचमुच के छेना में।" गुरुजी बोले।

"सचमुच के छेना को खराब क्यों किये गुरुजी?" जिवराखन बोला।

"सचमुच के छेना में झूठमूठ की आगी।" कोटवार ने गा कर कहा।

"झूठमूठ की बीड़ी ला सुलगा रे भाई।" जिवराखन गाया।

"झूठमूठ की आगी बरेगी तो सचमुच की आगी बुताएगी भाई।" गुरुजी गाये।

"सचमुच की जिनगानी में झूठमूठ की हाँसी" झूठमूठ रुआँसा होकर कोटवार गाया।

"सचमुच की हाँसी कोटवार।" गुरुजी सचमुच हँसते हुए बोले।

"हौ!" कहकर कोटवार हँसने लगा।

"हौ!" कहकर जिवराखन हँसा।

"अरे मुन्नी झूठमूठ की आगी लेकर नहीं आई?" मुन्नी को छेना में आगी लाते देखकर जिवराखन बोला।

"अम्मा कहती हैं झूठमूठ की आगी नहीं है।" जिवराखन को आगी पकड़ाते हुए मुन्नी बोली।

"बताना नहीं था नोनी।" कोटवार बोला।

"मैं लाता हूँ।" कहकर गुरुजी अन्दर चले गए। लौटे तो छेना का एक खाली टुकड़ा कोटवार को पकड़ाते हुए गुरुजी ने कहा, "लो कोटवार सँभालकर पकड़ना। झूठमूठ की आगी जल्दी पकड़ती है। आग न लग जाए।"

"हौ।" कहकर कोटवार ने बहुत सँभालकर छेना पकड़ा।

"बीड़ी सुलगा लूँ गुरुजी?" कोटवार ने पूछा।

"सुलगा ले।" गुरुजी ने कहा।

"कोटवार ने झूठमूठ बीड़ी सुलगाई।" वह धुएँ की तरह साँस खींचता और साँस फूँकता। जिवराखन की बीड़ी का वहाँ धुआँ था। जिवराखन के धुएँ से बचने के लिए कोटवार थोड़ा पीछे सरक गया। उसे जिवराखन के धुएँ से खाँसी आने का डर था। रोकते-रोकते कोटवार को खाँसी आ गई। कोटवार की खाँसी रुकी नहीं तो जिवराखन ने अपनी बीड़ी बुझा दी।

"कोटवार के साथ झूठमूठ की बीड़ी पीना पड़ेगा गुरुजी तभी ठीक रहेगा।" जिवराखन ने कहा।

"नहीं जिवराखन।" खाँसते-खाँसते कोटवार बोला। उसे जिवराखन की बीड़ी बुझने का दुःख था। खाँसने से थका हुआ कोटवार खाँसी बन्द न होने से सुस्ता नहीं पा रहा था। मुन्नी कोटवार के लिए पीतल के लोटे में पानी ले आई थी।

"झूठमूठ की बीड़ी से सचमुच का धुआँ निकला था क्या गुरुजी!" पानी पीकर कोटवार बोला।

"झूठमूठ की कौन-सी बीड़ी पी रहे थे कोटवार?" गुरुजी ने पूछा।

"तीर छाप होगी।" जिवराखन बोला।

"नहीं रणवीर छाप। रणवीर छाप सस्ती है।" कोटवार ने कहा।

"रणवीर छाप नहीं पीना था।" जिवराखन बोला।

"तराजू छाप पीते न कोटवार।" जिवराखन बोला।

"तराजू छाप महँगी है।" कोटवार ने कहा।

"इसीलिए मैं नहीं बेचता।" जिवराखन ने कहा।

"झूठमूठ की तराजू छाप बीड़ी के पैसे देने नहीं पड़ते।" गुरुजी ने कोटवार से कहा। झूठमूठ के पैसे नहीं हैं यह सचमुच के पैसे नहीं हैं के बराबर था। अगर सौ रुपया सचमुच था तो उसके न होने के बाद एक सौ एक रुपया झूठमूठ नहीं हो सकते थे। सचमुच नहीं तो झूठमूठ नहीं। मजाक में भी झूठमूठ का नोट एकदम नकली नोट था।

जो ढंग से सोचते थे उनकी सोच से बिजली का नंगा तार लटका मालूम पड़ता था। नंगे तार से जब-तब उनको करंट लगता और स्वयं झनझना जाते। ऐसे लोगों से कोई गले नहीं मिलता था कि झटका खा जाएँगे। एक ऐसा मेला लगा होता जहाँ एक तरफ झूठमूठ की दुकानें सजी होतीं। मेले में घूमने आए बहुत से लोगों के पास पैसे नहीं होते थे। साथ आए बच्चों के लिए झूठमूठ के पैसों से एक सस्ता झूठमूठ का गटापार्चे का खिलौना खरीद लेते। झूठमूठ के मेले में एक सचमुच दोस्त मिल जाता। सचमुच के बिछड़े और गुजरे हुए लोगों से मिलने की उम्मीद झूठमूठ के मेले में भी हो सकती थी। झूठमूठ के मेले में सचमुच की खुशी हो जाती। सन्तुलन ऐसा था कि सचमुच का एक पलड़ा और झूठमूठ के दूसरे पलड़े का तराजू था। बाट कभी सचमुच के पलड़े में होता तो कभी झूठमूठ के पलड़े में।

गुरुजी ने झूठमूठ की बीड़ी नहीं पी। उनको डर होगा कि झूठमूठ की बीड़ी की लत लग जाएगी, फेफड़ा खराब हो जाएगा।

सभी पेड़ बसेरे के पेड़ नहीं
थे। स्टेशन के पास हरी झंडी
देखकर आकाश में पक्षी छुक-
छुक उड़ रहे थे।

कोटवार, गुरुजी और जिवराखन घूमने निकले। इस समय कोटवार नई ड्रेस पहने होने के कारण बहुत खुश था। वह सबसे आगे था इसके बाद जिवराखन और सबसे

पीछे गुरुजी। यह क्रम खेतों की मेंड़ पर था। खेत खतम होने के बाद सब एक साथ चलने लगते थे। खेत आते ही मेंड़ पर कोटवार आगे हो गया। फिर गुरुजी पीछे हो गए। कुछ देर से एक काला कुत्ता इनके पीछे-पीछे एक दूरी बनाकर चल रहा था। कोटवार ने पहले ध्यान दिया कि कुत्ता बराबर उनके पीछे चल रहा है। उसने जब बताया तब सबने ध्यान दिया।

"रुको।" कुछ आगे जाकर कोटवार ने कहा। सब रुक गए।

"देखो कुत्ता रुक गया।" कोटवार ने कहा। सबने देखा काला कुत्ता रुका हुआ जीभ निकाले हाँफ रहा था।

"कुत्ते को देख रहे हो गुरुजी!" जिवराखन ने कहा।

"हौ। कोटवार एकदम काला कुत्ता है।"

"अपने गाँव का कुत्ता नहीं है गुरुजी। मैं सब कुत्तों को पहचानता हूँ।" कोटवार ने कहा।

जिवराखन कुत्ते को मारने के लिए पत्थर देखने लगा। पत्थर मिल नहीं रहा था तो उसने मिट्टी का एक ढेला उठाया और कुत्ते की तरफ फेंका। ढेला कुत्ते तक नहीं पहुँचा और जमीन पर गिरते ही फूट गया। मिट्टी के टुकड़े छिटककर कुत्ते को लगे होंगे। कुत्ता पलटकर दूर चला गया। और इन लोगों की तरफ घूमकर, खड़ा होकर हाँफने लगा।

"फिर घूम गया।" कोटवार ने कहा।

"आप पत्थर मारो गुरुजी।" जिवराखन ने कहा। गुरुजी ने भी मिट्टी का ढेला उठाया।

"पत्थर होता तो ठीक रहता।" गुरुजी ने कहा। उन्होंने ढेले को फेंका। ढेला कुत्ते के पास तक नहीं पहुँचा। कुत्ता ठिठककर उसी तरह खड़ा रहा।

"चलो भाई यहाँ देर मत करो।" कोटवार ने कहा। फिर सब चले। कोटवार आगे, उसके पीछे जिवराखन और सबसे पीछे गुरुजी।

"गुरुजी कुत्ता आ रहा है?" कोटवार ने पूछा।

"रुकना मत चलते रहना।" जिवराखन ने कहा। कुत्ता एक दूरी बनाए बराबर उनके पीछे चल रहा था।

"रुक जाओ।" कोटवार ने फिर रुकते हुए कहा। सब रुक गए। मुड़कर उन लोगों ने देखा। कुत्ता भी रुक गया था।

"बहुत मुश्किल है।" गुरुजी ने कहा।

"और एकदम काला है।" गुरुजी ने फिर कहा।

"कोई बात जरूर है भाई।" जिवराखन ने कहा।

"भाला फेंकूँ क्या गुरुजी।" कोटवार ने कहा।

"तुम जानो कोटवार।"

"भाला भोंक दे।" जिवराखन ने कहा।

"ऐसी गलती मत करना।" गुरुजी ने कहा। सब फिर चलने लगे। इस बार गुरुजी आगे हो गए। कोटवार पीछे था। जिवराखन बीच में था। जब ये लोग रुके, कुत्ता भी रुका। जब चले तो कुत्ता भी चला।

"कैसा कुत्ता है रे!" कोटवार ने कहा।

"भाला से भी नहीं डरा।" जिवराखन ने कहा।

"कोई जिन्न भूत तो नहीं है गुरुजी!" जिवराखन ने कहा।

"मेरे को पीछे चलने में अटपटा लगता है गुरुजी।" कोटवार ने कहा।

"जिवराखन अब तुम पीछे चले जाओ।" गुरुजी ने कहा।

"आप चले जाओ गुरुजी।" जिवराखन ने कहा।

"नहीं, तुम जाओ जिवराखन।" जिवराखन पीछे आ गया।

फिर सब इसी क्रम में तेज दौड़ने लगे। इनके पीछे उतनी ही दूरी बना कर कुत्ता भी दौड़ रहा था।

"थक गए!" रुकते हुए गुरुजी ने कहा। गुरुजी बैठ गए। उनके साथ सब बैठ गए। जिवराखन हाँफ रहा था, सब उखरू बैठे हुए थे। कुत्ता उनको खड़े-खड़े कुछ देर देखता रहा फिर वहीं पसरकर बैठ गया।

"वह भी बैठ गया।" गुरुजी ने हाँफते हुए कहा।

"घूमकर गाँव लौट जाते हैं कोटवार।" जिवराखन ने कहा। वे लोग चक्कर लगाकर दूसरी मेंड़ से गाँव की ओर लौटने लगे। कुत्ता समानान्तर दूसरी मेंड़ पर अब चल रहा था। चलते-चलते तीनों गाँव के अन्दर घुसते देख रहे थे कि परली तरफ से कुत्ता भी गाँव के अन्दर घुस रहा था। इसके बाद तीनों ने उस कुत्ते को ढूँढ़ा पर कुत्ता उन्हें फिर नहीं मिला।

पहाड़ी के जुड़ने के बाद जिवराखन की दुकान में बड़गाँव के थानेदार और एक-दो सिपाहियों का आना-जाना बढ़ गया था। अच्छा निशाना लगाने वाला सिपाही जिवराखन की दुकान में आने लगा। हो सकता है जिवराखन की दुकान

से इन लोगों को उधारी मिलती हो और सस्ता सामान मिलता हो। प्राय: कोई न कोई सिपाही दुकान में बैठा दिखाई देता था। सिपाहियों के आने-जाने के बाद भी गाँव के लड़कों का पीपल के पास खेलना, कूदना, झगड़ना बन्द नहीं हुआ था। पेड़ के नीचे बैठने वाले बूढ़ों में कभी तीन दिखाई देते कभी दो। परन्तु चारों बूढ़ों के एक साथ दिखने की सम्भावना रोज होती थी। और किसी एक दिन वे सब सचमुच दिखाई देते थे। थानेदार जब दुकान आता तो कोटवार को जाना पड़ता। अच्छा निशाना लगाने वाले सिपाही को कोटवार पसन्द करता था। उसको देखकर कोटवार दुकान चला जाता था। वह सिपाही अपनी लकड़ी की बन्दूक लेकर आता तब जिवराखन खुश हो जाता था। और उसे पहाड़ी की तरफ जाने के लिए प्रेरित करता था। पहाड़ी के आसपास डेरहिन या उसके साथी कभी दिखाई नहीं दिये परन्तु डेरहिन की लड़की को बहुत से लोगों ने दूर से देखा था। जिवराखन पहाड़ी की तरफ आता-जाता था। कभी वह साथ में अच्छे निशाना लगाने वाले सिपाही को भी ले जाता था। यह तब करता जब उसके पास उसकी लकड़ी की बन्दूक होती। उसके साथ जिवराखन बिना बन्दूक की नजरों से पहाड़ी के आसपास निशाने की तरह देखता था। जिवराखन को कोई दिखाई नहीं देता था। अगर दिखाई दे जाए तो वह बिना बन्दूक के "धाँय" बोल देता। हो सकता है जिवराखन के बिना बन्दूक के "धाँय" बोलने से गोली निकल जाती और निशाने में लग जाती। जिवराखन को निशाना नहीं दिखा। जिवराखन उनको मन-ही-मन "धाँय" की गाली देता था। हो सकता है जिस तरह गोली लगती है उस तरह "धाँय" की गाली गोली की तरह लगे। उच्चारण में गाली और गोली में खास अन्तर नहीं था। "धाँय" अगर गाली की तरह दो तो निशाने में गाली गोली की तरह लग सकती थी। उसने आशा नहीं छोड़ी थी। अच्छा निशाना लगाने वाले सिपाही के साथ होते ही उसकी आशा बढ़ जाती थी।

कोटवार का थाने की साफ-सफाई करने का मन नहीं होता था। थाने में सिपाही, थानेदार, तहसीलदार आदि लोगों का आना कम हो गया जबकि जिवराखन की दुकान में इनका आना बढ़ गया था। कोटवार थाने के घड़े में हफ्ते-दस दिन तक पानी नहीं भरता था। घड़ा सूख जाता था। जिवराखन की दुकान सिपाहियों के कारण थाने जैसी लगने लगी थी। ऐसा थाना जिसमें किराने की दुकान लगी हो कुछ

कम था, पर ऐसी किराने की दुकान जिसमें थाना लगता हो अधिक था। दुकान में गाँव के लोगों को चीज-सामान लेने में हिचक होती थी। जिनको सामान लेने जाना होता पहले देखते कि दुकान में सिपाही या थानेदार तो नहीं है। अगर नहीं दिखते हैं तो शायद अन्दर हों की सम्भावना से दुकान के सामने साइकिल देखते।

बेचारे उधार लेने वाले मजबूरी में बँधे हुए ग्राहक थे। थोड़ी चीज-सामान ले लेते और अपनी हाजिरी दे देते। सभी निगरानीशुदा ग्राहक थे। जो नून-तेल लेने बहुत दिन बाद जाता उससे जिवराखन जरूर पूछता था, "बहुत दिन से दिखे नहीं" जिसका आशय होता था मर तो नहीं गए थे। सिपाही लोगों के आने से उधारी की वसूली अपने आप होने लगी थी। जो थाली, बटकी, गुंडी कुछ दिन बाद बेचते उसको पहले बेचकर उधारी चुका देते थे। गुंडी के बदले घड़ा रखने जैसा काम चल रहा था। कुछ नहीं रखने जैसा काम भी चल रहा था।

एक दिन थाने का घड़ा कोटवार अपने घर ले आया। बकरियों, कुत्तों की उछलकूद से सूने थाने में घड़े के फूटने का डर बढ़ गया था। परन्तु इसके बाद भी गर्मी के दिनों में दोपहर को थाने के बरामदे में कोटवार सोया करता था।

उधारी लेने से आज का पेट भर जाता था। आगे खाली पेट के दिन बढ़ जाते थे। उधारी खाते-खाते जिन्दा रहने की बचत हो जाती थी, जीना हो जाता था। वर्तमान में सब लोगों के जीवित के भविष्य में सब लोगों की मृत्यु थी। भविष्य में जन्म रहता है इसकी याद नहीं आती थी। अगर आती थी तो भविष्य का जन्म कर्जदार होता था जिसे मृत लोगों का कर्ज पटाना पड़ता था।

यहाँ मनुष्य का हल्ला कम था। इससे ज्यादा पेड़ पर चिड़ियों का हल्ला होता था। एक-दो पेड़ों पर इतना हल्ला होता था कि उसके नीचे खड़े होकर बात नहीं की जा सकती थी। विचार आता था कि चिड़िया दूसरे पेड़ों पर फैल क्यों नहीं जातीं। दूसरे पेड़ पर जाने से चिड़ियों का बँट जाना होता होगा। साथ बँट जाता। साथ फैलता न हो।

सभी पेड़ बसेरे के पेड़ नहीं होते होंगे। कुछ पेड़ बसेरे से छूटे पेड़ होते होंगे। एक पेड़ होगा जिस पर चिड़िया दो दिन से न बैठी हो। एक पेड़ होगा जिस पर दो बरस से चिड़िया न बैठी हो। वह पेड़ आजू-बाजू के पेड़ों को देखता होगा, जिस पर चिड़िया बैठी होंगी। उस पेड़ पर चिड़िया बैठ जाएँगी के इन्तजार में पेड़ की पत्ती पीली पड़कर सूख जाती होगी। एक शाखा फैलते-फैलते सूख जाती होगी। एक हरी डाल टूट जाती होगी। एक हरा पेड़ जड़ से उखड़ जाता होगा।

ऐसा कोई कारण समझ में नहीं आता था जिसके कारण पक्षियों के बैठने से पेड़ छूट जाता हो। एक पेड़ सूख गया तो एक अकेला पक्षी आकर उस पर बैठ गया। फिर उड़ गया।

आकाश में पक्षियों के आने-जाने के निश्चित रास्ते थे। एक नया पक्षी उस रास्ते पर उड़ गया। पक्षी का पंख टूट जाता होगा तो उसकी लँगड़ी उड़ान होती होगी। लँगड़ी फड़फड़ाहट। गाँव में अँधेरा होते ही पैदल चलने की आहट में लँगड़ी आहट पहचान में आ जाती थी। लँगड़े की आहट को पहचाना जाता था कि रामभजन आ रहा है। जैतू चला गया। लँगड़ते-लँगड़ते जैतू पिछड़ गया फिर बिछड़ गया। क्या इतनी आत्मीयता से बिछड़ने की बात हो सकती थी जैसे कई दिनों बाद मिलने की खुशी हो।

स्टेशन मास्टर डंडे में लिपटी हरी और लाल झंडी लिये गुरुजी के घर आए। थोड़ी देर बैठे और हरी झंडी ले जाना भूल गए। लाल झंडी लेकर चले गए। लाल की तुलना में भूलने योग्य हरी झंडी लगती होगी। लाल झंडी के भूलने से शायद गुरुजी हड़बड़ा जाते कि अभी दौड़कर लौटाना है।

हरी झंडी लेकर गुरुजी घर से बाहर आकर खड़े हो गए। वे गाँव की ओर देख रहे थे। हाथ में झंडी लपेट से खुली थी। इस तरह उनके खड़े होने से यह सोचा जा सकता था कि उनका घर एक स्टेशन है और सामने एक गाँव नाम की रेलगाड़ी खड़े-खड़े बस गई है। हरी झंडी दिखाकर गाँव को रेलगाड़ी की तरह विदा कर रहे हैं और उनका घर स्टेशन की नियति की तरह हर बार छूटता हुआ वहीं पर है। रेलगाड़ी यात्रियों समेत हमेशा की तरह रुकी रहेगी तो बस जाएगी। एक गाँव की तरह रेलगाड़ी बसी रहेगी। परन्तु गुरुजी की अस्थिरता का स्वभाव कहीं जा रहे हैं का इतना होता था कि दृश्य में हरी झंडी को लेकर बाहर दरवाजे के पास चौखट पर खड़े हुए गुरुजी ऐसे थे कि वे घर पर चढ़े हुए घर समेत गाँव से विदा हो रहे हैं।

घर छोड़कर भागना कठिन था। घर समेत भागना सरल था। घर समेत भागते-भागते फूलों से भरी एक घाटी में झरने के पास रुककर सुस्ताते और झरने का पानी पीते। नहाते-धोते। चौके में बैठकर खाना खाते। खटिया पर सो जाते। फर्क इतना ही होगा कि घर के सामने कभी पहाड़ होगा। पिछवाड़े मैदान होगा। पिछवाड़े में कभी नदी होगी। सामने जंगल होगा। सामने नदी होने के लिए घर को घुमाकर नदी की ओर कर लेंगे। चलते-फिरते घर में खानाबदोश नहीं होते। वही घर, जगह-जगह

होता हुआ में रहते। आकाश हर जगह का पड़ोसी होता। आकाश के साथ-साथ रात के अकेलेपन में सूर्य, चन्द्रमा, तारों का साथ नहीं छूटता।

गुरुजी घर के सामने खड़े हैं के दृश्य में टिकिट लेकर एक बदमाश घर में घुस सकता था। वह चारपाई पर पसर जाता। घर को घर रहने देकर गुरुजी हरी झंडी इधर-उधर डुलाते हुए स्टेशन जा रहे थे। हरी झंडी देखकर पेड़ पीछे छूट रहे थे, चार बगुले उड़ते हुए चले गए। स्टेशन तक आगे का दृश्य और दृश्य के अन्दर समाया हुआ सब कुछ आगे से पैदल पीछे हो रहा था। एक पाँत पक्षियों की छुक-छुक उड़कर जा रही थी। हवाई जहाज उड़ता होता तो वह छुक-छुक उड़ता होता। गुरुजी के पीछे स्टेशन तक का आगे का दृश्य छुक-छुक चला गया तब गुरुजी स्टेशन पहुँचे।

स्टेशन से लौटते समय उन्होंने देखा कि आगे मुन्ना घर की ओर जा रहा था। मुन्ना की तेजी के कारण यह दूरी बढ़ रही थी।

"मुन्ना रुक जा।" गुरुजी चिल्लाए। मुन्ना रुक गया। बापजी को देखा तो खुश हो गया। वह दौड़ता हुआ बापजी के पास चला आया। गुरुजी ने मुन्ना के सिर पर हाथ रखा फिर कन्धे पर। छूकर गुरुजी ने पास आए मुन्ना को मन के पास महसूस किया। दोनों साथ-साथ चलने लगे। इस साथ-साथ चलने को दूर से देखा जाए तो दूरी के कारण चलते हुए पिता-पुत्र लम्बे-चौड़े खेतों के फैलाव में एक परम्परा लग रहे थे। जो चली जा रही है। यह पिता और पुत्र की परम्परा थी। यह कि पिता ने न धन कमाया है न नाम। पिता का पुत्र पर अपार स्नेह है। पुत्र अपने कर्तव्य का निर्वाह करे। अपनी माँ और बहन का ध्यान रखे। और पिता आखिर क्या करे जिससे पुत्र को कष्ट न हो। वृद्ध होने पर माँ-बाप को दो जून का भात खिला दे यही बहुत है। पुत्र स्वस्थ और हमेशा जीवित रहे। यह परम्परा खेत की मेंड़ से घर जा रही थी। इस चलती परम्परा में पिता का पैर एक मिट्टी के ढेले पर पड़ा तो पिता गिरते-गिरते बचा। और इस बचने में छोटे से पुत्र का सँभालने का सहयोग था। पुत्र की परम्परा जिस तरह बनती है वैसे ही पिता की परम्परा बनती है। अच्छी परम्परा बनने की जितनी इच्छा होती है उतनी कोशिश भी रहती होगी। प्राय: पुत्र की परम्परा थोड़ी बदल जाती थी। और अन्तर आ जाता था। पिता, पुत्र की परम्परा बनाने की स्वयं कोशिश करता था। पुत्र के बड़े होते-होते पुत्र की परम्परा का विश्वास आखिरी में टूटा-सा हिलगा होता। हिलगा इसलिए कि विश्वास टूटने पर विश्वास नहीं होता था।

"बापजी कहाँ गए थे?" मुन्ना ने पूछा।

"स्टेशन मास्टर घर आए थे। हरी झंडी भूल गए। लाल झंडी की याद रही, उसे ले गए। मैं हरी झंडी लौटाने गया था।"

"हरी झंडी न होने से गड़बड़ हो जाती बापजी?"

"हौ! गाड़ी रुकने के बाद रवाना नहीं हो सकेगी।"

"दूसरी हरी झंडी होगी?"

"न भी हो।"

"स्टेशन मास्टर के पास हरी कमीज होगी?" मुन्ना ने पूछा।

"क्या पता! पेड़ की हरी डाल दिखाने से गाड़ी रवाना नहीं होती होगी!"

"हरी झंडी न होने पर हो जाएगी बापजी।" मुन्ना ने कहा।

"हरी डाल दिखाने के बदले इंजन ड्राइवर को हरा पेड़ दिखा देते और कहते अब जाओ।"

"हरा पेड़ दिखाकर गाड़ी रवाना कर देते।" मुन्ना ने खुश होकर कहा।

"हौ।" हँसकर बापजी ने कहा।

"स्टेशन मास्टर को इंजन ड्राइवर पहचानता होगा?"

"पहचानता होगा।"

"स्टेशन मास्टर यदि बिना पेड़ दिखाए गाड़ी ले जाने को कहे तब वह कहना न मानेगा?"

"कहना मानना चाहिए। स्टेशन मास्टर का कहना हरी झंडी दिखाना होगा।"

थोड़ी देर चुप रहने के बाद मुन्ना ने लाड़ से कहा, "बापजी मैं कम खाता हूँ।" उसने सोचा कि बापजी यह सुनकर खुश होंगे।

"रोटी कम खाया करो।" बापजी ने कहा।

मुन्ना को रोटी अच्छी लगती थी। गेहूँ चावल की तुलना में महँगा पड़ता था। पिसाने की झंझट थी। बड़गाँव की आटा चक्की में गेहूँ पिसाना पड़ता था।

"बापजी रोटी अच्छी लगती है।" मुन्ना ने कहा।

गुरुजी ने स्नेह से मुन्ना की तरफ देखा।

"तो भात ज्यादा खाया करो।" रोटी कम खाया करो का यह दूसरा विकल्प बापजी ने बताया हो। भात ज्यादा खाया करो का अर्थ रोटी कम खाया करो ही था। मुन्ना इस तरह मान गया जैसे गुरुजी उसकी बात मान गए हों।

उन्होंने पूछा, "मुन्ना तुमको आधा-पौन घंटा पहले पता चल जाता होगा कि भूख लगने वाली है?" रोटी जुटा पाना कठिन काम था। आधा-पौन घंटा पहले मालूम हो जाए तो मुन्ना के लिए अच्छा था।

"पहले पता नहीं चलता। जब भूख लगती है तब मालूम पड़ता है कि भूख लगी है।"

भूख लगने वाली है इसका एहसास होना चाहिए। कम भूख लगी है यह मालूम पड़ जाता है। कम भूख लगने वाली है यह भी मालूम हो जाना चाहिए।

"तुमको कितने मिनट पहले पता चलता है कि भूख लगी है? एक मिनट पहले या दो मिनट पहले या आधा मिनट पहले?"

"पहले नहीं बापजी। उसी समय पता चलता है। पहले कम भूख लगती है फिर बहुत भूख लगती है।"

"ध्यान से कोशिश करने पर पाँच-दस मिनट पहले यह पता नहीं लगा सकते कि भूख लगने वाली है?"

मुन्ना की आँखों में आँसू आ गए। आधा मिनट पहले मुन्ना को मालूम नहीं था कि उसकी आँख में आँसू आ जाएँगे। मुन्ना धीरे-धीरे रोने लगा। नाक सुड़कने लगा। शायद बड़े होने पर सुख-दुःख, और भूख पहले मालूम होने लगें। रुककर गुरुजी ने कहा, "नाक छिनक ले।" मुन्ना ने नाक छिनका। गुरुजी ने धोती के छोर से मुन्ना की नाक को पोंछा। चलते-चलते गुरुजी ने फिर पूछा।

"अच्छा ठीक है अब यह बताओ कम भूख लगने के कितनी देर बाद ज्यादा भूख लगती है?"

जितनी देर लगेगी भूख बढ़ती जाएगी। ज्यादा देर आमरण भी हो सकता था। गुरुजी पूछ-पूछ कर मुन्ना के भूखे हो जाने की गलती के कारणों का पता लगाना चाहते थे। यह पूछताछ वैद-डॉक्टर की बीमारी कैसे हुई की पूछताछ से कम थी, अपराध हुआ तो कैसे हुआ की अधिक थी।

"कम भूख लगती है ठीक उसके बाद अधिक भूख लगती है।" वह समझा नहीं पा रहा था।

"देखो मुन्ना सच बात तो यह है तुमको कम भूख तो लगती नहीं, सिर्फ ज्यादा भूख लगती है।"

"मैं कम भूख को सह लेता हूँ बापजी।" कहते-कहते मुन्ना रुक गया।

मुख्यवाद्य सितार था कि डेरहिन
की जाँघ में बिच्छू गोदा हुआ है।
थानेदार का हृदय तबले की तरह
धक्धक् धिन्ना कर रहा था।

शाम का समय होगा। जिवराखन और थानेदार शाश्वत जुड़ी पहाड़ी के नीचे घूम रहे थे। थानेदार दूर पहाड़ी की चोटी पर एक पेड़ को देखते हुए शक से बोला, "वो डेरहिन खड़ी है क्या?"

"नहीं है। सागौन का पेड़ होगा।"

"महुआ का पेड़ नहीं हो सकता जिवराखन?"

"हौ! जो पेड़ डेरहिन के समान दिखे वह महुआ का पेड़ हो सकता है दरोगा जी।"

एक तितली थानेदार के सामने से उड़ते-उड़ते गई।

"तितली को देखे वही डेरहिन होगी।"

"नहीं है दरोगा।" नहीं के अर्थ में जिवराखन थानेदार से कुछ दूर जाकर खड़ा हो गया। साल के पेड़ पर पीली चोंच वाली सलई चिड़िया की ओर उँगली दिखाते हुए थानेदार ने कहा,

"वह मैना डेरहिन है जिवराखन।"

"मैना नहीं सलई चिड़िया है दरोगा। मैना चिड़िया होती तो एक बार मान लेता कि डेरहिन होगी।"

अबकी बार जिवराखन को भ्रम हुआ, यह कि डूबते सूर्य की रोशनी में उसने डेरहिन को देखा है। कुछ चमका था। डेरहिन के हाथ के गिलट के कड़े सूर्य की आखिरी किरण से चमके थे इसके बाद सूर्य डूब गया। हो सकता है कड़े की चमक से सूर्य आखिरी बार चमका हो और डूब गया। अगर वो डेरहिन थी तो डेरहिन ने भी जिवराखन को देखा होगा।

"डेरहिन को अभी देखा हूँ लगता है दरोगा।" जिवराखन ने हड़बड़ाकर कहा।

"जिवराखन! डेरहिन मर गई है। उसको गोली लगी थी।"

"डेरहिन को अभी मैं देखा हूँ।" जिवराखन ने फिर विश्वास के साथ कहा।

"पहाड़ी पर चढ़कर देखें?"

"पहाड़ी पर मत चढ़ना दरोगा।" कोई कारण नहीं था। पहाड़ी पर चढ़ते नहीं थे। नहीं चढ़ने का गाँव में रिवाज बन गया था। पहाड़ी के नीचे घूम-फिर लेते थे बस। पहाड़ी अलग थी तब भी नहीं चढ़ते थे। जुड़ जाने के बाद तो बिलकुल नहीं।

"डेरहिन को मारना क्यों चाहते हो?" थानेदार ने पूछा।

"मारना नहीं डेरहिन को मरा हुआ देखना चाहता हूँ।" गहरी साँस लेकर जिवराखन ने कहा।

"मरवाना क्यों चाहते हो जिवराखन?"

"मरवाना नहीं चाहता। वह मर जाए बस।"

"एक न एक दिन सबको मरना है।"

"एक न एक दिन में तो कई बरस लग जाएँगे दरोगा। डेरहिन जल्दी मर जाएगी तो मैं अधिक दिन सुख से जिऊँगा। मेरे को छोड़ वह दूसरे के साथ रहती है यह हर दिन का काल हो गया है। किसके साथ भाग गई दरोगा?"

जिवराखन का मन हुआ कि वह दरोगा से कहे कि वह डेरहिन को अपने घर में बैठा लेगा तो उसे उज्र नहीं होगा। अच्छा होता यदि डेरहिन के संगवारी का नाम मालूम हो जाता तो उसका नाम-पता बताकर वह खुद धाँय बोल देता। उसकी धाँय गोली डेरहिन के संगवारी को ढूँढ़ती और लग जाती।

यही बात एक दिन जिवराखन ने अच्छा निशाना लगाने वाले सिपाही से अपने घर के पिछवाड़े ले जाकर कही। थानेदार वहाँ पहले से एक टिन की कुर्सी पर बैठा था। जिवराखन ने सिपाही के कान में धीरे से कहा, "सिपाही पहाड़ी का निशाना लगा। डेरहिन का नाम बोल और धाँय बोल दे।" फिर जोर से कहा, "देख लेना डेरहिन को गोली ढूँढ़ेगी और लग जाएगी।"

"डेरहिन को गोली पहचानेगी कैसे?" सिपाही आश्चर्य से पूछेगा।

"बोल देना सुन्दर वाली डेरहिन जो पहाड़ी के ऊपर रहती है, धाँय।" जिवराखन ने कहा।

"थानेदार आदेश देगा तो बोलूँगा।" सिपाही ने कहा।

"बोल दे आदेश दे रहा हूँ।"

"बिना निशाना के कभी बोला नहीं।"

"तेरा निशाना अच्छा है यह गोली को मालूम है। नाम लेकर बोलेगा तो गोली निशाना में लग जाएगी।" थानेदार ने कहा।

"क्या बोलूँ?"

"बोलना डेरहिन धाँय। नहीं। बोलना डेरहिन के बाएँ पैर के घुटने से थोड़े नीचे लग जा धाँय। इससे डेरहिन मरेगी नहीं। फिर डेरहिन के साथी को धाँय बोल देना। डेरहिन का साथी मर जाएगा। समझ गया।" थानेदार ने कहा।

"डेरहिन नाम की दूसरी लड़की को लग गई तो?" सिपाही ने पूछा।

"नाम के साथ पूरा पता बोल देना।" जिवराखन ने कहा।

"और चीन्हा होता तो गोली को बता देता।" सिपाही ने कहा।

"डेरहिन का एकाध चीन्हा हो तो बता दे जिवराखन।" थानेदार ने कहा।

"और चीन्हा तो नहीं है।"

"देख भाई हो तो बता दे। छुपा मत। आगे जरूरत पड़ सकती है।"

"डेरहिन की जाँघ में बिच्छू गोदाया है दरोगा जी।" धीरे से झिझकते हुए जिवराखन ने कहा।

"क्या बोला?" थानेदार ने सुन लिया था फिर भी उसने पूछा।

"बता तो दिया।" बताने के बाद जिवराखन ने सोचा बताना नहीं था। थानेदार यह बात कहता फिरेगा। उसे पिंडली की फूलपत्ती याद नहीं आई।

"सच में सुनाई नहीं दिया जिवराखन। एक बार और बता दे।" ध्यान से सुनने की मुद्रा में होकर थानेदार ने कहा। फिर सुनने का थोड़ा इन्तजार किया परन्तु जिवराखन चुप रहा।

"बता!" जोर से थानेदार ने कहा।

"कल बता दूँगा।" जिवराखन ने कहा।

"ठीक है कल बता देना।" सिपाही ने कहा। उसने सोचा कल तक बात टल जाएगी। सिपाही ने जिवराखन का बताया हुआ चीन्हा सुन लिया था। थानेदार जिवराखन से यह भी पूछना चाहता था कि बिच्छू ने जिवराखन को कभी डंक मारा था या नहीं। यदि यह पूछता तो जिवराखन समझ जाता कि थानेदार ने सुन लिया है और फिर पूछ रहा है। जिवराखन बिदक जाता। यहाँ मुख्य वाद्य सितार था कि डेरहिन की जाँघ में बिच्छू गोदा हुआ है। इस मुख्य वाद्य के साथ थानेदार का हृदय तबले की तरह धक् धक् धिन्ना कर रहा था। एक मुर्दा सुन्दर स्त्री की शिनाख्त के लिए जाँघ में चीन्हा देखने के बदले जिन्दा में देखना अच्छा होता। कहा जा रहा था कि रेलगाड़ी में बैठकर ऐसी सामाजिकता आ गई थी कि स्त्री के ऊपर किया गया अत्याचार, अत्याचार नहीं हो रहा था। निर्वस्त्र करना छिलका

उतारकर आम खाना था। मसलकर गदराए आम को रसीला बनाया जाता और चोपी तोड़कर चूस लिया जाता था।

"सिपाही पहाड़ी का निशाना लगा।" थानेदार ने अचानक सिपाही को आदेश दिया।

"हौ लगा लिया।" सावधान होकर पहाड़ी की ओर निशाना लगाते हुए सिपाही ने कहा।

"बोल।"

"हौ।"

"सुन्दर वाली डेरहिन जो पहाड़ी पर रहती है उसके आदमी को गोली लग जाए।" इस आदेश को सुनकर सिपाही को हिचकिचाहट हुई। बन्दूक नीचे झुकाकर उसने कहा, "इस आदेश से जिवराखन को गोली लग सकती है दरोगा जी। जिवराखन भी डेरहिन का आदमी है।" सिपाही का यह तर्क था। तर्क ठीक था। सिपाही चाहता था कि धाँय बोलने का आदेश स्थगित हो जाए। सिपाही का तर्क सुनकर जिवराखन घबरा गया। उसे लगा कि वह बच गया।

"जिवराखन अब डेरहिन का आदमी नहीं है।" थानेदार ने कहा।

"इस गोली का भरोसा नहीं।" जिवराखन ने कहा।

"दरोगा जी जो डेरहिन का आदमी था और जो डेरहिन का आदमी है दोनों को धाँय गोली लग जाती।"

"और जो डेरहिन का आदमी होने वाला होगा उसको?" थानेदार ने पूछा।

"जो डेरहिन का आदमी होगा उसको भी यह गोली मार सकती है।" सिपाही ने कहा। थानेदार की इच्छा थी कि वह डेरहिन का आदमी होता। इस आदेश से उसे भी गोली लग सकती थी। थानेदार भी डर गया। बहुत शक की आदत के कारण उसे विश्वास भी हो गया। फिर भी उसने कहा, "होने वाले आदमी को यह गोली पहले नहीं मारेगी। जो पहले आदमी था उसको पहले गोली मारेगी।"

"चोरी-डाका को रोकने का काम पुलिस करती है। डेरहिन का कोई आदमी न बने इसको रोकने का काम गोली करेगी। गोली मारकर ही रोक सकती है। हाथ पकड़कर तो नहीं रोकेगी थानेदार।" सिपाही ने कहा।

"सबसे पहले मुझको जो डेरहिन का आदमी था यह धाँय गोली मारेगी। क्योंकि धाँय गोली के एकदम पास खड़ा हूँ दरोगा जी।" जिवराखन ने कहा।

"तेरा मतलब मैं समझ रहा हूँ जिवराखन।" थानेदार ने कहा।

"क्या समझे दरोगा!"

"धाँय गोली मुझको जो डेरहिन का आदमी होने वाला है तुम्हारे बाद मारेगी। क्योंकि मैं गोली चलाने वाले सिपाही के पास बैठा हूँ।"

"सच बात है।" जिवराखन ने कहा।

"पास वाले को पहले, दूर वाले को बाद में।" सिपाही ने थोड़ा गाकर कहा।

"जान का खतरा दोनों को है जिवराखन।" थानेदार ने कहा।

"हौ दरोगा जी।" जिवराखन ने लम्बी साँस खींचकर कहा।

"निशाना लगाकर धाँय बोलने से अच्छा रहता। डेरहिन को निशाना लगाते और धाँय बोल देते।" सिपाही ने कहा।

"ठीक बात है।" थानेदार ने कहा।

"डेरहिन का आदमी दिखाई नहीं देता। डेरहिन दिखाई नहीं देती।" जिवराखन ने कहा।

"सिपाही घात लगाए पहाड़ी के पास बैठे रहेंगे। निशाना दिखाई देगा तो धाँय बोल देंगे।" थानेदार ने जिवराखन को समझाते हुए कहा।

"ठीक है।" जिवराखन ने कहा।

चार बूढ़े सफेद सारस की तरह डग भरते हुए मेंड़ ही मेंड़ जाते दिखे।

जिवराखन बड़े सबेरे दुकान खोल लेता था। गाँव के लोग सुबह खरीदी कर पाते थे। देर होने पर दुकान में सिपाहियों का आना-जाना शुरू हो जाता था। सिपाही नहीं रहते पर सिपाही के आने की सम्भावना हमेशा रहती थी। दुकान में गाँव वाले सुबह के बाद नहीं आते थे। सुबह दुकान खुलने के पहले से चार बूढ़े पीपल के नीचे आकर बैठने लगे थे। अब बासी अपने साथ लाते थे। दोपहर को लाई हुई

बासी खाते और अँधेरा होने के बाद चले जाते। हो सकता है आगे किसी समय सयान रात को पीपल के पेड़ के नीचे सोने लगें। सयान इतने बूढ़े होने लगें कि घर जाने की ताकत नहीं होगी। तब गाँव के लोग पेड़ के नीचे सयानों के लिए एक छोटा सा छानी-छप्पर डाल देंगे। अगर सयान घर पर रहें तो कितने भी बूढ़े हो जाएँ पीपल के पेड़ तक जरूर जा सकेंगे। घर से पीपल के पेड़ तक जाने की ताकत उनमें आखिरी समय तक बची रहेगी।

सुबह जब जिवराखन ने दुकान खोली तो उसने देखा चार बूढ़ों में से एक भी बूढ़ा पीपल के पेड़ के नीचे नहीं था। उसे आश्चर्य हुआ। उससे रहा नहीं गया। दुकान वैसी ही अधखुली छोड़कर वह साइकिल लेकर गाँव होते हुए निकला। उसने किसी से पूछा नहीं। वह घूमता देखता हुआ बूढ़ों के न होने को दरयाफ्त कर रहा था। वह पहाड़ी की ओर गया। बहुत आगे चार बूढ़े सफेद सारस की तरह डग भरते हुए साफ-सफेद कपड़े पहने हाथ में बाँस लिये मेंड़ पर जाते दिखे। पहाड़ी के नीचे की चौरस चट्टान पर जाकर बूढ़े बाँस बजाएँगे। तब डेरहिन और डेरहिन का आदमी बाँस सुनने पहाड़ी पर दिखेंगे। यह सोचकर जिवराखन थानेदार को खबर करने बड़गाँव की ओर सरपट चला गया।

कोटवार ने जिवराखन को बड़गाँव की ओर से लौटते देखा। जिवराखन के साथ थानेदार और सभी सिपाही साइकिलों पर सवार थे। सबके कन्धों पर लकड़ी की बन्दूक लटकी थी। अच्छा निशाना लगाने वाले सिपाही की साइकिल सबसे पीछे थी। उसकी साइकिल बहुत खटर-पटर की आवाज कर रही थी। शायद साइकिल ने सोचा हो कि उसकी आवाज से सबको मालूम हो जाएगा बाकी सभी साइकिलें सर्र से जा रही थीं कि पता भी नहीं चलता था कि उनके जाने से कोई आवाज हो रही है। अच्छा निशाना लगाने वाले सिपाही की साइकिल का एक पैडल भी टूटा हुआ था। वह केवल एक पैर से पैडल मार रहा था। वह लँगड़ा नहीं था साइकिल लँगड़ी थी। उसका एक पैर बिना पैडल के बेकार था। साइकिल के टूटे होने का ध्यान नहीं जाता था। साइकिल चलाने वाला लँगड़ा होगा यह ध्यान जाता था। इस साइकिल से घर लौटने में खटर-पटर होने की परेशानी थी। अभी सबसे पीछे रहने की उसे बहुत खुशी थी।

बाँस की धुन थोड़ी देर में पूर्णिमा
सूर्य तक पहुँचने वाली थी जो
चन्द्रमा लग रहा था।

कोटवार समझ गया था कि जिवराखन आज डेरहिन और उसके साथी को मरवाने की कोशिश करेगा। यह देखते ही कोटवार गुरुजी को बताने गया होगा। कोटवार और गुरुजी तेजी से कुछ देर बाद थाने की ओर जाते दिखे।

थाने की जमीन की ऊँचाई के बराबर अहाते को चलते हुए उन्होंने पार किया। गुरुजी को अहाते की याद नहीं थी, नहीं तो गुरुजी अहाते को थोड़ा कूदकर पार करते। थाने का बरामदा साफ-सुथरा था। बरामदे में घड़ा नहीं था। गुरुजी ने जल्दी-जल्दी बड़े लॉकअप और छोटे लॉकअप की ओर नजर घुमाकर देखा कि वे उसके अन्दर नहीं थे। बरामदे के किनारे-किनारे लगे सदा सुहागन पहले से घने हो गए थे। पिछवाड़े का तालाब भरा हुआ था। थाने के कुआँ पार में फुटही बाल्टी और रस्सी रखी थी। तालाब के किनारे भर्रू और घास का घनापन था। उस घने में कोटवार और गुरुजी धँस गए। वे दोनों कुछ ढूँढ़ रहे थे।

"नहीं दिख रहा है कोटवार।" गुरुजी ने कहा।

"धीरज धरो गुरुजी।" कोटवार ने कहा। धीरज कोटवार के पास भी नहीं था।

"दिखा गुरुजी?" अबकी बार कोटवार ने पूछा।

"नहीं दिखा।"

दोनों ऊँची घास में छुपे हुए थे। आहट और घास के हिलने के कारण मालूम होता था कि कहाँ हैं। उनके चलने की आहट कम थी, घास के हिलने की आहट ज्यादा थी।

"मिल गया दिखता है गुरुजी।" कोटवार चिल्लाया।

"आ रहा हूँ।" गुरुजी वहीं से चिल्लाए। वे कोटवार के पास गए।

"कहाँ है कोटवार?" गुरुजी ने पूछा।

"वही है क्या गुरुजी?" कोटवार ने इशारा किया।

"वही है कोटवार। मिल गया।" गुरुजी ने कहा।

घनी घास में छिपा हुआ केले के छोटे पौधे के समान था। चौड़ी पत्ती थी। पत्ती में सफेद छींटे थे। सुन्दर पौधा था।

"दो-तीन पत्ते में हो जाएगा क्या गुरुजी?"

"हो जाएगा।" गुरुजी खुश थे।

"मैं तोड़कर लाता हूँ।" कोटवार धँस रहा था। उसके हाथ में डंडा था। डंडा ताकत से धँसाता तो धँसता चला जाता।

"दलदल है गुरुजी।" कोटवार घुटने तक धँसे पैर को कठिनाई से निकाल पा रहा था। गुरुजी बाएँ हाथ से जाँघ तक धोती समेटे कोटवार के पास आए। पौधा दो छलाँग की दूरी पर था। कोटवार ने गुरुजी को बहुत पहले बताया था कि अंग्रेजों के समय इस पौधे की बहुत देखरेख की जाती थी। इस पौधे की बाड़ी थी। अंग्रेजों को इस पौधे की जरूरत पड़ती थी। पहले घास-भरू नहीं थे। अंग्रेजों के जाते ही घास-भरू का घनापन बढ़ गया था। इस जगह उगा हुआ यही पौधा रहता था। आसानी से उग जाता था। तने के छोटे-छोटे टुकड़े बो देते थे। एक टुकड़े से एक पौधा बन जाता था। गुरुजी धोती समेटे आगे बढ़ रहे थे।

"धँस जाओगे गुरुजी!" कोटवार बोला।

"जाना तो पड़ेगा।" गुरुजी आगे बढ़ते हुए बोले।

गुरुजी कोटवार से तीन कदम आगे गए होंगे कि उनका पैर धँसकर जकड़-सा गया। पैर निकालते उनसे नहीं बन रहा था। पैर निकालने की कोशिश में गिर पड़ने का डर था। कोटवार ने अपना डंडा गुरुजी की ओर बढ़ाया। गुरुजी ने डंडा पकड़ा तो समेटी हुई धोती हाथ से छूट गई। धोती का छोर कीचड़ से सन गया। कोटवार ने धीरे-धीरे डंडा अपनी ओर खींचा, कुछ गुरुजी ने ताकत लगाई तो पैर बाहर निकला। वे लौटने की कोशिश करने लगे।

"गाँव में यह पौधा और कहीं नहीं है?"

"नहीं है गुरुजी।"

"मेरे को भी नहीं दिखा कोटवार।"

"अब क्या करें? जिवराखन पहाड़ी तक पहुँच गया होगा।"

"किसी को देखें जो वहाँ तक जा सके?"

"मैं एक बार और देखता हूँ।" कहकर गुरुजी ने धोती को कमर में खोंस लिया।

कोटवार का डंडा लेकर वे आगे बढ़ गए। दलदल के किनारे-किनारे बढ़ते जा रहे थे। सूखी जमीन नहीं दिख रही थी। वे थाने की ओर पलटे। तुलसी की घनी झाड़ियों से होकर जैसे ही गए तुलसी की गन्ध चारों तरफ फैल गई। गुरुजी को मुन्ना की याद आई। उनका मन हुआ वे मुन्ना को आवाज दें। अभी तो चिड़ियों का भी सन्नाटा था। दूर तक उनकी आवाज जा सकती थी। तालाब में मछलियों की गुड़ुप-गुड़ुप उछलकूद थी। उन्हें कुछ सूझ नहीं रहा था। तनाव में वे मुन्ना-मुन्ना चिल्लाए।

"गुरुजी-गुरुजी।" उन्हें कोटवार की आवाज सुनाई दी।

"आ रहा हूँ।" गुरुजी चिल्लाए।

"बापजी।" तभी उन्होंने सुना मुन्ना उन्हें बुला रहा था।

"मुन्ना मैं यहाँ हूँ।" गुरुजी जोर से बोले। थोड़ी देर बाद मुन्ना आ गया। मुन्ना थका हुआ लग रहा था।

"कुछ खाया नहीं?" गुरुजी ने पूछा।

"नहीं। अम्मा बुला रही है।"

"क्यों?"

"सब पहाड़ी जा रहे हैं। मैं आपको वहाँ देखने गया था। अम्मा-मुन्नी पहाड़ी चली गई हैं। कोटवारिन और फुलेसर उनके साथ हैं।"

"तू घर से पूरी तैयारी करके निकलाकर।" गुरुजी ने कहा।

"बापजी मैं नहाया हूँ।"

"खाकर निकला है?"

"नहीं बापजी।"

"तू इधर आ।"

गुरुजी ने उसे अपने पीछे आने को कहा। वे जल्दी-जल्दी जा रहे थे। गुरुजी ने देखा कि कोटवार पहले से दो कदम आगे जाकर घुटने तक धँसा हुआ खड़ा था। वह निकलने की कोशिश कर रहा था।

"कोटवार अब तू डंडा पकड़ ले।" गुरुजी ने डंडा कोटवार की ओर बढ़ाया। एक कदम बढ़कर गुरुजी भी थोड़ा धँस गए। कोटवार को गुरुजी ने खींचा। कोटवार का पैर बाहर निकल आया। वह पीछे आ गया था।

"मुन्ना उस पौधे को देख रहा है न! केले के समान पत्तियाँ हैं। सफेद चिट्टे पड़े हैं। उसकी चार पत्तियाँ तोड़कर ले आ। दलदल है। यहाँ से उस पार चट्टान पर कूद जा।"

"बापजी मैंने खाया नहीं है।"

"कूद जा।" गुरुजी बोले। शायद जोर से प्यार से कहा होगा। कहते हुए उन्होंने मुन्ना के सिर पर हाथ रखा था।

"कूद जा बेटा!" कोटवार ने कहा।

मुन्ना एक कदम पीछे हटकर ठीक चट्टान के ऊपर कूद गया। वह नंगे पैर था। चट्टान पर कूदने की चट्ट आवाज आई थी। मुन्ना पत्ती तोड़ने लगा। तीन पत्ती तोड़ने के बाद उसने पूछा, "और तोड़ूँ बापजी?"

"दो पत्ती और तोड़ ले। कम न पड़े। ज्यादा हो जाएगी तो चलेगा।" गुरुजी बोले।

"इधर कूद जा अब हो गया।" गुरुजी और कोटवार थोड़ा पीछे हट गए। मुन्ना के कूदने के लिए जहाँ उन्होंने जगह बनाई थी ठीक वहीं मुन्ना कूदा था। मुन्ना से पत्तियाँ लेते हुए गुरुजी ने कहा, "सुन, समारू के पास दौड़ता जा। स्टेशन गया होगा। उसको पान के खोमचे समेत यहीं बुला ला। उसके पास साइकिल है। पान का खोमचा लेकर तू पीछे बैठ जाना। खोमचा गिराना मत। समझ गया।"

"समझ गया बापजी।"

"दौड़ जा मुन्ना। रुकना मत। हम लोग यहीं रहेंगे।" कोटवार ने कहा। मुन्ना दौड़ गया। मुन्ना के जाने के बाद गुरुजी ने कहा, "यह ठीक है न कोटवार!"

"ठीक है गुरुजी।" कोटवार ने कहा।

कुआँ पार जाकर गुरुजी और कोटवार ने अपने पैर धोये। गुरुजी ने धोती के छोर को भी धोया। कीचड़ लग गया था। बाल्टी बहुत फुटही थी। कुएँ से ऊपर आते-आते आधी खाली हो जाती थी।

"मुन्ना नहीं आया। देर हो गई क्या!" धोती निचोड़ते-निचोड़ते गुरुजी ने कहा।

"अभी तो गया है गुरुजी।"

"बाँस सुनाई दे रहा है?"

"नहीं बाँस नहीं है।" कोटवार ने ध्यान से सुनने के बाद कहा।

"सयान लोग हमारा रास्ता देखेंगे कोटवार देख लेना।" गुरुजी ने कहा।

"हौ।" कोटवार ने कहा। कोटवार ने बाल्टी में बचे पानी से पौधे की पत्तियों को धोया।

"एक टुकड़ा खाकर देखूँ! वही पत्ती है कि नहीं।" गुरुजी ने कहा।

"वही पत्ती है गुरुजी।" कोटवार ने कहा।

"खाकर देखता हूँ।"

"नहीं गुरुजी आपका पढ़ाने का काम है। कहो तो मैं खाकर देखता हूँ।"

"रहने दो। जिनका हक बनता है वही खाएँ।"

"साइकिल की आवाज आ रही है।"

"आ गए।"

समारू साइकिल चला रहा था। मुन्ना पान का खोमचा गले में लटकाए हुए बैठा था। साइकिल थाने के पिछवाड़े की दीवाल में टिकाते हुए दोनों जल्दी पास आए।

"किधर बैठें? इधर किसी को आना नहीं चाहिए।" गुरुजी ने कहा।

"इधर कौन आएगा!" कोटवार बोला।

"लॉकअप के अन्दर बैठें!"

"छोटे या बड़े लॉकअप में?" कोटवार ने पूछा।

"बरामदे में?"

"नहीं गुरुजी। बरामदे में हम लोग दिख जाएँगे।"

समारू और मुन्ना को समझ में नहीं आ रहा था। मुन्ना को समझने से कोई अभी मतलब नहीं था। वह पहाड़ी की तरफ जल्दी जाना चाहता था। समारू को उत्सुकता थी।

"छोटे लॉकअप में चलो रे। वहाँ उजाला है। उसका रोशनदान बड़ा है।" गुरुजी ने कहा।

"हौ। कोटवार ने कहा।"

सब अपने में छुपे से बरामदे में चढ़े, क्योंकि बरामदे में दिख जाने का डर कहा गया था। अपने में छुपना, छुपना मान लेने जैसा था कि इतना झुककर, चुपचाप, दबे पाँव, इतने धीरे-धीरे चलने से नहीं दिखेंगे। वैसा उन लोगों ने किया। मुन्ना और समारू ने जितना किया उतने की जरूरत नहीं थी। समारू के गले में पान

का खोमचा था इसके बाद भी वह बरामदे से बैठे-बैठे चलते हुए लॉकअप के अन्दर घुसा। झुककर चलते हुए घुसता तो जल्दी घुस जाता। मुन्ना चौपाया जैसा चलते हुए लॉकअप के अन्दर घुसा। दूर से उसको देखने पर लगता था कि एक बकरी लॉकअप के अन्दर घुस रही है। कोटवार, गुरुजी जल्दी-जल्दी झुके हुए अन्दर घुसे। परन्तु कोटवार ने डंडा नहीं झुकाया था। डंडा झुकाने से लॉकअप के अन्दर घुसने की हड़बड़ी में डंडा आगे-पीछे लग जाने का डर था। किसी के पैर में चप्पल नहीं थी। सभी दबे पाँव थे।

छोटे लॉकअप के फर्श पर सब बैठ गए। गुरुजी को फर्श पर एक चॉक दिखी। यह उनकी चॉक थी। लॉकअप के अकोड़े को सबसे पहले गुरुजी ने खोला था। चॉक उनकी थी। थाना जब खाली किये होंगे तब चॉक रह गई थी। चॉक थाने में बन्द थी। गुरुजी के अकोड़ा खोलने से स्वतंत्र हुई। थोड़े दिन रहने से थाना गुरुजी का जाना-पहचाना हो गया था। दुबारा कैदखाना आए हैं ऐसा उन्हें कुछ कम लग रहा था। चूल्हे की काली पड़ी ईंटें वहीं थीं। मिट्टी के ऊपर चार ईंट के चबूतरे पर चूल्हा वैसा ही था। उन्हें लगा चाय की महक अभी भी है। इतना बड़ा रोशनदान था। रोशनदान में सीखचे थे। दूर-दूर सीखचों का दरवाजा था। इतने दिनों से यद्यपि दरवाजा बन्द था परन्तु हवा आ-जा सकती थी। चाय की महक शायद नहीं जा सकी होगी। कड़क लहरदार महक होगी। वहीं सिमटकर रह गई थी। अब दरवाजा खुल जाने से शायद जा रही हो। या गुरुजी को महक, महक की याद आने से आई हो।

"समारू आठ-दस बीड़े पान बना दे। और सुन पान की पत्ती के अन्दर इसकी पत्ती काटकर रख देना।" कोटवार ने पौधे की पत्ती समारू को देते हुए कहा।

समारू पहले गाय चराने का काम करता था। जब पैसेंजर गाड़ी रुकने लगी तो देखा-सीखी वह पान बेचने का धन्धा करने लगा। समारू अद्धी धोती और सलूका पहनता था। वह सिर पर अँगोछा भी बाँधता था। उसके बहुत छोटे-छोटे बाल थे। वह पन्द्रह-सोलह साल का लड़का था। गाड़ी आने के समय बेचने की जो तैयारी करता था वो तो करता ही था। फिर एक ऊदबत्ती पान के खोमचे में लगा देता था। जब गाड़ी आने को होती थी तब प्लेटफार्म में घूमती गाय को भगाने का काम समारू का था। प्लेटफार्म पर पान बेचने की अनुमति स्टेशन मास्टर ने उसे

इसी शर्त पर दी थी। यह शर्त उसको अच्छी नहीं लगती थी इसलिए कभी पान बेचने आता था तो कभी घर की गाय चराने चला जाता था। प्लेटफार्म पर कुत्ते भी घूमते थे। उसको भगाने की शर्त चाय वाले, भजिए वाले को नहीं दी गई थी। समारू कान में रश्के मुनीर की खुशबू लगाता था। रश्के मुनीर बहुत सस्ता था। गुरुजी का सिर उसकी तेज अजीब गंध से भन्ना गया था।

"समारू कान में जो रुई खोंसा है उसको बाहर फेंककर आ।" गुरुजी ने कहा।

"रहने दे समारू। देर हो रही है। तू जल्दी पान बना।" कोटवार ने कहा। कोटवार दोनों हाथ से डंडा पकड़े जाँघ पर धोती समेटे उखरू बैठा हुआ था।

"ठीक बात है समारू।" समारू पान काटने की लोहे की कैंची से पौधे के छोटे-छोटे टुकड़े काटने लगा।

"इससे बड़े टुकड़े काट समारू।" कोटवार ने कहा।

"पत्ती पान के बीड़े के बाहर अलग से नहीं दिखनी चाहिए।" गुरुजी ने कहा।

"बीड़े के अन्दर रहेगी गुरुजी।" समारू ने कहा।

समारू ने करीब पन्द्रह पान की पत्ती पर पौधे की पत्ती जमाई। वह पान लगाने की तैयारी कर रहा था।

"गुरुजी पान में तमाखू डाल दूँ?"

"नहीं रे सब लोग तमाखू नहीं खाते।"

सब समारू को घेरकर बैठे उसका फुर्ती से पान लगाना देखते रहे। तब फुसफुसाकर धीरे-धीरे मंत्रणा की तरह कुछ बात भी करते जाते। जैसे, "जल्दी कर देर हो रही है। पहाड़ी तक जाना पड़ेगा। पौधे की दो पत्ती डाल दें क्या। एक पत्ती काफी है। इत्यादि।"

"कतरी खोपरा डाल दूँ?" धीरे से समारू ने पूछा।

पान में कत्था-चूना वह लगा चुका था।

"नहीं, जब माँगेंगे तब दे देना।" गुरुजी ने कहा।

"डाल दे समारू। पान मिठा जाएगा।" कोटवार ने कहा।

"ठीक है और सुन यह पान केवल थानेदार और सिपाही के खाने के पान हैं। दूसरों के नहीं हैं।"

"पत्ती जहर तो नहीं है गुरुजी?"

"कोई नहीं मरेगा।" गुरुजी ने कहा।

"थाने के सिपाही, दरोगा ऐसा ही पान खाते हैं। तभी तो लकड़ी की बन्दूक से धाँय बोलने से गोली चलती है। पर बताना मत।"

"मैं पान बना देता हूँ गुरुजी पर मैं सिपाही को पान नहीं दूँगा।"

"अच्छा तू मत देना मैं पान दूँगा।" गुरुजी ने कहा।

"मैं दूँगा गुरुजी। आप से सिपाही दरोगा सरकारी पान लेने से मना कर दें।"

"सरकारी आदमी तो मैं भी हूँ कोटवार।" गुरुजी ने कहा।

"आपका दिया पान नहीं खाएँ तो अखर जाएगा। मेरा दिया जरूर खा लेंगे।" कोटवार बोला।

पान के बीड़े बन गए थे। दोना पत्ते में लपेटकर समारू ने गुरुजी को बीड़ा दिया।

"समारू अब तू स्टेशन जाएगा?"

"पहले स्टेशन जाऊँगा गुरुजी।"

"फिर पहाड़ी जरूर आना बेटा।" कोटवार ने स्नेह से समारू से कहा।

"हौ कोटवार। गाड़ी छूटेगी और भागते आ जाऊँगा।"

मुन्ना और समारू अपने में छुपे हुए, साइकिल को भी जैसे साइकिल में छुपाए हुए थाने से बाहर चले गए। मुन्ना, समारू का खोमचा गले में लटकाए हुए था। समारू को स्टेशन तक पहुँचाने मुन्ना साथ था। वहाँ से वह पहाड़ी की ओर पैदल भागते हुए चला गया।

गुरुजी, कोटवार छोटे लॉकअप से बाहर आए। गुरुजी लॉकअप का दरवाजा बन्द करने वाले थे।

"रहने दो गुरुजी। दरवाजा बन्द मत करो।"

"तुम तो बन्द कर देते थे कोटवार!"

"बन्द करने से छूटा हुआ बन्द हो जाता है गुरुजी।"

"हौ! मेरी चॉक छूटकर बन्द हो गई थी।"

"अब बाहर हो गई।"

"चॉक से फर्श पर लिख दूँ क्या कोटवार?"

"लिखा हुआ बन्द हो जाएगा गुरुजी।"

"जिवराखन लिख दूँ क्या? फिर दरवाजा बन्द कर देंगे।"

"जाने दो गुरुजी।"

"थानेदार, सिपाही लिख दूँ? जल्दी बता भई देर हो रही है।"

"अच्छा जल्दी-जल्दी लिख दो गुरुजी।"

गुरुजी अपने अक्षर बिगाड़कर लिख रहे थे—जिवराखन, थानेदार, बड़गाँव के सभी सिपाही (अच्छा निशाना लगाने वाले सिपाही को छोड़कर)। लिखकर गुरुजी ने दरवाजा बन्द कर दिया। कोटवार ने बड़ा लॉकअप का दरवाजा खुला छोड़ दिया था बड़े लॉकअप को झाँकते हुए गुरुजी ने कहा, "यहाँ कुछ भूला तो नहीं कोटवार?"

फिर गुरुजी और कोटवार लॉकअप के अन्दर घुसे। वहाँ कुछ भी नहीं था।

"चलो गुरुजी देर हो जाएगी।"

"नहीं होगी। मैंने एक खीला गाड़ा था उसको निकाल लूँ?"

गुरुजी ने दीवाल में उस खीले को ढूँढ़ लिया। वे उँगली से हिला-हिला कर खीला निकालने लगे। दीवाल मजबूत थी। खीला ज्यादा अन्दर गाड़ नहीं पाए थे। दो-तीन बार हिला-हिला कर निकालने से गुरुजी ने अपना खीला बाहर निकाल लिया। कपड़ा टाँगने के लिए उन्होंने यह खीला गाड़ा था।

"चलो।" इत्मीनान से गुरुजी ने कहा। बड़े लॉकअप में लिखने का समय उनके पास नहीं था। कोटवार ने बड़े लॉकअप के दरवाजे को खुला छोड़ दिया। दोनों भागते-से चले।

"क्या लिखे गुरुजी?"

"जिवराखन, थानेदार, सिपाही।"

"सिपाही को स्पष्ट करना था गुरुजी। आपने तो सभी सिपाहियों को धँधवा दिया। अच्छा निशाना लगाने वाले सिपाही का नाम नहीं लिखना था।"

"अच्छा निशाना लगाने वाले सिपाही को कोष्ठक में छोड़ दिया हूँ। और स्पष्ट किया हूँ कि सिपाहियों में अच्छा निशाना लगाने वाला सिपाही शामिल नहीं है।" तेज चलते हुए गुरुजी बोले। उनके हाथ में पान था। गुरुजी सोचने लगे-- अच्छा निशाना लगाने वाले सिपाही को छोड़कर यह लिखने के बाद उसे कोष्ठक में बन्द कर दिया, बाकी सब जैसे थाने में बड़े कोष्ठक में बन्द हैं। अर्थ यह था कि लिखा हुआ अच्छा निशाना लगाने वाला सिपाही थाने के लॉकअप में बन्द नहीं है। अर्थ के अलावा यदि बन्द है तो बन्द रहने दो। जितना छूटना था उतना

छूट गया जितना बन्द होना है वह जरूरी है। ठीक है। आखिरी का ठीक है सोचा हुआ उनके मुँह से निकल गया जिसे कोटवार ने सुना।

"क्या ठीक है गुरुजी?"

"सब ठीक है कोटवार।" पान सँभाले हुए गुरुजी ने कहा।

कोहरे की तरह हवा स्थिर थी और कोहरे जैसी धुन्ध आकाश में थी। सूर्य बाँस की धुन सुनने पहले निकल आया था। सूर्य कोहरे में चन्द्रमा दिख रहा था। यह पूर्णिमा सूर्य था क्योंकि दिन था। परन्तु और दिनों की अपेक्षा आज उजाला इतना कम था कि बहुत उजाले वाली रात लग रही थी। तारे दिन होने के कारण नहीं दिख रहे थे। पखेरू इस बार भी बहुत चहचहा रहे थे। गाँव के लोग आ चुके थे। और पहाड़ी के नीचे इधर-उधर बैठे थे। दूर गाँव के लोग आ रहे थे। वहाँ गुरुजी की पत्नी, मुन्नी के साथ चौरस चट्टान के पास बैठी थी। मुन्ना के साथ एक लड़का वहाँ आया उसे देखकर मुन्नी ने कहा, "हाड़ू तू आ गया? अम्मा मैं खेलने जाऊँ!"

"जा।" अम्मा ने कहा। अम्मा के मुँह से निकलने वाला था कि पहाड़ी के ऊपर मत चढ़ना पर नहीं निकला। वह बोलने वाली थी पहाड़ी के ऊपर डेरहिन के घर जाकर डेरहिन की लड़की, लड़के को भी साथ खेलने ले जा। पर बोलने के पहले तीनों निकल गए। चट्टानों-पत्थरों के ऊपर कूदते हुए वे शाश्वत जुड़ी पहाड़ी के साथ खेल रहे थे। वहीं हवा थी, आकाश दिख रहा था, पेड़ थे, दृश्य में जो दिख रहा था और दिख जाता था उसके साथ खेल रहे थे। मुन्ना ने बहुत देर से खाना नहीं खाया था। उसे भूख नहीं लग रही थी। अम्मा, मुन्नी बापजी को याद नहीं आ रही थी कि मुन्ना ने बहुत देर से खाना नहीं खाया है।

चौरस पत्थर पर बैठने से पहले चार बूढ़ों ने हथेलियों की छापं पर, हल्दी रंग की मिट्टी पानी में घोली और छिड़की। जब चार बूढ़े चौरस पत्थर पर बैठ गए तो चिड़ियों ने चहचहाना बन्द कर दिया था। पूरा सन्नाटा था। पहाड़ी की चोटी पर निशाना साधे इधर-उधर फैले सिपाही, थानेदार और जिवराखन की आपस में जोर-जोर से बोलने की आवाज आ रही थी। इस सन्नाटे में इनका बोलना अच्छा नहीं लग रहा था।

सयान बाँस बजाने वाले थे। उन्होंने थानेदार, सिपाही के चुप होने का रास्ता नहीं देखा। उन्होने बाँस फूँका। बाँस की धुन से कोहरे का धुन्ध साफ होने लगा था। पहले आसपास का अधिक साफ दिखने लगा था, फिर साफ दिखना धुन के साथ-साथ फैलने लगा। धुन थोड़ी देर में पूर्णिमा सूर्य तक पहुँचने वाली थी जो चन्द्रमा लग रहा था। उजली रात लगने वाला दिन सयान लोगों के आसपास स्पष्ट दिन हो गया था। यह स्पष्ट होता दिन फैल रहा था। सूर्य स्पष्ट सूर्य हो चुका था।

तभी कोटवार, गुरुजी से कुछ पान के बीड़े लेकर एक ओर फैले सिपाहियों की ओर बढ़ गया। दूसरी ओर थानेदार जिवराखन और अच्छा निशाना लगाने वाले सिपाही की ओर गुरुजी बढ़े। गुरुजी ने सबसे पहले थानेदार को पान दिया।

"पान की बहुत जरूरत थी गुरुजी। चिल्लाते-चिल्लाते गला दुखने लगा था।" पान चबाते हुए थानेदार ने कहा।

"एक पान जिवराखन को भी दो गुरुजी।" जाते हुए गुरुजी से थानेदार ने कहा। गुरुजी से जिवराखन ने पान लेकर खाया। गुरुजी ने दूसरे सिपाहियों को भी पान दिया। कोटवार ने भी बाँटा। अब एक पान गुरुजी के पास बच गया था। कोटवार के पास भी बचे होंगे। गुरुजी बचा पान थानेदार को देने गए।

"यह आपका पान है गुरुजी। इसे आप खाएँगे।"

"अच्छा।" कहकर गुरुजी ने बचे पान को छुपाकर झूठमूठ का पान चबाते हुए थानेदार को देखा। अच्छा निशाना लगाने वाले सिपाही को पान नहीं मिला था। अपने अपमान को छुपाने के लिए वह भी झूठमूठ का पान चबा रहा था।

गुरुजी की देखा-सीखी कोटवार भी झूठमूठ का पान चबाने लगा। कोटवार को तब भी विश्वास नहीं हुआ इसलिए गुरुजी के पास जाकर उसने पूछा।

"झूठमूठ का पान है न गुरुजी?"

"हाँ। और तुम्हारा कोटवार!"

"मेरा भी।" झूठमूठ का पान चबाते-चबाते कोटवार की झूठमूठ की बीड़ी पीने की इच्छा हो रही थी।

बाँस बाँकुर धान के लहराने
से बाँस की धुन निकलती थी।

चार सयान का बाँस सुनना सबको अच्छा लगता था। डेरहिन को भी अच्छा लगता था। डेरहिन तक बाँस की आवाज पहुँच गई होगी। डेरहिन, उसकी लड़की, उसका संगवारी, डेरहिन का लड़का जो ऊबकर डेरहिन के पास भाग जाया करता था और जिसका पता जिवराखन को नहीं था, एक साथ पहाड़ की चोटी पर दिखाई दिये। उनका आना प्रगट होना जैसा था। एकदम से वे आ गए थे। सूर्य की धूप गरम नहीं थी पर प्रकाशित थी। हमेशा स्मृति में रहने के लिए एक चलचित्र तैयार हो रहा हो ऐसा तेज प्रकाश उन पर पड़ रहा था। जिवराखन, बन्दूक थामे थानेदार और सिपाहियों का ध्यान उन सबकी ओर था। जिवराखन भी निशाना साधे जैसा था। वह बिना बन्दूक के धाँय बोलने की तैयारी में था। थानेदार एक-एक सिपाही के पास जाकर डेरहिन और उसके साथी की ओर इशारा कर तैयार रहने का एक उपयुक्त वातावरण बना रहा था। ऐसा वातावरण जिसमें सब एक साथ धाँय बोलें और गोलियाँ खुशी-खुशी निशाने को छेद दें। थानेदार खुश था कि वह डेरहिन को पा लेगा। डेरहिन अपने लड़के और लड़की का हाथ पकड़े उतर रही थी, हवा जोर से चल रही थी। तभी डेरहिन का जूड़ा खुल गया। उसके बाल कन्धे पर बिखर गए। जूड़े में खुँसे हुए दो-चार फूल को हवा अपने साथ उड़ाकर ले गई। सबसे आगे डेरहिन का आदमी था। उसके कन्धे पर काँवर था। काँवर बोहे वह सँभल-सँभल कर उतर रहा था। काँवर के टोकरों में कन्द थे, धान के बीज और शहद था। शहद की गन्ध पहले सब तक पहुँच गई थी। धान के बीजों को डेरहिन के आदमी ने चुन-चुन कर इकट्ठा किया था। ये बीज गाँव में बोने के लिए थे और शहद चार सयानों के लिए था। धान के मोटे बीज थे जिससे पेट भरता था। यह बाँस बाँकुर धान था। यह धान तेज आँधी में भी खेत में गिर नहीं जाता था, लहलहाता था। लहलहाने से बाँस की धुन सुनाई देती थी।

इनके समीप आने को थानेदार देख रहा था। पान की लुगदी थोड़ी मुँह में बची थी। लुगदी गिटकते हुए तभी थानेदार चिल्लाया "धाँय"। पर आवाज नहीं निकली। वह धाँय-धाँय बोलना चाहता था। वह कुछ भी बोलना चाहता था। गाली देना चाहता था पर आवाज नहीं निकली। जिवराखन चीखना चाहता था पर चीख नहीं पा रहा था। तभी थानेदार दौड़ता हुआ अच्छा निशाना लगाने वाले सिपाही के पास गया। वह धाँय बोलने का आदेश बोलकर नहीं दे सकता था। उसने इशारा किया। अच्छा निशाना लगाने वाला सिपाही इशारा समझ गया था। उसने झूठमूठ का पान खाया था। वह सचमुच का गूँगा नहीं हुआ था। वह झूठमूठ का गूँगा हो गया था। उसने भी धाँय बोलने की कोशिश की पर आवाज नहीं निकली। थानेदार ने उसे पत्थर फेंकने का इशारा किया कि वह डेरहिन के आदमी पर पत्थर फेंके तो हैंडग्रेनेड की तरह पत्थर फूट जाएगा। तब सिपाही ने अपने ऐंठे हुए दोनों हाथ एक साथ दिखाए कि उसके दोनों हाथों को जबान की तरह लकवा मार गया है, हाथ से वह इशारा भी नहीं कर सकता है। एक हाथ ऐंठा हुआ दिखाता तो थानेदार दूसरे हाथ से पत्थर फेंकने को कहता। उसके हाथों को झूठमूठ का लकवा था।

थानेदार, जिवराखन और थाने के सिपाहियों की जबान को लकवा मार चुका था। वे धाँय नहीं बोल सके। यह थाने के पौधे की पत्ती का असर था। एक जमाने में जिसका बोलना खतरनाक होता था उसको अंग्रेज यह पत्ती खिला देते थे। वह गूँगा हो जाता था। अंग्रेजों ने अफ्रीका के नीग्रो हब्शी को भी इसी पत्ती से गूँगा बनाकर रखा होगा। गाँव के आसपास पहले बहुत गूँगे थे। इस बात की जानकारी कोटवार को थी। गुरुजी जब थाने में थे तब कोटवार ने यह सब बताया था। एक लकड़ी की बन्दूक से धाँय बोलने से गोली निकल जाती थी। धाँय गोली रोकने का यही तरीका गुरुजी को समझ में आया।

पूछताछ करने एक दिन थानेदार गुरुजी के घर आया होगा। संयोग से कोटवार वहीं था। आते ही थानेदार ने कोटवार के हाथ से डंडा जब्त किया होगा। गूँगे थानेदार ने इशारे से पूछताछ की होगी। गुरुजी भी झूठमूठ का पान चबाकर तब झूठमूठ के गूँगे थे। कोटवार भी झूठमूठ का गूँगा था। गूँगे गुरुजी और गूँगे कोटवार से थानेदार ने ज्यादा पूछताछ नहीं की और जाते-जाते थानेदार ने कोटवार का डंडा वापिस कर दिया। इसके बाद गाँव के लड़के-बच्चे, बूढ़े, बाप, बेटे, पत्नी जब मन होता खेल-खेल में गूँगे बन जाते थे। गाँव में मनुष्यों की जो कुछ भी थोड़ी बोली

सुनाई देती थी वह कम हो रही थी। एक दिन सुबह-सुबह चिड़ियों की चहचहाहट सुनाई नहीं दी। एक भी पक्षी नहीं बोला। तोतों का झुंड उड़ते-उड़ते चला जाता था और टाँय-टाँय नहीं बोलता था। हरियल चुपचाप बैठे दिखते। बीच-बीच में बेटी चिड़िया की सीटी की लम्बी तान जरूर सुनाई देती थी। शाम को जिस बसेरे के पेड़ के नीचे चिड़ियों का बहुत हल्ला होता था वहाँ गुरुजी कोटवार और बहुत से लोग चुपचाप खड़े रहे कि एक पखेरू की एक चहचह सुनाई दे। एक चिड़िया नहीं बोली। चिड़िया उसी तरह उड़ती थी जैसे तितली उड़ती थी। तितली बोलती नहीं थी। पेड़ ऐसे दिख रहे थे जैसे पहले बोलते थे अब नहीं बोल रहे हैं। पत्थर चट्टान, धरती, आकाश ऐसे चुप थे कि कल तक बोलते थे। इस गूँगे वातावरण में आदमी सोच रहा था कि आदमी नहीं बोल रहा है, पगडंडी नहीं बोल रही है, सूर्य नहीं बोल रहा है। सारा गूँगा वातावरण गुरुजी और कोटवार की सहायता कर रहा था। कोटवार के आँगन में कुन्दरू की बेल थी। बुलबुल के जोड़े पकी लाल कुन्दरू खाने बहुत आते थे। कोटवार देखता था कि बुलबुल कुन्दरू खाती थी और नहीं बोलती थी। थानेदार को पूरा विश्वास हो गया था कि कोटवार और गुरुजी का अपराध नहीं था और यह हवा चली थी।

पाठशाला में बच्चे हल्ला नहीं कर रहे थे। चुपचाप बैठे थे। गुरुजी इशारे से पढ़ाते। काले तख्ते पर लिखते। धोखे से कोई लड़का बोल पड़ता तो गुरुजी चौंक जाते। संसार में कोई ध्वनि-आवाज नहीं थी। बड़गाँव इतने पास था फिर भी वहाँ की आवाज इस गूँगे वातावरण की दीवाल की मोटाई को भेद नहीं पाती थी। बड़गाँव से जब एक पैडल की खड़खड़ साइकिल पर अच्छा निशाना लगाने वाला सिपाही गाँव के पास पहुँचता कि साइकिल से खड़खड़ की आवाज बन्द हो जाती। बड़गाँव की गाय यहाँ आकर रँभाती नहीं थी। बकरी मिमियाती नहीं थी। हो सकता है गाँव में धाँय गोली को धाँय बोले जाने का इतना डर हो गया होगा कि सबने बोलना बन्द कर दिया हो।

शाम को कोटवार और गुरुजी साथ-साथ थे। अच्छा उजाला था। वे दोनों चुपचाप किंजर रहे थे। ग्रामसेवक के क्वार्टर के सामने से जाते हुए दोनों ने ग्रामसेवक के दरवाजे के ताले को बन्द देखा। दोनों ने एक-दूसरे से एक साथ इशारे से कहा, "बन्द है।"

दोनों को जिवराखन की याद जिवराखन के टॉर्च की याद के बाद आई। टॉर्च से गुरुजी बन्द ताले को देखना चाहते थे।

"कोटवार।" कोटवार ने सुना कि गुरुजी बोले। उसी समय कोटवार के मुँह से निकला।

"गुरुजी।" गुरुजी ने कोटवार को बोलते हुए सुना।

"मैं झूठमूठ का गूँगा था कोटवार।"

"मैं भी।" कोटवार ने कहा।

"मैं सचमुच का बोल दिया हूँ या झूठमूठ का?"

"सचमुच का गुरुजी।"

"तुम भी सचमुच का बोल दिये कोटवार।"

"हौ।"

तभी दोनों ने वहाँ चिड़ियों की भारी चाँय-चाँय सुनी।

"कोटवार सुन रहे हो!" गुरुजी ने कहा। कोटवार को कुछ सुनाई नहीं दिया।

"गुरुजी!" कोटवार चिल्लाया। पर गुरुजी को चिड़ियों के हल्ले में कुछ सुनाई नहीं दिया। दोनों शाम के बसेरे के पेड़ के ठीक नीचे खड़े थे। इस पेड़ में चिड़ियों की भीड़ लगी थी और हल्ला कर रही थी।

गुरुजी ने पत्नी से चप्पल सुधरवाने के लिए कहा।

"रहने दो इतने दिन से टूटी पड़ी है। अब चप्पल पहनने की इच्छा नहीं होती।"

"तुम्हारी चप्पल पहनने की इच्छा नहीं होती!"

"नहीं होती कह रही हूँ।"

"मुझको छू कर बोलो।"

"मैं नहीं छूती।"

"अच्छा मैं तुमको उँगली से छू रहा हूँ। सच बताना क्या तुम्हारी चप्पल सुधरवाने की इच्छा नहीं होती?" गुरुजी एक उँगली ताने पत्नी की ओर धीरे-धीरे बढ़े।

"क्या एक उँगली से भी कम नहीं छू सकते?"

"इससे भी कम तुमको कैसे छुऊँ, कम-से-कम छूना तुम्हीं बताओ। तुम मुझको कम छू लो।"

"मैं नहीं छुऊँगी।"

"पूरा छू लेने के बाद कम नहीं छुआ जाता।" गुरुजी ने कहा।

पत्नी छोटे-छोटे फूल की छींट का पोलका पहने थी। बाँह में एक फूल इतना पोलका फटा हुआ था। गुरुजी ने उसी फूल इतनी जगह पर अपनी उँगली रखी। छुआने से पत्नी छिटक गई।

"क्या हुआ?" गुरुजी ने पूछा, "पोलका फटा हुआ है क्या?"

"हौ।"

"मालूम नहीं था। तुम छुए तो मालूम पड़ा।" फूल वाले छींट के पोलके में जो छोटे फूल बराकर जगह फटी थी गुरुजी ने उँगली वहीं रखी थी। जैसे गुरुजी ने अपने स्पर्श का फूल उस जगह पर रख दिया हो।

"मैंने छूकर उसे पूर दिया है।" उन्होंने कहा।

थाने में ताले को लगाकर
ताला रख दिया गया।

गुरुजी को लोहाटी ताला की याद आई। लोहाटी ताला दिख नहीं रहा था। पत्नी के साथ मुन्ना-मुन्नी ने भी ढूँढ़ना शुरू किया। ताला लगाने की जरूरत पड़ती नहीं थी। थाने में एकाध बार जरूरत पड़ी थी। गृहस्थी का एक अकेला ताला था। और वह बिना लगे हुए रखा रहता था। टिन की खुली पेटी के अन्दर रखा हुआ पत्नी को मिला।

"पेटी में तो रखा था।" पत्नी ने कहा।

"पेटी में ताला बन्द रहता तो रखा हुआ दिख जाता।"

ताले को लगाकर, ताला रखना हो सकता था? ताले को टेबिल पर, आले पर रख देते। जूता पहनकर जूता रखते नहीं थे। जूता उतारकर रख देते थे। कमीज का

रखना कमीज पहनकर नहीं होता था। पेटी में ताला बन्द हो तो क्या ताला रखा हुआ हो सकता था?

गुरुजी ताला लेकर थाना गए। थाना के अहाते को उन्होंने चलते हुए पार किया। कूदकर नहीं। बरामदे में चले। गुरुजी अपने में छुपे हुए नहीं थे। बरामदे में अपने में न छुपने के लिए खड़े रहे। छोटे लॉकअप के दरवाजे में अकोड़ा लगा था। उन्होंने दरवाजे के सीखचे से झाँककर देखा। फर्श पर चॉक से लिखा हुआ मिटा नहीं था। जानबूझकर कोई नहीं मिटाता तो खेल-खेल में मिटा सकता था। न मिटाएँ तो चॉक से लिखा हुआ कब तक रह सकता है? काले तख्ते पर मिटाकर लिखना और फिर मिटाना पड़ता था। ऐसा न करें तो एक छोटे तख्ते पर दुनिया भर का नहीं लिखा जा सकता था। थाने के फर्श पर चॉक से लिखा हुआ पत्थर की लकीर नहीं था। फर्श पर लिखा हुआ तब तक बन्द रहेगा जब तक उसकी मियाद होगी। यह सोचकर गुरुजी ने लोहाटी ताला छोटे लॉकअप में लगाकर चाबी अपने टेंट में खोंसी। छोटे लॉकअप के दरवाजे में गुरुजी ने ताला लगाकर वहाँ ताले को रख दिया था।